용의 소굴
동쪽 제국
드워프 왕국
파르무스
왕국
쥬라의 대삼림
마왕 클레이만의
지배영역
블루문드
왕국
봉인의 동굴
마왕 밀림의 지배영역
서방 열국
수왕국
유라자니아
마도왕조
살리온
마왕 칼리온의
지배영역
천익국(天翼國)
프루브로지아
마왕 프레이의
지배영역
우르그레시아
공화국

Story by Fuse, Illustration by Mitz Vah
후세 지음
밋츠바 일러스트
도영명 옮김
전생했더니 슬라임이었던 건에 대하여 4
Regarding Reincarnated to Slime

빙토의 대륙
신성교황국
루벨리오스
잉그라시
왕
불모의 대지

전생했더니 슬라임이었던 건에 대하여 4

Regarding
Reincarnated to Slime

목차 ㅣ 인마(人魔)교류편

서장 움직이기 시작하는 미인 7
제1장 수왕국과의 교역 13
제2장 가젤 왕의 초대 79
제3장 인간의 나라로 151
제4장 블루문드 왕국 201
제5장 소환된 아이들 261
제6장 미궁 공략 345
제7장 구원받는 영혼 415
종장 마물의 천적 459

서장

움직이기 시작하는 미인

Regarding Reincarnated to Slime

사카구치 히나타는 지루해하고 있었다.

신성교황국 루벨리오스의 궁전 내부에 할당받은 자신의 개인 방에서.

이 세계는 지루하다.

*

이 세계에 왔을 때 히나타는 아직 열다섯 살이었다.

고등학교 1학년 입학식 날, 집에 있기 싫다는 이유만으로 등교했다가 돌아오던 길.

늘 들르는 신사 앞을 가로질렀을 때 돌풍이 불었다. 눈을 뜨고 있을 수 없어서 결국 눈을 감았다. 다시 눈을 뜨자 그곳에는 본 적이 없는 광경이 펼쳐져 있었던 것이다.

히나타는 기뻐했다.

종교에 빠진 이후로 집을 돌보질 않았던 어머니로부터 해방되었다고 생각했으니까.

아버지는 이미 예전에 실종된 상태였다. 경마로 큰돈을 벌 수 있다고 기세 좋게 씩씩거리다가 결국 남긴 건 막대한 빚뿐.

그런 아버지가 휘두르는 폭력을 견디지 못하고 어머니는 종교로 도망쳤다.

겨우 히나타가 아버지를 죽이고 어머니를 위해 보험금을 받을 수 있게 해놓았는데…….

조금만 더 기다리면 보험금이 나올 것인데.

들킬 만한 실수는 하지 않았다.

아버지는 실종되었다. 그걸로 충분했다.

그러나 생각해보니 이대로 가다간 새로운 살인을 저지를 필요가 있었다. 어머니를 꼬드긴 종교 관계자를 죽이고, 결국에는 그 어머니조차도 자기 손으로 죽이게 되었을 것이다.

히나타는 냉정하게 그렇게 분석했다. 그래서 더더욱 집에 있기 싫었던 것이니까.

이곳이라면 더 이상의 살인은 할 필요가 없다. 그렇게 생각했지만…….

"이봐, 여기에도 있어!"

"오! 아직 어린 여자잖아. 잘됐네!"

"팔아버리기 전에 맛을 좀 봐도 들키지 않겠지?"

그런 말을 지껄이면서 히나타를 둘러싸는 남자들.

아아…… 이곳도, 마찬가지인가.

세상은 절망으로 가득 차 있다.

그런 생각이 들었다.

추악한 자들이 많은 세상. 그런 세상 따윈 멸망했으면 좋겠다.

――나는 뺏는다. 내게서는 아무것도 빼앗게 두지 않겠어.

《확인했습니다. 유니크 스킬 '빼앗는 자(찬탈자, 簒奪者)'를 획득…….

성공했습니다.》

——나는 옳다. 내 계산에 어긋남은 존재하지, 않는다. 세상은 언제나 불변이니까.

《확인했습니다. 유니크 스킬 '계산하는 자(수학자, 數學者)'를 획득……. 성공했습니다.》

갑자기 시야가 환해졌다. 마음의 응어리가 사라지면서 생각이 맑아진다.

눈앞의 남자들이 내게서 빼앗아가겠다면 먼저 내가 빼앗아버리자.

——그 목숨을.

그리하여 살육은 행해졌다.

히나타의 손에 의해 세 명의 남자가 살해당할 때까지 5분도 필요하지 않았다. 이제 막 능력에 각성한 히나타의 신체 능력은 결코 높지 않았음에도 불구하고 말이다.

그것이 이 세계에서 히나타가 저지른 최초의 살인.

히나타에게 친절한 자도 있었지만, 히나타는 그 사람을 믿을 수가 없었다.

왜냐하면 약했으니까.

언젠가 자신의 손으로 죽여버릴 것 같아서 그 사람의 곁에서도 떠났다.

그 후로도 몇 명이나 되는 사람을 죽이고 지식과 기술을 빼앗았다.

히나타는 그 힘을 기반으로 삼아서 이 세상에 군림하는 강자가 된 것이다.

그리고 세월은 흘렀고——.

히나타는 만나게 되었다.

——그녀가 따르기에 적합한 신을.

이 세계에는 신이 실제로 존재한다.

벌써 몇 명을 죽였는지 기억나지 않는다.

착한 자이든 악한 자이든 히나타에겐 관계없다.

왜냐하면 신 앞에는 다 같이 평등하니까.

신이 명령하는 대로 의심도 하지 않고 히나타는 계속 싸웠다.

그리고 마물도.

신의 명령은 절대적이며, 신은 결코 마물의 존재를 허용하지 않았다.

히나타는 그 절대적인 힘으로 신의 적인 마물을 처단한다.

여기 존재하는 것은 이미 소녀가 아니다.

신의 오른팔——.

'교황 직속 근위사단 필두기사'이며, 성기사단장이라는 직함을 지닌 아름다운 자.

마물의 천적인 것이다.

*

그런 히나타에게 나쁜 소식이 날아들었다.

은사(恩師)였던 이자와 시즈에의 죽음——.

이 세상에서 유일하게 히나타에게 친절하게 대해준 사람.

감상(感傷)은 아니었으며, 증오도 아니었다.

가슴속에 오가는 감정의 이름도 모르는 채로.

——용서할 수가 없는걸. 마물 주제에 그 사람을——.

지루한 시간은 종결을 고했다.

성녀처럼 아름다운 얼굴에 얼어붙을 것 같은 미소를 지으면서, 그녀는 행동을 개시한다.

제1장
수왕국과의 교역

Regarding Reincarnated to Slime

즐겁게 노는 아이들이 보인다.
세 명의 남자애와 두 명의 여자애다.
나를 보면서 즐거운 표정으로 달려오는 아이들.
그리고——,
'선생님! 오늘은 뭘 하나요?'
눈동자를 빛내면서 그렇게 말했다.
성격이 드세 보이는 남자애.
마음이 약해 보이는 남자애.
과묵해 보이는 남자애.
활발해 보이는 여자애.
총명해 보이는 여자애.

모두 귀여운 학생들.
그리고 나는 기쁨과 슬픔과 애절함이 뒤섞인 심정으로——.
'그래, 그렇구나. 오늘은 뭘 할까?'
그렇게 말하면서 아이들을 상대한다.
그건 얼마 전까지의 일상이면서 자신이 저버린, 이젠 돌아갈 수 없는 나날인 것이다.
——단, 이건 내 기억이 아니라…… 그 사람, 시즈 씨의 기억이

겠지.
교관이었던 그 사람이 두고 온 미련.
휩쓸리게 하고 싶지 않았다는 그 심정을 나라면 이해할 수 있다.
하지만 남겨진 아이들은 버림받았다며 울고 있을지도 모른다.
그렇지 않아도 그 아이들은…….
응?
그 아이들은, 뭔데? 나는 지금 뭘…….

그때 눈이 떠졌다.

——부탁이야. 그 아이들을——.

그 아이들? 그 꿈에 나왔던 아이들 말인가?
——그 아이들을, 구해줘.
구해달라고……? 대체 무엇으로부터?
그 질문에 대답하는 자는 없다.
내게 뭔가를 시키고 싶다는 마음은 전해졌다.
그러나 그것뿐이다.
그 이상 아무 말이 없었고, 그 목소리는 어둠 속으로 사라진 것이다.

꿈의 잔재는 허무하게 사라진다.
이 부탁도, 이 마음도 꿈속으로 사라지면서…….

*

오랜만에 꿈을 꾼 것 같다.

잠을 잘 수 없는 슬라임의 몸이 되면서 꿈을 꾸는 건 마력이 떨어졌을 때 같은 비상시에만 일어나는 일로 바뀌어버린 상태다.

이래선 안 된다는 생각으로 나는 분발했고, 게으름을 피우며 잠을 잘 수 있도록 매일 노력을 거듭한 것이다.

게으름을 부리기 위해 노력한다.

언뜻 모순되게 보이지만 그렇지 않다.

마음에 여유를 가지는 건 좋은 일인 데다, 목표를 향해 노력하는 건 힘든 일이 아니기 때문이다. 그런 노력의 성과가 결실을 맺으면서, 짧은 시간이라면 의식을 놓은 채로 멍하니 있을 수가 있게 되었다.

즉, 실험은 성공했다는 뜻이다.

나는 스스로의 의지로 꿈을 꾸는 것에 성공했다.

내용은 잊어버렸지만 그건 중요하지 않다.

꿈이란 결국 그런 것이니까.

"이것으로 매일 게으르게 굴 수 있는 나날을——."

"무슨 바보 같은 소리를 하시는 거예요, 리무루 님?"

꾸지람을 들었다.

슈나는 웃는 얼굴로 화를 내기 때문에 무섭다.

슈나의 재촉을 받으며 침대에서 기어 나오다가 생각한다.

낮에는 하쿠로우의 지도하에 전투 훈련이랑 공사의 진행 상황을 시찰하느라 바쁘니까, 밤 시간 정도라면 느긋하게 굴어도 벌은 받지 않겠지, 라고.

카리브디스(폭풍대요와, 暴風大妖渦)에게서 빼앗은 능력의 '해석감정'도 끝났으니, 당장 신경 써야 할 문제도 없을 테니까.

덧붙이자면 카리브디스로부터 얻은 것은 '마력방해'와 '중력조작'으로, 둘 다 엑스트라 스킬이다.

'마력방해'는 '분자조작'과 통합하여 엑스트라 스킬인 '마력조작'으로 진화했다.

그 상태에서 '다중결계'와도 연결되어 내 방어력은 대폭 상승했다.

이로써 마법 공격에 대한 대처도 완벽하다. 가비루 일행이 드라고뉴트(용인족)로 진화했을 때 손에 넣은 '마법내성'도 같이 쓸 수 있게 되면 마법으로 직격을 받아도 웬만하면 견뎌낼 수 있을 것이다.

애초에 내게는 '글러트니'가 있으므로 인식 가능한 마법 공격은 받아도 무효화할 수 있지만 말이다. 그래도 기습에 대항할 수 있게 된 의미는 큰 것이다.

또 하나의 능력인 '중력조작' 말이다만——.

이건 연구할 가치가 있었다.

게르뮈드의 〈비행계 마법〉을 빼앗지 못한 것이 아쉬웠지만 '중력조작'을 얻은 것으로 문제가 해결된 것이다. 주문을 읊을 필요도 없이 내 뜻대로 고속 비행을 할 수 있게 되었다.

이번에 나는 초조하게 서두르지 않았다. '수압추진'을 획득했을 때의 실수를 잊어버리지 않았기 때문이다.

확실한 생각 없이 대충 움직이다간 가볍게 넘길 수 없는 사태를 초래한다.

그렇게 생각하며 매일 시간을 들여 천천히 스킬을 검증했다.

공중에 뜨는 것부터 시작해서 천천히 날아다니는 연습을 했다. 날개로도 약간은 제어할 수 있기 때문에 생각했던 것보다 쉽게 익힐 수 있었다.

지금은 날개를 드러내지 않고도 날 수 있을 정도가 됐다.

공기저항조차도 '다중결계'로 막아낼 수 있으므로, 언젠가는 음속을 넘어서는 비행도 가능할 것이다.

앞으로 여유를 갖고 연습을 해볼 예정이다.

그런 생각을 하고 있으려니, 슈나가 어이없다는 표정으로 한숨을 쉬면서 내게 말을 걸었다.

"리무루 님, 또 멍하니 계시네요. 오늘은 제 오라버니인 베니마루와 함께 리그루 님을 배웅하시는 날이에요. 정신차리고 위엄 있는 모습을 보여주셔야죠."

"그렇군, 오늘이었나. 알았어."

그랬었다.

오늘은 베니마루 일행이 여행을 떠나는 날이다.

*

밀림이 떠난 뒤로 몇 개월이 지났다.

느긋하면서 평온한 매일.

바쁜 건 달라지지 않았지만 실로 평화로운 나날이 계속되고 있다.

그런 나날을 보내던 중에 수왕이자 마왕인 칼리온이 보낸 사자가 찾아왔다.

정식 문서에 의한 협정은 체결하지 않았지만, 칼리온은 약속을 지킬 생각인 것 같다.

사자가 말하길, '각자의 나라에서 사절단을 파견하여 국교를 맺는 것이 유익할지 아닐지를 파악해보지 않겠는가.'라고 전했다.

나는 두말할 것도 없이 찬성했고 사자에게 동의한다는 뜻을 전하도록 했다.

그리고 오늘.

수왕국 유라자니아에 사절단을 파견하는, 기념할 만한 날이 온 것이다.

사절단의 단장은 내 한쪽 팔에 해당하는 베니마루다.

그 보좌역으로 리그루도의 아들인 리그루를 임명했다. 앞으로 국가 운영을 맡기 전에 다른 나라를 방문하여 견문을 넓히도록 하는 것이 목적이었다.

그 밖에도 홉고블린의 간부 후보가 몇 명 사절단에 속해 있다.

쥬라 템페스트 연방국——약칭 템페스트(마국연방, 魔國連邦).

우리나라의 이름이다.

이 나라는 이제 막 생겼으며, 모든 면에서 경험이 부족했다. 그걸 보충하기 위해 모두가 하나가 되어 매일 노력을 거듭하고 있다.

그런 그들이기 때문에 수왕국 유라자니아로부터 얻는 것도 크지 않을까 생각한다.

그리고 마왕 칼리온이 파견해 올 사절단에 대한 준비도 완벽하다.

우리나라를 살펴보면서 좋은 부분은 받아들여 주면 좋겠다고 생각한다. 잘하면 앞으로도 양호한 관계가 이어질 것이고 무역이 개시될지도 모른다.

그렇게 되면 정식으로 국교를 맺게 될 날도 멀지 않게 될 테니까.

어찌 됐든 우선은 천천히 한 걸음씩 나아가기로 한다.

마음을 새로이 다잡고 우리 쪽 사절단을 배웅하는 것부터 시작하자.

나는 머릿속을 각성시키면서 인간의 모습으로 변했다.

식전 행사도 있으므로 나름대로 그럴듯한 예복을 갖춰 입는다.

이러고 있으니 입을 것도 별로 없었던 때가 그리워진다. 지금은 여러 가지로 다양한 옷이 준비되어 있으며, 일본에서 생활하던 때보다도 많은 걸 갖춰놓고 있었다.

생활수준에 관해선 예전과는 비교도 되지 않을 정도로 풍요로워진 상태다.

중요한 과제였던 설탕을 정제하는 것도 해결했다.

재료를 끓여서 만드는 요리도 추가되었고, 아직 종류가 적긴 하지만 과자 종류까지 만들 수 있게 된 것이다.

게으름을 부리거나 낮잠을 자는 기술까지 몸에 익힌 지금, 다음 단계로 생각해야 할 것은 오락거리일 것이다.
내가 노리는 목표까지는 아직 멀었다.
여러모로 생각해야 할 일이 계속 떠오르기 때문에 아주 힘들다.
아무리 노력하고 또 노력해도 내 욕망은 멈출 줄을 모르는 것 같다.
포테이토칩이라도 씹으면서 정신없이 게임을 즐기는 나날을 보낼 수 있게 되는 건 대체 언제쯤에야 가능해질까.
하지만 그래도 포기하지 말고 목표를 높이 걸어두자.
그러기 위해서라도, 사절단은 확실하게 국교를 맺을 수 있게 노력해주면 좋겠다.

예복을 입고 광장에 모인 사람들 앞에 선다.
순식간에 술렁거리기 시작하는 마물들.
여러 종족의 많은 마물들이 좀처럼 볼 수 없는 내 인간형 모습을 보고 흥분한 모양이다.
소란스러운 분위기가 좀 오래간다는 생각이 들었는데…….
"조용히 하세요!"
시온의 성난 소리를 듣고 순식간에 조용해졌다.
역시 시온이다.
이런 거친 일에 관해선 아주 우수하다.
날 보면서 흥분했던 마물들이 조용해졌으니 인사를 하기로 한다.
"제군들, 부디 열심히 노력해주길 바라네!"
격려의 인사말을 남겼다.
"——그 말씀뿐, 인가요?"

난감한 표정으로 슈나가 물었다.

으—음, 내용이 좀 짧았나.

교장 선생의 이야기 같은 것은 길어지면 아무도 듣질 않는다. 남들 앞에서 하는 연설도 비슷할 것이라고 생각했는데…… 아무래도 내가 생각하는 것 이상으로 다들 내 말을 기대하고 있었나 보다.

"말이 조금 부족했나 보군. 그럼 조금만 더——."

그렇게 일단 서론을 거론한 뒤에, 나는 상대편 나라에서 지낼 때의 주의 사항을 설명했다.

마왕 중의 하나——그것도 완전히 무투파인, 마왕 칼리온. 그런 칼리온이 다스리는 나라가 기본적으로 법치국가인지 아닌지도 의심스럽다.

"너희들, 잘 알겠지? 상대는 '힘이야말로 모든 것'이라고 생각하고 있는 마인들의 나라다. 결코 얕보이지 마라. 물러선 시점에서 상대가 시키는 대로 전부 따르는 꼴이 되는 셈이니까. 싸우면 질지도 모르지만, 마음으로는 지지 않도록 노력해다오! 너희의 뒤에는 나와 동료들이 있다. 그걸 잊지 말고 자신들의 의사는 확실히 상대방에게 전달해라. 그리고 싸움이 벌어질 것 같으면 도망쳐 와라. 이번 파견에는 앞으로도 상대와 계속 어울릴 수 있을지를 파악하는 목적도 있다. 억지로 참아가면서 유지해야 할 정도라면 그런 관계는 필요 없다. 기분 좋게 우의를 맺을 수 있는지를 너희들의 눈으로 확실하게 확인해주면 좋겠다. 부탁하마!"

마지막을 그렇게 마무리 짓자, 떠나갈 것 같은 대함성이 광장을 가득 채웠다.

마치 아이돌의 콘서트 같은 모습이었다.

아마도 연설 내용은 아무런 상관이 없었을 것이다. 단순히 내가 하는 말이 듣고 싶었을 뿐이겠지.

사절단의 멤버들은 진지하게 들었겠지만, 다른 자들은 축제처럼 시끌벅적하게 굴고 싶었던 것뿐으로 보인다.

뭐, 그걸로 충분하려나. 단합을 거의 하지 않는 마물의 기준으로 보면, 이야기를 진지하게 듣고 있었던 것만으로도 대단한 진보인 셈이니까.

이왕 말이 나온 김에 중요한 점을 못 박아두기로 하자.

"나머지는 그렇군……. 어느 정도의 실수는 용서하겠지만, 절대로 우리가 먼저 싸움을 걸지는 마라. 특히 베니마루, 잘 알아들었겠지?"

상대가 싸움을 걸어올 경우를 전제로 한 이야기였는데, 우리 쪽에서 먼저 싸움을 걸었다간 말이 되지 않는다. 그 점만은 절대 실수하지 않도록 다짐을 시켜놓아야 했다.

"훗, 맡겨주십시오. 저도 여러모로 많이 배웠으니까요. 밀림 님을 보고 있으면, 생각이 짧은 행동은 위험하다는 걸 누구라도 이해할 수 있을 겁니다."

자신만만하게 베니마루가 대답했다.

그 자신감이 두렵다만…….

비교하는 상대가 밀림이란 것도 전혀 안심이 안 되는 요인이다. 그런 녀석과 비교해서 자신감을 가져봤자 아무런 보장도 안 될 것 같은데.

뭐, 시온보다는 낫겠지만.

베니마루의 말을 듣고 힘차게 고개를 끄덕이는 시온을 보고 나는 속으로 한숨을 쉰다.

사실은 내 대리는 시온에게 맡기고 싶었지만…… 그건 너무나 도 위험한 도박이었다.

아니…… 생각해보면 베니마루는 이렇게 보여도 생각이 깊다.

밀림이나 시온과 비교하는 건 역시 실례라고 생각한다.

"너한테 맡기마. 원래는 내가 직접 갔어야 하지만……."

"아닙니다. 안전이 확인되기 전에 마왕의 영토로 들어가는 건 자제하시는 게 옳다고 봅니다."

내 말을 베니마루가 딱 잘라 부정한다.

베니마루는 역시 자신의 눈으로 칼리온이 신용할 만한 인물인지를 확인해보고 싶은 것이겠지. 그건 칼리온에게만 국한된 이야기가 아니라, 그의 나라에 존재하는 마인 모두를 파악할 생각을 하고 있다.

우리나라(템페스트)에 과연 유익한 이야기일지를. 그리고 무엇보다도 내게 해악이 될지 아닐지를.

베니마루의 마음은 너무나 기쁘다. 그렇기 때문에 더욱더 걱정이 되는 것이지만…….

시온과 같이 천진난만한 성격은 아니기 때문에 일부러 시비를 걸어서 상대를 시험해보지는 않을까 불안하다.

그렇다고 해서 마인의 나라에 리그루 일행만을 파견하는 것도 걱정이다. 호위 명목으로라도 전투 능력이 높은 자를 같이 보낼 필요가 있었다.

소우에이는 보이지 않는 곳에서 우리나라를 지켜주고 있으며, 하쿠로우는 병사들을 훈련시키느라 바쁘다.

게루도는 공사를 지휘하느라 자리를 비울 수 없고, 가비루도 하이퍼 포션(상위 회복약)의 유출과 로우 포션(하위 회복약)의 양산에 힘쓰고 있다.

시온은 아예 논외였기 때문에, 이래저래 생각해봐도 베니마루밖에 남지 않는 것이다.

"알았네. 그럼 부탁하지."

"넷!"

"리그루 일행도 잘 해다오! 좋은 점은 가능한 한 많이 받아들이고 싶으니까 말이다."

"잘 알겠습니다. 견문을 넓히고 돌아오겠습니다!"

눈을 빛내면서 리그루가 대답했다.

하고자 하는 마음이 느껴지는 눈빛을 보니, 새로운 것에 도전하고 싶다는 의욕은 진심인 것 같다.

이 정도면 괜찮겠다, 그런 믿음이 들었다.

"란가, 너도 베니마루의 그림자에 숨어서 동행해다오. 그리고 그림자 속에서 들키지 않게 모두를 지켜주면 좋겠다."

"잘 알겠습니다. 안심하십시오, 나의 주인이여!"

란가는 내 명령에 따라 베니마루의 그림자 속으로 슬그머니 잠겨 들어갔다. 베니마루의 오라(요기)에 가려질 것이니 란가도 들키지 않을 거라 생각하고 싶다.

"좋아! 그러면 다 같이 성대하게 배웅하도록 할까!"

내 말을 듣고 슈나가 슬쩍 시선으로 신호를 보냈다.

그 신호에 맞춰 실력 있는 자를 뽑아서 만든 음악대의 연주가 시작되었다.

성대하게, 활기차게.

그리고 도시의 주민들이 지켜보는 한가운데를, 사절단은 당당하게 나아가기 시작한다.

그것은 희망찬 미래를 향한 첫걸음이었다.

이런 식으로 교류를 계속 거듭하다가 언젠가는 정식으로 국교가 수립되기를 바라면서.

이렇게 첫 번째 사절단은 여행을 떠났다.

*

베니마루 일행의 배웅을 마쳤지만 아직 해야 할 일은 산더미처럼 쌓여 있다.

빨리 인간의 도시로 놀러 가보고도 싶지만, 할 일이 계속 생기는 바람에 그럴 여유가 없다,

무슨 일이든 처음이 중요한 법이다.

일도 그렇지만, 처음부터 대충 했다간 나중에 심한 꼴을 당하는 경우가 많다. 국가를 운영하는 거라면 더 말할 나위도 없을 것이다.

놀러 가고 싶다고 해서 지금 여기서 다 팽개치는 것은 생각도 할 수 없는 일인 것이다.

사절단으로 가느라 경비 부문과 군사 부문의 톱이 자리를 비웠으니, 그 구멍을 메워야만 한다.

경비 부문에 관해선 소우에이에게, 군사 부문에 관해선 하쿠로우에게 대리를 맡기기로 했다.

이걸로 일단은 안심이다.

그 다음에는 수왕국 유라자니아에서 올 사절단을 맞이할 준비에 들어간다.

지금 그들이 보면 곤란한 것은 히포크테 풀의 재배와 회복약의 생산 현장이다. 이것 말고는 정보를 공개해도 문제가 없기 때문에 봉인의 동굴을 중점적으로 은폐하기로 했다.

입구는 하나이니까 그곳을 큰 바위로 막아놓으면 침입할 수 없게 된다. 가비루 일행은 이동 마법진으로 이동할 수 있으니까 단단히 마음을 먹고 입구를 봉쇄하기로 했다.

산소 농도의 변화가 걱정이 되긴 했지만 공기구멍은 여러 곳에 뚫어놓았다고 하니 문제는 없을 것 같다.

그리고 베스터가 편리한 마법을 알고 있었다.

"공기, 말입니까……. 환경의 변화를 감지하는 마법이 있습니다. 생명 활동에 지장을 줄 정도라면 경고를 해주는 마법도 있으니까 걱정은 하시지 않으셔도 됩니다."

그렇게 내 걱정을 해소시켜준 것이다.

베스터, 정말로 유능한 남자이다.

성격만 비뚤어지지 않았다면 가젤 왕의 한 팔로서 지금도 그 재능을 살릴 수 있었을 텐데…….

뭐, 지금은 내 밑에서 열심히 일해주고 있으니, 나로서는 좋은 일이긴 하지만.

이런저런 이야기를 거쳐서 봉인의 동굴 입구는 봉쇄하도록 했다.

아, 그렇지. 베스터 이야기가 나온 김에 한 가지 더.

다른 곳은 보인다고 해서 곤란해질 것은 없었기 때문에 환영 준비를 세심히 체크하기로 했는데…….

현재 숙박을 위한 장소로서 내빈용의 영빈관을 신축 중이었다. 이건 카발 일행이나 요움 일행이 이용하는 숙사가 아니라 최대한 화려하게 만든 호화로운 저택 같은 호텔이었다.

겉모습뿐만 아니라 인재도 육성 중이다.

슈나의 제자들은 일류 요리사로 자라났다. 지금은 감각만으로 적절하게 양념 조절을 해낼 수 있을 정도까지 되었다. 불을 다루는 것이나 식칼질에도 익숙해졌기 때문에 어디로 보내도 부끄럽지 않게 한 사람 몫을 해내는 요리사인 것이다.

고블리나(여성)들도 카발이랑 요움 일행을 연습 상대로 손님을 대접하는 방법을 배우고 있었다. 왕후 귀족을 접대하기에는 힘들겠지만, 일반인이나 모험가를 상대로 하기엔 충분한 교육을 받은 것이다.

마지막 마무리로 성적이 우수한 자들을 골라서 실제로 손님을 대접해보도록 시켰다. 거칠게 사는 사람들만 상대로 하고 있다간 내빈을 대접하는 일을 맡기는 것이 불안했기 때문이다.

이 과정에서 활약을 한 것이 바로 베스터이다.

그쪽으로는 지식이 없는 내가 모르는 부분의 지도를, 진짜 귀족인 베스터에게 부탁한 것이다. 그 결과, 종업원으로 선별된 자들이 훌륭하게 실력을 발휘했다.

"아주 훌륭합니다. 이대로 정진을 계속하면 어느 나라의 왕족을 초대해도 부끄럽지 않을 레벨로 성장할 수 있을 겁니다. 여러분의 앞으로의 활약을 기대하겠습니다."

그건 그야말로 신경질적인 성격의 베스터조차 만족시킬 수 있는 최고의 접대였다.

“““가르쳐주셔서 정말 감사합니다.”””

모두가 다 같이 베스터에게 감사의 인사를 한다.

그걸 만족스러운 표정으로 받아들이는 베스터.

“역시 대단하군, 베스터. 자네에게 맡기길 정말 잘했어!”

“아닙니다. 이렇게 보람이 있는 일이라면 언제든지 명령해주십시오.”

내 치하를 듣고 베스터가 밝게 웃는다.

베스터에겐 답례로서 무료 숙박권을 증정하기로 했다. 베스터의 숙박은 시찰도 겸할 수 있기 때문에 종업원들이 느슨해진 건 아닌지 체크도 할 수 있다. 그야말로 일석이조다.

이렇게 사절단을 맞을 준비는 착착 잘 진행되고 있다.

커다란 이벤트가 또 하나 있다.

아니, 그것보다는 이쪽이 사실 더 중요하다.

드워프 왕국——무장 국가 드워르곤으로 외유를 갈 예정이 잡혀 있는 것이다.

이것도 사자들이 오가면서 이야기를 나눈 끝에 일정도 이미 다 정해진 상태다. 이 이벤트는 우리나라에 있어선 가장 중요한 경사이다.

강대국인 무장 국가 드워르곤에게 템페스트(마국연방)가 국가로서 정식으로 인정을 받았다는 사실을 대외적으로 알릴 기회가 되기 때문이다.

문서에 의한 국교 수립뿐만이 아니라 이런 행사를 통해 다른 여러 나라에 우리 존재를 인정하게 만들어서 앞으로의 국가 운영에 도움이 되었으면 하는 바람이다.

마물이 새로운 국가를 부흥시킨다고 해서 남들이 그것을 받아들여줄 수 있을 것인가.

그게 최대의 과제였다.

하지만 요움을 영웅으로 만들고, 휴즈가 적당히 소문을 내준 덕분에 우리는 영웅을 도와준 우호적인 마물 집단으로 알려지기 시작하고 있다.

이런 분위기 속에서 강대국이 우리를 초대한 것이다. 이건 단번에 신용을 얻을 수 있는, 다시 없는 기회가 될 것이다.

이 이벤트를 성공시킬 때까지 마음을 놓을 수는 없는 상황이었다. 인간들의 도시에 놀러 가는 건 국가 운영이 제 궤도에 오른 뒤에 해도 늦지 않을 것이다.

"무슨 일이 있어도 성공시켜야지!"

그런 내 말에 슈나와 시온이 고개를 끄덕인다.

"물론이죠."

"맡겨만 주십시오. 이 시온도 비서로서 온 힘을 다하겠습니다!"

기합을 새로이 넣으면서 해야 할 일에 몰두한다.

나는 정열적으로, 떠올릴 수 있는 모든 문제를 처리하면서 다가올 운명의 날을 기다렸다.

*

사절단이 도착했다는 정보가 왔다.

내 앞에 무릎을 꿇은 트레이니 씨가 가져온 정보다. 쥬라의 대삼림에 사절단이 들어왔다고 맨 먼저 알리러 와준 것이다.

"일부러 알려줘서 고맙소."

"아니오, 이 정도는 별일도 아닌걸요."

트레이니 씨는 그렇게 말하면서 미소 지었다.

여전히 아름다운 모습이다. 투명감이 느껴지는 신비한 이목구비가 보는 자의 마음을 사로잡는다.

나도 슬라임이 아니었다면 홀랑 넘어갔을 것이다.

이런, 너무 뚫어지게 바라보면 슈나랑 시온이 불쾌하게 여기지. 나는 눈도 없는 슬라임인데, 무슨 이유인지 내 시선이 어디를 보는지를 알아차릴 수 있는 모양이다.

초능력이라도 지니고 있는 걸까, 아니면 여자의 직감인 걸까.

어쨌든 쓸데없는 싸움을 일으켜선 안 된다.

"또 무슨 일이 있거든 부탁하겠소."

"물론이죠. 그럼 이만 실례하겠습니다."

미소를 남긴 뒤에 트레이니 씨는 그 자리에서 사라진다.

신출귀몰한 모습은 건재한 것이, 정말로 신비스러운 여성이었다.

이런저런 사정을 거쳐, 사절단이 며칠 후에 도착할 것이라고 모두에게 공고로 알렸다.

마침 그때 요움 일행이 도시로 돌아왔다.

요움은 내 계획대로 파르무스 왕국에서 영웅으로 승승장구 중이다. 그런 남자이긴 하지만, 본 모습으로 돌아와 쉬기 위해 이 도시를 찾아오곤 한다.

하쿠로우에게 수행을 받으러 왔다——는 거창한 명분을 내세우는 것 같지만 진짜 목적이 맛있는 요리와 온천이라는 건 뻔히 알 수 있다.

이번에는 며칠 동안 체류할 거라고 말하기에 트러블을 일으키지 않도록 주의를 주는 걸 잊지 않는다.

"알겠나? 마왕 칼리온의 부하들이 사자로 올 예정이니까 자네들도 괜한 싸움이 벌어지지 않도록 주의해주게."

"이런, 이런, 나리, 우릴 뭐라고 생각하는 겁니까? 마왕의 부하를 상대로 시비를 거는 바보라고, 그렇게 생각하는 건가요?"

어깨를 으쓱하면서 요움이 말했다.

그 말도 맞긴 하지만 세상에는 상상을 초월하는 바보가 있는 것도 사실이거든…….

"그런데 그 전에 물어볼 게 있는데. 왜 마왕의 부하가 이 마을에 오기로 되어 있는 겁니까?"

내가 요움에게 대답하기도 전에 요움이 내게 질문을 했다.

마왕 칼리온의 부하인 대간부 중의 하나가 마왕급 몬스터인 '카리브디스'의 핵이 되어버렸다. 대난투 끝에 내가 핵에서 분리시켜 구한 것이 인연이 되어서 수왕국 유라자니아와 국교를 맺게 되었지만…… 그때 요움 일행은 여기 없었다. 그래서 그 후의 진행 상황을 모르고 있었던 것이다.

나로서도 사실을 이야기하는 게 좋을지를 망설였기 때문에, 지금까지 설명을 하지 않았던 것이다.

"그렇군, 자네한테는 설명을 해두기로 할까. 그럼 목욕을 끝내면 응접실로 와주게."
"예이, 그럽지요."
요움의 대답을 듣고 만날 시간을 정해놓았다.
시온이 익숙한 동작으로 예약을 메모하고 있다. 모양새라도 갖추도록 지시하긴 했지만, 의외로 성실한 비서답게 굴고 있었다.
자, 그럼 요움에게 어떻게 설명을 해준다.
요움에게만은 지금까지의 경위를 제대로 설명해두는 게 좋을 것 같다. 그리 생각하여 어느 정도는 내부 사정을 이야기해주기로 했다.
간단하게나마 내 출신 경위와 마왕과의 관계를 말이다.
어디까지 가르쳐주는 게 좋을지 생각해봤는데, 이 사실이 소문으로 돌아다닌다고 해서 곤란한가를 따져보면 사실 그렇지도 않다. 오히려 내가 원래는 인간이었다고 말해도 대부분은 믿지 않을 것이니까.
이 기회에 모든 걸 다 이야기해주는 게 좋을지도 모른다.
도시에 도착한 지 얼마 되지도 않은 사람을 붙잡고 길게 이야기하는 것도 그런데다, 이런 이야기는 조용한 분위기에서 하는 게 좋을 것이다. 나는 그렇게 생각하여 요움만 나중에 내 방으로 오도록 말한 것이다.

여장을 풀고 목욕을 마친 후에 요움이 응접실로 날 찾아왔다.
저녁 식사 후에 지정해둔 시간에 딱 맞췄다.
"그래서 무슨 이야기를 해주시려는 겁니까?"

"그리 서두르지 말게."
요움에게 의자를 권한다.
등받이와 팔걸이가 달렸으며 가죽으로 만든 푹신푹신한 소파다.
나도 맞은편 의자로 이동한다.
"미리 하나 말해두겠는데, 놀라지 말게."
"놀라지 말라고요? 제가 왜——."
뭔가 말하려고 하던 요움을 무시하고 나는 인간 모습으로 변화했다. 설명하는 것보다 직접 보여주는 게 빠를 것이다.
"뭐야?!"
놀라서 말도 나오지 않는 요움.
그래서 충고한 것인데, 효과는 없었던 모양이다.
"그래서 놀라지 말라고 했는데."
그렇게 말하면서 나도 의자에 앉는다.
그 타이밍에 맞춘 것처럼 슈나가 방 안에 들어온다.
예정대로다.
가볍게 인사를 한 후에 나와 요움에게 마실 것을 준비하는 슈나.
드워프 3형제 중 둘째인 도르드가 만든, 아름답게 세공된 유리잔에 무색투명한 액체를 살짝 따른다.
한 번 더 가볍게 인사를 한 후에 슈나는 내 뒤에 대기했다.
그걸 신호로 나는 유리잔을 든다.
향기를 즐기면서 완성도에 문제가 없다는 걸 확인하고 나서,
"자, 한잔 들지."라고 요움에게 권한다.
내가 인간의 모습으로 변한 것에 놀라고, 슈나의 가련한 모습

에 홀려서 움직임이 그대로 굳어버린 요움. 하지만 내가 술을 권하자 그제야 제정신을 차린 모양이다.

"아, 아아. 죄송합니다, 잘 마시겠습니다——."

그렇게 말하면서 단번에 유리잔을 기울이다가 성대하게 기침을 한다.

"——콜록콜록, 콜로옥. 우오오, 이건 대체?!"

슈나가 서둘러 물을 내밀자 요움은 그걸 단번에 마셔버렸다. 잠시 콜록거리더니 겨우 진정이 된 모양이다. 그런 뒤에 자신이 뭘 마신 건지 궁금했는지 내게 그걸 물어봤다.

"증류주(스피리츠)는 익숙하지 않은가? 예전에 드워프 왕국 사람들과 잔치를 벌인 적이 있었는데 술이 없는 게 불만인 것 같더군. 얼마 전에는 맥주랑 와인을 갖다 줬지. 그런데 그자들은 이런 술로는 취하지도 않는다면서 끝도 없이 마셔대더라고. 그래서 내가 아는 술을 맛보여주자고 생각한 거지. 이게 시험 제작품 제1호라네."

서프라이즈는 대성공이다.

요움도 술에 강하다는 걸 자랑했었기 때문에 실험용으로 삼아 본 것이다.

지금 요움이 마신 것은 와인을 증류시킨 브랜디이다.

조금 비겁하긴 했지만 '해석감정' 덕분에 최고의 맛을 재현할 수 있었다. 하나 더 덧붙이자면 내 유니크 스킬인 '글러트니(폭식자)'가 크게 활약해줬다.

발효와 부패, 그 차이는 유해한가 무해한가 하는 그 점뿐이다.

내 '글러트니'의 부식 효과를 '대현자'로 컨트롤한 결과 인체에

유해한 물질이 생겨나지 않게 유지하면서 부식시키는 것에 성공했다.

즉, 발효를 시킨 것이다.

이 능력을 구사하면 효모랑 누룩을 정제하는 것도 쉬운 일이었다.

효모는 예전에 슈나에게 맡겼기 때문에 빵도 식탁에 놓을 수 있게 되었다. 술은 더 말할 것도 없이 눈앞에 놓인 것이 그 성과이다.

누룩에 관해선 해결해야 할 과제가 많아서 현재도 연구 중이었다. 하지만 가까운 시일 안에 일본주와 맛술에, 된장도 만들어낼 수가 있을 것이다. 콩만 손에 넣을 수 있으면 간장도 만들 수 있을 것 같다.

꿈이 점점 커지는 놀라운 스킬(능력)이다.

이런 취미와 취향에 스킬을 써도 되는 건지 약간 의문이 들기도 했지만, 문제는 없을 것이다. 유효하게 이용하는 것이야말로 그 가치를 이끌어내서 진가를 발휘할 수 있게 만드는 것일 테니까.

제1단계의 발효주를 만들 수 있으면 그 뒤는 간단한 일이다.

브랜디뿐만 아니라 백주를 증류한 위스키도 준비해둔 상태다.

둘 다 알코올 도수가 높기 때문에 익숙하지 않은 자가 마시면 목에 불이 붙은 것 같은 느낌을 받을 것이다. 하지만 술을 좋아하는 사람에게는 참을 수 없는 맛을 제공할 것이다.

나는 그런 사실을 설명하면서 올바르게 마시는 법을 직접 보여주었다.

아쉽게도 나는 술에 취할 수 없는 몸이지만 말이지. 그래도 옛날의 감각을 떠올린 탓인지 취한 것 같은 기분에 잠길 수는 있었다.

"과연. 확실히 이 술은 상당히 맛있습니다, 나리."

"그렇지?"

"저는 굳이 말하자면 물로 희석시킨 것보다 얼음만 넣은 게 더 취향이군요."

"역시 뭘 아는군, 요움."

그런 식으로 긴장이 풀어지기를 기다렸다가 나는 본론을 꺼내기로 했다.

"어디, 그럼——."

그런 뒤에 지금까지 일어난 일을 대략 들려줬다.

전생했다는 이야기와, 그 외에 여러모로 세세한 부분까지 이야기하긴 했지만, 어디까지 이해할 수 있었는지는 확실하지 않았다. 술도 들어갔으니, 취하면 다 잊어버릴지도 모른다. 그러면 그걸로 충분하다는 생각에 일부러 술을 꺼낸 것이지만.

이런 이야기를 맨 정신으로 하는 것도 이상하다는 점도 이유였다.

마왕들과 얽히게 되었다는 것도 농담 비슷하게 하지 않으면 못해먹을 짓이었다.

그렇지만 요움은…….

"아니, 전 믿습니다. 왜냐하면 마물이 도시를 건설한다는 시점에서 이건 이미 일반적으로 생각할 수 있는 이야기가 아니니까요."

그렇게 별것 아닌 양 말해버린 것이다.

적응력이 강한 녀석이었다.

지금도 브랜디가 마음에 들었는지, 이젠 콜록거리지도 않고 맛있게 마시고 있다.

"이봐, 이봐, 내 말을 믿는다는 건가?"

"믿는다고 하지 않았습니까. 그보다도 마왕이라……. 그 부하라면 상당히 강한 녀석이 오겠군요."

"으—음, 글쎄, 어떨까. 싸우러 오는 것도 아니고, 서로 국교를 맺기에 충분한 가치가 있는지 없는지를 조사하러 오는 것뿐이니까 말이야."

"그렇지만 저쪽에는 베니마루 씨가 갔다면서요? 그건 무슨 일이 벌어져도 대응할 수 있도록 생각해서 그런 것 아닙니까? 그렇다면 상대도 같은 생각을 하고 나름대로 강한 마인을 보내 올 거란 생각이 드는데 말이죠……."

"그럴지도 모르지만 관계는 없네. 우리가 먼저 손을 대면 그 시점에서 모든 게 끝이지 않은가. 마왕 칼리온과 적대 관계가 되어봤자 득이 될 일은 하나도 없으니까. 자네에게 하고 싶은 말은 딱 한 가지네. 낮에도 말했지만 사자를 상대로 시비를 걸지 말 것. 자네 부하들에게도 철저히 교육을 시켜두게. 이번에는 평화적으로 해결하고 싶으니까 말이지!"

"잘 알겠습니다, 나리. 우리도 위험한 상대에게 먼저 시비를 걸 만한 바보가 아니라니까요!"

그것도 그렇겠지.

나도 그렇게 납득하면서 그 이야기를 끝냈다.

술도 호평을 받았으니, 드워프 왕국에 갈 때 좋은 선물이 되어

줄 것 같다.

그런 뒤에 요움과 별것 아닌 잡담을 나누다가 분위기가 달아오르면서, 그날은 결국 밤을 새우고 말았다.

*

그리고 며칠 후.

예정대로 수왕국 유라자니아로부터 사절단이 도착했다.

환영에는 슬라임 모습을 유지한 나를 필두로 슈나, 시온, 리그루도 이하, 이 나라를 운영하는 홉고블린의 장로들이 나섰다.

그리고 그림자 속에선 소우에이가 지켜봐주고 있다. 무슨 일이 있으면 곧바로 튀어나와줄 것이다.

그 외에는 요움 일행도 같이 줄을 서 있기 때문에, 나름대로 그럴듯한 분위기를 이루고 있었다.

그러던 중에 사절단 일행이 다가온다.

황금으로 장식된 호화롭고 화려한 마차의 대열.

그걸 끄는 것은 대형 마수인 선더 타이거(백뢰호, 白雷虎)이다. 희푸르게 방전하는 번갯불을 몸에 두른 그 모습은 멀리서 봐도 그 위세를 느끼게 했다.

말이 아니라 호랑이가 끌고 있으니 호차(虎車)라고 부르는 게 나으려나?

저 강해 보이는 면모를 보건대, 장식만 바꿔서 달면 전차라고 불러도 통할 것 같다.

"역시 대단하군……."

“대단치도 않습니다. 리무루 님의 위광을 내세우신다면 저 정도의 짐승들을 다스리는 것쯤은 별것도 아닙니다.”

내 감탄 섞인 한숨은, 시온이 깔보듯이 뱉은 대사로 인해 상쇄되어 사라졌다.

아니, 아니, 아니, 시온 양?

대단한 건 맞다고 생각하는데.

“누가 봐도 우리한테 자신들의 힘을 보여주려고 하는 거잖아. 저 화려한 모습을 대단치 않다고 애써 말하는 건 우리가 허세를 부리는 것 같아서 도리어 꼴사납거든?”

“그렇습니까? 저렇게 장식을 해봤자 전투에선 전혀 의미가 없습니다만?”

“아니, 아니, 이 상황에서 전투는 관계가 없잖아…….”

정말이지, 시온은…… 머릿속에 전투밖에 없는 것 같은 녀석이라니까.

마왕 칼리온이 엄선했을 것으로 보이는 진용을, 실전적이 아니라는 이유로 우습게 보다니, 완전히 언어도단이다.

“하지만 뭐, 세공의 예술성이라는 관점에선 영 아니긴 하군. 도르드의 실력에는 미치지 못해. 게다가 카이진이랑 가름 형제도 우릴 도와주고 있으니, 우린 상당히 복을 받은 거라 할 수 있겠지.”

“그렇게 말해주니 기쁘구려, 나리.”

“우리도 괜히 우쭐해지는군요.”

내 감상을 뒤에서 듣고 있던 카이진과 드워프 3형제가 자랑스러운 표정으로 미소를 보인다.

실제로 내 무모한 요구에 매번 잘 호응해주는 덕분에, 아주 많은 도움을 받은 건 사실이었다. 그들의 실력은 좀 더 인정을 받아도 좋을 것이라 생각한다.

그런 대화를 나누고 있는 동안에 마차 행렬이 엄숙한 분위기로 도시 안에 들어왔다.

선두에 있는 한껏 호화로운 마차의 문이 열리면서 두 명의 여성이 내린다.

첫 번째 인물은 윤기 있는 백발을 스트레이트로 기르고 늘씬한 몸매에 고양이 같은 눈동자를 지닌 미인. 누가 봐도 여성이지만 그 몸에 풍기는 오라(요기)는 사나운 것을 보니 용맹한 무장인 것 같다.

두 번째 인물은 금색과 은색이 뒤섞인 머리에, 보석 같이 아름다운 뱀의 눈동자를 지닌 미녀. 언뜻 보기에는 정숙해 보이지만 그 냉혹함으로 인해 얼어붙은 공기는 누구도 다가갈 수 없을 것 같은 생각이 들었다.

명백하게 격이 다른 마인이다.

그 에너지(마력요소)양의 크기로 보건대, 예전에 왔던 포비오와 동격. 즉, 이 두 사람은 아마도…….

"처음 뵙겠습니다, 쥬라의 대삼림의 맹주님. 전 알비스. '황사각(黃蛇角)'의 알비스라는 이름으로 불리는 칼리온 님의 삼수사(三獸士) 중의 한 명입니다."

역시 생각했던 대로 상당한 거물, 설마 했던 최고 간부가 여기 납신 셈이다.

그 말은 즉, 다른 한 명도——.

"흥! 이런 자들에게 인사를 할 필요는 없어, 알비스. 쥬라의 대삼림의 맹주라고 해서 어떤 마물인가 싶어 와봤더니 약소한 슬라임이잖아. 바보 취급하는 것도 정도가 있지!"

"말조심하세요, 스피어. 당신의 행동은 칼리온 님의 체면에 먹칠을 하는 것과 같——."

"시끄러워, 알비스. 내게 명령하지 마! 애초에 드워프는 그렇다 치고 인간 따위와——왜소하고 건방지고 비겁한 인간들과 한통속이라니, 마물로 취급하고 싶은 생각도 안 들어!"

어지간히 인간이 싫었는지, 불평을 계속 늘어놓는 스피어라는 마인.

나만 업신여기는 거라면 참으려고 했지만 이 자리에 있는 인간——즉, 요움 일행을 깔보듯이 욕보이는 건 용서할 수 없었다.

나도 원래는 인간이었으니, 더욱 그러했다.

요움은 자신들이 원인이 되어서 우호 관계가 망가질 것을 우려해 무슨 말을 들어도 가만히 참고 있다. 내 충고를 지켜주고 있는 것이다.

생각해보니 요움도 최근 몇 개월 동안 상당히 실력을 쌓았다. 이렇게 일방적으로 업신여김을 당할 이유 따윈 전혀 없다.

"이봐, 이봐, 당신, 인간을 너무 좀 깔보는 거 아닌가? 어지간히 좀 하라고. 안 그래, 요움? 자네도 그런 소리를 그냥 듣고만 있으면 분하겠지? 내가 허락할 테니까 실력을 약간 보여주는 게 어떤가?"

요움이 가만히 참고 있어주는데도 불구하고 내가 참지 못하게 됐다.

하지만 어쩔 수 없지 않은가. 어쨌든 요움은 하쿠로우 밑에서 같이 수행을 한 동료이기도 하니까. 그야 수행 내용은 달랐고 나랑 베니마루 일행과 비교하면 전혀 이야기가 안 될 레벨(기량)이긴 하지만…….

그래도 그 대담하고 지기를 싫어하는 성격 덕분인지, 약한 소리 한 번 내지 않고 하쿠로우의 수행을 버텨낸 것이다.

게다가 요움은 어딘가 일본의 후배였던 타무라를 떠올리게 했다.

건방지지만 귀여운 후배였던 타무라. 나를 나리라고 부르면서 따르는 요움도 또한 내게 있어 귀여운 후배다. 후배라기보다―― 그래, 하쿠로우를 같은 스승으로 모시는 자, 요움은 말하자면 사제 같은 존재였던 것이다.

이렇게까지 업신여김을 당하는 모습을 보고 나 자신이 그런 소리를 듣는 것 이상으로 화가 났다. 조금은 가젤 왕의 기분을 알 것 같은 기분이 든다.

"네, 제가요?!"

분노에 불타는 날 보면서 요움이 놀란 표정으로 되물었다.

뭘 남의 일인 양 놀라는 건지. 여기선 한 방 제대로 본때를 보여주면 좋겠다.

"그래. 죽지만 않으면 회복시켜줄 테니까 네 실력을 가르쳐주라고!"

"잠깐, 잠깐, 나리……. 싸움을 하지 않고 평화적으로 간다고 하지 않았습니까?"

"이 바보 녀석! 무슨 나약한 소리를 하고 있어! 우리가 먼저 손을 댈 생각은 없었지만, 저쪽이 시비를 걸어온다면 응해주긴 해야지."

그렇다, 시비를 걸어온다면 받아줄 뿐이다.

게다가 마음에 걸리는 점이 조금 있었다.

"두목, 한판 붙으세요!"

"얕보인 채로 가만있다간 체면이 말이 아니게 됩니다요!"

요움의 부하들인 거친 사내들도 보아하니 내 감정에 동화된 모양이다.

"쳇, 어쩔 수가 없군. 나리, 뼈는 제대로 수습해주시겠죠?"

요움은 그렇게 말하면서 씨익 웃더니, 애용하는 드래곤 슬레이어(참용강도, 斬竜剛刀)를 스릉 빼 들면서 자세를 잡았다. 내 말에 자극을 받아서 투지에 불이 붙은 것 같았다.

"맡겨둬라. 회복약은 잔뜩 있으니까 봐주지 말고 싸워!"

"알겠습니다!"

그렇게 대답하면서 앞으로 나서는 요움.

대적하는 스피어는 기쁜 듯이 높은 목소리로 웃었다.

그리고 말한다.

"하———앗핫핫핫하! 좋다, 인간. 날 만족시켜줄 수 있을까?"

싸움을 앞에 두고 즐거운 표정으로 소리치는 스피어.

그런데 바로 그때.

내 몸을 안고 있던 시온이 무슨 생각을 한 건지 슈나에게 나를 건넸다.

어, 설마…….

그런 생각을 한 순간, 내가 예상했던 대로 시온이 행동하고 말았다.

"기다리세요. 아까부터 잠자코 듣자 하니, 리무루 님께 대한 그 많은 폭언들……. 리무루 님이 싸우지 말라고 분부하셨기 때문에 참고 또 참았지만, 보아하니 그럴 필요가 없었던 것 같군요. 당신의 상대는 접니다!"

눈에 핏발을 세우면서 말릴 틈도 없이 시온이 움직였다.

요움이 나서는 것까지는 허용 범위라고 생각했지만, 시온이 나서버리면 원만하게 끝나지 않게 될 텐데…….

뭐, 어쩔 수 없나.

이 흐름에선 시온을 제지할 수 없다. 이렇게 된 이상 상황에 맡기는 것 말고는 다른 수가 없어 보인다. 게다가 무엇보다 상대도 붙어볼 마음이 가득한 것 같으니, 이제 와서 취소하자고 말할 수 있을 분위기가 아니었던 것이다.

"재미있군! 슬라임의 부하가 어느 정도의 실력을 갖고 있는지, 바로 나――'백호조(白虎爪)' 스피어가 확인해보도록 하지!"

용맹한 호랑이의 본성을 드러내면서 스피어가 울부짖었다. 순수한 전투 본능이 명령하는 대로 시온과 스피어가 격돌한다.

그리고 순식간에 그 자리는 전장으로 변했다.

한편 요움 쪽은.

"――나 원, 어쩔 수가 없군요, 스피어는. 그루시스! 당신이 저 인간을 상대하세요."

시온과 스피어의 싸움을 곁눈질로 보면서 '황사각' 알비스가 마인 중 한 명에게 명령했다.

“아무리 제가 수왕전사단의 하급 전사라곤 하나, 인간을 상대하라 하시다니……. 뭐, 좋다. 놀아주도록 하지, 인간!”

그렇게 불평을 늘어놓으면서 예리하게 생긴 젊은이가 한 명 앞으로 나선다.

잿빛의 머리카락에 잿빛 눈동자. 갈색 피부. 근육질이면서 늘씬한 체격이다.

양손으로 대형 나이프를 갖고 놀면서도 날카로운 시선으로 요움을 바라보고 있었다.

그 태도는 완전히 요움을 깔보고 있는 것처럼 보이지만, 눈빛은 날카롭고 진지하게 사냥감을 파악하려 드는 사냥꾼의 그것이었다.

말과는 달리, 방심 따윈 절대로 하고 있지 않았다.

역시 칼리온의 부하다.

이러니저러니 해도 결국은 일류의 전사인 것이다.

분명 칼리온이 다스리는 종족은 라이칸스로프(수인족)라고 들었다.

밀림이 여러모로 가르쳐준 것이다.

처음에는 말하기 껄끄러워했지만 내가 과자를 슬쩍 보여준 순간 “사실은 안 되지만 특별히 가르쳐주는 거야.”라고 말하면서 상당히 자세하게 말해주었다.

수인이란 존재는 그 이름대로 짐승으로 변신할 수 있는 아인종이다.

개, 고양이, 원숭이, 곰, 뱀, 새 같은 대표적인 종류에, 드물게는 코끼리 같은 대형종도 있다고 한다.

그리고 오크와 코볼트 같은 하위 마물은 변신할 수 없게 된 열화수인으로 불리고 있다. 즉, 수인이란 마물 중에서도 상위에 위치하는 자들로 여겨지고 있는 것이다.

인간과 마물의 성질을 동시에 지닌, 태어나면서부터 하위 마인으로 불리는 종족.

한 번 변신하면 자신이 지닌 특질에 맞는 능력을 발휘한다고 한다.

선천적으로 싸우는 방법을 익힌 전사이면서 약육강식인 이 세계에서도 주목을 받는 존재라고 하던가.

그 정보가 확실하다면 수인은 분명 인간의 모습에서 짐승의 특징을 지닌 모습으로 '변신'할 수 있을 것이다. 짐승으로 변한 모습이야말로 원래의 실력을 드러낸 것이기 때문에, 방심은 하지 않는다 해도 진심으로 싸우는 건 아니라는 이야기가 되겠지만…….

스피어도 아직 인간의 모습이다.

과연 시온은 이길 수 있을까?

이기느냐 지느냐 어느 쪽이든 간에——.

시온과 스피어, 요움과 그루시스.

이들의 싸움은 이미 시작된 것이다.

나는 슈나의 품에 안긴 채 그 결말을 지켜보고 있었다.

*

시온과 스피어의 싸움은 한마디로 엄청나다고 표현할 수 있었다.

둘 다 싸우면서 희열을 느끼는 타입——즉, 전투광이었기 때문에 주위는 아예 신경도 쓰지 않고 싸움에 몰두하고 있다.

현 시점에선 속도도 힘도 호각. 대등하게 싸우고 있다.

하지만 내가 보기엔 스피어 쪽이 압도적으로 에너지(마력요소)양이 높았다. 이대로는 시온 쪽이 불리하게 돌아갈 것이다. 분명 그럴 터인데…….

시온은 대태도도 뽑지 않고 맨손으로 스피어와 맞붙고 있다.

죽일 생각이 없기 때문일까, 진심으로 싸우는 게 아니라는 의사 표현일까. 격이 높은 마인을 상대로 그런 여유를 보이고 있을 때가 아닐 텐데…….

시온이 참전한 것은 예상 밖이었지만 이왕 이렇게 되었으면 전력을 다해 승리를 노려야 하지 않을까.

"괜찮을까, 시온 녀석? 칼도 들지 않은 채 상대에 맞춰주면서 싸울 생각인 것 같은데……."

"괜찮습니다, 리무루 님. 저렇게 보여도 시온은 오라버니 다음으로 강한걸요."

내 중얼거림에 대답해준 사람은 슈나다.

시온이 키진(鬼人) 중에선 두 번째로 강하다고 슈나는 분석하고 있는 모양이다. 지금도 시온과 스피어의 싸움을 파악하고 있는 것으로 보이는 만큼, 슈나의 유니크 스킬 '해석자'도 얕볼 수 없다.

그건 그렇다 쳐도 슈나도 스피어의 실력을 알아차렸을 것이다. 그런데도 시온을 걱정하는 듯한 모습을 보이지 않는 건 그만큼 신뢰하고 있다는 증거인 걸까.

"——확실히 정면으로 싸운다면 저보다 시온 쪽이 더 강할 겁니다. 상당히 달갑지 않은 일입니다만……."

내 그림자에 숨어 있던 소우에이도 씁쓸한 말투로 인정했으니, 시온은 정말 강하다고 할 수 있을 것이다.

단순한 실수투성이 비서만은 아니었던 것이다.

그런 대화를 나누면서 싸움을 관전하는 우리들.

시온과 스피어는 격투전에 몰두하고 있다. 서로의 기술과 힘을 겨루면서 조금씩 상대의 힘을 이끌어내는 중이다.

그렇게 균형을 유지한 채로 두 사람의 싸움은 계속된다——.

한편, 요움 쪽을 말하자면.

이쪽은 처음부터 고도의 기술로 응수하고 있다.

요움은 정말로 강해졌다. 몇 개월 전과는 완전히 다른 사람 같다.

이 도시와 파르무스 왕국 주변의 도시와 마을을 돌아다니며 마물 퇴치를 해주면서 영웅으로서 명성을 높이는 나날을 보내고 있다. 그런 싸움의 나날을 통해 경험을 쌓은 것이리라. 대폭적으로 레벨 업(기량 증강)을 한 것이다.

지금은 두말할 것도 없이 A랭크의 강자로 성장해 있었다.

언뜻 보면 남아도는 힘에 의지하며 무거운 드래곤 슬레이어를 내려치고 있을 뿐인 공격으로 보일 것이다. 그러나 그건 잘못 본 것이다. 그 일격은 철저하게 계산된 첫 일격일 뿐이다. 상대가 그 일격을 피하면서 방심했을 때를 노리고, 그대로 칼을 되돌리면서 베는 다단 공격으로 연결시킨 것이다.

가볍게 드래곤 슬레이어를 다루는 요움. 인간으로 보이지 않을 만큼 초인적인 기술과 힘으로 상대인 마인을 추격했다.
상대하는 마인——그루시스도 밀리지 않는다.
일격 필살로 느껴질 정도인 요움의 참격을 종이 한 장 차이로 피해낸다. 그뿐만이 아니라 변환 자재의 움직임으로 요움에게 반격을 시도한다.
양손에 든 대형 나이프로 엄청나게 재빠른 연속 공격을 선보인다. 마치 춤을 추는 것처럼 아름답게 사냥감을 몰면서 베어버린다.
그루시스라는 마인이 얼마나 속도에 자신감을 갖고 있는지 알 수 있는 공격이었다.
그런 마인 그루시스를 상대로 하고 있음에도 불구하고 요움은 즐거운 표정으로 웃고 있다. 실력을 충분히 발휘하여 마인과 싸우고 있다는 사실에 자신의 성장을 실감한 것으로 보인다.
공격과 방어, 공수 교대가 순식간에 반복된다.
요움을 향해 나이프를 던지는 그루시스.
무난하게 그 공격을 피하는 요움. 그리고 그대로 드래곤 슬레이어를 아래로 휘두르면서 그루시스에게 필살의 일격을 날린다.
그러나 그루시스는 전방의 지면으로 구르듯이 낙법을 취하면서 피해냈다. 요움의 발밑을 통과하면서 훌륭하게 뒤로 돌아간 것이다.
그걸 추격하듯이 요움이 돌아섰을 때, 그루시스가 투척했던 나이프가 부메랑처럼 회전하면서 그루시스의 손으로 돌아온다.
양손의 나이프를 교차시키는 참격.
그걸 받아내는 건 한 자루의 대검.

실력은 백중.

감탄의 한숨이 나올 정도로 명승부였다.

"제법이군, 요움 녀석. 저 그루시스라는 마인과 호각으로 싸우고 있어……."

"그러네요. 정말 훌륭하게 싸우고 있어요."

나는 감탄하여 요움을 칭찬했다. 나를 안고 있는 슈나도 동의하는 것 같다.

아무래도 요움은 내가 생각했던 것 이상으로 성장한 듯하다.

고부타도 그랬지만 하쿠로우의 지도는 무엇보다도 속도를 중시한다. 조금이라도 반응이 느리면 지독한 꼴을 당하게 된다. 그게 싫다면 필연적으로 상대의 공격을 예상하는 아츠(기술)를 연마할 수밖에 없는 것이다.

그게 바로 요움의 반응속도의 비결이었다.

거기에 더해서 한 가지 더.

내가 요움에게 건네준 엑소 아머(골갑전신갑주, 骸甲全身甲冑)에도 비밀이 있었다.

이 갑옷은 경량이면서도 방어력이 아주 높은 것이 특징이다. 하지만 그 이상으로 장착한 자의 움직임을 보조하여 반응속도를 높여주는 효과가 있었던 것이다.

마력요소가 통하는 무기나 방어구는 소유자의 상성에 따라 성능이 변화한다. 사용하면 사용할수록 그 성능이 상승하는 것이다.

이 엑소 아머도 예외는 아니었으며, 소유자인 요움에게 제대로 길이 든 것으로 보인다.

요움이 최근 몇 개월 동안의 싸움 속에서 엑소 아머를 완벽하

게 자신의 것으로 만들었다는 증거라고도 할 수 있겠다.

요움은 이 두 가지의 요인으로 인해 마인 그루시스와 비교해도 손색이 없는 실력을 익히고 있었다.

이렇게 그들의 싸움은 열기를 더해가고 있다.

한창 싸우는 도중――.

시온과 스피어는 서로 상대의 진짜 실력을 파악하려는 듯이, 그 공격은 점차 열기를 더해가더니…….

"하하하! 이렇게 나를 즐겁게 만들 줄이야."

"흥, 얕보지 마라, 수인! 하늘을 가르고 땅을 부수는 키진의 진짜 힘을 지금이야말로 보여주마!!"

"하하하하하, 좋다, 어디 보여봐라! 그리고 나를 좀 더 즐겁게 만들어다오!"

싸움이 끝날 때가 찾아오려 하고 있었다.

스피어가 웃으면서 길게 늘어난 양손의 손톱으로 시온을 벤다. 그 손톱은 희푸르게 빛나면서 방전하고 있었다. 선더 타이거를 기르는 주인이라면 당연한 것일까, 스피어는 번개를 다루는 능력을 갖고 있었던 모양이다.

그러나 시온도 밀리지는 않았다.

여전히 대태도는 칼집에 넣어둔 채로 방전하는 스피어의 손톱을 두 손으로 받아낸 것이다. 그리고 그 순간, 피뢰침에 번개가 흐르는 것처럼 시온의 몸 표면을 타고 전류가 통과했다.

스피어의 손톱은 시온의 몸에 아무런 손상을 주지 못하고 잡혀버렸다. 그리고 전류는 지면으로 흐르면서 시온에게 결정적인 대미지를 주지 못했다.

그걸 알아차린 스피어가 호오, 하고 감탄하는 표정으로 눈을 가늘게 좁혔다.

지금 시온이 사용한 것은 〈기투법(氣鬪法)〉의 기술 중의 하나인 '금강법(金剛法)'이다. 기를 조절하여 신체를 강철처럼 단단하게 만드는 기술이다. 그리고 몸 표면을 투기로 보호하여, 적의 공격을 분산시킨다.

말할 것도 없겠지만 쉽게 해낼 수 있는 기술이 아니다. 그걸 시온이 실전에서, 좋은 견본이라 할 수 있을 정도로 훌륭하게 사용해낸 것이다.

"자, 각오하세요! 다음은 제 차례입니다——."

"좋아, 와라! 나도 피가 끓기 시작했다!!"

스피어 다음은 시온.

그런 약속은 하지도 않았을 텐데, 시온은 당연하다는 듯이 자세를 잡았다.

하쿠로우는 맨손 격투술도 일단 가르쳐주긴 했지만, 이건 다르다. 시온은 위력만을 중시한 것 같은 극대의 마력탄을 발사할 생각인 것 같다. 무슨 생각을 하고 있는 건지, 온 힘을 다해 오라(요기)를 짜내기 시작했다.

하쿠로우의 기술이라면 싸우는 중에 자연스럽게 승부를 결정짓는 기술로서 쓰인다. 저렇게 당당하게 온몸에서 오라를 모아 쏘아대는 짓은 하지 않는 것이다. 한창 싸우는 도중에 그런 빈틈을 보인다면 상대에게 공격의 기회를 주게 될 뿐이니까.

그런데도 스피어도 그게 당연하다는 듯이 두 손을 벌려 그 기술을 받아보겠다는 양 자세를 잡고 있다.

정말로 전투광들의 생각은 내겐 도저히 이해가 불가능했다.
시온의 준비가 끝난 모양이다.
전투 중이었다면 치명적이지만, 관전하는 자들에겐 짧은 시간이 경과했다.
그 동안 스피어는 즐겁다는 표정으로 웃으면서 꼼짝도 하지 않았다.
그런 스피어를 향해 웃어 보이는 시온.
"오래 기다렸군요. 그럼 받아보세요!"
시온의 양손 사이에 한껏 모여든 오라(요기). 흉악한 파괴력을 담은 그것을 내던지려고 할 때――.
"그만하세요!"
그건 전투가 끝났음을 알리는 목소리.
시온의 앞을 갑자기 금색의 석장(錫杖)이 가로막았다.
알비스가 제지한 것이다.

*

기탄을 쏘려고 한 것은 시온뿐만은 아니었던지 스피어 쪽도 알비스의 꼬리가 가로막고 있었다.
꼬리.
그렇다, 알비스는 반은 인간, 반은 뱀인 수인이었다. 상반신은 아름다운 여성의 몸 그대로지만, 하반신은 검고 커다란 뱀으로 변해 있었다.
누구도 알아차리지 못하게 본래의 모습으로 '변신'――즉, '수

신화(獸身化)'를 발동한 모양이다. 그리고 기척도 없이 이동하여, 시온과 스피어의 싸움에 끼어든 것이다.

그 몸에선 오라가 전혀 흘러나오지 않는다. 나조차도 오라를 완벽히 억제하지 못하는데, 정말 대단한 기량이었다.

역시 삼수사. 지금은 솔직하게 칭찬하기로 하자.

알비스의 제지하는 목소리를 듣고 그루시스도 싸움을 멈췄다. 그에 맞춰 요움도 동작을 멈추고 난감한 표정으로 내 쪽으로 시선을 돌린다.

나도 한 손을 들고 요움을 향해 고개를 끄덕인다.

"이제 만족했나? 그래, 우리는 합격인가?"

"네에, 충분히 잘 감상했습니다. 어때요? 스피어. 당신도 이 정도면 인정하겠죠?"

"그래. 나도 이 정도면 불만은 없어. 우리와 대등하게 어울리기에 충분한 가치가 있군. 그렇게 확신했어."

한 점 그늘도 없는 미소를 지으면서 스피어가 대답했다. 게다가——.

"너희도 이젠 납득했겠지? 이 이상 인간들이 어쩌고 하면서 불평을 늘어놓는 건 내가 용서하지 않겠다!"

수인족들에게 그렇게 선언한 것이다.

요움과 싸운 그루시스도 고개를 끄덕이면서 말한다.

"스피어 님의 말씀대로다. 나랑 이 정도로 싸울 수 있는 인간은 그리 많지 않다. 너희들도 그걸 알았을 테니 앞으로는 예의를 갖춰 행동해라!"

그리 말하면서 크게 웃었다. 그리고 요움에게 손을 내미는 그루시스.

요움도 쓴웃음을 지으면서 그에 응했고, 두 사람은 굳게 악수를 나눴다.

——화해가 성립된 순간이었다.

알비스의 반응을 보고 확신했지만 역시 이 녀석들의 꿍꿍이는 내가 예상했던 그대로인 모양이다.

즉, 우리를 시험했던 것이다. 일부러 우리에게 시비를 걸어서 우리의 반응을 본 것이다.

이상하다고 생각한 건 스피어가 나를 슬라임이라고 업신여겼을 때였다.

애초에 마왕 칼리온은 내 슬라임 모습을 알고 있었다. 그걸 자신의 부하에게 말해주지 않았을 리가 없다.

게다가——.

우호조약을 맺기로 한 약속을, 자신의 이름을 걸고 맹세한 마왕 칼리온이 내가 슬라임이라고 해서 업신여기고 이야기를 뒤집어버리지는 않을 거라 생각했다.

스피어가 우리를 도발하기 위해 그 사실을 이용한 것이 아닐까 하고 직감했다. 상대 쪽의 주인을 욕보이면 반드시 폭발하는 자가 나올 것이라 생각했으리라.

그리고 또 하나의 이유.

이 수인족 말인데…… 내 생각에는 너무나도 지나치게 솔직하다.

예를 들어 별명.

'황사각'의 알비스라고 자신을 소개했지만, 지금의 모습을 보면 그 이유는 명백하다. 왜냐하면 하반신은 뱀이고 머리에는 두 개의 뿔이 돋아나 있었으니까. 용처럼 가지가 갈라진 뿔은 황금색으로 반짝이는 것이, 딱 봐도 비밀이 숨겨져 있을 것 같은 특징을 갖고 있었다.

그리고 스피어도.

'백호조'라는 별명에서 상상해보면 호랑이 계통의 수인이라는 건 분명할 것이라 생각한다. 방금 전의 싸움에선 전격을 두른 손톱을 무기로 썼으니, 내가 생각하는 게 분명히 맞을 것이다.

내 예상이지만 얼마 전에 이곳에 온 '흑표아' 포비오도 흑표범의 수인이며 이빨로 공격하는 것이 특기일 것이다. 어쩌면 검은 이빨을 무기로 쓰는 표범계의 수인일지도 모르겠지만…….

그런 식으로, 원래는 감춰둬야 할 특징을 별명으로 삼아버릴 정도로 정직한 종족인 것 같다는 생각이 들었다.

사실인지 아닌지는 모르지만——수인족은 정면에서 정정당당하게 싸우는 것을 자랑스럽게 여기는 종족으로 보인다.

그런 그들이 자신들의 주인인 마왕 칼리온의 명령을 어길 리가 없다.

그렇게 분석했던 내 생각은 역시 옳았던 것이다.

자, 그럼 남은 건 이제 시온 쪽인데.

"시온, 너도 그 정도면 충분한가?"

아직 극대 마력탄을 여전히 유지한 채로 서 있는 시온에게 말을 걸자, 시온은 난감한 표정으로 나를 본다.

"그건 문제없습니다만…… 리무루 님, 이걸 어떻게 할까요?"

이거라는 건 마력탄을 말하는 것이겠지.
"없애지 못하나?"
"——무리입니다. 아니, 사실은 기력이 한계입니다."
잘 보니, 시온은 온몸을 가늘게 떨면서 지금 당장이라도 마력탄을 놓아버릴 것 같은 모습이었다. 그것도 모자라 눈에 눈물이 맺혀 있다.
한계라는 건 일목요연했다.
술렁거리는 소리와 함께 시온의 주위에서 멀어지는 일동.
"자, 잠깐. 진정해. 천천히 해. 천천히, 그걸 위로 향하게 만드는 거야."
가장 초조해진 것은 표적이 되어 있는 스피어라 할 수 있다.
알비스는 재빨리 석장을 되돌린 후 이미 피난을 마친 상태다. 감탄이 나올 정도로 피신하는 발이 빨랐다.
——뱀이니까 발은 없겠지만.
스피어도 뒤로 물러나려 했지만 시온과의 사이에 파직하고 전기가 일어나면서, 움직일 수가 없게 되었다. 아무래도 스피어가 두르고 있는 번갯불과 시온의 오라(요기)가 서로 반응하면서 절묘한 힘의 파장이 만들어진 것 같다.
"이봐, 기합을 넣어!"
시온을 향해 필사적으로 응원하는 스피어. 자신의 목숨이 걸려 있다 보니, 그 목소리에는 필사적인 감정이 담겨 있음이 느껴진다.
정말이지, 시온은 어쩔 수가 없다니깐.
스스로도 제어할 수 없을 정도로 온 힘을 다해 힘을 응축시키다니…….

"시온, 쏴라!"

나는 슈나의 팔에서 뛰어내린 후, 시온과 스피어 사이에 재빨리 끼어들었다. 그리고 그대로 인간 모습으로 변하여 시온을 향해 왼손을 뻗으면서 소리친다.

"그렇지만――."

"괜찮아. 나를 믿어라!"

"네!"

시온은 안절부절못하면서 난감한 표정을 지었지만, 어차피 이미 한계였다.

발사되는 극대 마력탄. 그러나 그건 짧은 빛을 남기고는 내 왼손으로 빨려 들어가 사라진다.

내가 유니크 스킬인 '글러트니(폭식자)'로 먹어버린 것이다.

아연실색하는 수인족들.

안도하면서 주저앉는 시온.

어이없는 표정으로 한숨을 쉬는 나.

그리고 성대하게 일어나는 함성.

이렇게 전장은 안정을 되찾았다.

그러고 보니, 만약 우리가 도발에 응하지 않았다면 어쩔 생각이었는지 조금 신경이 쓰였다.

"우리가 그 도발에 넘어가지 않았다면 어쩔 생각이었나?"

"음? 그랬다면 곤란했겠군. 하지만 싸우지도 못하는 겁쟁이를 우리가 친구로 인정하는 일은 없었겠지. 이 이야기는 없었던 걸로 쳤겠지만, 칼리온 님도 그 정도는 허락하셨을 거라고 보는데."

도시로 안내하는 도중에 물어봤는데, 실로 깔끔하게 대답했다.

속마음을 읽을 필요가 없는 솔직한 자들이었다.

이 정도라면 앞으로의 교류도 기분 좋게 유지할 수 있을 것 같다.

그렇게 생각하자 나는 마음이 편해졌다.

*

그날 밤에는 환영회를 열었다.

슈나가 더욱 정성을 들여 요리를 준비해줬기 때문에, 크나큰 기대를 하고 있었다.

각종 술도 아낌없이 선보인다.

만들어진 요리를 다 늘어놓자 연회가 시작됐다.

순찰에서 귀환한 고부타가 우스꽝스러운 춤을 추면서 모두의 웃음을 자아낸다.

하쿠로우가 검무를 선보이면서 수인족들의 존경을 얻어냈다.

슈나에게 추파를 던졌지만 차례로 침몰하는 드워프들. 그대로 자포자기 심정으로 술을 퍼마시기 시작하는 과정까지는 거의 약속된 패턴이다.

요움 일행은 당당하게 도박을 시작했다. 심심풀이용 게임으로 마작을 퍼뜨린 것이다.

보아하니 아까 요움과 싸운 그루시스라는 마인도 호기심 차원에서 참가한 것 같다.

그렇다면 나도 한번 참가해볼까 했지만, 슈나에게 꾸지람을 듣고 말았다.

슈나가 말하길, "리무루 님은 도박에 약하니까 자중하세요."라고 한다.

자각은 하고 있다.

나는 흥분하면 사리분별을 못 하게 되니까 말이다.

머릿속에서 '대현자'가 *《그 패를 남가(南家)가 가지고 있을 확률은——99%입니다.》*라고 충고해주는데도 '여기선 지르는 게 남자지! 확률 따윈 엿이나 먹으라고 해!'라고 소리치면서 패를 버리다가 직격을 맞기도 했다.

종종 있는 일이었다.

좋아는 하지만 실력은 없는 취미라고나 할까.

적어도 '대현자'를 구사한다면 백전백승은 틀림이 없을 텐데…….

도박은 흥분하면 지게 된다. 이해를 하고 있어도 자제가 안 된다.

매번 그랬던 것이다.

이번은 일단 접대가 목적이다.

슈나의 말을 받아들여 오늘은 수인들의 이야기를 들어주기로 하자. 그렇게 생각하여 알비스랑 스피어 쪽을 바라보니——,

그곳에는 완전히 술에 취한 주정뱅이가 두 사람 있었다.

필사적으로 "더 이상은 마시면 안 됩니다!"라고 말리는 사자들. 그러나 그들의 주인들은 그 충언을 아예 들을 생각도 없는 것 같다.

알비스는 술통을 꼬리로 감싸 안은 자세로 직접 머리를 집어넣고 꿀꺽꿀꺽 마시고 있다. 저건 사과 브랜디로 아주 도수가 높은 것이다.

달고 순한 맛이라 나중에 천천히 맛보려고 숨겨둔 최상급의 술이다.

"누구야, 술통째로 건네준 게……."

나는 슬픈 기분을 느끼면서도 시선을 다른 한 명의 주정뱅이 쪽으로 돌렸다.

거기서 본 것은 하얗고 커다란 호랑이였다. 비유가 아니라 실제로 본 게 그랬다.

수인의 레벨이 아니라 완전히 짐승 모습으로 변해버린 스피어였다.

이쪽은 이쪽대로 큰 대접에 가득 부어진 미드(벌꿀주)를 할짝할짝 핥고 있다.

그것도 완전히 집중해서 핥고 있었다.

――이래선 안 돼!

그게 내 솔직한 감상이었다.

바닥에 구르고 있는 술통의 수는 열 개를 넘었으니, 이 두 사람이 얼마나 많이 마신 건지는 한눈에 알 수 있다.

그러나 그건 괜찮다. 벌꿀이라고 해도 아피트에게서 얻을 수 있는 희귀한 것이 아니라, 자이언트 허니비(거대 꿀벌)의 벌집에서 채취한 꿀을 이용한 것이니까. 천연 재료를 이용한 것이므로 생산량은 적은 술이지만 그런 건 다시 만들면 된다.

문제는 수인이라면 비밀로 숨겨둬야 할 원래 모습을 있는 대로 다 드러내고 있다는 점이다.

"이봐, 이봐, 수인은 '변신'한 모습을 다른 사람에게 함부로 보이면 안 되는 거 아닌가?"
당황하면서 묻는 나.
밀림에게 들은 것이니 틀림없는 사실이라고 생각했지만…… 대답은 놀랄 만한 것이었다.
"이런, 이런, 리무루 님. 부끄러운 모습을 보여드리고 말았습니다——."
부끄러운 표정으로 대답한 것은 엔리오라는 이름의 수인이었다. 포비오의 심복으로 이번에는 내게 감사를 표하기 위해 왔다고 한다. 포비오를 구해준 것에 관해 몇 번이고 몇 번이고 머리를 숙이면서 고마워했다.
그런 엔리오가 말한다.
"확실히 짐승으로 변한 모습은 개인차가 있습니다. 하지만 그걸 보여선 안 된다는 규칙은 없습니다. 하지만 뭐, 마음을 허락한 자 외에는 그다지 많이 보여줘선 안 된다는 건 말씀하신 대로라 할 수 있겠군요."
그렇게 아무렇지도 않은 듯이 넘어간 것이다.
그리고 엔리오는 밀림이 가르쳐준 것을 더 상세하고 정중하게 설명해줬다.
"잠깐, 그건 수인족의 비밀 같은 게……."
"아니오, 그렇지는 않습니다만? 이건 딱히 비밀이랄 것도 아니고, 상위 마인이라면 누구나 아는 사실이니까요."
저희는 숨기는 게 서툴러서 말이죠. 그렇게 말하면서 계속 웃는 엔리오. 아무래도 정말로 수인에겐 큰 비밀도 아니고 별로 중요하지도 않은 이야기인 모양이다.

그 말은 곧, 밀림 녀석이——그다지 중요한 이야기도 아닌데, 무슨 비밀이라도 밝혀주는 것인 양 이야기해서 나를 속였을 뿐이란 뜻인가…….

아무래도 나는 밀림에게 완전히 속아서 과자를 넘겨준 것 같다. 쉽게 구슬릴 수 있다고 생각했는데 밀림 쪽이 한수 더 위였던 모양이다.

다음부터는 방심하지 말자고, 나는 그렇게 마음속으로 맹세했다.

수인족 일행을 방으로 이동하도록 안내했다.

그쪽 방에도 술통을 준비해두도록 했다. 비밀은 아니라고 해도 여성이 보여서 좋을 모습은 아닐 테고 동행인 자들도 다들 느긋이 쉬고 싶을 테니까 말이다.

그렇게 환영 파티는 무사히 종료되었다.

동이 튼 다음 날.

상쾌한 표정으로 아침 식사 자리에 앉은 두 명의 미인.

스피어는 물론이고 알비스도 어제의 취기는 전혀 남아 있지 않은 모양이다. 평범한 애주가 수준이 아니라는 것에 속으로 놀랐지만 애써 드러내지 않았다.

"어젯밤은 정말 꿈만 같은 시간을 보냈습니다. 너무나 훌륭한 연회였기에 이 감동을 반드시 저의 주인께도 전해드리려고 합니다."

"음, 나도 그렇게 맛있는 술을 마신 건 처음이야. 그 맛을 알게 된 것만으로도 이 나라와 교류를 맺는 건 좋은 일이라고 생각해."

"스피어. 그런 식으로 말하는 건 실례예요. 하지만…… 그 술은 정말 맛있었습니다. 네, 그렇게 강한 맛은 제가 살아오면서 맛본 적이 없는 것이었어요. 아, 물론 요리도 훌륭했습니다만 역시 술 쪽이 더――."

두 사람 다 요리가 아니라 술을 잔뜩 칭찬하고 있다.

그런 이야기를 나누던 중에, 과일 쪽의 재배까지는 시작할 여유가 없어서 많은 양을 수확하지 못했다는 이야기가 나왔다.

실제로 지금의 식량 사정은 대폭 개선된 상태다. 하지만 그건 밀이나 보리 같은 주식이 되는 곡물 재배나, 효율이 좋아서 부식으로 쓰이는 감자 종류의 재배를 중점적으로 벌이고 있기 때문이다.

그 밖에도 실험적으로 벼 재배에도 손을 대고 있으며, 우선시해야 할 것은 쌀의 품종개량이었다.

휴즈 쪽에 문의해봤지만 벼를 재배하는 지방에 관해선 딱히 아는 게 없는 것 같았다. 그렇게 되면 스스로 만들 수밖에 없다. 맛있는 쌀을 만들 수 있다는 전망이 생긴다면 밀을 재배하는 데 쓰는 경작지를 논으로 만들어서 대규모로 벼를 키우기 시작할 예정이다.

이건 결코 내 고집만으로 진행 중인 계획이 아니다. 쌀은 아주 영양가가 높으며, 밀과 같이 섭취함으로써 식생활의 밸런스가 좋아지게 된다.

육체를 가지고 있는 마물들은 인간과 그렇게 신체 구성이 다르지 않다는 것도 알게 되면서 밸런스가 좋은 식사를 목표로 삼게 된 것이다.

뭐, 쌀을 얻을 수 있다면 일본주 같은 것도 양산할 수 있게 되리라는 자그마한 희망은 가지고 있지만 말이다.

그런 이유도 있기 때문에 과일 재배 같은 건 시도할 여유가 없으며, 새로운 경작지 개척에도 손을 댈 여유가 없다. 공사 예정도 줄줄이 늘어서 있는 형편이라 게루도에게 무리를 시키고 있는 게 현실이기 때문이다.

나로서는 단맛을 느끼게 해주는 과일이 먹고 싶었지만, 아직 굶주림에 대한 대비책이 완전하지 않은 이상 그런 사치스러운 소리를 할 수는 없다고 포기하고 있었다.

그런 사정을 가볍게 설명했다.

그러자 알비스가——,

"과연, 그랬었군요. 그렇다면 저희 유라자니아에 공물로 올라오는 과일을 이쪽으로 보낼 수 있도록 조치해보겠습니다. 그러니——."

——그것으로 술을 만들어서 우리에게 넘겨라——.

라는 마음의 소리가 들린 것 같았다.

"——배당 비율은?"

내 질문에 스피어가 씨익 웃으면서 대답한다.

"세세한 건 그쪽에게 맡기지! 나는 맛있는 술을 마실 수만 있다면 그걸로 충분해. 마왕령의 과일은 품질이 좋으니까 그 점은 기대해도 된다고!"

그렇게 말하면서 자잘한 업무는 이쪽으로 완전히 떠넘겨 버렸다.

나로서도 그렇게 간단히 대답할 수 있는 게 아닌 문제였기 때문에 고맙다고 할 수 있다.

팔기 위한 것이 아니라 스스로 소비할 분량만 만든다고 해도, 완성된 대량의 술을 운반하는 것만으로도 상당히 큰일이니까 말이다.

화폐경제가 성립한다면 이런 물물교환으로 머리를 썩일 필요도 없겠지만…….

수왕국에선 화폐경제를 이해는 해도 그럴 필요성이 없으니까 채택되어 있지 않다고 한다.

화폐를 이용하지 않는 거래는 너무나도 불편하다.

그때 문득 그런 귀찮은 일에 종사하는 전문가의 존재를 떠올렸다.

그러고 보니 코볼트 상인——대표가 코비라는 이름으로 불리게 되었다——들이 마왕령에도 종종 간다고 했었지. 이 일은 그들에게 상담해보는 게 좋을 것 같다.

갑작스럽긴 하지만 여기 오도록 부르자.

코비는 상인들의 편의를 봐주는 사무소에 상주하고 있기 때문에 부르자마자 바로 달려와 주었다.

"리, 리무루 님, 대체 무슨 일이신지——."

"그럼 이 코비가 이끄는 코볼트 상인을 그쪽으로 보내도록 할 테니까 통행 허가를 내려주면 고맙겠네."

"좋아. 유라자니아 내에서의 안전은 보장하지."

"네, 네? 그게 무슨 말입니까? 아니, 그러고 보니 삼수사 님?!"

"그거 고맙군. 그렇지, 기왕이면 술 말고도 마음에 드는 물건이 있다면 팔아줄 수 있는데 말이지?"

어떡하겠나? 라고 눈으로 묻자, 기다렸다는 듯이 알비스가 끼어들었다.

"그렇다면 마음에 들었던 물건이 있습니다. 그쪽 분들이 입고 계시는 옷 말입니다만, 아주 품질이 좋은 천이더군요. 어젯밤의 침구류도 꽤 훌륭했습니다만, 촉감이 너무나 좋아서 아주 맘에 들었답니다. 부디 그쪽도 유통해주시길 바라는 바입니다."

아무래도 알비스는 최근에 양산에 성공한 헬 모스(지옥나방)산 마력 비단이 아주 마음에 든 모양이다. 마력 비단 옷감을 갖고 오게 해서 넘겨줬더니, 눈을 반짝반짝 빛내면서 빠져들었다.

"이걸 부디!"

단순히 아름답고 촉감이 좋기만 한 게 아니라 방어력까지 높은 소재이다. 그렇게 쉽게 허가를 할 순 없지만——지금은 거래를 생각해야 한다.

"이게 필요하다는군, 코비. 역시 아름다운 여성이다 보니, 이런 물건에는 관심이 큰 것 같아!"

"아니, 그게 아니라! 자, 잠깐만 기다려주십시오! 대체 무슨 일이 벌어지고 있는 것인지——."

"코비도 이렇게 말하다시피 그건 우리나라의 특산품이기 때문에 희귀하면서 고가라오. 그에 걸맞은 물건은 과연 뭐가 있으려나?"

과일에 대한 대가로 적절한 분량의 술과 소량의 마력 비단 정도는 넘겨줘도 좋겠지만, 이 자리에선 강하게 밀어붙여 보기로 한다. 이거라면 손익계산에 밝은 코비도 분명 납득해줄 것이다.

"저희가 대가로 드릴 수 있는 것이라면 이런 장식용으로 쓰이는 돌 정도밖엔 없겠군요."

그렇게 말하면서 알비스가 내민 것은 여러 색깔의 아름다운 돌이었다.

'마정석(魔晶石)'이나 그걸 유출한 '마석'과 비슷하지만 검은색이 아니므로 아마도 다른 무언가일 것이다.

하나를 손에 들고 '해석감정'을 해보니 보석으로 표시되었다.

너무나도 당연한 사실이겠지만 역시 이 세계에도 보석류가 있었던 것이다.

"아아, 보석인가. 기왕이면 황금이 더 좋겠는데——."

"리, 리무, 리무루 님, 삼수사 님을 상대로 그 무슨——."

"황금이라. 아, 분명 있긴 하지."

"네, 있긴 하죠. 궁전을 장식하는 것 말곤 달리 쓸 곳이 없어서 공물로 바쳐진 걸 그대로 보관해두고 있답니다."

"오, 그럼 그걸로 주면 좋겠군."

황금은 꽤 쓸모가 많다. 세공으로도 쓸 수 있고, 정 뭣하면 드워프 왕국에 유통시켜서 금화의 재료로 쓰는 방법도 있으니까.

아까부터 코비도 완전히 흥분해 있는 것 같으니, 이 거래도 분명 만족스럽게 생각해줄 것이다.

아까부터 기쁜 듯이 꼬리를 흔들고 있으니, 일단 그건 틀림없어 보인다.

"열심히 해주게, 코비. 큰 일거리니까!"

"그러니까, 리무루 님! 아까부터 일이 너무 커졌다고 말씀드리고 있지 않습니까——!!"

코비의 절규가 울려 퍼지긴 했지만 나는 그 말을 웃으면서 흘려 넘겼다.

*

잠시 시간이 지나자 코비도 포기하고 마음을 정리했는지, 냉정을 되찾은 것 같았다.

이미 결정된 사항이라는 것을 깨닫고 적극적으로 생각하기로 한 것 같다. 이렇게 태도 전환이 빠른 점은 역시 상인이라고 할 만하다.

그 후에 자세한 내용의 합의로 이야기가 진행되었다.

세세한 일들을 정하는 것은 부하들의 일인지, 엔리오라는 마인이 대응에 나섰다. 코비도 마음을 다잡은 뒤로는 상인다운 태도를 보이면서 전혀 주눅이 들지 않은 채 교섭을 하고 있다.

그런 코비를 옆에서 지켜보면서 우리는 슈나가 끓여준 차를 마시면서 안도의 한숨을 쉬고 있었다.

코볼트 상인은 수왕국 유라자니아로 들어가는 걸 인정받지 못했다고 한다. 그건 비단 코볼트에게만 한정된 이야기가 아니라, 약한 자는 들어올 수가 없는 수라의 나라로서 수왕국 유라자니아는 그 이름을 떨치고 있다고 한다.

마왕 칼리온이 다스리는 마왕령 전체에서 중앙부로 모든 재물이 공물로 바쳐진다. 그렇기 때문에 중앙부가 바라는 것들은 전부 만족스럽게 채워지는 것이 보통이라고 한다.

코볼트 상인들은 그런 중앙부 이외의 피지배 종족의 도시나 마을을 돌아다니면서 부족한 필수품을 마련해주는 것이 일이었다고 한다.

그런 상태에서 단번에 정부가 고용하는 상인으로까지 격상하고 말았으니, 코비가 눈이 뒤집히는 것도 이해가 되었다.

이건 다른 마왕령도 비슷하다고 한다.

'스카이 퀸(천공 여왕)' 프레이라는 마왕의 영토에선 애초에 도시 쪽으로 가까이 가는 것도 불가능하다고 한다.

그 천공의 도시——천익국(天翼國) 프루브로지아는 날개가 없는 자는 진입이 일절 허용되지 않는다고 한다.

소문으로는 하늘을 꿰뚫는 산맥 중심부를 뚫어내서 적층식의 도시 공간을 이루고 있다던가.

전생에 건설 관계 쪽 일을 하던 몸으로서 꼭 한 번 견학하러 들러보고 싶지만, 이야기를 듣자 하니 어려울 것 같다.

마왕 밀림의 지배 지역은 여기서 너무 멀어서 기본적으로 행상이 어려운 레벨이라고 한다.

유일한 예외가 '마리오네트 마스터(인형괴뢰사, 人形傀儡師)' 클레이만이라는 마왕으로, 모든 행상을 자유롭게 허가하고 있다고 한다.

경제에도 정통한 모양으로, 화폐경제가 성립되어 있다고 들었다.

동쪽 제국과도 거래한다는 소문이 돈다는 이야기를 듣고 상당히 세련된 사고를 지닌 마왕이라는 인상을 받았다.

단, 가까운 마왕의 이야기를 들어보자면, 오크 로드를 뒤에서 조종했던 자는 이 마왕 클레이만밖에 없을 거라는 결론에 도달하게 되지만 말이다.

재력이 있어서 오크들에게 무기와 방어구를 준비해줄 수 있을 만한 자는 마왕 클레이만뿐인 것 같기도 하고.

하지만 증거는 없다.

게다가 마왕이 아니라 인간 쪽의 의도가 얽혀 있다는 쪽도 저버릴 순 없다.

뭐, 이 건은 지금은 일단 보류 중이다.

차를 마시는 동안 그런 이야기를 알비스와 스피어로부터 들었다.

그렇게 시간을 보내고 있다 보니, 코비 쪽의 회의도 무사히 끝난 모양이다.

"리무루 님, 불초 코비, 뭐라고 감사를 드려야 할지 모르겠습니다. 떠돌이 행상을 생업으로 삼던 저희 일족에게 이런 커다란 일을 맡기실 줄이야——."

코비는 내 앞으로 와서 무릎을 꿇고 감격스러운 표정으로 그렇게 말했다. 이번엔 정말로, 마치 끊어질 것처럼 격렬하게 꼬리를 흔들고 있다.

"그래, 코비. 열심히 해주게. 아쉽게도 길을 정비하는 건 아직 한참 뒤에나 가능할 것 같으니 당분간은 이동하는 게 부담이 되긴 하겠지만 말이야."

게루도에겐 드워프 왕국으로 이어지는 길을 정비하는 데 이어서, 블루문드 왕국으로 이어지는 길의 정비에도 착수하도록 지시한 상태다. 아무리 그래도 이 이상의 동시 진행은 게루도에게 가는 부담이 너무 커지게 된다.

"무슨 말씀을! 그게 바로 제가 할 일입니다!"

코비는 내 걱정을 날려버리듯이 웃는 얼굴로 그렇게 대답해 줬다.
개처럼 생긴 얼굴이지만 기뻐하는 모습을 보니, 그 말이 진심에서 나온 것이라는 사실을 한눈에 알 수 있다. 원래 힘든 길을 돌아다니면서 행상을 하는 자들이었기 때문에 이동하는 데에 그리 고충을 느끼지는 않는가 보다.
"인원수는 충분하겠나?"
이제 와서 묻는 것도 우습지만, 중요한 문제를 물어봤다.
"그 점도 걱정 없습니다. 리무루 님께서 저희가 이 도시에서 거점을 만드는 걸 허락해주신 덕분에 쥬라의 대삼림 안에서의 활동이 원활하게 진행되고 있습니다. 인원수는 여유가 있습니다."
"그런가, 그거 다행이군. 그럼 호위만큼은 우리 쪽에서 준비하지."
"정말 감사합니다. 큰 도움이 될 것입니다!"
코비는 한 번 더 나에게 감사의 인사를 남기고는, 진지한 표정으로 결의에 찬 눈을 한 모습으로 자신들의 거점으로 달려갔다.
새로이 들어온 큰 일거리에 최선을 다할 의욕을 느끼게 된 모양이다.
다행이다. 정말로 다행이다.
정해진 상품의 거래라면 전송 마법진으로 보낼 수도 있겠지만, 정해진 양 외에는 불가능한 데다 제한도 있다.
소량이라면 모를까, 이런 물품들은 운송을 하는 게 기본인 것이다.
게다가 실제로 물건을 감정해보고 등가교환을 하지 않으면 나중에 불씨가 될 우려도 있었다.

그런 일에는 역시 신용할 수 있는 자를 중개하는 것이 가장 좋다. 그 점에 관해선 오랫동안 고블린과 교류를 쌓은 코볼트 상인들이라면 이 일을 맡겨도 부족함이 없다.

이 이상 좋은 인선은 없다고 할 수 있을 것이다.

덕분에 나도 안심하면서 귀찮은 물물교환의 고민에서 해방된 셈이다.

템페스트(마국연방)와 수왕국 유라자니아와의 정식 교역은 이렇게 시작하게 되었다.

*

그 후로 며칠 동안 체류한 뒤에, 삼수사인 스피어와 알비스는 수왕국 유라자니아로 돌아갔다.

부하인 마인 엔리오와 그 외에 그녀들을 따르던 자들은 아직 남아 있다. 듣자 하니, 이 나라의 다양한 기술을 배우고 오도록 지시를 받았다고 하며, 매일 공부하면서 시간을 보내고 있다.

카이진과 드워프 3형제의 공방을 보고는 감탄했으며, 건설 중인 건물을 보고는 열심히 강도를 조사하고 있었다. 또한 도로 정비를 시찰하러 나가서는 그 효율성에 놀란 것처럼 보였다.

그리고 어느샌가 실제로 체험을 해보고 싶다는 결론을 내린 모양이다.

"만약 허락해주신다면 저희도 같이 일해보고 싶습니다."

그렇게 신청한 것이다.

체류 기간은 딱히 정해지지 않았지만, 교대 멤버가 올 때까지는 이 도시에서 지내보고 싶다고 한다.

리그루도와 상담하여 허가를 해주기로 했다.

그랬더니 1개월도 되지 않아 본격적인 작업을 같이 할 수 있게 된 것이다.

생각했던 것 이상으로 성실하며, 성격도 좋은 녀석들이었다.

그런 수인들 중에 한 명, 다른 행동을 하는 자도 있다.

그루시스다.

엔리오 일행은 기술을 습득할 것을 명령받았다고 하지만, 그루시스는 그렇지 않은 모양이다.

"저는 근신 중인 '흑표아' 포비오 님으로부터 리무루 님에게 도움이 되어드리라는 명령을 받았습니다. 조금이라도 은혜를 갚을 수 있다면——."

그렇게 말하며 도시의 경비를 자진해서 맡은 것이다.

그렇다곤 해도 고부타 일행과 같이 순찰을 나가거나, 요움 일행과 같이 하쿠로우의 수행을 받거나 하면서 상당히 자유롭게 행동하고 있는 것뿐으로 보이지만.

뭐, 자신이 즐겁게 지내는 것 같으니 딱히 문제는 없을 것 같다.

——이렇게 수왕국 유라자니아에서 온 사절단은 템페스트(마국연방)의 동료들과 자연스럽게 어울리게 되었다.

Regarding Reincarnated to Slime

열이 나서 괴로워하는 아이가 보인다.
그 이마에 놓인 차갑게 식힌 천.
미지근해지기 전에 새로운 천을 물로 식혀서 갈아준다.
정성을 들여 보살핀다.
자신의 아이가 아닌데도.
가늘게 눈을 뜬 그 아이에게 '괜찮아.'라고 말하며 웃어 보였다.
안심했는지, 다시 눈을 감고 잠드는 아이.

되풀이되는 꿈.
암전.
장면마다 어린아이는 바뀐다.
힘들어하는 아이들.
――그렇다, 그건 꿈이 분명할 텐데. 그런데도 내 마음을 너무나 무겁고 힘들게 만든다.

으―음…….
모처럼 잠이 드는 연습을 해서 게으름을 부리며 잠을 잘 수 있게 되었는데, 꾸는 꿈은 하나같이 기분이 울적해지는 것들뿐이다.
이건 내게 내려지는 벌인 걸까?

아니, 그럴 리가 없다.
비관적인 사고는 그만두고 낙관적으로 생각하자.
내가 어두운 얼굴을 하고 있으면 다들 걱정을 하니까 밝게 굴어야지──.

*

슬슬 드워프 왕국의 가젤 왕과 약속한 날이 되었다.
오래 자리를 비웠던 베니마루가 드디어 귀환했기 때문에 안심하고 드워프 왕국으로 나갈 수 있게 된 것이다.
만약 베니마루 일행이 늦어지게 되면 예정을 연기할 준비를 하고 있었다. 내가 나가 있는 동안 나라의 방비가 불안했기 때문이다.

베니마루와 리그루에게서 수왕국 유라자니아의 상황을 들었다.
처음에는 베니마루가 입을 열었다.
"한마디로 전사단은 대단하다고 할 수 있습니다. 일개 병사에 이르기까지 철저하게 훈련이 이뤄져 있었습니다. 마왕 칼리온과 리무루 님을 계산에 넣지 않고 저희들끼리만 싸웠을 경우 승리할 수 있을지는 확신하지 못하겠더군요."
베니마루는 주로 군사면의 시찰을 중점적으로 한 모양이다.
그 판단에 의하면 수인 군단은 상당한 힘을 보유하고 있었다고 한다.
"저쪽 사자도 우리의 군사훈련을 칭찬했었는데……."
"그야 하쿠로우가 있으니까요. 훈련도만 따지자면 저희도 밀리지는 않습니다. 하지만 군사의 수와 기초 능력의 차이는 크지요. 분명하게 말해서 오크 20만보다 수인 5만이 더 위험합니다. 전쟁을 피한 건 정답이었습니다."

늘 자신만만하게 구는 베니마루가 봐도 이길 수 있을지 판단할 수 없는 전력. 역시 마왕군이란 존재는 만만치 않은 자들인가 보다.

어찌 됐든 전쟁은 최종 수단이므로 그런 상황이 되지 않도록 교섭하는 것이 현명한 외교라 하겠지만.

"뭐, 그렇다면 그런대로 정면에서 싸우지 않아도 되는 전술을 고안해내는 게 낫지 않겠나?"

"전술, 말입니까?"

"음. 기본적으로 싸움은 상대의 대장을 쓰러뜨리면 이기는 것 아닌가? 집단으로 추격해 오는 부대를 물리치는 게 아니라 그중에서도 지휘관만 노리고 공격하면 되겠지. 그리고 가로든 세로든 부대끼리의 연계를 끊어버리면 되지 않을까?"

"지휘관을 노린다……. 과연……."

"아니, 어렵게 생각할 것 없이 오크 로드 때도 그랬지 않았나? 20만을 전멸시키는 게 아니라 머리만 쓰러뜨리는 거지. 부대 단위로 그렇게만 하면 되지 않을까. 상대의 머리를 노리고 공격하도록 훈련해둔다면 꽤 유리하게 전황을 이끌 수 있을 거라 생각하네."

"확실히 그렇겠군요. 지휘 계통을 즉시 처단해버리면 상대는 오합지졸이 되는 셈이니까요."

"그렇지. 말할 것도 없겠지만, 도리어 상대에게 그렇게 당하면

골치 아파지겠지? 당하기 싫은 일을 먼저 해버리면 우리에게 유리하게 돌아갈 거란 뜻이네. 개개인의 기량을 향상시키는 건 어려울 테니까 그런 연계 작전을 훈련시키면 될 거라 생각해. 그리고 우리는 '사념전달'을 이용해서 누가 지휘관인지조차 모르게 은폐하면 약간은 전력의 향상을 기대할 수 있지 않겠나?"

"재미있군요. 새로운 훈련 방법이 떠올랐습니다. 최근에는 하쿠로우의 수행도 어느 정도는 버틸 수 있게 되었으니, 다음 단계로 진행하기에는 딱 좋은 타이밍입니다."

"음. 그럼, 그런 식으로 해주길 부탁하겠네."

베니마루는 기쁜 표정으로 씨익 웃었다.

마왕 칼리온의 자랑거리인 군단을 보고 위기감을 느끼고 있었던 모양이다.

하지만 내 아이디어를 듣고 뭔가 생각이 났는지, 그런 불안이 날아간 것 같다.

내가 부재중일 때 대신 도시를 지킴과 동시에 하쿠로우와 협력하여 마물 병사들을 단련시키겠다고 약속했다.

다음으로 리그루.

"유라자니아의 건축물은 우리나라와 비교하면 조잡했습니다. 그러나 왕궁에는 온갖 사치를 다 부려놓은 것을 보니, 나라의 부가 한곳으로 집중된 현상이 현저해 보였습니다. 그러나 안 좋은 의미로 그렇다는 게 아닙니다. 주민들이 그러길 바라고 있다는 게 그 이유입니다. 마왕 칼리온과 그 부하인 수왕전사단의 영향력은 대단하며, 백성을 고루 평온하게 지켜주고 있는 것 같았습니다."

역시 마왕 칼리온.

자국의 안전은 완벽하게 지키고 있는 것 같다.

그 패기를 떠올리는 것만으로 몸이 떨릴 정도였으니, 그런 보고를 들어도 당연히 고개가 끄덕여졌다.

리그루는 보고를 계속한다.

"건축뿐만이 아니라 공예 및 다른 기타 분야도 현재 우리나라의 기술력이 앞서고 있습니다."

"호오. 뭐, 카이진 일행이 와준 데다 쿠로베랑 슈나가 있으니 말이지. 우리나라의 기술력도 보통이 아니란 말인가. 그런 말을 들으니 기쁘군."

"네, 리그루가 말한 대로입니다. 제가 봐도 수인이나 그 비호하에 있는 종족들은 소박한 생활을 하고 있는 것 같았습니다."

호호오.

리그루뿐만 아니라 베니마루도 그렇게 느꼈단 말인가. 그렇다면 우리의 생활 레벨은 나름대로 향상되어 있다는 이야기가 되겠군.

풍요로운 나라라고 불리는 마왕의 직할령과 비교해도 손색이 없다는 뜻이니까.

그렇게 생각하고 있으려니, 리그루가 계속 말했다.

"그렇지만 한 가지, 눈이 크게 떠질 정도로 훌륭한 것이 있었습니다."

"그게 뭔가?"

"네. 농업입니다. 그들의 나라에는 우리나라와는 비교가 되지 않는 광대한 밭이 펼쳐져 있었고, 다양한 농작물이 다채롭고 풍부하게 결실을 맺고 있었습니다. 역시 풍요로운 대지와 그 대지를 유지 및 관리할 수 있는 확실한 기술을 갖고 있다고 할 수 있겠더군요."

그렇게 말하면서 리그루는 보고를 끝마친다.

과연, 풍요로운 대지라.

그 결실의 일부를 수입하여 만들어낸 상품을 수출하는 계약을 맺긴 했지만…… 그것과는 별도로 대지를 경작하는 기술을 배워 올 순 없을까?

"그 기술은 우리도 배울 수 있겠던가?"

"……아마도 가능할 것으로 보입니다."

"좋아! 그렇다면 다음 사절단에는 관리 부문에서 리리나가 추천한 자들을 멤버로 넣기로 할까. 그리고 우리나라에도 그 기술이 응용 가능한지를 자세하게 조사하도록 시키지."

"그게 좋겠습니다. 이제 와서 식량 사정은 상당히 개선되긴 했지만 아직도 시행착오를 계속하고 있으니까요. 그런 상황을 개선하는 데 뭔가 도움이 될 수도 있을 것 같습니다."

내 제안에 리그루도도 찬성했다.

이렇게 하여 다음 사절단에겐 어떤 점을 중점적으로 배워 오게 할 것인지, 그 목적이 정해졌다.

향후의 자세한 사항에 관한 회의는 리그루도 일행에게 맡기고 나는 회의실을 나왔다.

드워프 왕국을 향해 출발하려면 세부적인 준비를 할 필요가 있기 때문이다.

가젤 왕에게 줄 선물을 선정하거나, 상품의 개발 상황을 자료로 정리한다거나, 나 자신이 입을 옷을 준비하느라 여러모로 바뻐다…….

생각하자면 귀찮은——게 아니라, 힘든 작업이었다.

당연하다는 듯이 베니마루도 따라왔다.

"어라? 사절단의 단장으로서 이야기를 듣지 않아도 되겠나?"

"아아, 괜찮습니다. 마왕 칼리온은 믿을 수 있는 인물이었습니다. 가는 도중의 호위는 필요하겠지만, 그의 밑에 있는 자들이 우리를 암습할 우려는 전혀 없습니다. 그건 저와 리그루 공의 공통된 견해로서, 다음에는 리그루 공이 단장으로서 사절단을 인솔하기로 정해졌습니다."

"그런가, 그렇다면 됐네. 자네들이 인정할 정도라면 마왕 칼리온은 힘에만 의존하는 어리석은 자가 아니라는 뜻이로군."

"그렇게 되겠군요. 실은 싸움을 걸어보긴 했지만 가볍게 웃으면서 넘어가더군요."

잠까아아안! 뭘 아무렇지도 않게 중요한 사실을 말하는 거야?!

"너, 그래도 괜찮았단 말이야? 정말로 화를 내지 않았다고?"

"네. 아무리 그래도 '헬 플레어(흑염옥, 黑炎獄)'까지 쓸 수는 없었기 때문에 꼼짝없이 당하고 말았으니까요. 저도 아직 멀었습니다. 힘을 쓰는 기술에만 의존해선 안 된다는 하쿠로우의 말을 새삼 떠올렸습니다. 밀림 님께 단련을 받아서 나름대로 강해졌다고 생각했는데 말이죠——."

그렇게 아무렇지도 않게 말하는 베니마루.

안 되겠다. 베니마루는 밖으로 보내지 않는 게 좋겠어.

리그루가 단장이 된다면 틀림없이 그쪽은 문제를 일으키지 않겠지.

어쩌면 리그루도 그렇게 생각해서 제안했을지도 모르고 말이야.

그리고 저는 리무루 님이 안 계시는 동안 여길 지킬 필요가 있으니까요.――라고 베니마루는 말했다.

그랬지. 베니마루에겐 내가 없는 동안 여길 지켜야 하는 임무가 있다.

"부탁하마."

"잘 알겠습니다. '흑표아' 포비오와의 승부에서는 이겼으니, 마왕급의 적이 오지 않는 한은 반드시 모두를 지켜내겠습니다!"

오오…….

싸움을 걸었다는 시점에서 이미 칭찬을 해선 안 되지만, 포비오에게 이겼다니 굉장한데. 이것도 전부 마왕 밀림이라는 격이 높은 상대와 전투 훈련을 쌓은 결과일까.

베니마루도 성장한 것이다.

공격적인 성격이라 밖에 내보내는 건 불안하지만, 내가 없을 때 날 대신해 이 나라를 지켜주는 거라면 안심할 수 있다.

앞으로는 내가 외출하는 일도 늘어날 테니 베니마루에겐 방어의 중책을 맡겨야 할 것이다.

*

그리고 출발하는 당일.

옷을 갈아입고 밖으로 나왔다.

모두 분주하게 준비 중이었으며, 여유가 있는 건 나뿐이다.

아니, 나 말고도 더 있었다.

카이진과 드워프 3형제다.

평소엔 입지 않는 훌륭한 정장을 입고 잔뜩 굳은 표정으로 어쩔 줄 몰라 하고 있다.

웃음이 나올 정도로 긴장하고 있는 모양새다.

"좋은 아침일세, 제군!"

"아, 나리!"

""좋은 아침입니다!""

"……."

미르드는 여전히 말이 없군. 말이 없는데도 하고 싶은 말을 이해할 수 있다는 게 신기하지만.

네 사람에겐 오랜만의 귀향인 셈이다.

그래서 잔뜩 긴장한 모습으로 깊은 감회에 젖었다고 한다.

"하지만 나리 덕분에 다시 조국으로 돌아갈 수 있게 됐습니다. 정말 감사합니다."

"정말입니다요. 너희들도 그렇지?"

"그렇고말굽쇼."

"……."

그런 말을 들으니 쑥스럽지만 미르드의 반응에 웃고 만다. 하지만 네 사람이 기뻐하고 있으니 나로서도 잘됐다는 생각이 든다.

어찌 됐든 간에 네 사람에게서 고국을 앗아버린 꼴이 되었기 때문에, 그게 계속 마음에 걸렸던 것이다.

"나도 기쁘네. 자네들과 알게 돼서 정말 다행이야. 카이진에겐 무기 제작뿐만 아니라 생산 관련의 총책임자도 맡기고 있으니까. 가름의 공방에는 이 나라의 방어구 일체를 맡기고 있지. 도르드에겐 공예품뿐만 아니라 마법구 제작까지. 미르드에겐 이 나라의 건설 부문의 보좌와 각 건축물의 설계에 관여토록 하고 있고. 자네들에게는 많은 도움을 받고 있다네."

"헤헤헤. 그렇게 말해주시다면 장인으로선 더할 나위 없이 기쁠 따름입니다!"

카이진의 말에 기쁜 표정으로 고개를 끄덕이는 3형제.

정말로 훌륭한 장인일세, 자네들은. 나도 기쁜 마음이 들면서 서로를 쳐다보며 같이 웃었다.

이런저런 이야기를 나누면서 잠시 기다리자, 출발 준비가 다 되었다.

드워프들과 이야기를 나눈 덕분에 무거웠던 내용의 꿈을 깨끗이 잊어버릴 수가 있었다.

즐거운 기분으로 여행을 떠났다.

여정은 순조롭게 진행되었다.

게루도 일행이 힘써준 덕분에 도로가 깨끗하게 정비되었기 때문이다.

길이 넓어져서 마차로도 편하게 통행할 수 있게 되었다.

그 성과를 누려보기 위해 이번에는 두 대의 마차로 이동 중이다.

아니, 아니지.

수왕국 유라자니아에서 온 사절단은 호랑이가 끄는 호차였지만 우리 경우는 늑대가 끄는 낭차(狼車)가 되려나.

수레를 끄는 건 란가의 부하인 스타 울프들이다. 훌륭한 체구의 늑대들이 이끄는 수레를 타고 우리는 유유자적하게 길을 나아가고 있었다.

이번 외유에 참가하는 건 나와 드워프들을 제외해도 열 명 가까이 된다.

우선은 내 제1비서인 시온.

제2비서로서 슈나. 슈나는 비서라기보다 전속 요리사로 참가했다. 직물 관련 상품의 설명도 부탁할 수 있기 때문에 이번에는 많은 활약을 해줄 것 같다.

실은 시온에겐 도시를 지키도록 부탁할 예정이었다. 하지만 맹렬히 반대하는 바람에 데리고 가게 된 것이다.

"치사합니다! 치사하다고요!! 슈나 님만…… 혼자서 리무루 님과 여행을 가시다니——."

그렇게 울며불며 소리치질 않나, 괴력을 휘두르면서 날뛰질 않나…….

어쨌든 큰일이었다.

딱히 여행을 가는 것도 아니고 아주 진지한 일로 가는 것인데——그렇게 설명해도 전혀 말을 듣질 않았다.

할 수 없었——다기보다는 설득하기가 귀찮았——기 때문에 데리고 가기로 했다.

지금은 기쁜 표정으로 나를 품에 안고 방긋방긋 웃으면서 낭차에 타고 있다.

첫 번째 낭차에 타고 있는 건 나와 시온뿐만 아니라 슈나도 동승하고 있다. 그러므로 여행 중에 나는 시온과 슈나에게 교대로 안기게 되었다.

두 번째 낭차에는 드워프들 네 명이 타고 있으니, 저쪽은 분위기가 꽤 칙칙할 것이다. 그러므로 이래저래 내가 투덜대봤자 미인 두 사람에게 보살핌을 받는 여행은 사실 즐겁다고 말할 수 있을 것이다.

덧붙여서 란가도 따라오고 있다. 모습은 보이지 않지만 그림자에 숨어서 나를 지켜주고 있다.

비유가 아니라 '그림자 이동'을 응용해서 계속 내 그림자 속에 숨어 있다. 지금도 내 오라(요기)에 감싸여서 기분 좋게 가는 눈을 뜨고 있는 모양이다.

지겹지 않은가? 라고 물어봤지만 "문제없습니다, 나의 주인이여! 오히려 편안함을 느끼고 있습니다."라는 대답이 돌아왔다. 그래서 계속 내 그림자 속에 숨어 있는 것을 허락했다.

여차하면 곧바로 불러낼 수 있으니, 나로서도 마음이 든든하다. 다른 사람들도 호위로서 적임자라고 말했기 때문에 란가는 그림자 속의 수호자로서 당분간은 그림자 속에 숨어 있을 예정이었다.

그 외에는 호위 부대로서 고부타가 이끄는 여러 명의 홉고블린.

고부타의 직할 부대라고 한다.

그중에 단 한 명, 특이하게 맹해 보이는 자가 있었다.

고부조라는 이름을 가진 신입이다. 내가 적당히 이름을 지어준 사람 중 한 명이겠지만, 그런 것치고는 상당히 맹한 얼굴을 한 녀석이다.

"저 녀석은 괜찮은 건가?"

"고부조 말입니까요? 괜찮습니다요!"

좀 맹한 구석이 있긴 하지만 괜찮다고 고부타는 말했다.

약간 맹한 구석이 있는 고부타가 좀 맹하다고 말하는 홉고블린. 맹하게 웃는 얼굴을 보고 있으려니, 왠지 걱정이 된다.

그다지 괜찮아 보이지는 않지만, 지나치게 신경을 쓸 필요는 없겠지. 일단은 스타 울프도 잘 타고 있으니 말이다.

고부타 이하 여섯 명의 고블린 라이더의 보호를 받으면서 우리는 도로를 전진한다.

차체 부분은 안정적이며 승차감은 그런대로 쾌적하다.

통상적인 마차로는 불가능할 것 같은 속도인 시속 40㎞에 가깝게 주행하고 있음에도 불구하고 말이다.

그 비밀은 독자적인 충격 흡수 장치에 있었다. 차축 부분을 고정하지 않고 독립시켜놓은 것이다. 그 구조 덕분에 충격을 흡수하여 고속 이동에도 대응할 수 있다.

이것도 또한 드워프의 제련 기술이 정교하다는 것을 증명하는 작품이다.

그리로 타이어에도 비밀이 있었다.

대개는 바퀴를 보강하는 정도로 끝나지만, 그것만으론 금방 손상을 입거나 부서져버린다. 거기에 수지를 굳혀서 타이어 대신 사용함으로써 충격 흡수를 보조하게 만든 것이다.

수지는 생각했던 것 이상으로 유연하고 튼튼했다. 타이어 소재로 따져보면 전에 살았던 세계에 존재했던 것에도 밀리지 않는 성능을 가지고 있다.

고부타는 연신 감탄하면서 흥미진진한 표정으로 차축과 바퀴를 바라보고 있었다.

듣자 하니 자신도 옛날에 짐차를 만든 적이 있다고 하니, 그것과 비교해본 것이리라. 감탄한 표정으로 한숨을 쉬면서 "굉장합니다요! 이런 식으로 만들면 되는 거였군요!"라는 말을 하고 있었다. 그걸 보고 다음엔 고부타에게도 작은 짐수레를 하나 만들어 주어야겠다는 생각이 들었다.

이야기가 딴 데로 샜다.

이런 연구를 한 결과, 우리 여행은 쾌적하게 진행될 수 있었다.

물론 그런 차체의 성능 이상으로 게루도 일행이 길을 잘 정비해서 평탄하게 만들어준 것이 가장 큰 이유라는 건 말할 것도 없으리라.

그런 여행을 계속한 지 이틀째.

멀리 카나트 산맥이 보이기 시작했다.

길이 잘 정비된 탓에 정말로 편한 여정이었다.

이동 거리로는 약 천 킬로미터정도 되지만, 예전엔 숲 속을 이동하는 것이 크게 시간을 잡아먹었다.

예전의 여행과 걸린 날은 같아도 그 내용은 대폭 개선된 것이다.

이번 방문의 경우엔 우리는 국빈 취급을 받고 있다.

그런 우리가 전속력으로 질주해서 상대국을 방문하는 건 아무래도 격이 맞지 않는 것 같았다.

그래서 이번에는 여유 있는 일정으로 길을 나선 것이다.
예전과는 달리 어느 정도의 구간마다 작은 건물까지 준비해놓았다.
공사 때에 이용되었던 것이지만, 나중에 교역로가 되었을 때는 여관으로 이용할 수 있도록 해두었다.
그러므로 야간 숙박에도 문제는 없었다.
여행 도중에 포장 공사를 하고 있던 하이 오크들과 마주쳤다.
높은 위치에 있는 것으로 보이는 감독의 지휘하에 규칙적으로 작업이 진행 중이었다. 상당히 숙련된 느낌이며 쓸데없는 과정이 없는 것이, 솔직히 말해서 예전에 살던 세상에서 보던 공사 현장보다도 질서 정연해 보였다.
이상적인 환경이 그곳에 존재했다.
"수고가 많네!"
그렇게 가볍게 치하하자, 모두가 일제히 무릎을 꿇고 인사를 했다.
"이, 이런, 리무루 님! 공사 진행 상황은 예정대로입니다. 땅을 정비하는 건 이상 없이 완료했으며, 현재는 표면을 다듬는 단계에 있습니다. 드워프 왕궁 방면에서 여기까지 작업해 온 것이니, 여기서부터 가시는 길은 모두 완성된 도로라 할 수 있습니다!"
슬쩍 갈 방향을 보니, 그곳에는 깔끔하게 포장된 길이 이어져 있는 게 보였다.
자갈을 채워놓고 쇄석을 고르게 깔아서 굳혀놓기만 한 도로. 그것만으로도 충분히 도로의 역할을 할 수 있었는데 그 위에다가 잘라낸 석재를 깔아놓은 것이다. 이런 짧은 시간에 이렇게까지 석재를 준비해서 균등하게 깔아놓다니, 전에 살던 세상에선 아무리 생각해도 불가능하다. 하지만 이 세상에는 비겁하다는 생각이 들 정도로 편리한 스킬(능력)이란 것이 있었다.

게루도가 소유한 유니크 스킬인 '미식자'의 '위장'을 통해서 하이 오크들끼리는 작은 물자의 운반――이라기보다는 운송――을 할 수 있다. 이 성질을 이용하면, 채석장에서 가공된 석재를 그대로 현장에 있는 작업자에게 보낼 수 있는 것이다.

그야말로 놀랄 정도로 효율적이다. 이런 편한 작업 방법이 있다면 예전에 살던 세상에서도 얼마나 작업을 편하게 진행할 수 있었을까…….

재료를 놓을 자리를 확보하느라 고민을 할 필요도 없고, 운반에 힘을 들일 일도 없다. 스킬을 최대한 이용한, 실로 마물에 어울리는 시공 방법이었다.

하지만 하이 오크들이 열심히 일해주고 있는 건 사실이다. 스킬이 있다고 해서 게으름을 부리는, 그런 일은 존재하지 않는다.

그러므로 나는 고마운 마음을 전하기로 했다.

"호오! 정말 열심히 일해줬군. 그럼 오늘은 일찍 일을 마치고 편히 쉬도록 하게."

그렇게 말하면서 '위장'에서 술통을 몇 개 꺼낸다. 그리고 그걸 바닥에 쿵 하고 놓았다.

"너무 많이 마시지는 말고."

큰 함성이 일어난다.

차례로 이어지는 감사의 말을 들으면서 그날은 그 자리에서 머무르기로 했다.

다음 날.

""""리무루 님, 안녕히 주무셨습니까!!""""

내가 시온에게 안긴 채 숙소 밖으로 나오자, 그곳에는 수백 명의 하이 오크 병사들이 정렬해 있었다.

"우오!"

놀라서 큰 소리를 내고 말았다.

어제는 작업 중이라 내게 인사를 못 했던 자들이 아침이 되자마자 찾아와서 줄을 서 기다리고 있었던 모양이다.

"음. 수고가 많소!"

거드름을 부리면서, 또한 만족스러운 표정으로 고개를 끄덕인 사람은 시온이다.

슈나는 쓴웃음을 지으면서 모두에게 인사를 하고 있다.

고부타 일행은 "캬—! 장관이네요!"라고 서로 소곤거리고 있었다.

란가는 자신과는 상관없는 일이라는 듯 내 그림자 속에 숨어 있다.

길이 좋고 나쁜 것에는 흥미가 없으니, 란가에겐 남의 일일 것이다.

나는 란가와는 달리 지금부터 가게 될 길의 완성도에 흥미가 있었다. 그러므로 수백 명의 하이 오크들에게 감사의 말을 건넨 것은 말할 것도 없다.

"모두 열심히 일해줘서 정말 기쁘게 생각하네. 앞으로도 잘 부탁하겠네!"

그렇게 간단히 말했지만, 그 말을 들은 모두의 사기는 크게 솟아오른 것 같았다.

그리고 모두의 인사를 받으면서 일일이 노고를 치하했다. 모두의 얼굴에 웃음꽃이 피는 걸 보니 나로서도 기쁠 따름이다.
덧붙여 어제 상으로 준 맥주가 호평을 받았기 때문에 출발할 때 대장에게 몇 통을 더 건네줬다.
역시 감사하는 마음은 소중한 것이다.
앞으로 부하들을 위문하러 갈 때는 기호품으로 술을 전해줄 수 있도록 미리 말해둬야겠다는 생각이 들었다.
그렇게 다시 시작된 공사 상황을 한 번 둘러본 후에 그 자리를 떠났다.

*

완성된 길에 들어서면서 낭차의 상태가 안정되었다.
속도도 약간 빨라진 것 같다. 이 정도라면 공사를 한 보람이 있다고 할 수 있겠다.
가공된 돌바닥은 표면이 살짝 거칠었다. 그 덕분에 바퀴에 장착한 수지제 타이어와 맞물리면서 잘 미끄러지지 않았다.
비가 오는 날에도 바퀴가 크게 엇나가지 않도록 배려해놓은 것이다. 그게 차체의 안정과 이어진다는 건 예상외였지만, 여행을 하는 상인들이 만족스러워할 것이기에 즐거운 오산이라 할 수 있었다.
나는 만족하면서 낭차를 탄 채로 길을 나아간다.
그리고 나흘째 되는 낮.
드디어 목적지에 도착한 것이다.

무장 국가 드워르곤.

전에 왔을 때는 문 앞에 줄을 섰었다.

압도적인 대문을 쳐다보자 그때가 그리워지는 바람에 눈을 가늘게 뜬다.

그렇게 생각했지만 슬라임이기 때문에 눈이 없었다.

그러므로 낭차 안에서 인간 모습으로 변화하여 의례용 정장으로 갈아입는다.

수레에서 내리자, 눈앞에서 소동이 일어나고 있었다.

고부타인가?! 순간적으로 그렇게 생각했지만 그럴 리는 없다.

그쪽을 보니 드워프들이 달려와서 대문을 열려고 하고 있었다.

타국에선 온 상인들과 모험가들이 그 모습을 보고 무슨 일인지 몰라서 술렁거렸던 것이다.

"여어, 형님. 잘 지내는 것 같아서 다행이오."

경비 부대의 대장이면서 카이진의 동생인 카이도 씨였다.

"오오, 동생아, 오랜만이구나! 나는 리무루 나리 밑에서 즐겁게 지내고 있단다."

"그렇겠지. 얼굴을 보니 바로 알겠소. 그건 그렇고 리무루 님은 어디 계시오? 형님이 신세를 지고 있다는 건 제쳐두고라도 그분은 국빈이시니까 말이지. 우선은 인사를 드려야겠는데……."

그렇게 내 옆에서 이야기를 나누는 형제.

무슨 소리를 하고 있는 거람. 난 여기 있는데……라고 생각했다가 지금은 인간 모습이었다는 걸 떠올린다.

"카이도 나리, 나리! 오랜만이네요. 남자 말투를 쓰는 변신계 환각마법의 천재 소녀, 리무루예요~! 꺄핫!"

나도 모르게 신이 나서 저지르긴 했지만 살짝 자기혐오에 빠지고 말았다. 두 번 다시는 하지 말자고 맹세했다.

그 정체불명의 설정——카이도와 둘이서 적당히 생각한 조사서 내용대로 지금은 어째선지 미소녀라고도 부를 수 있을 만한 외모로 변한 나. 시즈 씨 덕을 많이 봤다고 할 수 있는 외모이지만 그 설정에 딱 맞아 떨어진다는 것이 정말 놀랍다.

"……어, 정말?! 설마 리무루——님? 어, 설마, 그럴 리가…… 정말로 나쁜 마법사에게 저주를——?!"

"그럴 리가 없잖나! 딱딱한 인사는 생략하겠지만 내가 바로 리무루라네. 카이도 대장!"

눈을 동그랗게 뜨고 놀란 표정으로 입을 빠끔거리는 카이도 대장.

머릿속이 완전히 혼란에 빠져버린 모양이다.

그 기분은 이해가 간다. 나도 슬라임이 미소녀가 되었다면 놀라면서 당황할 것이 틀림없다.

"리무루——님도 잘 지내시는 것 같아 정말 다행입니다……."

카이도가 겨우 그런 말을 한 것은 대문이 완전히 열린 후의 일이었다.

카이도 일행의 안내를 받아 우리는 문을 통과했다.

원래는 마차 같은 건 다른 입구로 돌아가야 한다. 짐만 반입시키고 마차 그 자체는 보관소에 맡기는 것이 규칙인 것이다.

하지만 이번에 우리는 국빈으로 찾아왔다. 그러므로 당당하게 낭차에 탄 채로 문을 통과한 것이다.

우리는 사람들의 이목을 끌었다.

수레를 이끄는 것은 훌륭한 체격을 지닌 늑대 계통의 마물——스타 울프이다. 그것만으로도 충분히 사람의 흥미를 끈다. 하지만 무엇보다도 대문을 열면서까지 맞아들이는 일행이라는 점 때문에 그곳에 모인 사람들의 흥미의 대상이 된 것 같았다.

"저렇게 훌륭한 마수를 부리다니, 상당한 거물인 거 아냐?"

"저게 마수야? 저런 건 본 적이 없는데……."

"저 수레는 신기하게 만들어져 있군. 바퀴가 독립적으로 달려 있어서 절묘하게 차체가 뜨고 가라앉는 것 같은데. 그런 방법으로 안정도를 일정하게 유지시키다니, 솜씨가 좋은 대장장이가 만든 걸작이려나."

"그것보다 말이야, 저 커다란 문을 열어서 맞이하다니 대체 어디 사는 누구야? 작은 나라의 왕족조차도 저렇게까지 정중하게 대접하지는 않잖아?"

"그러게. 어디 큰 나라의 왕족이려나? 그런 것치고는 호위병 수가 적은 것 같은데?"

"그건 그렇고 엄청 관심이 가는 게, 왕족이 아니라 공주님이 온 것 같던데?"

"그렇지—?! 정말 귀엽지 않았어—?!"

그런 목소리가 여기저기서 들려왔다.

실수했다. 번거로운 게 싫어서 평범한 인간 모습으로 변신하긴 했지만, 기왕 변신할 거라면 남자 모습으로 할 걸 그랬나……. 하지만 그건 마력요소를 계속 소비해야 하는지라 살짝 귀찮단 말이지.

이제 와서 바꿔봤자 때는 늦은 데다, 그리고 국빈으로 환영을 받고 있으니 그냥 자연스런 모습으로 유지하자. 그렇게 납득하기로 한다.

그런 목소리들을 흘려듣고 있으려니, 안내를 위해 낭차 안에 동승하고 있던 카이도가 묵직한 몸짓으로 고개를 끄덕였다.

"완전히 동감하는 바입니다. 이런 말을 내가 하는 것도 이상하지만, 국빈으로서 초청을 받았는데 이 정도 수의 사람밖에 준비하지 않은 건 약간 태만해 보이지 않겠습니까? 이런 말을 하는 게 무례하다는 건 알지만 그 부분은 눈을 감고 들어주면 고맙겠소."

그렇게 카이도가 쓴소리를 해줬다.

"아니, 아니, 그런 식으로 충고를 해주는 건 기쁘오. 사실 나는 그런 것에 관해서는 잘 모르니까 말이지. 그건 그렇다 치고…… 역시 사람 수가 적었나?"

"네, 상당히 그렇지요. 원래라면 좀 더 화려하게 대규모의 행렬을 동반해서 자신들의 힘을 과시하는 법이랍니다. 1년에 한 번 파르무스 왕국에서 오는 손님은 그야말로 호화롭고 현란한 행렬을 이끌고 오곤 하거든요."

"그렇단 말인가……."

모르고 있었다.

나라끼리의 교류는 내가 생각했던 것 이상으로 번거로운 것 같다.

"역시 고블린 라이더를 전부 데려왔어야 했군요. 거기에 드라고뉴트를 시켜서 상공을 지키게 함으로써 하늘과 땅을 통해 리무루 님의 위대함을 보여줬어야 했습니다."

"아니, 그러니까. 그렇게 하면 본국의 방어망이 약해지기 때문에 안 된다고 회의에서 정하지 않았나."

시온이 불만스럽게 중얼거리는 소리를 듣고 달래주는 나.

회의를 할 때는 시온의 발언이 너무 거창한 주장이라고 생각했지만, 의외로 그게 정답이었을지도 모른다.

"하지만 무장 면에 관해선 전혀 얕보일 것이 없답니다. 고부타 부대의 무장은 모두 최신형의 매직 웨폰(마법 무기)으로 통일되어 있으니까요. 다른 사람들이 본다면 그 가치와 전력은 일목요연할 거예요."

슈나가 대범한 미소를 지으면서 분위기를 잘 수습해줬다.

확실히 고부타 부대의 장비는 유니크(특질)급의 물건들이었다.

아직 수가 적은 귀중한 시험 제작품이다. 쿠로베가 만든 무기와 가름이 만든 방어구. 그것들에 도르드가 〈각인마법〉을 심어서 마법의 물건으로 강화시킨 것이다.

이번 방문의 목적 중 한 가지에는 우리의 기술력을 어필하는 것도 포함되어 있다. 그렇기 때문에 최신 장비를 지급하여 무장시켜놓았다.

마법을 새기는 단계에서 실패율이 높아서, 유니크급 물건을 모두에게 지급할 수 있게 되기까지는 아직 많은 시간이 걸릴 것 같다. 그러나 딱히 서둘러서 최고급 장비품을 장비할 필요는 없는데다, 현재 시점의 성과로선 충분히 만족할 만한 것이다.

"확실히 그렇긴 하군. 나도 그 점은 깨닫고 있었습니다. 그러니 다른 나라의 사람은 몰라도 동포들은 모두 눈빛이 바뀌면서 주목하고 있는 것 같더군요."

카이도가 씨익 웃으면서 고개를 끄덕였다.
사람 수를 충분히 갖추지 못한 건 실수였지만, 질적인 면에선 강대국과 비교해도 뒤떨어지지 않는다고 생각한다.
"그렇다면 문제는 없네."
그렇게 말하면서 나도 만족스러운 표정으로 웃었다.

*

우리는 큰 도로를 똑바로 전진하여 궁전 안까지 안내받았다.
거기서 카이도와는 헤어졌다.
"또 봅시다, 형님."
"그래, 동생아. 나중에 또 만나자."
형제는 인사를 나눴고 카이도는 내게도 인사를 한 후에 그 자리를 떠났다.
그 자리에서 우리를 맞아준 사람은 예복을 입은 페가수스 나이츠(천상 기사단, 天翔騎士團) 단장인 돌프였다.
문관의 복장을 하고 있지만, 그 날카로운 눈빛을 잘못 볼 리가 없다. 페가수스 나이츠는 국왕 직속의 극비 부대라고 하니, 평소에는 신분을 위장하고 있겠지.
"오랜만에 뵙습니다, 리무루 님. 건강해 보이셔서 다행입니다."
위엄이 깃든 얼굴에 웃음을 띠면서 돌프가 인사를 했다.
"돌프 경도 잘 지내시는 것 같군요. 오늘은 우리를 초대해줘서 정말 감사합니다."
나도 답례를 한다.

"핫핫하, 제게 경어를 쓰실 필요는 없습니다. 우선은 폐하께서 계신 곳까지 안내해드리죠. 아, 그 전에——."

쾌활하게 웃더니, 부하에게 눈짓을 하는 돌프. 대부분이 진짜 문관인 것 같지만 몇 명 정도는 페가수스 나이트(천상 기사)가 섞여 있는 모양이다.

"실례하겠습니다! 무기는 저희가 보관하려 합니다만 괜찮으시겠습니까?"

"아아, 그러시오."

가볍게 고개를 끄덕이면서 허리에 찬 칼을 건넨다. 그러자, 익숙한 몸짓으로 공손히 받들더니 그대로 보관용 상자에 담는다.

슈나는 '마강(魔鋼)'으로 만든 부채를 건넸지만, 그게 과연 무기인지는 의문이다. 단순한 부채라고 주장한다면 눈감아줄 것 같기도 한데 말이지. 뭐, 상관은 없지만.

시온도 대태도를 끌렀다. 하지만 곧바로 건네주지 않고 문관을 노려본다.

"저의 이 소중한 '고우리키마루(剛力丸)'를 함부로 다루시면 용서하지 않을 겁니다."

그렇게 말하면서 미덥지 못한 눈으로 대태도를 한 번 바라본 뒤에 문관에게 그걸 건넸다.

얼마나 소중히 생각하고 있는 거람. 놀랍게도 이름까지 붙이면서 애용하고 있었다.

받아 든 문관은 순간적으로 휘청거리긴 했지만 그럭저럭 넘어지지 않고 버텨낸 것 같았다. 만약 떨어뜨리기라도 했다면 시온이 격노했을 것이다.

아마도 페가수스 나이트였을 것이다. 일반 사람이라면 그 대태도를 드는 것도 어려웠을 테니까.
이렇게 우리는 간단히 무장을 해제했다.
문제는 고부타 일행이다.
고부타 일행은 갑옷도 장비하고 있었기 때문에 갈아입기 위해 그 자리를 떠나게 되었다.
"그럼 나중에 보세나."
"알겠습니다요!"
어쨌든 고부타 일행은 왕 앞까지는 갈 수 없다. 호위를 맡은 자는 그 방 앞에서 대기하게 되어 있다.
같이 들어갈 수 있는 건 문관으로 한정되어 있다는데, 나로선 그에 대해 불만은 없었다.
오히려 슈나는 그렇다 치고 시온을 문관으로 대접해준다는 것에 감사와 놀라움으로 가득했다.
그야 분명 시온은 내 비서이긴 하지만, 누가 어떻게 봐도 무관일 텐데…….
자신만 들어가지 못하게 되면 또 시온이 고집을 부리면서 억지를 쓸 것이 눈에 뻔히 보이고 말이지. 드워프 왕의 관대한 기량에 감사하는 바다.
무기를 맡기는 절차를 끝낸 뒤에 우리는 돌프를 따라 왕궁 안을 걷기 시작했다.
전에 왔을 때는 감옥으로 직행했기 때문에, 신선한 기분으로 주위를 돌아본다.
이런 때에 '마력감지'를 쓰고 있으면 두리번거리면서 시선을 돌릴 필요는 없기 때문에 아주 편리하다. 위풍당당하게 걷고 있는 것처럼 보일 것이다.

그런 느낌으로 긴 복도를 걷자, 한층 더 호화롭고 거대한 문 앞에 도착했다.

"쥬라 템페스트 연방국의 국왕, 리무루 폐하께서 드십니다!"

문을 호위하는 병사가 큰 소리로 내가 도착했음을 알린다. 그에 맞춰서 안쪽으로부터 문이 열렸다.

"들어오십시오. 가젤 폐하께서 기다리시고 계십니다."

안에서 드워프 여시종이 나와서 우리를 안내해준다.

이 시점에서 돌프의 역할은 끝이 난 것인지 눈인사를 하고 한 발 물러서더니, 문 옆에 차렷 자세를 취하면서 나란히 섰다.

아주 긴장된다.

내가 모르는 세세한 규칙이 너무 많아서 무슨 짓을 해도 실수를 할 것 같은 불안한 마음이 들었다. 하지만 그런 걱정은 쓸모없었던 것 같다.

"오랜만이구나, 리무루여!"

가젤 왕이 내게 말을 건 뒤에는 고민할 틈도 없을 정도로 정신없이 상황이 돌아갔기 때문이다.

나는 안내받은 대로 가젤 왕의 맞은편 의자에 앉는다.

긴장한 나를 대신해 슈나가 인사말을 해줬다. 그리고 들고 있는 선물 목록을 상대측 문관에게 우아하게 건네줬다.

슈나는 정말 대단하구나! 그렇게 감탄하는 나. 애초에 지금의 나는 뭘 해야 좋을지 모르는 쓸모없는 인간인 셈이다.

그런 나였지만, 사전에 약속한 대로 웃음만큼은 계속 짓고 있다.

리무루 님은 당당하게 몸만 젖히고 계셔주시면 나머지는 제가 알아서 하겠습니다. 슈나가 그렇게 말해줬다. 나는 그 말을 믿고 동요를 밖으로 드러내지 않은 채로 우아하게 앉아 있을 뿐이다.

이야기는 전부 슈나가 혼자서 맡아주었다. 역시 마물이라곤 해도 오거 족 족장의 딸로 자란 만큼 그에 걸맞은 교양을 갖추고 있다.

슈나의 당당한 모습은 그야말로 반해버릴 정도로 늠름한 것이었다.

길게 느껴지던 대화였지만, 시간만 따지자면 짧은 것이었다.

누가 무슨 말을 하는지 제대로 들리지도 않았지만 '대현자'의 자동기억(自動記憶)을 믿고 흘려 넘긴다. 나중에 천천히 앞으로 참고할 자료로 활용할 생각이다.

이런저런 이야기를 나누다 보니, 슈나와 문관이 말을 주고받는 시간은 끝나 있었다.

우리를 환영하기 위해서 오늘 밤에는 궁정 만찬회가 준비되어 있다고 한다.

이런 준비에는 일반적으로 며칠이 걸린다고 한다. 도착이 늦지 않아서 정말 다행이라고 생각했다.

저녁까지는 시간이 있다.

오랜 여행으로 지쳐 있을 거란 이유로, 일단 준비된 방으로 물러가 쉬기로 했다. 거기서 나는 겨우 숨을 돌릴 수 있었다.

"엄청 긴장했네."

"우후후후후, 그러셨나요? 리무루 님은 아주 당당히 계신 것처럼 보였습니다만."

"그 말이 맞습니다! 늠름하신 그 모습에 저도 반하고 말았답니다."

"시온은 비서로서 좀 더 공부가 필요하지 않을까?"

"후후후, 슈나 님의 농담은 언제나 따끔하게 들리는군요."

"……농담으로 한 이야기는 아닌데."

슈나와 시온의 평소대로의 대화를 들으면서 나도 겨우 마음이 놓였다.

"그건 그렇고, 국빈으로 대우를 받는 건 기쁘지만 이런 자리는 이제 사양하고 싶군."

"하지만 앞으로는 이런 기회도 계속 늘어날 테니 조금쯤은 분위기에 익숙해지시는 게 좋을 것 같네요."

"그럴지도 모릅니다. 리무루 님은 패도를 걸으시는 분. 이런 잡다한 일도 피하시면 안 될 거라 생각합니다."

잠깐만, 시온.

전부터 생각했던 건데, 아무래도 시온은 뭔가 착각을 하고 있는 게 아닐까. 나는 패도 같은 것에는 흥미가 없는 데다, 다른 나라와도 사이좋게 지낼 수 있다면 그쪽이 더 좋다.

"일단 말해두겠는데, 나는 패도를 걸을 생각 같은 건 없거든?"

"네?! 그럴 리가……."

시온이 놀라고 있지만, 반대로 더 놀란 건 내 쪽이다.

그런 우리를 보면서 "그러니까 처음부터 그렇게 말씀하셨는데……" 슈나가 그렇게 말하고 어이없다는 얼굴로 한숨을 쉬었다.

이상한 착각을 하고 있는 건 시온뿐인 것 같아서 일단은 안심이 된다.

그렇게 시시한 대화를 하고 있는 사이에 만찬 시간이 되었다.
고부타 일행은 다른 방에 대기하고 있으며, 식사도 따로 하게 되어 있다.
카이진과 가름 형제들에게는 가젤 왕과의 면회를 마친 후에 그리웠던 조국을 보고 오라고 지시했다. 그러므로 지금쯤은 다른 형제랑 지인들이라도 만나고 있겠지.
가젤 왕과 동석한 사람은 나 외에는 슈나와 시온뿐이다.
시온을 데리고 간 것은 왠지 모르게 불안했지만 딱히 큰 문제도 없이 만찬은 종료됐다.
"그건 그렇고, 식후에 잠시 시간을 낼 수 있겠나?"
가젤 왕이 작은 목소리로 물었기 때문에 나는 작게 고개를 끄덕여서 승낙의 뜻을 전했다.
음, 하고 고개를 끄덕이는 가젤 왕.
이런 자리에선 진심 어린 토크 따윈 할 수가 없는 만큼, 모두 겉치레인 대화를 주고받을 뿐이다.
입 발린 말이나 돌려서 말하는 표현으로 치장되는 바람에 직설적인 대화는 하기 어려운 것이다.
섣부른 말을 뱉다가 트집을 잡히는 건 좋지 않으므로 대화가 적어지게 되는 것도 당연했다.
내 경우에는 가젤 왕의 행동을 보고 식사 매너를 확인하는 데에 바빠서 그럴 경황이 없었던 것도 이유로 들 수 있지만…….
그런 것들을 가젤 왕은 다 꿰뚫어 보고 있었던지 나중에 따로 만날 시간을 만들어준 것으로 보인다.

장소를 옮긴 뒤에야 겨우 한숨을 놓을 수 있었다.

"맛있긴 했지만 느긋하게 맛을 볼 수가 없었군."

"그러셨습니까? 진귀한 요리가 많아서 저는 만족했습니다!"

"시온은 매너를 좀 더 익혀두는 게 좋겠네요. 리무루 님을 본받아서——."

"일단은 괜찮은 것 같지만 어느 정도는 배워두는 게 좋겠지. 매너라는 건 상대를 불쾌하게 만들지만 않는다면 그걸로 충분하지만 말이야."

어차피 장소가 바뀌면 매너도 바뀌는 데다, 정반대의 내용이 올바른 매너가 되는 경우도 있으니까. 모든 것을 다 기억해둘 필요는 없으리라 생각한다.

추가로 언급하자면 식량 사정을 개선 중인 템페스트(마국연방)에선 식사를 남기는 게 매너가 없는 행동이다. 전생에 일본인이었던 내 감성에 영향을 받아서 내가 정한 규칙이었다.

하지만 그건 어디까지나 우리만의 규칙이며, 다른 나라에선 또 다르다.

매너라는 건 국가마다 다른 것이다.

손님을 최대한 화려하게 접대하는 것을 미덕으로 여기는 지방도 있다고 하며, 다 먹지 못할 정도로 배부르다는 의미를 담아서 식사를 남기고 감사의 마음을 전하는 것을 좋은 행동으로 여기는 나라도 있다고 한다.

이런 부분은 전생의 세계에서도 비슷한 느낌이었으니, 세상은 그런 법이라고 받아들이기만 해도 충분하다.

다행히 드워프 왕국에선 템페스트와 마찬가지로 남길 필요는 없었다. 일단 베스터에게서 들은 대로이다.

아니, 사실은 베스터에게서 인사법부터 궁정의 예절에 대해서 일단 간단히 지도를 받았었다. 그래도 긴장과 불안 때문에 가젤 왕의 흉내만 내고 있었을 뿐이다. 이렇게 실제로 체험할 수 있었으니 다음 기회에는 좀 더 잘해낼 수 있겠지.

시온도 마찬가지로 최소한도의 라인까지는 지키고 있었으니 딱히 문제는 없다. 단, 먹는 속도가 아주 조금 호쾌했다. 단지 그뿐이다.

"너무 맛있어서 그만……."

"뭐, 그리 신경 쓸 정도는 아니야. 요리한 사람도 남기는 것보다는 그쪽이 더 기쁘겠지."

그렇게 말하면서 나는 시온을 달래줬다.

"리무루 님은 시온에게 좀 지나치게 관대하세요……."

슈나도 그렇게 말을 하긴 했지만 눈은 웃고 있었다.

그렇게 잠시 시간이 지난 후――.

"오래 기다리게 했군."

그런 말을 하면서 가젤 왕이 찾아왔다.

각자의 나라에 있어 가장 중요한 이야기를, 속마음을 다 터놓고 이야기하기 위해서.

*

나와 가젤왕은 서로를 마주 보고 응접용 의자에 앉았다.

그 뒤에는 호위로서 번과 돌프 두 사람이 서 있다.

내 뒤에도 시온이 서 있었고, 슈나는 마실 것을 준비하기 위해 자리를 비웠다.

가젤 왕은 아까와는 달리 친근한 분위기를 띠고 있다.

나도 긴장하지 않고 이야기를 나눌 수 있기 때문에 솔직히 그 편이 반가웠다.

내가 만찬에 대해 감사 인사를 하자 가젤 왕이 그 말을 웃으면서 받아 넘긴다.

"후하하하하! 긴장 때문에 제대로 맛도 못 느낀 건 아닌가? 외교 같은 건 허세가 전부라네. 그렇게 굴다간 상대에게 얕보여도 아무 말 못 할 걸세."

"그쪽은 그렇게 말하지만 베스터에겐 합격점을 받았거든?"

"흠. 배려심이 지나치게 많은 녀석이다 보니 자신이 모시는 주인에 대한 채점은 좋게 봐준 것이겠지."

그런 식으로 면전에 대놓고 노골적으로 악담을 뱉는다. 하지만 그게 오히려 내 긴장을 풀어주었다.

"다음에는 제대로 된 모습을 보여주지."

"후후후. 검보다 교섭이 더 귀찮은 건 나도 마찬가지지만 말이네."

자유롭게 여러 나라를 돌아다녀 보고 싶다네. 작은 소리로 그렇게 말하는 가젤 왕.

선대 왕이 갑자기 서거하지 않았다면 아직도 자유로운 입장에 있었을지도 모른다.

"자, 그럼 본론으로 들어가 볼까."

분위기가 무거워지기 전에 가젤 왕이 먼저 말을 꺼냈다.

나도 고개를 끄덕이면서 이야기를 진행시킨다.

"좋아. 우선 고맙다는 말을 전하고 싶군. 카이진과 가름 형제들의 죄를 사면해줘서 고맙소. 그 녀석들도 기뻐하더군."

"흥! 다른 대신들을 납득시키려면 그렇게 하는 게 최선이었으니까. 처음부터 용서할 생각이었네."

살짝 쑥스러운 듯이 가젤왕은 말했다. 그리고 뒤이어서 "게다가 자네 같은 수상한 자를 우리나라 안에서 자유롭게 돌아다니게 놔두는 건 달갑지 않다는 생각도 들었고."라고 씨익 웃으면서 말한다.

"그 말은 좀 심하군. 하지만 뭐, 나라도 같은 생각을 했겠지만……."

"그랬겠지?"

그리고 둘이서 얼굴을 마주 보면서 쓴웃음을 지었다.

"나도 사실은 고민을 했었다네. 카이진이랑 가름 형제를 보내는 건 뼈를 깎는 고뇌 끝에 내린 결단이었지. 하지만 결과적으론 정답인 것 같아서 정말 다행이네."

"음. 그들은 정말 열심히 일해주고 있소. 가름 덕분에 방어구들도 준비할 수 있었고, 도르드와 미르드는 건설 쪽에서 아주 큰 도움을 주고 있지. 그리고 카이진이 내 손이 닿지 못하는 분야를 총괄해주기 때문에 그럭저럭 나라를 잘 꾸려가고 있소."

"그런가……. 하지만 생각하기에 따라선 그게 더 좋겠지. 녀석들도 우리나라에서 묵혀두기보다는 자유롭게 그 실력을 발휘할 수 있는 환경 속에 있는 게 좋을 게야. 그러고 보니 베스터는 어떻게 된 건가?"

왜 같이 오지 않은 것인지를 궁금해 하는 가젤 왕.

"아아, 권유를 하긴 했는데 말이지……."

그렇다. 베스터에게도 같이 가자는 얘길 했지만 거절한 것이다.

"그런 말씀을 해주시는 건 감사합니다만, 성과를 내기 전까지는 가젤 폐하를 뵐 면목이 없습니다! 라고 말하더군. 하지만…… 그건 단순히 연구에 몰두하고 싶어 하는 걸로 보였지만 말이지."

"후하하하하. 베스터답군. 녀석도 또한 그 재능을 충분히 발휘할 수 있는 자리를 얻었다는 건가. 실로 기쁘구먼."

그렇게 말하면서 가젤 왕은 미소를 지었다.

정말 진심으로 예전의 부하를 걱정하고 있었던 모양이다. 그 감정을 드러내어 직접 말로 할 수가 없으니, 여러모로 딜레마에 빠져 있던 것은 가젤 왕도 마찬가지였던 것이다.

내가 감사 인사를 전하는 걸 끝낸 타이밍에 맞춰서 슈나가 마실 것을 가져왔다.

요움에게도 시험 삼아 마셔보게 한 신상품인 술이다.

"드시지요."

"음. 이건…… 도르드가 만든 것인가?"

가젤 왕은 유리잔을 들고 감탄하고 있다.

투명하면서 창백하게 빛나는, 마치 수정 같은 유리 세공. 모양도 정교하고 치밀하여 한눈에 그 가치를 알아본 것 같았다.

실은 이 유리잔은 마법 도구이다. 예술적인 장식인 것처럼 보이지만 〈각인마법〉에 의한 해독 효과를 부여한 것이다. 기본적으로 마법 지식이 어느 정도는 있지 않으면 발동시키는 건 불가능하지만…….

"각인되어 있는 건 해독마법인가. 머리를 잘 썼군."

가젤 왕은 곧바로 그 장치를 꿰뚫어 보고 마법을 발동시켰다.

"내가 먼저 독이 있는지 시험 삼아 마셔봐도 좋겠지만, 도움이 안 될 것 같아서 말이오. 나는 마물인 데다 독에 대한 내성도 나름대로 갖췄으니까."

진심으로 하는 말이다.

알코올은 독은 아니지만 도수가 높으면 숙취가 생길 우려가 있다. 게다가 사람에 따라선 분해를 하지 못해 급성 알코올중독에 걸리기도 한다.

술에 강한 드워프에겐 그런 걱정은 쓸데없는 것이겠지만, 만일을 대비해서였다.

가젤 왕은 유리잔에 입을 가까이 대고는 그 향에 놀란 표정을 지었다.

"호오! 향기에 기품이 있군."

마음에 들었는지 잠시 동안 향기를 즐기고 있었다.

나는 신경 쓰지 않고 꿀꺽 마신다.

불타는 듯한 뜨거운 덩어리가 목구멍을 스치고 지나가면서, 머리가 뜨거워지는 듯한 감각이 나를 덮친다. 하지만 아쉽게도 그 느낌은 순식간에 사라진다.

《알림. 대독저항(對毒抵抗)…… 성공했습니다.》

성공하지 마! 라고 잔소리를 해주고 싶다.

알코올은 독이 아니라고. 왜 그걸 모르는 거야?

힘들여 만든 기호품인데, 전혀 즐길 수가 없다. 너무나도 허무하지만, 나 말고 다른 사람이 즐길 수 있으니 그걸로 만족할 수밖에 없다.

취할 수 없는 술만큼 슬픈 건 존재하지 않지만 말이지.

"이럴 수가, 이건!"

내가 마시는 걸 보고 가젤 왕도 한 모금 시험 삼아 마셔본 모양이다. 그 결과, 경험한 적도 없는 강렬한 자극이 목구멍과 오장육부를 엄습했을 것이다.

하지만 역시 술을 좋아하기로 유명한 드워프다. 요움과는 달리 기침을 하지는 않았다.

"맛있군."

한마디를 중얼거린 뒤에 슈나에게 더 줄 것을 요구하고 있다.

가젤 왕의 뒤에 서 있는 돌프는 가젤 왕의 그런 모습을 부러운 눈길로 바라보고 있다. 보아하니 사전에 독이 있는지를 검사하느라 마셔보면서 그 맛을 알고 있는 것 같다. 번 혼자만 의아한 표정으로 고개를 갸웃거리고 있었다.

"여러분도 한 잔씩 어떠신가요?"

슈나가 분위기를 알아차리고 두 사람에도 술을 권했다.

"그거 좋지요! 그럼 한 잔만 마시겠습니다."

돌프는 그 말을 기다렸는지 기쁜 표정으로 유리잔을 받아 들었다.

"호위를 맡은 자가 술을 마시는 건 옳지 않지만, 저희에겐 술이

나 물이나 별반 차이가 없으니까요.”

번도 그럴듯한 논리를 들먹이면서 유리잔을 받아 들었다. 그리고 단번에 잔을 기울인다.

“음, 으으음?!”

강렬한 알코올의 맛에 번은 놀라움을 감추지 못하는 것 같다.

“사양할 필요는 없네. 어차피 이 자리는 우리밖에 없으니까. 옛날로 돌아가 다 같이 마셔보지 않겠는가.”

“그럴 수는…….”

장난꾸러기 같은 미소를 지은 가젤 왕의 말에 일단 한 번 사양하는 돌프.

하지만.

“좋아. 오늘은 마셔보지. 가젤이 그렇게 말한다면 어쩔 수 없군. 나는 마시겠어!”

백전연마의 강직한 인물로 보이는 외모와는 달리 번이 그렇게 말하면서 가젤 왕의 오른쪽 옆에 앉았다. 그리고 슈나에게 유리잔을 내밀면서 더 따라줄 것을 재촉하고 있다.

“와하하하하! 번, 자네, 어찌 된 건가? 오늘은 평소와는 달리 말이 통하는군!”

기쁜 표정으로 가젤 왕이 번의 등을 두들겼고, 번이 살짝 난감한 표정으로 얼굴을 찌푸렸다.

“에잇, 너무 시끄럽게 굴지 말게! 문 밖에는 정예 병사들이 대기하고 있으니, 걱정할 필요는 없겠지. 게다가……. 나도 이자들이 우리에게 해를 끼칠 거라고 생각하지 않네. 그럴 이유도 없고 그래봤자 얻을 것도 없으니까. 애초에 그럴 생각이었으면 저번

술자리에서 행동으로 옮겼겠지."

번은 호쾌하게 술을 계속 마시면서 돌프의 걱정을 웃어넘겼다. 그 모습에 납득을 한 것인지——아니면 포기한 것인지 돌프도 가젤 왕의 왼쪽 옆에 털썩 앉는다.

"그럼 저도 한 잔 받겠습니다!"

그렇게 말하면서 슈나에게 유리잔을 내미는 돌프.

어느새 다 마신 건지 유리잔은 텅 비어 있었다. 결국은 돌프도 술의 유혹에 이기지 못한 모양이다.

그리고 한동안 다 같이 술을 즐긴 뒤에——.

"그건 그렇고 리무루여. 취하기 전에 묻겠네만, 그 카리브디스(폭풍대요와)를 물리친 고출력의 마법 병기는 대체 어떤 것인가? 전대미문이면서, 전략급 마법도 능가할 엄청난 위력이라고 들었는데?"

"아아…… 그거 말인가……."

사실을 설명했는데도 믿어주지 않았던 그것 말이다.

이번 외유의 계기가 되기도 한 마왕 밀림의 말도 안 되는 극대 공격이다.

어쩔 수 없지.

한 번 더 사실을 말해보기로 할까.

"으음……. 사실을 말해도 다들 믿어주지 않았는데 말이지. 그건 돌프 씨가 오해한 거라네……."

"오해라고?"

"음. 그건 우리의 비밀 병기 같은 게 아니라 정말로 마왕 밀림의 힘이었네."

"하아. 리무루 님은 아직도 그런 말씀을——."

"잠깐 기다리게, 돌프. 그 이야기는 나도 흥미가 있었어. 군부를 맡은 자로서의 견해지만 페가수스 나이츠 소속의 기사 백 명이 총공격을 가해도 쓰러뜨리지 못한 적이라면 전략급 마법에 의존할 수밖에 없지. 적의 마법 방어를 무효화시키고 회복할 여지도 없이 대미지를 주는 것이 유효한 수단이라 할 수 있을 거야. 하지만 젠 할멈이 말하더군. '금주(禁呪)'인 핵공격 마법으로도 카리브디스는 쓰러뜨릴 수 없을 것이라고 말이야. 마법 법칙 그 자체가 흐트러지는 바람에 열량이 제대로 전달되지 않는 게 원인이라고 하더군. 이 점에 대해선 나도 제대로 이해하지 못하고 있지만 쉽게 말해서 마법으론 쓰러뜨릴 수 없다는 뜻이겠지? 그렇다면 마법 병기도 마찬가지 아닐까?"

시커먼 턱수염을 쓰다듬으면서, 번이 돌프를 제지하며 말했다.

젠이란 자는 아크 위저드(궁정 마도사)인 그 노파를 말하는 거겠지. 마법 전문가답게 카리브디스에게 마법이 통하지 않는 이유도 이미 알아차리고 있었던 모양이다.

마법은 마력요소라는 특수한 요소를 매개체로 발동한다. 그 마력요소 그 자체를 '마력방해'로 흐트러뜨리기 때문에 애초에 카리브디스에게 마법은 통하지 않았던 것이다.

이건 내가 그 스킬(능력)을 획득한 뒤에 해명할 수 있었다.

예를 들어 마법에 의한 염열공격은 마력요소를 연소시킨 뒤에 그 열기를 대상으로 전달한다. 그러므로 자신의 주위로부터 마력요소와의 거리를 벌려놓으면 열의 전달효율이 극단적으로 떨어지는 것이다.

참격이나 빙결, 전격 등도 같은 방법으로 봉인할 수가 있다. 상당히 쓰일 곳이 많은 스킬이라 할 수 있었다.

이걸 돌파하려고 하면 마력요소를 매개체로 삼지 않으면 되었던 것이다.

직접 카리브디스를 노리는 게 아니라, 폭발과 함께 바람을 일으켜 충격을 발생시킨 뒤에 그 자리의 공기를 뜨겁게 만들어서 부딪치게 한다면…… 어쩌면 훨씬 큰 대미지를 줄 수 있었을지도 모른다.

우발적으로 그런 공격을 했었을지도 모르지만, 전투에 정신이 팔려서 깨닫지 못했기 때문에 이제 와서 한 번 더 생각해본 것이다.

그렇다면 밀림의 공격은 과연 어떤 것이었는가를 따져보자면…….

《해답. 가능성으로 따지면 두 가지를 생각할 수 있습니다. 더 큰 힘으로 '마력방해' 자체를 파괴했거나, 좀 더 단순하게 따져보면 마력요소를 매개체로 삼지 않은 공격이었을 수도 있습니다. ――데이터(정보) 수집에 실패했기 때문에 확실한 답을 낼 수는 없습니다. 다만, 높은 확률로 전자에 해당하는 공격이었다고――.》

이상이 '대현자'의 추론이었다.

미지의 물질을 검출할 수 없었으니 후자를 이유로 생각하기는 어렵다는 것이다. 게다가 마왕 밀림의 절대적인 마력과 에너지(마력요소)양이라면 카리브디스를 압도하는 것도 이론상 가능하다는 이야기다.

그렇게 들으면 납득할 수밖에 없다.

"확실히 마법은 통하지 않았지만……. 그러나 마왕 밀림을 들먹이는 것은 아무리 그래도 변명치곤 조잡하지 않겠습니까. 기존의 상식을 넘어서는 병기를 비밀로 하고 싶다는 마음은 이해할 수 있지만 말입니다."

돌프는 어깨를 으쓱하면서 말한다.

마왕 밀림의 참전을 인정하기보다 정체불명의 병기가 있는 걸로 여기고 싶은 모양이다.

그런 돌프를 가젤 왕은 심각한 얼굴로 돌아봤다.

"하지만 돌프여. 그게 과연 가능한 일인가? 전략급 마법의 열 배나 되는 위력을 동원한다고 해도 쓰러뜨릴 수 있는 상대였는가? 상위 정령을 부리는 드라이어드가 발사한 극대 마법도 무효화시킨 괴물이었는데 말이네. 그런 괴물을 쓰러뜨릴 수 있는 마법이라면 과연 상상을 초월하는 위력일 것이야. 하지만 마왕 밀림이라면…… 용의 공주인 그녀라면 인간이 가진 지혜를 넘어서는 마법을 다룰 줄 안다 해도 이상하지는 않겠군."

가젤 왕은 밀림을 아는 듯했다.

밀림의 공격이 마법인지 아닌지조차 명확하진 않지만, 적어도 카리브디스를 사라지게 만든 것은 사실이다. 가젤 왕의 말대로 인간의 지혜를 넘어선 존재라는 건 틀림없는 것이다.

"그러면 가젤은 정말로 마왕 밀림이 그랬다고 생각하나?"

재미있다는 표정으로 번이 가젤 왕에게 묻는다.

"그렇군……. 그렇게 생각한다면 납득은 할 수 있지만 마왕 밀림이 왜 그 자리에 있었는지…… 그 이유를 모르겠군. 마왕 밀림의 짓이었다고 한다면, 어떤 경위로 그렇게 된 것인지를 이야기 해줄 수 있겠지?"

가젤 왕이 내 쪽으로 칼끝을 돌렸다. 그 말에 따라 돌프와 번도 나를 바라본다.

"그럼 이야기가 좀 길어질 것 같지만, 이 나라를 나온 뒤에 무슨 일이 있었는지를 이야기하지."

나는 그 후에 무장 국가 드워르곤에서 쫓겨난 뒤의 이야기를 들려줬다.

잠자코 이야기를 듣는 일동.

술과 안주는 점점 소비되었고, 내가 이야기를 끝냈을 때엔 술통의 1/3이 비어버린 경이적인 하이 페이스를 기록하고 있었다.

맥주가 담긴 통이었다면 한참 전에 비어버렸을 테니 약간은 알코올이 효력을 발휘했겠지만.

"전체적으로 이야기는 맞아떨어지는군……. 하지만——."

"으—음, 마왕 밀림을 길들일 수가 있나."

"믿기 어렵습니다만…… 확실히 소녀가 뭔지 모를 행동을 했다는 보고는 올라와 있었습니다……."

세 사람이 얼굴을 마주 보며 각자의 의견을 교환하기 시작했다.

그걸 옆에서 보면서 "흐흥! 리무루 님의 말씀에 거짓은 없습니다!"라고 시온이 자랑스럽게 말한다. 왠지 얌전하다고 생각했더니 시온도 같이 술을 마시고 있었나 보다.

슈나가 혼자서 사람들에게 술을 따라주거나 안주를 준비하거나 하면서 바쁘게 움직이고 있다. 정말 남을 잘 배려하는 여성이다. 시온도 조금은 본받았으면 좋겠다.

그런 생각을 하고 있으려니, 가젤 왕 쪽은 결론을 내린 모양이다.
"널 믿겠다, 리무루."
"의심해서 죄송합니다. 갑작스럽게 믿기 어려운 이야기였기 때문에……."
"와앗핫핫하! 그렇다곤 해도 그 짧은 시간에 가장 오래된 마왕과 아는 사이가 되다니, 리무루 님은 참으로 신기한 분이구려!"
세 사람은 결국 내 말을 믿어주었다.
그러는 게 자기들에게도 편리해서 그런 건지도 모르지만, 어떻게든 오해도 풀린 것 같아서 무엇보다 다행이다.
그런 식으로 진지한 이야기로 마무리가 지어질 줄 알았지만, 그렇게 되지는 않았다. 오히려 술자리라는 이름의 회담은 이제부터 본격적으로 시작이었다.

*

서로의 근황을 이야기하면서 연구의 성과도 화제로 올랐다.
내일 예정으로서, 이 나라의 국민들 앞에서 두 나라가 우호 관계를 맺었음을 선언할 것이란 말도 들었다.
그런 식으로 밤은 점점 깊어갔으며, 내가 선물로 가져온 술이 화제가 되었다.
"그건 그렇다 치고 이 술은 정말 맛있군. 지금까지 맛본 적도 없는 강렬한 맛이 느껴지네. 대체 이건 뭔가?"
술통이 반 이상이나 비었으니 그건 당연하다고 말하고 싶다. 도수가 높은 증류주를 얼음만 넣어서 마시고 있으니, 취하는 것도 당연한 것이다.

"이건 말이지, 맥주를 증류시킨 것으로 위스키라고 하오."

"호오? 증류란 건 뭔가?"

그렇게 나온단 말인가. 그걸 설명하는 건 좀 어렵다.

"연구를 좋아한다면 이해할 수 있겠지? 알코올 성분은 취기의 원인이지만 물보다 끓는점이 낮소. 그렇기 때문에 양조주를 끓여서 그 증기를 모으면 알코올 성분이 많은 술이 되지. 그게 바로 증류주요."

간단히 설명해주자, 가젤 왕은 이해했다는 듯이 고개를 끄덕이고 있다.

"그렇군. '이세계인'이 만들었다는 고급주도 의외로 비슷한 제조법을 쓰는 건지도 모르겠군."

"이세계인?!"

이런, 갑자기 쓸모 있어 보이는 정보가 나왔군.

동향인 사람이라면 한번 만나보고 싶은데.

"그래. 제국의 도시에서 이세계인이 만들었다는 술이 황제에게 진상되고 있다고 하더군. 시장에도 유통되고 있지만, 그렇게 많이 돌지는 않는 탓에 눈이 튀어나올 정도로 고가에 거래되고 있다네. 듣자 하니 대량으로 만들 수 없다고 하던데, 이건 다른 건가?"

아쉽다.

제국에도 가보고 싶다고 생각은 하지만 저쪽은 군사 국가라서 출입할 때의 검문이 엄격하다고 한다. 서방 열국과 달리 가벼운 기분으로 들러보는 건 어려울 것 같다.

마물 대응 전문 부대도 존재한다고 하니 더더욱 그렇다. 애초에 서방 열국에도 당연히 그런 전문가는 존재한다고 하니 방심은 할 수 없겠지만.

제국에 있다고 하는 이세계인을 만나는 건 서두르지 말고 기회를 기다리는 게 좋을 것 같다.

대량으로 만들 수 없다는 건 아마도 변명이겠지.

시설이 없는 것도 이유일지 모르지만, 그건 돈만 있으면 해결할 수 있는 문제다. 아마도 희소성을 높이기 위해 만드는 양을 스스로 조절하고 있는 것으로 보인다.

"맞아. 기호품이기 때문에 그렇게 많이는 만들 수 없소. 하지만 양산 기술의 문제가 아니라 식량 사정이 문제지만 말이야. 전에 만났을 때 우리한테는 맥주조차 없었으니 이해가 되겠지? 원료가 되는 밀이나 보리도 이제 겨우 시험 재배가 끝난 단계요. 내년부터는 본격적인 생산을 개시할 수 있겠지만, 수확량이 좋지 않다면 기호품을 만드는 데 돌릴 여분은 없으니까."

그러므로 우리가 즐길 분량밖에는 만들 수 없다——라고 설명을 계속한다.

"그렇단 말인가. 우리나라도 식량은 파르무스 왕국이나 제국을 통한 수입에 의존하고 있으니 말이네."

"그렇습니다. 우리나라는 식량 자급률이 낮은 것이 유일한 약점이지요."

"하지만 무기랑 방어구와는 달리 식량은 전송마법으로 운반할 수가 없으니 어쩔 수 없지. 아무래도 상인의 개입이 필요하게 돼. 뭐, 그렇기 때문에 우리나라는 자유무역도시로서 성공하고 있다고 할 수 있겠지만…….”

그런 사정이 있었단 말인가.

사방이 막혀서 방어에 특화된 모양이긴 하지만, 지하 대동굴에서 식량을 생산하는 건 확실히 어려운 일이다. 햇빛이 들어오지 않는 건 아니지만 식물의 육성에는 적합하지 않은 것이다.

그렇기 때문에 더더욱 기술력을 갈고닦았으며, 무역으로 약점을 극복했다고 할 수 있다.

자유무역도시로 만들어 상인의 출입을 장려했으며, 다른 나라와의 경제적인 연결을 더욱 강화하고 자국의 존재 가치를 높인 결과, 지금의 강대국인 드워프 왕국이 있는 것이다.

우리도 그걸 본받아서 무슨 일이 있어도 다른 나라와 경제적으로 국교를 맺고 싶다.

그건 그렇고 그냥 넘겨들을 수 없는 말이 있었는데?

“잠시 질문을 좀 해도 되겠소?”

“뭔가?”

“음. 식량은 마법으로 전송할 수 없다고 했었는데――?”

“아아, 그걸 말하시는 겁니까――.”

가젤 왕 대신 돌프가 설명해줬다.

그가 말하길, 전송마법은 만능이 아니라서 유기물을 보내면 마력요소를 너무 많이 쐬기 때문에 변질되어버린다는 모양이다. 모피 같은 건 약간 품질이 바뀌는 정도지만, 식량 쪽은 먹을 수 없게 변해버린다고 했다.

예전에 고부타에게서 드워프 왕국에는 전송을 대신해주는 업자가 있다는 이야기를 들었다. 그래서 앞으로 물건을 보내는 데

도움이 되지 않을까 해서 리서치를 해보려고 생각하고 있었다. 그러나 갑자기 계획이 좌절되어버렸다.

"전송마법으론 인간도 이동할 수 있는데……."

내 투덜거리는 소리를 듣고 돌프랑 번도 공감을 표시했다.

"그러게 말입니다. 젠 노파가 말하는 바로는 원리와 소비 마력이 전혀 다르다고 하더군요. 예전 군사 회의에서 병사의 효율적인 전송 방법을 논의했을 때 그런 말을 들었습니다."

"하하하. 일개 사단을 마법으로 적지에 보낼 수 있다면 좋겠다는 생각을 하긴 했지만 말이지. 듣자 하니 그걸 시험해보느라 몇천 명을 쓸데없이 죽여버린 나라도 있다고 하더군. 몰릴 대로 몰린 끝에 나온 기묘한 계책으로 생각했겠지만…… 결과적으론 나라를 멸망시킨 꼴이 된 모양이야."

"이런, 이런, 자네들, 취했는가? 그래도 그건 일단 군사기밀이 아닌가……?"

"이, 이런, 실례했습니다!"

"앗차, 나도 모르게 그만 입이 가벼워지고 말았군. 미안, 미안, 방금 한 얘긴 잊어주게."

취기에 입을 잘못 놀린 것인지, 가젤 왕에게 쓴소리로 주의를 받았다.

"원래대로 하자면 자네들은 군법회의감일세. 나 참……."

입으론 엄하게 말하는 가젤 왕이지만, 그럴 마음은 전혀 없어 보인다.

오랜 기간 동안 왕을 모시면서 그걸 이해하고 있는지, 돌프와 번도 씁쓸하게 웃으면서 반성할 뿐이었다.

"그런가. 역시 차근차근 무역로를 정비할 수밖에 없겠군. 모처럼 과일류를 수입할 수 있게 됐는데……."

"호오? 우리나라 말고도 자네 나라와 국교를 맺으려는 자가 나타났는가?"

"일단은 말이지. 뭐, 인간의 국가는 아니지만."

"뭐라고? 그럼 대체 어디 있는 나라라는 말인가?"

"아직 사절단을 서로 파견할 정도로 진행 중이지만 수왕국——."

"설마 유라자니아?!"

"말도 안 돼! 그 긍지 높은 수왕이 다른 나라와 거래를 한다고?!"

"믿기 어렵군요. 너무나 믿기 어려운 이야기입니다……."

생각했던 것 이상으로 놀라는 모습을 보니 나도 서프라이즈에 성공한 것 같은 기분이 들었다.

기분이 좋아지는 바람에 씨익 웃으며 이야기를 이어간다.

"맞아, 바로 그 설마라네. 마왕 칼리온과 친해질 수 있는 기회가 있었소. 내가 도움을 좀 준 게 있어서 그 대가로 교역을 제안해봤지. 그랬더니 흔쾌히 수락해주기에 서로 사절단을 파견하게 된 거요."

"자네, 마왕 밀림뿐만이 아니라 수왕까지 알게 되었단 말인가……. 그게 거짓말이라면 자네는 세기의 사기꾼이 될 것이네. 하지만——."

"거짓말을 하는 걸로 보이지는 않는군요."

"그렇다면 템페스트(마국연방)의 중요성은 단번에 커지겠군. 농담이 아니라 정말로 무역의 중심지가 될 수 있겠어."

"리무루여. 그래서 어떤 물품을 교역할 예정인가?"

놀라고 있던 가젤 왕 일행이었지만, 냉정한 판단을 통해 내 말이 진실이라고 판단한 것 같다.

가젤 왕은 이미 왕의 눈으로 돌아가 이 이야기 속에서 자국의 이익을 이끌어낼 수 없는가를 살피는 모습을 보이고 있다. 하지만 그건 내 쪽도 바라는 바였다.

"풍요로운 마왕의 나라답게 과일 같은 사치품도 풍부히 맺힌다고 하더군. 식량 문제로 고생하는 우리와는 다르게 말이야. 숲의 도움을 받아야 하는 과일류는 식탁에 올릴 양 정도밖에 없으니까 말이지. 하지만 이 무역으로 여유가 생긴다면 그 분량을 주류 생산으로 돌릴까 하네."

"과일주 말인가! 혹시 과일주도 증류라는 게 가능한가?!"

"당연하지. 슈나——."

"네. 리무루 님."

이 분위기를 기다렸다는 듯이 슈나가 다른 술병을 꺼냈다. 이건 비장의 물건이자, 아직 생산량이 적은 사과 브랜디이다.

"받으시죠."

슈나가 새로운 유리잔을 준비하여 그걸 우리에게 나눠줬다.

우아한 손놀림으로 유리잔의 반 정도까지 투명한 술을 따르는 슈나. 덧붙이자면 시온은 아까부터 계속 말없이 술만 마시고 있다. 괜찮은지 약간 걱정이 됐다.

"호오! 참으로 그윽한 향기로다!"

방금 마신 위스키보다도 향기롭고 농후한 냄새가 감돈다.

가젤 왕은 그게 아주 마음에 들었는지 천천히 음미하듯이 맛을 확인하고 있었다.

"이럴 수가, 믿을 수가 없군. 제국의 고급주보다도 맛있지 않은가……."

마신 적이 있단 말이야?! 그런 지적은 일단 미뤄두자.

뭐, 동향의 이세계인이 만든 술과 달리 우리 쪽은 '대현자'의 '해석감정'을 구사하여 최적화된 제작법을 만들어냈다. 게다가 트렌트의 집락체에서 채취한 마목(魔木)을 재료로 사용하여 내용물의 매력을 그대로 숙성시킬 수 있는 통을 만든 것이다.

마목의 향기를 가미시키면서 내용물의 맛은 손상시키지 않는다. 그러기는커녕 절묘한 조화로 오히려 깊은 향기를 만들어낸다. 그 결과가 바로 이렇게 투명함이 유지된 술이었다. 이 술은 숙성시켜도 호박색으로 변하지 않으며, 아름다운 투명함을 그대로 유지하고 있다.

호박색 쪽이 더 술 같이 보이긴 하겠지만 그 부분은 취향에 따른 문제이지, 맛은 단연코 이쪽이 더 나았다.

만약 제로부터 시작한다면 최적의 소재를 엄선하는 데 몇 년이나 연구가 필요했을 것이다. 나는 스킬(능력)에 의존했기 때문에 공평하지 않다는 느낌도 들었지만, 제국의 술과 비교해도 밀리지 않는다는 말을 듣는 건 당연한 것이라 생각하며 고개를 끄덕였다.

"그 무역이 어떻게든 성공하면 좋겠구나."

그 중얼거림에는 만감의 감정이 뒤섞여 있었다.

돌프와 번도 고개를 끄덕이는 걸 보니 사과 브랜디가 어지간히 마음에 들었나 보다.

그때 갑자기 시온이 일어섰다.

"걱정하실 것 없습니다. 리무루 님이 모든 문제를 해결해주실 겁니다. 우리 식탁에도 이젠 당연하다는 듯이 매일 맛있는 요리가 놓이게 되었습니다. 거기에 술이 더해질 것도 이미 약속된 것과 다를 바 없습니다!"

그렇게 외치면서 유리잔을 단숨에 들이킨다.

그리고 행복한 표정으로 잠이 들어버렸다.

"…………."

나도 모르게 할 말을 잃는다.

또 나한테 전부 떠넘기는 거냐――라고 불평을 해주고 싶어도 정작 본인은 행복한 표정으로 꿈나라에 가 있다.

정말이지 시온은 매번 이런다니까.

하지만 시온이 날 믿어주면 무엇이든 해낼 수 있을 것 같은 마음이 드는 게 정말 신기하다. 어쩔 수 없다고 생각하면서도 그 소원을 이뤄주고 싶어지는 것이다.

"뭐, 우리 쪽의 시온도 이렇게 말하니, 어떻게든 해볼 생각이오."

"후후, 믿음직스럽구나. 역시 내 사제라 할 만하다, 리무루. 우리 쪽에도 부디 융통해줄 수 있게 되기를 기대하도록 하마."

사제 관계랑 지금 그 이야기는 딱히 관계없거든.

가벼운 마음으로 기대를 받아 들이긴 했지만, 수왕국 유라자니아까지는 거리가 멀단 말이지.

길을 정비만 하는 거라면 또 모를까, 돌까지 까는 건 당분간은 무리일 것 같다.

"뭐, 수송로 정비를 먼저 해야겠지만 말이지."

“그 이야기가 나와서 말인데……. 자네 부하들의 일솜씨는 정말 대단하더군. 우리나라가 자랑하는 공작 부대보다 몇 배나 빠른 속도로 금세 길이 만들어지는 걸 보고 있으면 등골이 얼어붙는 것 같은 심정이었다네.”

“그렇지? 나도 그렇게 생각해.”

“하지만 괜찮은가? 우리는 아무런 부담도 지고 있지 않은데. 이렇게까지 훌륭한 길을 만들어낼 줄은 생각도 못 했으니 말일세…….”

“그건 약속한 내용이니까 신경 쓰지 않아도 되오. 그보다 다른 건으로 상담할 게 있는데 말이지. 가능하면 이쪽을 적극적으로 검토해주면 좋겠는데——.”

그렇게 말하면서 나는 씨익 웃었다.

상대의 기분을 좋게 만든 후에 본론을 끄집어낸다.

계획대로다.

이렇게 나는 이번 방문의 최대 목적인 로우 포션(하위 회복약)의 판매와 약사의 스카우트 계획을 가젤 왕 일행에게 들려줬다.

그 결과, 적극적으로 검토하겠다는 가젤 왕의 말을 이끌어내는 데 성공했다.

*

하룻밤이 지난 후 오늘은 공식적으로 두 나라 간의 우호 선언을 하는 날이다.

내가 아무렇지 않은 건 당연한 일이지만 가젤 왕도 당연한 것처럼 술기운은 남아 있지 않았다.

그러나 돌프는 약간 얼굴이 창백했으며, 번은 아예 방에서 드러누워 있다고 했다.

그래도 괜찮은 건가, 애드미럴 팔라딘(군부 최고사령관)? 그렇게 생각했지만 다른 나라의 일이니 너무 깊이 추궁하지는 말자.

환하게 웃고 있으라고 가까이에서 속삭이는 말을 듣고 나는 망설임 없이 그에 따랐다.

그렇게 잔뜩 긴장되는 한때를 무사히 넘긴 것이다.

하지만 식전 행사가 끝났을 때 나도 인사말을 하기로 예정되어 있었다.

내 순서가 돌아올 때까지 필사적으로 연설 내용을 속으로 읊는다. 출발 전에 리그루도와 카이진과도 상의하여 정한 것으로, 몇 번이고 고치면서 완전히 암기해두고 있었다.

괜찮겠지, 좋아! 그렇게 속으로 기합을 넣는다.

이런저런 생각을 하다 보니 가젤 왕의 연설이 끝나면서 내 차례가 되었다.

시온이 양손으로 나를 잡고 공중으로 높이 들어 올렸다.

"에, 안녕하십니까, 여러분. 쥬라 템페스트 연방국, 약칭 템페스트의 맹주인 리무루 템페스트라고 합니다. 실은 전 보시다시피 슬라임이면서 태어난 지 얼마 되지 않았습니다. 인연이 있다 보니 영웅 요움과 아는 사이가 돼서 친하게 지내고 있습니다. 오크로드가 쥬라의 대삼림을 침공해 왔을 때도 같이 협력하여 무사히 넘길 수 있었습니다. 이곳 무장 국가 드워르곤은 마물도 인간도 관계없이 손을 마주 잡고 훌륭한 나라가 될 수 있는 이상적인 공존공영이 이루어져 있더군요. 저도 그걸 이상으로 삼아서 쥬라의 대삼림에 인간과 마물을 이어줄 수 있는 나라를 만들고 싶다고 생각하고 있습니다. 가젤 폐하께는 제 이상에 찬성해주신 것에 대해 감사히 여기는 마음을 이루 다 헤아릴 수 없습니다. 앞으로도 서로를 도와주는 관계를 유지하고 싶으며, 그러려면 여러분의 협력이 절대로 필요합니다. 우리나라에는 저를 포함하여, 많은 마물이 소속되어 있습니다. 아니, 마물의 나라라고 해도 틀린 말은 아니겠지요. 하지만 그 마음은 여러분과 전혀 다르지 않습니다. 마물이라고 해서 두려워하지 말고 새로운 친구로서 받아들여주면 좋겠습니다. 이 말이 거짓이 아닌 진심이라는 것을 여기에 맹세하면서 제 인사는 이쯤에서 끝내도록 하겠습니다."

짧지만 또렷한 목소리에 내 마음을 담아서, 드워르곤의 국민들의 마음에 닿을 수 있도록 힘주어 말했다.

어차피 연설 따윈 잘하지 못한다는 걸 인정하고 진심으로 부딪치기로 한 것이다.

자연스럽게 영웅담이 퍼지기 시작한 요움과 아는 사이라는 것을 어필해두는 것도 잊지 않는다.

내가 생각해도 완벽하다고 생각했지만…… 나중에 가젤 왕에게 쓰디쓴 평가를 받았다.

내용이 너무 짧다. 자신을 너무 낮췄다. 정에 너무 호소하고 있다.

이렇게 말하면서 내린 점수는 3점.

거의 빵점에 가깝지만, 사전에 상의를 한 사람이 리그루도에 카이진이었으니, 가젤 왕과 같은 지적을 할 수 없었던 것도 어쩔 수 없는 일이다.

앞으로의 과제로 삼기로 하고 용서를 받기로 하자.

지도자란 나라를 통치하는 자이다. 그렇다면 국민에게 자신을 낮춰 보여선 안 된다고 한다. 하물며 다른 나라의 국민에게 섣부른 모습을 보였다간 얕보이는 결과로 이어지기 쉽다고 말했다.

그리고 가장 중요한 것이, 이렇게 되면 좋겠다는 안이한 생각으로 하는 통치는 절대 금물이라는 말을 들었다.

"백성들에게 기대하지 말라고까지 말하는 건 아니야. 하지만 기대를 저버려도 불만은 말하지 못하겠지. 지도자란 존재는 백성들을 이끄는 자일세. 자신의 생각이 옳다는 걸 믿지도 못한다면 정치에는 어울리지 않아. 훌륭한 결과는 스스로 찾아오는 것이 아니라, 자신이 붙잡으러 가는 것이네."

그 말이 원래는 말할 필요도 없는, 진심 어린 충언이라는 건 틀림없다.

나는 감사히 그 말을 받아들였다.

정치와는 관계없는 장소에서 살아온 나지만, 지금은 명색이나마 한 나라의 왕이다. 그렇다면 우는소리를 내기 전에 할 수 있는 건 전부 시도해봐야 할 테니까.

생각해보면 나를 걱정해주는 가젤 왕 같은 인물과 알게 된 것은 그 어떤 것보다도 앞서는 요행이 아닐까?

그 사이에 이해관계가 얽혀 있다고 해도 이 행운은 소중히 지켜나가고 싶다.

*

이렇게 무장 국가 드워르곤에서의 커다란 이벤트는 그럭저럭 넘길 수 있었다.

이제 간단한 회의를 제외하면 며칠 동안 관광을 하면서 지내는 일만 남게 되었다.

안내하는 역할은 돌프가 맡았다.

페가수스 나이츠의 단장이긴 하지만 그건 비밀이다. 공식 직함은 문관장이라고 하며, 주로 가젤 왕의 보좌 일을 하고 있다고 한다.

"그럼, 어디 특별히 보시고 싶은 곳이 있습니까? 가능한 한 요청에 응해드리겠습니다."

그런 돌프의 말에 나도 사양하지 않고 보고 싶은 곳을 말했다.

앞으로 우리에게 도움이 될 수 있도록 참고할 만한 시설은 전부 견학하고 싶다고 생각했던 참이다.

내가 사양하지 않고 말한 요청에 돌프는 흔쾌히 응해줬다.

그 후로 며칠 동안은 드워프 왕국 안의 다양한 명소를 안내받는 나날이 이어졌다.

제작 공방이나 대규모 전송 시설, 지하 대동굴의 공기를 조절하고 관리하는 장소 같은 것도 견학했다.

이런 기술들은 앞으로 우리에게도 큰 도움을 줄 것이다.

특히 공기 조절 시설 같은 건 동굴 지하에서 연구 중인 베스터를 위해서라도 빨리 마련해주고 싶었다.

"그건 그렇고 이런 시설은 관계자 외에는 출입 금지인 거 아닌가?"

"핫핫하. 일반적으론 그렇지만 우리 사이에는 기술 협정이 맺어져 있으니까요. 더 큰 기밀 사항을 알게 되실 입장에 있는 리무루 님께 이제 와서 감춰봤자 의미가 없겠지요."

쾌활하게 웃으면서 돌프는 내 걱정을 불식시켜주었다.

가젤 왕이 우리를 얼마만큼 믿어주고 있는지를 그 말을 통해 알 수 있었다.

그런 식으로 며칠을 보내면서 견학을 대충 끝마쳤다.

하지만.

드워프 왕국이라 하면 잊어선 안 되는 장소가 있었다.

그렇다! 밤을 위한 가게——'밤나비'다.

전에는 베스터의 난입 때문에 마지막까지 즐기지 못했지만, 이번엔 다르다.

"고부타 군."

"넵!"

"준비에 차질은 없겠지?"

"물론입니다요!"

"그럼 오늘 밤 약속한 장소로 가보도록 할까!"

"드디어 가는 겁니까요! 기대됩니다요!"

우리는 얼굴을 마주 보면서 흐뭇한 미소를 짓는다.

이날을 기대하면서 고부타와 사전 미팅을 가진 것이다.

나는 일찌감치 잠자리에 들어가 '분신체'를 남겨두고 밖으로 나올 것이다. 거기서 고부타와 합류하여 둘이서 그 장소로 가기로

미리 이야기를 해두었다.

카이진 일행에게도 연락은 다 해놓은 상태이며, 현지에서 합류하기로 약속해놓았다.

오늘은 우리가 완전히 가게를 대절하기로 되어 있다.

그러므로 눈치 없는 난입자를 걱정할 필요도 없이 즐길 수가 있을 것이다.

비용은 내가 내기로 했다. 이날을 위해 조금씩 저금을 해두었다. 전에 받은 금화도 남아 있으니 요금이 부족할 걱정은 없을 것이다.

아니, 나는 사실 그렇게까지 기대하지는 않지만, 고부타 일행이 너무 지나치게 날뛰다가 가게에 폐를 끼쳐선 안 되는 것이니, 이건 그러니까 감시! 굳이 말하자면 어른의 입장으로서 같이 가주는 셈인 것이다.

그렇게 자신의 마음을 이론으로 무장한 뒤에 밤을 기다린다.

그리고 고대하고 고대하던 밤이 왔다.

나는 의기양양하게 밖으로 몰래 빠져나온다.

빈틈없이 분신을 남기는 것을 잊지 않는다.

슈나와 시온의 동향도 파악해두고 있었다.

밤을 위한 가게를 방문하는 데 있어 최대의 장애물, 그게 바로 그녀들이기 때문에 당연한 것이다.

시온은 돌프와 번과 의기투합하여 야간 훈련에 참가한다고 한다.

실로 적당한 타이밍에 훈련 기간이 겹친 것이다.

그리고 슈나는 내일 있을 송별 만찬회를 대비해 성안의 요리장들과 사전 회의가 있다고 한다.

그야말로 신이 만들어주신 최고의 타이밍이다.

이 기회를 놓쳤다간 자유행동 따위는 불가능할 것이다. 그러므로 더더욱 다급해지는 마음을 억누르면서 이날 밤을 기다린 것이다.

"고부타, 거기 있나?"

"넵. 여기 있습니다요!"

작은 소리로 묻자 고부타도 속삭이는 듯한 목소리로 응답했다.

좋아. 고개를 끄덕이고 이동을 시작한다.

밤길을 걸어가는 우리의 발걸음은 가볍다.

"정말 기대됩니다요!"

고부타가 몇 번인가 했던 말을 다시 입에 올렸다.

어지간히 미련이 남았는지, 계속 가고 싶어 했던 것이다. 지금은 행복의 절정을 맛보고 있겠지. 그 얼굴은 완전히 히죽거리고 있었다.

길은 미리 철저하게 조사해놓았기 때문에, 헤매는 일 없이 목적지에 도착했다.

"어서 오세요~! 어머나! 얘들아, 슬라임 손님이 오셨어~!"

""""어서 오세요――――!!""""

"꺄아――――――! 기다렸어요~!"

"잠깐 이번엔 내가 안을 차례잖아!"

"무슨 소리 하는 거니. 그런 규칙이 어디 있었어!"

문을 열자마자 환영하는 소리가 울려 퍼졌다.

"오랜만이에요~! 잘 지냈어요?"

"물론입니다요. 마담이랑 다른 아가씨들도 잘 지냈나요?"

이런, 고부타의 말투가 입에 붙고 말았다.

"당연하죠. 일행 분들은 먼저 와 있답니다."

오늘은 가게를 대절했기 때문에 일행이라는 건 카이진 일행을 가리킨다. 안내를 받아서 가게 안으로 들어가니, 그곳에서는 예상대로 카이진 일행이 예쁘게 치장한 여자들에게 둘러싸여 즐거움을 만끽하는 중이었다.

"리무루 나리, 역시 여긴 최고요!"

"리무루 님, 오늘은 나까지 불러줘서 정말 고맙소이다."

"카이도 씨에겐 신세를 많이 졌으니 이 정도는 대접하게 해주시오. 모레는 이곳을 떠날 것이고, 그렇게 되면 카이진과도 또 가끔씩밖에 만나지 못할 테니 오늘은 느긋이 이야기를 나누구려."

"아아, 그렇게 하겠습니다."

"이 바보 자식! 이런 장소에서 남자끼리 이야기를 나눠서 어쩌자는 거야?! 모처럼 아름다운 누님이 같이 있으니, 우리도 즐겨야지!"

"그렇소, 카이도 씨. 카이진 씨 말이 맞아요."

"음. 오늘 밤은 내가 만든 목걸이를 모두에게 줄 선물로 갖고 왔지. 마음에 드는 걸 골라보도록 해!"

"…………!!"

카이진은 여전했고, 3형제도 즐기고 있는 것 같아서 다행이다.

하지만 도르드…….

어느새에 선물 같은 걸 준비한 거지? 자신만 점수를 벌려고 하다니 정말 방심할 수 없는 녀석이로군.

"잠깐! 너 혼자 인기를 얻을 생각이냐?!"

"카이진 씨, 여긴 전쟁터랍니다. 안이하게 굴다간 살아남지 못할걸요?"

카이진의 항의를 멋지게 받아넘기는 도르드. 하지만 정말 멋진가를 묻는다면 그건 좀 의문스러웠다.

하지만 뭐, 여자들은 선물을 주면 기뻐한다고 하니, 이번에는 도르드의 작전이 이긴 걸로 치기로 하자.

나도 마담의 무릎 위에 안겼고, 등에는 탱글탱글한 그리운 감촉이 느껴진다.

이거야, 이거. 바로 이거라고요!

이걸 쫓으면서 남자들은 황야를 헤매는 것이다.

이곳은 오아시스다.

남자들에게 한때의 안식을 주는 장소.

감개무량한 느낌에 잠기면서 마담에게 내가 만든 술을 건네준다. 이걸로 이 가게도 맥주와 와인에 과일주와 우유 같은 흔하디흔한 메뉴에 위스키와 브랜디에 얼음이나 물을 더해 마시는 어른스러운 메뉴도 추가될 것이다.

"어머나, 이건 뭐죠?"

"음. 새롭게 만들 예정인 신상품이지. 가젤 왕에게도 줄 예정이었지만 이 가게에도 슬쩍 넘겨줄 테니까 단골손님 한정으로 한번 권해보게. 감상이 듣고 싶으니까 말이야."

"어머나! 하지만 그래도 되나요?"

"음. 하지만 생산량이 적어서 돈을 낸다 해도 살 수 있는 게 아니니, 그 점은 미리 주의해주게. 한 사람당 한 잔씩 서비스해서 얼마나 많은 사람이 마실 수 있는지 조사해보고 싶네."

"어머나, 슬라임 씨는 만만찮은 사람이네요. 그 광장에서 잔뜩 긴장하면서 연설하던 모습이 마치 거짓말 같아요."

온화하게 미소 지으면서 마담이 웃었다.

내 연설을 봤다고 하니 아주 부끄럽다. 밤에 일을 하니까 낮에는 자고 있을 줄 알았더니.

"그건, 말하자면 연기야, 연기. 신선하게 보였지?"

"우후후. 그럼 그런 걸로 치죠."

내가 쑥스러움을 애써 감추면서 말하자, 마담은 웃으면서 그렇게 대꾸했다.

그리고 계속 말한다.

"하지만 전 호감을 느꼈답니다. 성실해 보였으니까요. 역시 사람을 끌어당기는 매력은 성실함에 있다고 생각해요, 저는. 그런 점에서 보면 슬라임 씨는 만점이었죠. 이 사람은 믿을 수 있다! 그런 생각이 들었거든요. 저도 보고 싶네요. 인간과 마물이라는 경계가 없는, 모두가 함께 웃을 수 있는 나라를."

기쁜 마음이 들었다.

내가 진심을 담아 말했던 연설을, 꿈같은 소리라고 비웃지 않고 마음속에 담아준 사람이 있었다는 걸 알고.

"고맙네."

말로는 겨우 그렇게 감사를 표할 수밖에 없었지만 말이다.

우리는 이렇게 즐거운 밤을 보냈다.

고부타도 처음엔 긴장했지만, 나중에는 사람들의 요청을 받아서 개인기를 보여주기도 했다.

여자들에게 농락당하고 있지만 본인이 즐거워하는 것 같으니 굳이 찬물을 끼얹을 필요는 없겠지.

이래저래 놀다 보니 돌아갈 시간이 되었지만——.

"자, 그럼 슬슬 돌아가기로 할까."

"그렇군. 너무 늦게까지 있으면 귀찮아할 테니까."

"전혀 귀찮지 않아요~."

"어머, 벌써 돌아가는 건가요?"

"하하하, 마담. 나중에 또 올게!"

아쉽지만 돌아가야만 한다.

아무리 '분신체'를 남겨놓고 왔다고 해도 들키기라도 하면 큰일이다.

카이진 일행은 원래 살고 있던 집을 카이도가 청소를 해놓았다고 하니 그곳으로 돌아갈 모양이다.

이곳으로 올 일이 있으면 거기서 생활할 수 있게 해놓았다고 한다.

나랑 고부타는 신세를 지고 있는 영빈관으로 돌아가기로 한다.

"잘 들어라, 너희들. 돌아갈 때도 아무에게도 들키지 않게 해야 한다? 오늘 밤 일은 우리만의 비밀이야!"

이제 와서 새삼스레 다짐할 필요도 없는 일이지만, 일단 주의를 줬다.

그렇다. 내 입장에서는 가볍게 주의를 주기만 할 생각이었던 것이다.

그랬는데…….

"예에? 슈나 님이 어디로 가느냐고 물으시기에 전 전부 말해버

렸는뎁쇼."

고부타 일행 중에서 끝자리에 앉은 녀석이 그렇게 말한 것이다.

뭐, 뭐라고—?!

아연실색하는 우리들.

"잠깐, 너…… 정말로 말했단 말이냐?"

"정말입니까요?! 고부조, 대체 무슨 짓을 한 겁니까요!!"

"너, 진짜, 이거 큰일인데."

고부타는 얼굴이 새파래졌으며, 고부타의 부하들도 모두 동요의 빛을 감추지 못하고 있다.

"그, 그럼 나리. 우리는 먼저 돌아가겠으니…… 오늘 일은 슈나 씨에겐 저기, 어떻게든 비밀로……."

취기가 확 날아간 얼굴로 카이진 일행은 재빨리 그 자리를 떠났다. 모든 걸 우리에게 떠넘기고서…….

"고부타아———!! 너란 녀석은, 이 멍청이한테 대체 어떤 식으로 교육을 시킨 거냐아!!"

내 분노가 고부타에게 작렬한다.

"죄, 죄송합니다요!"

고부타는 울상이 되어 엎드려 빌었지만, 이건 운다고 해서 용서할 수 있는 문제가 아닌 것이다.

그건 그렇고 아무리 화를 내도 문제는 해결되지 않는다.

그리고 그런 내 귀에——.

"오늘 밤은 정말 즐겁게 보내신 것 같네요."

"돌아오시는 게 너무 늦어서 직접 마중 나왔습니다, 리무루 님!"

얼어붙을 것 같은 슈나의 목소리와 원망하는 듯한 시온의 목소리가 울려 퍼졌다.
끝났다.
카이진 일행은 이 세상의 종말이라도 온 것 같은 표정으로 알아서 무릎을 꿇고 앉아 있다.
아무래도 한발 늦었던 모양이다.
나도 쓸모없는 저항은 포기하고 솔직하게 사과하기로 하자.
""""죄, 죄송합니다――!!""""
"어머나? 사과하실 건 없는데요."
"그러게 말입니다. 저희를 두고 가신 것 때문에 토라져 있지는 않거든요!"
슈나와 시온의 분노는 상당히 깊은 것 같다.
그리고.
밤에만 열리는 가게―'밤나비' 앞에서.
우리는 눈물을 흘리면서 슈나와 시온에게 엎드려 빌었다.

*

고부타의 부하인 고부조 때문에 지독한 꼴을 겪었다.
고부타도 어지간하다고 생각했지만 고부조는 그 이상이다.
앞으로 고부조는 주의해야겠다고 생각했다.
그리고 다음 날.
드워프 왕국에서 마지막 만찬을 무사히 마치고 나는 가젤 왕의 부름을 받았다.

“리무루여, 네 제안을 받아들이려고 한다.”

그렇게 말하면서 내민 것은 약사의 이주에 관한 여러 가지 약정이 기록된 서류였다.

“이건 초안이다. 너희 쪽은 어디까지 대응할 수 있는지를 조속히 정리해서 대답해주길 바란다.”

“알았소. 돌아가서 모두와 상담해보지.”

기쁘게도 우리가 생각한 안을 받아들여주기로 한 것이다.

이렇게 무장 국가 드워르곤에서 모든 행사를 끝마치고 우리는 귀국길에 접어들었다.

ROUGH SKETCH
클로에 오벨
앨리스
게일
쿄타
켄야

Regarding Reincarnated to Slime

꿈을 꾼다.
최근 들어 선명해지기 시작한 꿈을――.

――빨리.
또다.
――부탁이야. 그 아이들을…….
또 이 꿈인가.
――그 아이들을 구해줘.
알았어, 약속할게.
――부탁이야. 그 아이들은, 왕도에 있어.
왕도?
――잉그라시아 왕국의, 수도. 늦어지기 전에, 그 아이들을 제발 부탁해요――.

――그때 눈이 떠졌다.
그리고 나는 울고 있었다는 걸 깨닫는다.
아무리 생각해도 꿈으로 치부하고 끝낼 이야기가 아닌 것 같다.
한시도 주저하지 말고 재빨리 인간의 나라――잉그라시아 왕국으로 가야 할 것 같다.

*

몇 주 만에 템페스트(마국연방)로 돌아왔다.

내가 없는 동안 베니마루와 리그루도가 서로 도와서 모두를 잘 이끌어주고 있었다.

"싸움이나 도난 같은 문제는 전혀 일어나지 않았으며, 순조로움 그 자체입니다. 뭐, 그런 짓을 저지르는 불순한 자가 있다면 제가 처리해버렸겠지만 말이죠."

"마왕 칼리온 님이 보내신 과일류가 벌써 도착해 있습니다. 대형 조류의 마수를 이용한 공중 수송으로 보내왔습니다만, 역시 운반량에는 한계가 있다고 합니다."

그렇게 보고하는 베니마루와 리그루도.

평상시에도 도시의 마물들은 사이가 좋기 때문에 그렇게까지 큰 문제는 일어나지 않을 거라 생각했었다. 오히려 내가 있을 때 지나치게 큰 문제가 발생하는 것 같다.

마왕 칼리온이 보내온 과일은 이미 품질 조사를 마친 상태로, 식탁에 올릴 것과 술 재료로 삼을 것으로 구분이 되어 있었다. 아주 훌륭한 일처리다.

이 정도라면 내가 없어도 문제는 없겠지.

요움 일행도 홉고블린과 하이 오크로 이뤄진 도시의 마물들과 사이좋게 지내고 있다. 내가 자리를 비운다고 해서 싸움이 일어나진 않을 것 같다.

도시의 마물은 내가 만든 규칙을 준수하고 있으며, 인간에 대해서도 의외로 우호적으로 대하고 있었다.

요움의 동료들도 마물이라고 해서 깔보거나 하는 차별주의자는 없는 것 같았으며, 모두 부담 없이 대하고 있는 걸로 보였다.

원래는 망나니나 불한당이었다고 하지만, 심성 자체가 나쁜 자들은 아니었던 모양이다.

게다가 요움이라는 남자에겐 사람을 끄는 매력이 있다는 생각이 든다. 요움은 확실히 카리스마를 갖추고 있는 것 같았다.

서로 협력 관계를 구축하겠다는 생각이 있어서인지, 의외일 정도로 자연스럽게 역할 분담도 생겨났다.

요움 일행은 템페스트를 활동 거점으로 정해두고 숲 속의 마을들을 정기적으로 순찰하고 있다. 이변이 없을 때는 하쿠로우 밑에서 수행하는 매일을 보내고 있다.

그것도 다 변경의 마을에 대한 지원 체제가 갖춰졌기 때문에 가능한 것이다.

지금까지라면 위험한 마물이나 그 무리를 발견한 뒤에 조합에게 통보, 그 후에 토벌 부대를 선정하여 파견하는 과정이 필요했다. 경우에 따라선 조사 부대를 먼저 보낼 필요도 있었다.

고가의 매직 아이템(마법 도구)인 통신용 수정조차 없었던 마을에 구원 부대가 도착하기까지 적어도 계산상으론 일주일은 걸렸던 것이다.

그에 비해 유니콘을 타고 가면 이동속도가 엄청나게 빠르기 때문에 먼 거리에 있는 마을로부터 통신용 수정으로 긴급 연락을 받아도 이틀 안으로 구원 부대를 보낼 수 있다.

먹거나 쉴 필요도 없이 계속 달릴 수 있는 유니콘의 체력 덕분이다.

최선을 다해 달릴 경우 순간속도만 따지면 스타 울프보다도 빠르기 때문에 가능한 이야기였다.

역시 B+랭크의 마수이다.

처녀밖에 태우지 않는다는 어이없는 성질이 없어서 정말 다행이었다.

도시 주변은 고블린 라이더가 경비 및 경계를 하고 있지만, 현재로선 과분한 전력이라고 말해도 될 정도다.

그렇기 때문에 다른 마을의 요청으로 출동하는 요움 일행에, 고블린 라이더가 응원 부대로서 다섯 명 정도 따라가게 되었다.

여유가 있으므로 협력이라는 명목으로 보내는 것이다. 이건 각 마을에 우리의 나라를 인식시키는 데 도움도 되기 때문에, 반드시 장려하고 싶은 사안이다.

요움 일행으로서도 바라 마지않던 일이었는지 순순히 기쁘게 받아들여 줬다.

그런 상황에서 도움만 받고 있을 순 없다고 생각했는지, 그들의 집단 격투술이나 검술, 개인 격투술 같은 다양한 기술을 지도해줬다. 그중에서도 서바이벌 기술이나 그들만의 야영 시의 식사 방법 등은 많은 참고가 되었다.

내가 없다는 것만으로 무너질 만한 관계가 아니라, 서로의 신뢰관계는 점차 단단히 맺어지고 있었던 것이다.

내가 빠져도 문제가 되지 않는다면 안심하고 인간의 도시로 갈 수 있을 것 같다.

그날 밤.

간부들을 모아서 회의를 했다.

"——그런고로, 너무 시끄럽지 않게 몰래, 나는 잠시 동안 인간들의 나라와 도시를 돌아보고 오려고 하네."

모두가 보는 앞에서 꿈에서 본 내용을 들려줬다.

그건 아마도 내가 잡아먹은 인물——이자와 시즈에가 보여준 꿈.

시즈 씨가 수많은 갈등을 가슴에 품고, 그래도 마왕 레온을 만나러 갈 것을 결의한 이유 중의 하나라고 추측할 수 있다.

게으름을 부리려고 낮잠을 익히다가 시즈 씨의 꿈을 꾸다니…… 세상은 정말 어떻게 돌아갈지 알 수 없는 법이다.

이건 시즈 씨를 잡아먹었을 때 그 영혼까지 흡수했다는 이야기가 되는 걸까?

어디까지나 짐작이지만 내 생각이 옳은 게 아닐까 하는 생각이 든다.

그러나 '대현자'로부터의 답변은 없다.

평소에는 묻지도 않은 걸 가르쳐주는 '대현자'지만 이런 때는 입을 다무는 것이다. 아니, 일부러 머릿속으로 떠올려 물어보면 대답은 해주겠지만, 불확정한 것에 관해선 발언이 애매해진다.

그건 늘 올바른 대답을 이끌어내려고 하는 '대현자'에겐 인정하고 싶지 않은 화제이기 때문일 것이다.

영혼이란 대체 무엇인가?

그 대답은 '대현자'도 모르는 것이다.

설명을 끝낸 뒤에 모두의 얼굴을 돌아본다.

"말씀은 이해했습니다. 그러나 리무루 님이 혼자서 여행을 떠나신다는 건 저희로선 그리 쉽게 받아들이기는 좀 힘듭니다……."

리그루도가 씁쓸한 표정으로 그렇게 의견을 밝힌다.

"동감입니다. 리무루 님께 무슨 일이 생긴다면, 모처럼 단결하기 시작한 쥬라의 숲 대동맹도 근간부터 붕괴될 수 있습니다."

리그루도의 말에 동의하면서 하쿠로우도 부정적인 의견을 보였다.

"뭐, 리무루 님이 혼자 가는 게 위험하다면, 호위가 붙으면 문제가 없다는 뜻이겠죠?"

그때 구원의 손길을 내밀어준 것은 베니마루다. 쉽게 말해서 내 안전이 보장된다면 이런저런 소리를 들을 일은 없다는 뜻이 된다.

그때 시온이 손을 들어 말한다.

"즉, 제가 같이 가면 되는 것 아닙니까?"

시온은 전혀 이야기를 듣지 않은 모양이다. 같이 따라가겠다는 말을 하고 나섰다. 시온이 따라온다면 몰래 갈 수가 없게 되잖아.

"아니……. 이번에는 트러블을 피하기 위해서 마물이 아니라 인간으로 변해서 잠입할 예정이네. 소우에이의 이야기를 들어봐도 도시에는 다양한 '결계'가 펼쳐져 있다고 하니, A랭크 오버인 너희들이 따라온다면 금방 들통이 나겠지. ……애초에 시온, 너는 일단 외모만 봐도 머리에 뿔이 나 있잖은가?"

"뿔 따위는 장식입니다! 게다가 오라는 기합으로 억눌러보겠습니다!"

"그럼 지금 해봐."

고집을 부리는 시온에게 나는 실제로 시험해보도록 시켰다. 만약 정말로 오라(요기)를 억누를 수 있다면, 뿔을 숨기기만 하면 되는 것이니 어떻게든 가능할 것이다. 그렇다면 데려가도 문제는 없다.

"하아아아아아아———!!"

시온의 오라가 점점 상승하고 있다.

반대야, 이 멍청아!

"그만해, 이 바보야! 건물이 부서지잖아!!"

내 꾸중을 듣고 시온이 시무룩한 표정을 지으며 풀이 죽어버렸다. 그러나 여기서 응석을 받아주다가는 트러블의 원흉을 데려가는 일이 벌어질 것이다.

"너는 강하니까 이 도시의 치안을 지켜다오. 난 널 믿고 있으니까!"

"네, 네! 맡겨만 주십시오, 리무루 님!"

잠깐 칭찬해주면서 임무를 맡기자 시온의 모티베이션이 회복됐다. 정말 단순한 녀석이다.

그리고 시온이 자폭하는 바람에 베니마루도 달갑지 않은 표정을 지었다.

"그렇다면 나도 역시 여길 지켜야 하는 건가……."

그렇게 멍한 표정으로 중얼거리고 있다. 자신이 호위로 따라가겠다고 제안할 생각이었던 것 같은데 오라를 감출 수 없다는 점에선 베니마루도 시온과 마찬가지로 아직 무리가 있었다. 애초에 키진 족 중에서도 최대의 에너지(마력요소)양을 자랑하는 만큼 그것도 어쩔 수 없는 일이다.

게다가 내 부재 기간 동안 이곳을 대신 맡아줄 수 있는 건 베니마루를 제외하면 아무도 없다. 여러 종족을 위엄으로 따르게 만들 수 있는 건 역시 베니마루뿐이다.

시온이나 소우에이는 정치에는 적합하지 않으니까 말이다.

"그럼 제가 따라갈 수밖에 없겠네요."

방긋이 웃으면서 슈나가 말했지만 그것도 나름대로 문제는 있다.

확실히 슈나의 오라는 베니마루와 시온과 비교하면 적다. 그러나 그래도 A랭크에 가깝다. 속여 넘길 수 있는 레벨이 아니다.

게다가 무엇보다,

"아니, 슈나에겐 달리 부탁할 게 있어. 내가 이곳을 떠나 있는 동안 수상한 녀석이 들락거리지 않는지 감시해주면 좋겠군."

나는 슈나에게 그렇게 부탁했다.

내가 있으면 수상한 자가 와도 금세 알 수 있다. 그건 내 '해석감정'으로 항상 도시를 감시하고 있었기 때문이다.

소우에이가 물리적으로 감시를 해주고 있지만, 혹시나 오라를 감추고 침입하려 하는 마인이 있을지도 모른다.

마왕들의 눈에 뜨인 이상, 경계해서 나쁠 건 없다. 밀림과 친구가 되었고 마왕 칼리온과도 우호 관계를 맺었으니, 정면으로 싸움을 걸어올 자는 없다고 생각은 하지만…….

그래도 상대는 마왕이다. 미리 경계해둘 필요는 있겠지.

그렇게 생각하면 슈나에겐 도시에 머물며 수상한 자를 체크하는 일을 부탁하는 것이 무난하다. 왜냐하면 슈나의 유니크 스킬인 '해석자'에는 내게 필적하는 탐색 능력이 있기 때문이다.

게루도는 여전히 입을 다물고 있다.

내가 부탁한 큰 임무——템페스트 최초의 국가사업이라고도 부를 수 있는, 주변 국가로 이어지는 도로 정비의 총책임자인 이상, 게루도는 무책임하게 그 일을 팽개칠 수는 없을 것이다.

책임감이 강한 게루도는 자신의 역할을 잘 파악하고 있다.

하쿠로우와 쿠로베도 마찬가지였다.

"저라면 따라갈 수도 있겠지만…… 리무루 님께서 바라시는 건 병사의 육성이겠지요."

"나, 나도 마찬가지야. 모두를 위한 무기를, 카이진 씨랑 협력해서 만들어야 하니까."

하쿠로우와 쿠로베도 아쉬운 표정이었지만 이번에는 포기했다.

그렇다곤 하나, 나도 호위 없이 멋대로 돌아다닐 생각은 없다.

카발 일행으로부터 이야기를 듣고, 실제로 몇 번인가 위기를 돌파하면서 내가 제법 강하다는 건 자각할 수 있었다.

그러나 마왕 밀림과 같은 절대적인 존재와 실제로 대치해보니, 방심해선 안 된다는 건 명백했다.

이길 수 없다면 도망치면 되지만, 마주치자마자 바로 살해당할 가능성도 있다. 그걸 방지하는 의미에서도 호위해줄 사람은 필요한 법이다.

"안심하시오. 나의 주인께는 내가 따라가겠소. 그대들은 안심하고 각자의 역할에 최선을 다하도록 하시오."

내 뜻을 받아들여 란가가 기쁜 표정으로 선언했다.

꼬리를 끊어질 정도로 흔들어대면서 그 기쁨을 표시하고 있다.

"거기에다——내 '분신체'를 하나, 리무루 님과 연락용으로 붙여두지. 무슨 일이 생기면 즉시 모두에게 알릴 수 있으니, 그리 경계할 것도 없을 거요."

소우에이도 란가의 뒤를 이어 말한다. 실제로 도시에 간 적이 있는 마물로서 경험자의 여유가 느껴졌다.

나로서도 두 사람이 따라와 준다면 안심이다.

그리고 실제로 안내를 맡아줄 적임자들이 있다.

"뭐, 안심들 하게. 이런 때를 위해서 카발 일행과도 사이좋게 지내고 있었으니까. 그 사람들에게 안내를 부탁할까 생각하고 있네."

"과연, 그렇다면 안심이 되는군요. 란가 님, 소우에이 님, 리무루 님을 잘 부탁드리겠습니다."

내 말에 납득했는지 리그루도가 긴장을 풀고 내 여행을 용인해 주었다.

그러자마자——.

"그러면 곧바로 고부타를 시켜서 카발 님 일행을 불러오도록 하지요. 저는 가져가실 짐을 준비하도록 하겠습니다."

준비성이 좋은 만큼 내 여행에 필요한 물건을 준비하는 것을 자진해서 맡아준 것이다.

역시 리그루도는 믿을 수 있는 사내였다.

다른 사람들도 동의해주었기 때문에, 이로써 아무 염려 없이 여행을 떠날 수 있게 됐다.

●

3인조의 모험가가 숲을 걷고 있었다.

카발, 에렌, 기도이다.

숲을 탐색하고 토벌이나 채집 의뢰를 수행하는 것이 그들의 일이었다.

때로는 며칠이나 야숙을 할 필요가 있는, 가혹한 일이다. 하지만 지금은 이제까지 해온 탐색에 비하면 너무나 편하게 작업을 하고 있다.

쥬라의 대삼림 안에 있는 마물들의 나라——템페스트(마국연방)가 탄생했기 때문이다.

현재 그들은 몇 번이나 리무루의 도시를 방문하곤 했다. 모험의 거점으로서, 그 도시는 최적의 장소인 것이다.

들를 때마다 도시는 모습이 바뀌었으며, 발전하고 있는 모습이 보인다.

무기와 방어구 수리 같은 것도 맡길 수 있다 보니, 솔직하게 말해서 모험의 거점으로 쓸 집을 세우고 싶은 것이 세 사람의 공통된 소원이었다.

선물 대신으로 숲에서 채집한 향기가 나는 풀이나 과일 같은 걸 지참하고 있다. 신기한 것은 환영하면서 받아주기 때문에, 생각이 날 때마다 조금씩이나마 채집하는 버릇이 들어버렸다.

그리고 자신들을 위한 것이기도 하다.

놀랍게도 템페스트에선 이런 진귀한 식물을 재배해서 양산에 성공하는 경우도 있었다. 그렇게 되면 그걸 이용한 요리도 제공해주기 때문에, 세 사람의 행복한 식생활과도 이어지는 결과가 되는 것이다.

"그 도시의 요리는 점점 맛있어진단 말이지이! 슈나의 요리 솜씨는 왕도의 요리사와 비교해도 밀리지 않을거얼?"

"아니, 더 훌륭하지 않을까? 내 기준으론 고향인 그곳의 고급 요리보다도 맛있으니까 말이야."

"그러게 말입지요. 저는 입이 좀 까다로운 편이지만 슈나 씨의 요리는 일품입니다요. 다른 분들의 솜씨도 이제는 제법 얕볼 수 없는 수준이고 말이죠."

"그 말이 맞아. 하지만 명심하라고, 너희들. 우리 목적은 밥을 먹으러 가는 게 아니야. 알고 있겠지?"

카발은 무게감 있는 표정으로 두 사람에게 주의를 주면서 들떠 있는 마음을 진정시킨다.

식사가 맛있다는 사실은 언급할 필요도 없지만, 대가는 그것뿐만이 아니다.

"식사에 너무 정신이 팔려서 우리의 진짜 목적을 잊진 않았겠지?"

"그 말이야말로 어리석은 질문이거든요오?"

"그렇습니다요! 모처럼 리무루 나리가 의뢰를 해주셨으니 조금이라도 은혜를 갚아야지요!"

두 사람의 대답에 카발도 고개를 끄덕여 보인다.

이 쥬라의 대삼림에 갑자기 나타나서 순식간에 이 주변 일대의 지배자가 된 마물——템페스트의 맹주인 리무루에게, 그들은 부탁할 일이 있다는 이유로 부름을 받은 것이다.

갑작스럽게 낯익은 홉고블린인 고부타가 나타났을 때는 깜짝 놀랐지만, 처음 겪어보는 것도 아니라서 침착하게 대처할 수 있었다.

고부타로부터 "리무루 님이 여러분께 부탁이 있다고 합니다요."라는 말을 전해 들었을 때는 귀찮다기보다 오히려 기뻤을 정도였다. 세 사람은 흔쾌히 받아들이겠다는 뜻을 전한 것이다.

그들은 리무루에게 여러모로 많은 신세를 지고 있다.

도시에서 자유롭게 활동해도 좋다는 허락을 받았으며, 그것도 모자라서 리무루의 부하에게는 위험할 때 도움을 받기도 했었다.

그 세 사람뿐만 아니라, 리무루는 인류에게도 큰 은혜를 베푼 마물이다.

폭주하는 이플리트(불꽃의 거인).

대군을 이끌고 나타난 오크 로드.

일개 나라조차 집어삼킬 수 있는 카리브디스(폭풍대요와).

약소국인 블루문드 왕국 입장에선 모든 것이 미증유의 위기였다.

그 모든 것을 해결한 자가 슬라임(마물)인 리무루였다.

그들은 다 셀 수 없을 정도로 많은 은혜를 입은 것이다.

무엇보다도 그들의 행동 이유는 그뿐만이 아니라——,

"하지마안, 그렇게 엄중하게 주변 경계를 해주는 덕분에, 우리가 길드에서 토벌 의뢰를 받아봤자 의미가 없단 말이죠오."

"의미가 없는 건 아닙니다요. 고생하지 않고 원하는 만큼 마물이 남긴 재료를 받을 수 있으니까요."

"그래. 우리 랭크가 B+로 올라간 것도 리무루 나리 덕분이지!"
"하지마안, 역시 좀 비겁하지 않아요오?"
"이 바보! 그런 말을 함부로 하면 우린 끝장이라고, 에렌."
"그렇고말굽쇼! 호의는 감사히 받아들이는 게 좋은 겁니다요!"
"나도 그렇게 생각은 하지마안, 계속 이렇게 받기만 하는 건 조옴……. 보답 대신 해주는 건 도시의 상황이나 자유조합의 구조에 관한 몇 가지 설명뿐이잖아아."
"그건 그렇습니다요. 조금이라도 리무루 나리에 대한 보답이 되고자 하는 생각에 듣기 힘든 이야기들을 들려주곤 있습니다만……."
"뭐, 그 사람은 그런 세세한 일은 신경 쓰지 않을 거야. 도시에서 쓸 만한 정보를 모으는 것도 중요한 일이라고 말했으니까."
그런 대화를 서로 나누는 세 사람.
대화 내용을 통해서 알 수 있다시피, 템페스트에는 도시의 주변을 순찰하면서 치안을 지키는 경비 부대가 있다. 홉고블린과 스타 울프의 콤비로, 고블린 라이더라고 불리는 자들이다.
재빠른 속도로 이동해서 도시 주변의 안전을 확보하고 있다. 숲의 치안이 유지되는 건 분명 그들 덕분이다.
그런 치안 유지의 일환으로써 리무루의 도시에는 대량의 마물이 남긴 재료가 집약되어 있다. 세 명은 리무루에게서 정보를 제공하는 대가로서 그런 재료의 일부를 받고 있었던 것이다.
당연하지만 템페스트에서도 마물이 남긴 재료를 이용하고 있다. 세 명이 보기에는 신기한 일이지만, 템페스트에는 무슨 이유인지 고명한 드워프 장인이 살고 있었다. 하지만 그런 장인이라고 해도 모든 부위를 남김없이 깔끔하게 다 쓸 수는 없다. 무기랑 방어구에 적합하지 않고 식재료로도 이용할 수 없는 부위 같은 건 쓰레기로 처분될 수밖에 없기 때문에 공짜로 받을 수 있었던 것이다.

그런데 이게 꽤 짭짤하다.

혼 래비트(외뿔 토끼)의 뿔이나 포이즌 플로그(독 개구리)의 물갈퀴. 자이언트 베어(거대 곰)의 귀. 운이 좋을 때는 아머 사우루스(갑주 도마뱀)의 뿔을 얻을 수도 있었다.

이런 부위를 길드로 가지고 가면 토벌 의뢰를 달성한 것으로 쳐주는 것이다.

도시 주변의 위험한 마물 토벌 의뢰를 받아서 그 재료를 제출한다. 그렇게 하면 점수가 가산되면서 랭크가 올라간다. 돈으로 바꿀 수 있는 부위는 아니지만 세 사람에겐 충분히 이용가치가 높은 재료인 것이다.

완전히 꼼수를 부리는 것이지만, 들키지 않으면 뭐라 할 일은 없다. 그런 마음가짐으로 카발 일행은 밤낮으로 쓰레기 뒤지기를 빼먹지 않았던 것이다.

사실 그들이 소속되어 있는 블루문드 왕국의 길드 마스터(자유조합 지부장)인 휴즈에게는 완전히 들킨 상태였지만 말이다…….

같이 리무루와도 만났으며, 리무루의 도시를 관찰한 휴즈는 세 사람의 행동을 훤히 꿰뚫어 보고 있었다.

어이없는 표정으로 "단련은 게을리하지 말게."라고 한마디 충고를 해주는 것만으로 넘어간 것은 그들 세 사람이 리무루와의 연결 고리 역할을 맡고 있기 때문이다. 그리고 세 사람이 도시의 마물들의 '스승'인 하쿠로우라는 키진으로부터 지도를 받고 있다는 걸 알고 있기 때문에 의뢰 일을 게을리해도 실력이 떨어지지는 않을 거라고 판단했기 때문이리라.

휴즈는 그렇다 쳐도 주위의 시선은 따갑다.

갑자기 실적이 올라가면 의심을 받을 것이다. 너무 지나쳐서 남들에게 들키기라도 하면 위험하므로 조금은 자중하자고 합의해놓은 상태다.

"하지만 말이지, 이번엔 특이하게 직접 부탁할 게 있는 것 같군."

"그러게요오! 우릴 믿고 부탁을 하다니, 왠지 기쁘네요오."

"그러게 말입니다요. 이번엔 우리가 열심히 일할 차례인가 봅니다요!"

그런 세 사람이었지만, 이번에는 리무루로부터 부탁할 일이 있다는 연락을 받은 것이다.

세 사람은 잔뜩 의욕이 넘칠 수밖에 없었다.

이런저런 이야기를 나누면서 카발 일행은 리무루의 도시를 향해 의기양양하게 전진하고 있었다.

●

고부타의 연락에 의하면 카발 일행은 마침 이쪽으로 오던 중이었던 것 같다. 앞으로 이삼 일 있으면 도착할 것이라고 한다.

고부타가 스타 울프의 '그림자 이동'으로 돌아오는 걸 상당히 부러워했던 것 같다.

에렌도 원소마법 : 워프 포털(거점 이동)을 사용할 수 있다고 했

는데, 그 마법으로 장거리를 이동하려면 값이 비싼 촉매가 대량으로 필요한 모양이다. 그러므로 단거리의 긴급 탈출용 마법으로만 쓰고 있다고 했다.

베스터의 마법진은 값이 비싼 '마강'으로 설치를 해두었기 때문에 촉매가 필요 없을 뿐이다.

에렌 일행에게도 마강으로 만든 마법진을 건네주면 촉매는 필요 없게 되겠지만…… 크고 무거워서, 나중에 그걸 운반하려면 많은 노력을 들여야 한다. 모험가 입장에선 값이 비싸고 한 번 쓰면 끝이지만, 그래도 촉매 쪽이 가볍게 쓰기가 좋을 것이다.

그건 그렇고.

여행 준비는 리그루도가 맡아서 해주고 있기 때문에 나는 이 참에 가젤 왕과의 계약 내용을 베스터와 가비루에게 전하기로 했다.

가젤 왕의 협의 서류는 귀국 도중의 낭차 안에서 미리 읽어뒀다.

서류에 적혀 있던 내용은 현재도 약사 일을 하고 있는 자의 이름과 받아들이는 것에 대한 최소 조건이다. 그걸 자세히 읽어보고 조건을 받아들일 것인가 말 것인가를 검토한다.

카이진 일행과도 이야기를 나누면서, 내 안에서 답은 이미 나와 있었다.

남은 건 당사자인 가비루와 베스터, 두 사람이 내용 확인을 하는 것뿐이다.

베스터는 고향으로 귀국하는 것을 거절할 만큼 연구에 열중하고 있다. 상당히 순조롭게 진행되고 있는 건지, 그렇지 않으면 연구가 막혀 있는 건지…….

마법진을 통해 동굴 안으로 이동했다.

가비루가 마중을 나와 줬기 때문에 베스터의 연구실로 같이 향한다.

"오오, 리무루 님! 기다리고 있었습니다. 이곳의 환경은 정말로 훌륭합니다!"

안내를 받은 곳에선 베스터가 연구에 열심히 몰두 중이었지만, 내가 온 것을 알아차리고 서둘러 달려와 정중하게 인사를 했다.

"오랜만이군, 베스터. 잘 지내는 것 같아서 다행이지만, 좀 야윈 것 아닌가? 밥은 제대로 먹고 있나? 그리고 잠도 제대로 자고 있고?"

걱정이 되어서 물어본다.

"괜찮습니다. 이곳의 요리는 일류인 데다, 매일 가짓수도 늘어나고 있으니까요. 잘 먹고 있습니다. 잠은 뭐……. 자는 시간도 아쉬운 건 맞습니다만, 이곳에 간이침대도 마련해주었으니, 한계까지 버텼다가 자는 것도 나쁘지 않습니다!"

밥은 먹고 있어도 잠은 그다지 많이 자는 것 같지 않다.

과로사라도 하면 큰일이다. 좋아서 하는 일이라 해도 제한을 두지 않고 몰두하는 건 문제가 있다.

그러나 본인이 좋아서 하는 일이다. 적당히 잘 조절해서 하라고 주의를 주기만 했다. 이래도 주의를 지키지 않는다면 억지로라도 휴식을 취하도록 시키자.

전체적인 지휘도 맡아야 하는 카이진과는 달리, 베스터는 연구에만 전념하고 있다. 이곳은 베스터에겐 천국과 같은 환경이었을 것이다.

"그런데 개발 상황은 어떻게 되었나? 안정적인 유출에 성공하게 됐나?"

"완벽합니다, 리무루 님. 역시 문제는 대기 성분과의 결합이었던 것 같습니다. 진공상태를 만들어낸 뒤 거기서 유출을 해봤더니 '풀 포션(완전 회복약)'의 제작에 성공하게 되었습니다. 이제 안정적으로 일정량의 약을 만들어낼 수 있게 되었습니다."

내 질문에 베스터가 기쁜 표정으로 보고를 한다.

"중요한 문제인 히포크테 풀의 재배는 어떻게 되어가고 있나?"

"그쪽은 문제없습니다! 제가 심혈을 기울여 재배하고 있으니까요."

가비루가 가슴을 펴고 대답한다.

"그렇습니다. 가비루 공도 지금은 약학의 지식도 어느 정도는 갖추었으니까요."

베스터도 고개를 끄덕이며, 그 말을 긍정했다.

그렇다면 본격적인 양산 체제에 들어갈 수 있을 것 같다.

처음에는 쿠로베에게 부탁하여 유니크 스킬 '연구자'를 통해 대량으로 복제를 시도해볼까 하고 생각했지만, 그래서는 장래적으로 일이 곤란하게 된다.

특정의 누군가에게만 의존하다간 그 인물이 사라져버리면 아무것도 할 수 없게 된다.

필요한 것은 계속해서 작업을 할 수 있는 환경을 만드는 것, 이다. 기술자의 육성이야말로 차후의 국력과도 이어질 것이다.

그러므로 더더욱 드워프 왕국과의 협정이 필요했다.

"좋아. 가젤 왕과의 협의에 따라 인원의 보급 문제도 해결될 것 같네."

"오오……."

"드디어……."

침을 꿀꺽 삼키면서 가비루와 베스터가 긴장된 표정으로 내 말을 기다리고 있다.

"우선을 이걸 봐 주게."

그렇게 말하며 약사의 명단과 채용 조건이 적힌 서류를 펼쳤다.

"오오, 요한에 마르셰의 이름도 있군요. 이 조건이라면 모두 고용해도 문제는 없을 것 같습니다만——."

그렇게 말하면서 나를 뜨거운 시선으로 바라보는 베스터.

"유능한 자들인가?"

"제 조수로서 일해주길 바라는 인재입니다. 지금 여기서 육성시킨다면 한 명은 제 뒤를 이을 연구원으로 키울 수 있을 겁니다."

"그자들은 믿을 수 있는 자들인가?"

"물론입니다. 드워프의 명예를 걸고!"

베스터는 자신만만하게 내 질문에 답한다.

내가 알고 싶은 것은 믿을 수 있는 인물인가 하는 것이다. 베스터의 반응을 보면 충분히 받아들일 수 있는 인물이란 생각이 들었다.

조수로서도 쓸 만한 인재라고 베스터는 말한다. 게다가 내 생각과 마찬가지로 후계자의 육성까지 미리 생각해두고 있는 것 같다.

믿어도 괜찮을 것 같았다.

"가비루, 너는 어떤가? 새로운 자가 와도 같이 잘해나갈 수 있겠나?"

"와하하하하. 걱정하실 필요 없습니다! 제 부하들도 키우고 있으니, 호위 문제도 완벽합니다. 베스터 공과 같은 분들이라면 같이 일하기에도 믿음직스러울 뿐입니다."

사람 수가 늘어나도 문제없다고, 가비루도 흔쾌히 받아들여 줬다.

그렇다면 내 대답은 하나이다.

"좋아! 그렇다면 이 조건을 전부 받아들이고 드워프의 약사들을 받아들이지. 베스터는 조건과 능력이 맞아떨어지는지 자세하게 검토해주길 부탁하네. 가비루는 드라고뉴트들에게 미리 철저하게 상황을 주지시키고 동굴 안의 안전을 확실하게 유지할 수 있도록 하게!"

"네, 맡겨주십시오!"

"잘 알겠습니다! 이 가비루, 분골쇄신하여 일하겠습니다!"

"아아, 그리고 가비루――."

"네, 왜 그러십니까?"

"네가 이번 일을 잘 마무리하면 간부로 승진시키려고 한다. 부디 열심히 노력해서 날 위해 일해다오."

"네……, 제가, 간부……? 간부라고요?!"

"그, 그래. 언젠가 아비루가 너에게 내린 처분을 풀고, 네가 리저드맨의 두령이 된다고 해도 말이지. 지금은 내 부하이니, 나름대로 대접을 해주자는 생각을 했거든. 혹시나 내 생각이 불편한가?"

"다, 당치도 않습니다. 불편하다니 말도 안 됩니다! 전 너무나, 너무나 기뻐서 그만……흑흑."

가비루는 감격했는지 대량의 눈물을 흘리면서 울음을 터뜨리고 말았다.

남자의 눈물이다.

"잘됐다. 정말 잘됐소, 가비루 공――."

베스터가 가비루의 어깨를 두들겨주면서 축하의 말을 건네고 있다. 하지만 그러기에는 아직 조금 이른 감이 있다.

"잠깐, 내 말 제대로 들었나? 이건 어디까지나 성공했을 경우이네. 여기서 자칫 방심하다간 모든 게 물거품이 될 수도 있어. 최선을 다해 노력해주게."

"넷!! 신명을 다 바쳐 노력하겠습니다!!"

가비루는 약간은 진정했는지, 눈물을 흘리면서도 성공을 맹세했다.

이렇게 템페스트(마국연방)의 특산품이 될 회복약의 생산 체제는 새로운 단계로 올라가게 되었다.

*

그런 뒤에 베스터에게 현재 상황에 대한 설명을 들었다.

현재의 생산 속도는 최고 품질의 '풀 포션(완전 회복약)' 한 개 제작에 대략 하루가 꼬박 걸린다고 한다. 히포크테 풀의 채취, 마법을 동원한 진공 작업장의 설치. 유출 기구의 작동, 여기까지만 해도 아침부터 저녁까지의 시간이 걸리는 모양이다. 그 후에 열 시간 정도의 시간을 들여서 엑기스의 유출이 완료된다. 이 시간은 엑기스와 마력요소가 융합하는 시간이기 때문에 단축은 불가능하다고 한다.

내 몸 안에서 만드는 경우에는 즉시 완료가 되지만…… 그건 일부러 지적할 필요도 없을 것 같다.

쿠로베의 스킬(능력)이라면 세 시간에 한 개를 만들 수 있다고 한다.

그러나 앞에서도 언급한 이유 때문에 이번에는 쿠로베가 나설 일은 없다. 쿠로베는 무기 제작에 전념하도록 시키자.

이야기를 되돌린다.

완성된 '풀 포션'은 희석시키면 백 개의 로우 포션(하위 회복약)이 된다. 마법으로 만들어낸 물을 사용하기 때문에 효능은 약간 더 강하다고 한다.

이 작업도 마법에 의한 〈피막작성〉으로 행하기 때문에 베스터가 해야 하는 일이었지만, 지금은 가비루가 배워서 도와주고 있다고 한다. 그 덕분에 작업 분담이 확실하게 정해졌다고 들었다.

드라고뉴트들이 히포크테 풀을 채취하고, 베스터가 조합하며, 가비루가 희석을 시켜 백 개의 분량으로 나눈다.

즉, 하루 만에 백 개의 로우 포션이 생산된다는 계산이 나오는 것이었다.

추가로 언급하자면 풀 포션을 1/5의 농도로 희석시킨 것이, 드워프 왕국에서 만들어지는 하이퍼 포션(상위 회복약)에 해당되는 효능을 가진다고 한다.

그 효능은 다음과 같다.

풀 포션(완전 회복약) : 내가 만든 회복약과 동급의 물건. 부위 손실도 회복되는 만능약이다.
하이퍼포션(상위 회복약) : 큰 상처조차도 완전히 회복시킨다. 부위 손실은 회복 불가능.
로우 포션(하위 회복약) : 상처를 어느 정도 치료하는 효능이 있다.

나누자면 이런 느낌이다.
부위 손실이란 것은 팔다리를 잃어버리는 걸 말하는 것이니, 그 치료 효과가 얼마나 대단한지를 알 수 있을 것이다. 약에 포함된 마력요소에 의해 임의의 손발을 만들어내는 것이다. 그리고 시간이 지나면 원래의 것과 다를 바 없이 피와 신경이 통하게 된다.
이제 여기서 문제가 되는 건 어떤 타입의 상품을 주력으로 할 것인가 하는 것이다.
현재 상황에선 풀 포션은 하루에 한 개밖에 만들 수 없다.
그러므로 하이퍼 포션이라면 스무 개, 로우 포션이라면 백 개가 제작할 수 있는 한계이다. 하지만 연구원으로서 약사가 추가로 들어온다면 하루 생산량은 세 배는 될 것으로 보인다.
어느 쪽이든 히포크테 풀의 재배에 시간이 걸린다.
이 이상 생산 속도를 높일 필요는 없을 것이다.
"좋아, 생산이 본격적으로 안정세에 접어든다면 풀 포션 한 개는 그대로 보관하지. 그런 뒤에 가젤 왕과의 계약에 따라서 로우 포션을 백 개. 타겟 층을 바꾸는 의미도 겸할 겸 우리나라의 특산품으로서 하이퍼 포션을 스무 개. 각각 생산하는 방향으로 부탁하네. 가능하겠나?"

"흠. 요한과 마르셰가 와준다면 가능할 것 같습니다. 그렇게 되면 저는 지도에 전념할 수 있겠군요."

이걸 실현할 수 있다면 충분한 생산 체제가 갖춰지는 것이다.

앞으로의 일을 생각해도 베스터가 교육을 맡아서 후진을 육성하는 건 중요하다.

베스터 입장에서 보면 잡무를 후진들에게 맡기고 자신은 연구에 좀 더 집중하고 싶겠지만.

자신이 편해지기 위해서 후진을 단련시킨다. ――이건 실로 이치에 맞는 일이다.

"그렇다면 문제는 없겠군. 잘 부탁하네, 둘 다!"

"넷!"

"맡겨두십시오!"

두 사람의 힘찬 대답을 들으면서 나는 그 자리를 떠났다.

*

이렇게 방침은 정해졌다.

일단 샘플로서 각종 열 개씩, 보관창고에서 꺼내 '위장'에 담았다.

이걸 인간의 도시에서 상인들에게 보여주고 앞으로 템페스트(마국연방)의 특산품으로 만들기 위해 교섭해볼 생각이다.

우선은 카이진과 상담해보고 상품으로서의 가격을 정해야 한다.
조속히 카이진과 이야기를 나눠보기로 했다.
우선은 한 번 더 복습 삼아서 말하겠는데 이 세계의 화폐는 동전이 주류이다.
지폐는 존재하지 않는다. 아니, 종이 그 자체가 유통되기 시작한 단계라서 종이의 가치도 고가인 것이다.
그래서 그 동전 말인데.
놀랍게도 서방 열국에서 유통되고 있는 것은 드워프 왕국에서 제조된 화폐라고 한다.
그런 게 가능한가? 그런 의문이 들었지만 실제로 그렇다고 하니, 뭐라 할 말이 없다.
전에 살았던 세계의 상식으로는 국력의 차이에 따라 자국의 통화 가치가 달랐다. 돈의 가치가 국력을 나타낸다고 해도 과언이 아니었던 것이다.
일단은 이 세계에서도 그런 규칙은 통용되고 있다.
서방 열국에서 자국의 통화를 발행하고 있는 나라도 있다고 하니까.
그렇다곤 하나 품질이 보증되어 있는 드워프 왕국에서 발행된 화폐가 주류이며, 공식적인 통화로 널리 쓰이고 있다. 알기 쉽게 말하자면 드워프 왕국에서 발행된 화폐가 가장 강세이며, 기축통화의 역할을 맡고 있다고 할 수 있을 것이다.
그 나라 독자의 화폐를 쓰고 있는 경우는 환전상에 의한 엄연한 화폐 검열이 있으며, 수수료도 비싸다고 한다.
내가 가지고 있는 건 카이도에게서 받은 금화뿐이라, 번거롭지 않아서 오히려 다행이었는지도 모른다.

말하자면 이 세계에서 통화는 정말로 물물교환의 대용품에 지나지 않는 모양이다.

국채의 발행이나 선물거래 같은, 통화의 신용을 더욱 높이는 제도는 일절 존재하지 않겠지. 그건 어떤 의미로는 현재 실태에 입각한 견실한 거래일지도 모르지만…….

그런 일이 가능한 것은 서방 열국에는 평의회라는 제도가 있기 때문이라지만 뭐, 나와는 관계없는 이야기다.

깊이 생각하면 머리가 혼란스러워질 것 같았기에 그 화제는 일단 보류하기로 한다.

통화로서 돌아다니고 있는 화폐는 주로 세 종류.

동화, 은화, 금화이다.

이 동화 말인데, 감각적으로 따지면 한 개당 10엔이 된다.

1엔 단위의 작은 돈은 비화(卑貨: '가치가 낮은 돈'이라는 뜻)나 설화(屑貨: '가치가 없는 돈'이라는 뜻)라고 불리면서, 그야말로 각국의 독자적인 것이 쓰인다고 하는데 현재 상황에선 눈으로 보고 접할 기회도 없을 것 같다.

계속해서 은화를 말하자면, 동화 백 개로 한 개를 교환할 수 있기 때문에 은화 한 개는 1천 엔이 된다.

농촌 구역에서 여관에 묵는 가격은 하룻밤에 은화 스무 개 정도라고 한다. 2만 엔이라면 의외로 싸게 느껴지지만 그 질이 다르다. 현대 일본의 서비스 같은 건 바랄 수도 없으며 당연히 식사도 제공되지 않는다. 그러므로 감각적으로는 너무 비싸게 느껴질 정도다.

마지막으로 금화를 말하자면, 이건 은화 백 개와 교환할 수 있다. 10만 엔에 해당되는 가치가 되는데, 이 세계는 금본위제인지라 황금 그 자체에 가치가 있기 때문에 금화의 가치가 높은 것도 당연한 것이다.

일생 금화를 보지도 못하는 사람이 있을 정도라고 하니 이 세계의 생활 레벨도 대충은 짐작이 갈 것이다.

눈으로 볼 일이 없다는 이야기가 나와서 하는 말인데, 성금화(星金貨)라는 것도 존재한다. 드워프가 특수 가공하여 제조한 것으로 마력요소가 압축되어 담겨 있다고 한다. 예술적인 가치까지 있는 금화라고 들었다.

그 가치는 한 개에 금화 백 개에 해당하며, 큰 거래나 국가 간의 지불에 이용된다. 내 감각으로는 1천만 엔 정도의 가치가 있는 것으로 보이기에, 이건 화폐라기보다 증권 같이 쓰이는 것으로 내 나름대로 이해하고 있다.

추가로 언급하자면, 나는 며칠 전 밤나비란 가게에서 쓴 돈을 제외해도 가진 금화가 열다섯 개는 남아 있다. 150만 엔 정도 되기 때문에 제법 돈푼깨나 가지고 있는 셈이다.

하룻밤에 얼마를 썼는지, 그건 생각해선 안 된다.

말하자면, 이게 이 세계의 화폐의 가치다.

동화 백 개로 은화 한 개, 은화 백 개로 금화 한 개. 참 이해하기 쉽다.

그러면 가격을 정해보기로 할까.

여기서 참고가 되는 것이, 현재 드워프 왕국에서 판매되고 있는 포션 = 로우 포션이다. 이건 시장가격으로 은화 세 개라고 한다.

의외로 비싸다. 자칫하면 그날 하루 벌이가 포션을 사느라 사라질 수도 있는 것이다.

하지만 모험가에게 있어서 자신의 몸은 자본이다.

큰 부상을 입고 일을 하러 나갈 수 없게 될 정도라면, 다소 비싸더라도 약을 사는 게 일반적인 일이라고 한다.

게다가 토벌 의뢰 같이, 목숨과 연관된 전쟁터에 있다면 약을 아까워하다가 죽는 멍청이는 존재하지 않는다.

회복마법을 쓸 수 있는 마법사가 동료로 있다고 해도 자신의 몸을 지키는 것은 자신이 할 일이다. 마법의 발동까지 존재하는 시간 차는 쉽게 목숨을 앗아갈 가능성을 포함하고 있기 때문이다.

마법사의 실력에 따라 다르기도 하지만, 긴급할 때는 약을 사용하는 게 빠르고 확실하다.

그걸 염두에 두고 만들어진 게 하이퍼 포션이긴 하지만.

그 효과는 로우 포션과 비교할 바가 아니다. 애초에 로우 포션 다섯 개분에 해당하는 엑기스를 사용하고 있으니 가격도 최소한 다섯 배 이상은 부르지 않으면 수지가 맞지 않을 것이다.

"알겠소, 나리? 다섯 배의 가격도 너무 싼 거요. 최소 은화 스무 개. 이건 이제 시작한 초보자가 살 만한 싸구려가 아니오. B랭크 이상의 모험가를 타깃으로 하는 거요. 약간은 비싸게 파는 게 좋소. 가능하다면 은화 스물다섯 개를 노립시다."

카이진의 열변을 듣고 속으로 감탄하면서 납득한다.

확실히 이 약은 상당히 편리한 데다, 싸다고 해서 대량으로 주문이 들어와도 문제다.

이익이 나오지 않는 일에 노력해서 만들 의미도 없으니, 스물 다섯 개에 팔 수 있을 것이다.

가젤 왕에게 납품하는 로우 포션은 은화 두 개로 정해져 있다. 백 개면 금화 두 개에 해당하니, 하루에 20만 엔의 매상이 나오는 건가……. 이쪽은 정기적으로 구입해줄 것이며, 가비루 일행의 노동에 대한 대가를 생각해도 타당한 가격이다.

순수익을 크게 벌려면 독자적인 상품인 하이퍼 포션으로 벌도록 하자.

가격이 은화 스무 개라면 하루 매상은 금화 네 개, 은화 스물다섯 개라면 금화 다섯 개가 된다. 그렇다면 내 교섭력을 보여줄 자리가 될 것 같다.

"맡겨두게. 높은 가격으로 교섭해서 이익을 올리게 만들어보지. 그리고 나중에는 규모를 열 배든 백배든 만들어서 국고를 윤택하게 만들도록 최선을 다하겠네!"

"바로 그 마음가짐이오, 나리!"

나는 의견을 받아들이면서 회의를 마쳤다.

이걸로 내 준비는 모두 끝났다.

*

얏호————오!

도시에 있을 때는 어찌 됐든 간에 늘 긴장을 하고 있어야 했다.

이렇게 중압감이 없는 여행에 나설 거라 생각하니 오랜만에 해방감을 느낀 것이다.

나는 그걸 충분히 만끽한다.

이런 기회는 소중히 다루면서 솔직하게 즐기도록 하자.

그렇다고 해도 인간의 도시를 향해 가기에 앞서 잊어선 안 되는 목적이 있다.

꿈에서 본 내용도 당연히 확인해야 하고 특산품의 판로를 확보하는 것도 그렇지만, 그 외에도 당초의 목적인 동향인 사람——'이세계인'——을 만나는 것도 잊어선 안 될 것이다.

동향인 사람이라는 건 시즈 씨의 두 명의 제자를 말한다.

시즈 씨가 말해준 이야기를 들어보면 그 두 사람도 '이세계인'이라고 한다.

내가 고향의 모습을 보여줬을 때 시즈 씨의 기억의 일부분을 살짝 보여준 것이다.

카구라자카 유우키와 사카구치 히나타.

그 두 사람과도 만나보고 싶지만, 사카구치 히나타는 위험한 느낌이 들었다.

말하자면 자신의 힘만을 믿고 살아가는 듯한, 그런 인물로 보였다. 10년 전에 이미 시즈 씨와 맞먹거나 그 이상의 실력이었다는 걸 보면 솔직히 만나는 게 두렵게 느껴진다.

그러므로 히나타와 만나기 전에 유우키를 만나보는 게 더 좋을지도 모르겠다.

그리고 유우키는 지금은 자유조합의 정점인 그랜드 마스터(자유조합 총수)의 자리에 있다고 한다.

상당한 실력자가 되어 있다고 하니, 마물인 나를 도와줄 협력자가 되어준다면 이 이상 믿음직한 존재도 없을 것이다.

나는 해야 할 일을 손가락을 꼽아가며 세면서, 아직 본 적이 없는 인간의 도시를 속으로 그려본다.

이 세계에 전생한 지 2년 가까이 지났다.

이제야 겨우 인간들의 나라에 가볼 수 있게 된 것이다.

우리의 도시는 깊은 숲 속에 있다.

베루도라가 봉인되어 있던 동굴이 있는 산을 등에 지고, 북동 방향으로는 드워프 왕국, 남동 방향으로는 수왕국을 바라보고 있다.

그리고 파르무스 왕국은 드워프 왕국의 서쪽에 위치하고 있으며, 블루문드 왕국은 템페스트(마국연방)의 서쪽에 인접해 있다.

현재 우리 도시에서 이어져 있는 길은 세 갈래.

첫 번째는 완성이 가까운 드워프 왕국으로 이어지는 길.

두 번째는 착공한 지 얼마 되지 않은 수왕국으로 이어지는 길.

그리고 세 번째가 지금부터 내가 걸어가게 될 블루문드 왕국으로 가는 길이었다.

블루문드 왕국에서 우리 도시로 연결되는 길은 크게 둘로 나뉜다.

곧장 직진하여 숲을 빠져나가는 루트.

그리고 또 하나가 파르무스 왕국을 경유하여 도중에 숲을 통과하는 루트이다.

파르무스 왕국을 경유하면 멀리 돌아가게 된다. 하지만 숲에는 위험이 많기 때문에 시간에 여유가 있다면 파르무스 왕국을 경유하는 게 안전하다고 한다.

카발 일행은 매번 이 안전한 루트를 통해서 찾아오고 있는 모양이다.

파르무스 왕국과 드워프 왕국의 도로를 도중까지 가다가, 도중에서 숲으로 들어가는 길이다. 당연히 걸어서 가야 하는 길이며 짐승들도 다니는 길을 가는 셈이 된다.

돌아올 때는 돌아오는 대로 문제가 있었다.

갈 때에는 합승용 마차를 타고 갈 수 있지만, 돌아올 때는 그렇게 편하게 올 수 있다는 보장이 없다. 운 좋게 마차와 마주친다고 해도 세 명이 탈 수 있는가는 별개의 이야기이기 때문이다.

그러므로 가는 것만으로도 2주에서 1개월까지, 걸리는 시간에 큰 차이가 생긴다고 한다.

기후나 마물과의 전투 등도 크게 상황을 변하게 만들기 때문에, 그야말로 목숨을 건 모험이라고 카발 일행은 자랑하듯 말했다.

그런 그들이었으니 숲을 가로지르듯이 새로운 길이 생겨난 것을 보고 눈을 휘둥그레 뜨는 건 당연한 일이었다.

"뭡니까, 이 길은……?"

"응? 얼마 전에 약속하지 않았나? 길을 뚫겠다고."

"아니, 그렇긴 했지만……. 어, 하지만…… 아무리 그래도 이건 너무 빠르지 않습니까?"

으—음, 그런가?

전에 살던 세계의 상식으로 보면 너무 빠르긴 하지만, 마물의 힘을 직접 눈으로 보면 이 정도는 평범한 거라는 느낌이 든다. 나도 어지간히 이 세계에 익숙해진 것이리라.

"너무 빠르다곤 할 수 없지. 나도 노력하고 있지만 아직 멀었어. 리무루 님이 납득하실 수 있을 만큼 모두가 좀 더 노력해야 돼——.”

그렇게 말한 사람은 게루도였다.

게루도는 다시 작업장으로 돌아가기 위해 이번에 같이 출발했다.

“아니, 게루도 나리는 그렇게 말씀하시지만 말입죠, 이건 우리 기준으로 보면 불가능한 공사 속도거든요. 나라가 직접 관할하는 공사라고 해도 이 정도의 완성도는 불가능합니다요…….”

“그러네에……. 위저드(마도사)급의 술사가 몇 명 있어도 이 정도의 속도로 길을 만드는 건 무리겠지이…….”

기도랑 에렌도 카발과 마찬가지로 멍한 표정이었다.

정말이지, 이 녀석들은 어쩔 수가 없다니까.

작은 일 하나로도 너무 지나치게 놀란다.

카발 일행도 차츰 익숙해지겠지.

“뭐, 좋은 게 좋은 거 아닌가. 야아, 기대가 되는군. 안내는 자네에게 맡기겠네, 카발 군.”

내가 기분 좋은 말투로 화제를 바꾸려고 그리 말하자, 왠지 방심 상태로 멍한 눈을 하고 있던 카발이 제정신을 차렸다.

그리고 당황하면서 고개를 연신 끄덕이며 낭차에 올라탔다.

납득이 가지 않는 표정을 짓고 있는 카발 일행을 태우고 우리가 탄 낭차는 도시를 출발했다.

그 후로 한동안 시간이 지났지만, 카발 일행은 아직도 뭔가 내키지 않는 듯한 표정을 짓고 있었다.

그리고 역시 납득이 가지 않는 표정으로 이쪽을 본다.

혹시 하룻밤만 자고 바로 출발하는 바람에, 도시에서 제대로 즐기질 못해서 기분이 상하기라도 한 걸까?

실은 내 준비가 다 끝난 날 밤에 예정대로 카발 일행 3인조가 찾아온 것이다.

그래서 카발 일행에겐 미안하지만, 다음 날 아침 일찍 출발하게 된 것이다.

"그 정도는 쉬운 일입지요."

"그럼요, 그럼요. 나리께는 늘 신세를 지고 있으니까요."

"그러려고 온 거니까아, 신경 쓰지 마세요오!"

라고 말하면서 그들도 흔쾌히 이해해주었는데…….

"역시 좀 더 머무르면서 피로를 푼 뒤에 출발하는 게 좋았으려나?"

걱정이 되어서 물어보니 카발은 급히 고개를 저었다.

"그게 아닙니다, 나리! 이 차의 성능이 너무나도 좋아서, 어제까지 우리가 겪은 여정을 돌이켜보며 그 부조리함에 탄식하고 있었던 겁니다!"

그렇게 말했다.

그리고 카발의 말을 기다리고 있었다는 듯이 에렌과 기도도 입을 열었다.

"그래요오! 이게 뭐죠, 이게 대체 뭔가요오?! 이 마차, 가 아니라 낭차는! 전혀 흔들림이 없잖아요오!!"

"그러게 말입니다요! 이렇게 쾌적한 이동은 결코 여행이라고 할 수 없습니다요!!"

두 사람은 얼굴을 새빨갛게 붉히면서 이 낭차가 말이 안 된다고 잔뜩 힘주어 말했다.

"자, 자, 잠깐, 잠깐!"

나는 당황하면서 세 사람을 달랬다.
"흔들림이 없다니, 그럴 리가 있나? 아까부터 계속 흔들리고 있잖아?!"
그리고 그렇게 반박한다.
실제로 땅만 골랐을 뿐이지 마무리 포장까지 되어 있지 않은 길에선 바퀴가 작은 돌을 밟을 때마다 차체가 출렁거린다. 그런 길을 30에서 40㎞의 속도로 달리고 있다 보면 상당한 충격을 받게 마련이다.
빨리 도로가 완성되면 좋겠다고 바랄 정도로 말이다.
하지만 그런 내 말을 웃어넘기듯이 에렌이 소리쳤다.
"하! 이런 건 흔들리는 축에도 못 끼거든요오! 평범한 마차는 이렇게 빨리 달리지도 못할뿐더러, 가령 이런 속도를 낸다면 타고 있는 사람은 지옥을 맛본다고요오!!"
"그렇고말굽쇼! 진짜 마차라면 엉덩이가 아픈 게 보통입니다요. 장시간 계속 앉아 있으면 몸 곳곳이 아파 오는 게 당연하단 말입니다요! 잠깐 덜컹거리는 정도로 차가 흔들린다고 말한다면 진짜 마차를 탔을 때 아주 고생하실 겁니다요?"
"그렇습니다, 나리. 이런 쾌적한 것을 타고 '아아, 피곤하다—.'라거나 '슬슬 지치는데?' 같은 말을 하면 우리가 지금까지 한 고생은 대체 뭐란 말인가 하는 생각이 들 정도군요. 하물며 비경을 탐색하는 마음가짐으로, 언제 습격해 올지 모르는 마물을 경계하면서 진행하는 여정에 비하면 이런 건 너무 편해서 결코 여행이라고 인정할 수 없단 말입니다!!"
그런 말을 해봤자 날 보고 어쩌라는 건지. 여행은 여행이잖아…….

"아니, 뭐, 일단 진정하게, 자네들. 애초에 카이진은 그런 말을 한마디도 해주지 않았거든? 그러니까 이런 게 여행이구나 하는 생각을 하는 건 당연하지 않을까?"

"당연하지 않습니다."

"당연하지 않아요오!"

"당연하지 않습니다요……."

세 사람은 일제히 내 말을 부정하고 나섰다.

날 보고 뭘 어쩌란 거야.

"뭐, 현실이란 그런 게 아니겠나? 이것도 또한 여행이라네."

"아니, 아니, 아니, 그런 생각은 좀 이상합니다요."

"그래요오! 그야 편한 게 좋긴 하지마안……."

"애초에 카이진 씨 쪽은 자신들이 만들었으니 아무 말 하지 않은 거지요. 리무루 나리가 합격점을 줬으니 자기 작품에 만족했을 겁니다. 그리고…… 애초에 왜 카이진 씨랑 가름 씨 형제들까지 나리 밑에 있는 겁니까? 그거 이상하지 않나요?!"

드워프 중에서도 일류의 장인들이 내 동료로 있는 것에 대한 의문을 숨기지 못하는 것 같았다.

그 점에 대해서도 동료가 되어주었으니까, 라고 답할 수밖에 없다.

"뭐, 동료가 되어주었으니 그거면 충분하지 않은가. 혹은 편안한 여행이 싫다면 걷도록 할까?"

"아, 아니, 그건……."

"편한 게 더 좋다고 말했잖아요오!"

"오히려 바라던 바입니다요."

세 사람이 시끄럽게 따지는 걸 듣고, 걷는 여행을 더 좋아하는 건가 하는 생각에 그렇게 물어봤더니 즉시 부정했다.

참 번거로운 인간들이다.

"그렇다면 이 이야기는 이제 끝! 그보다 인간들의 도시에 대한 이야기를 좀 들려주겠나?"

나는 그렇게 말하면서 억지로 이 화제를 언급하는 걸 끝냈다.

'하지만…….'이라거나 '그래도…….'라고 운운하고 있지만 카발 일행도 기본적으로는 탑승감이 좋은 낭차에 만족하고 있는 것 같으니, 그 이상 말하는 건 포기한 모양이다.

전에는 아무런 불평도 듣지 않았는데, 이런 점에서 상식의 차이가 생길 줄은 생각도 못 해봤다.

도시에서 말을 산 뒤에 차체만 활용해볼까 생각했지만, 그건 다시 생각해보는 게 좋을 것 같다. 빨리 그걸 깨달은 것만으로도 이득인 셈이다.

*

이래저래 여행은 순조롭게 진행되었다.

아침 일찍 출발하였고, 시간은 이미 정오이다.

"믿어지질 않는군. 저 산이 저렇게 작게 보이다니……."

카발의 중얼거림에 기도와 에렌이 말없이 고개를 끄덕였다.

뭐, 낭차를 끄는 스타 울프는 개별 단위로도 B랭크의 마물이다 보니, 말과는 달리 이 정도의 거리는 쉴 필요가 없다. 게다가 스타 울프에겐 잔걸음을 걷는 정도의 감각이다. 계속 달린다 해도 문제는 없다.

그런 카발 일행을 쓴웃음을 지으며 바라보다가 게루도가 내게 말을 걸었다.

"리무루 님, 식사는 어떻게 하시겠습니까? 조금만 더 가면 휴게소가 있습니다만."

머리가 잘 돌아가는 게루도답게 아마도 휴게소에 식사를 미리 준비시켜놓은 모양이다.

"역시 게루도로군. 그곳에서 휴식을 취할 겸 식사를 할까!"

내 말에 수레 안의 분위기가 들썩거렸다.

카발 일행도 처음에는 불평을 토로했지만, 이미 낭차의 쾌적함에 익숙해져서 지금은 지나가는 풍경을 즐기는 여유까지 보이고 있었다.

정말로 현실적인 녀석들이다.

휴게소에 도착하면서, 게루도가 마부가 앉는 자리에서 내렸다.

수레를 끌고 있는 스타 울프는 란가가 불러낸, 말하자면 분신체이다. 그러므로 달리 마부가 필요한 건 아니었다.

길을 따라 달리기만 하면 되기 때문에 자동조종으로 놔둬도 문제가 없었다. 하지만 게루도는 자신의 체구가 크기 때문에 차량에 타는 걸 사양한 것이다.

그 성실한 성격은 참으로 호감이 간다. 일처리에도 그 성격이 여실히 드러나고 있기 때문에 게루도는 그야말로 노동자의 귀감이라 할 만한 존재이다.

식사를 하면서 앞으로의 예정에 대해 서로 이야기를 나눴다.
현재 상황에선 블루문드 왕국까지 가는 길은 반 정도밖에 개통되지 않았다. 아직 1/3 이상이 손도 대지 못한 채 숲으로 남아 있는 것이다.
그 공사의 진행 상황 말인데——.
맨 처음에 내가 높은 하늘에서 조사를 하여 장애물이 적은 루트를 정했다. 그런 뒤에 정기 점검 때마다 높이를 측량해서 경사 관계를 다 파악한 뒤에 가장 적합한 시공 계획을 세운 것이다.
게루도 일행은 그에 따라 공정대로 작업을 진행시키고 있다.
그 작업은 세 그룹으로 나눠서 행하고 있다.
제1그룹이 나무의 채벌과 운반.
제2그룹이 지반을 다지는 것과 개량.
그리고 제3그룹이 마무리 과정인 돌바닥을 까는 것을 맡는다.
대충 구분한 것이지만 전체적으로는 이런 식이다.
크게 돌아가지 않는 루트는 길게 잡아도 약 3백 킬로미터. 드워프 왕국까지의 거리보다도 상당히 가까운 위치에 블루문드 왕국은 존재하고 있다.
나무가 우거지게 자라난 숲, 험준한 산과 계곡, 그리고 마물.
그런 존재들이 그들의 나라와 우리 도시를 떨어뜨려 놓고 있다.
이 길이 개통되면 일반적인 상인이라도 편도라면 걸어서 일주일도 걸리지 않게 오갈 수 있게 된다. 마물에 대한 대비책이 필수적이라고 쳐도 이 도로는 큰 의미를 가지게 될 것이다.
마차로 이동하는 걸 생각하면 블루문드 왕국과 템페스트 사이는 사흘. 템페스트와 드워프 왕국 사이는 열흘이 걸리는 걸 예상

치로 잡고 있다.

조건에 따라 조금씩 차이는 있겠지만, 편도라면 2주 정도의 시간으로 블루문드 왕국에서 드워프 왕국까지 이동이 가능하게 되는 것이다.

현재 파르무스 왕국을 경유하는 여정으로는 아무리 짧게 잡아도 3주는 걸린다고 한다. 마물에 대한 대비책은 그렇게 깊이 생각하지 않아도 된다지만, 도적 등에 대한 대비책이 필요하기 때문에 안전에 드는 비용은 대체로 비슷하다. 그렇다면 우리나라의 중요성은 더욱더 커지게 될 것이다.

이런, 길의 중요성은 지금 이야기와는 관계가 없지.

이후의 예정을 말하자면, 앞으로 한 시간 정도 낭차로 이동하면 공사 현장의 최전선에 도달한다. 거기서부터는 길이 완성되어 있지 않기 때문에 걸어서 이동하는 걸로 변경될 것이다.

"과연. 드디어 우리가 나설 차례가 왔다는 말이군요."

카발이 단단히 벼른 표정으로 그렇게 말했다.

그 말이 맞다.

"잘 부탁하네!"

"물론이죠!"

"맡겨만 두세요오!"

"헤헤헷, 제 실력을 보여드리겠습니다요!"

세 사람도 의욕이 가득 차 있으니 괜찮을 것 같다.

그리고 우리는 식사와 사전 협의를 마치고 다시 여행을 시작했다.

그리고 두 시간 후.

나는 게루도와 그 휘하에 있는 하이 오크 공작병들의 배웅을 받으며 깊은 숲 속으로 발을 디뎠다.

"헤헤, 리무루 나리. 조심하십시오. 이곳은 이미 마경인 쥬라의 대삼림이니까요!"

"하지만 저희가 같이 있으니까 걱정하지 않아도 돼요오!"

"마음 푹 놓고 맡겨주십쇼!"

세 사람이 힘찬 목소리로 그렇게 말했다.

쥬라의 대삼림에 사는 날 보고 그곳을 마경이라고 역설하는 것도 좀 이상하지 않나 싶지만.

카발이 작은 칼을 꺼내 엉겨 붙는 넝쿨을 잘라내서 사람이 지나갈 수 있을 만한 틈을 만들고 있다.

기도는 땅바닥에 귀를 대고 흉악한 마물이 접근해 오지 않는가 확인하고 있는 것 같다.

에렌은 마법 주문을 읊으면서 벌레 퇴치, 독 감지, 피막 방어 같은 다양한 효과를 모두에게 골고루 부여하고 있다. 이런 숲 속에선 독충에게 쏘이거나 넝쿨에 난 가시에 부상을 입는 등 눈에 보이지 않는 위험이 숨어 있다고 한다. 감탄을 자아낼 정도로 숙련된 기술이었다.

나도 인간의 모습으로 변화한 후에 품에서 꺼낸 가면을 쓰고 완전히 준비를 끝냈다. 이제 어디를 어떻게 봐도 마물로는 보이지 않을 것이다.

수상한 모습을 한 모험가의 동료인 것이다.

"왜 일부러 가면을 쓰십니까요?"

내가 맨 얼굴을 숨기는 게 불만인지 기도가 물었다.

"실은 아직 오라(요기)를 완전히 숨기질 못해서 말이야. 마법 결계 같은 거에 걸려서 내가 마물이라는 걸 들키면 귀찮아질 수도 있으니, 만일을 대비한 거네."

그렇게 설명하자, "아뇨, 어디를 어떻게 봐도 마물로는 보이지 않는뎁쇼……."라고 중얼거리면서도 일단은 납득한 것 같다.

그렇게 나아가기를 세 시간.

시간은 이미 저녁이었고, 슬슬 저녁 준비가 필요할 때다. 그런데도 세 사람은 휴식을 취할 낌새를 보이지 않는다. 진땀을 닦으면서 필사적인 표정으로 서로 상의하고 있다.

왠지 아까 온 적이 있는 길로 다시 나왔는데, 대체 뭘 하고 있는 걸까?

베테랑이 있으니까 맡겨도 괜찮을 거라 생각했는데…….

울상이 된 자도 있으니, 일단 물어볼 것을 물어보기로 한다.

"잠깐, 설마 길을 잃은 건 아니겠지?"

"하, 하하하. 설마 그럴 리가 있겠습니까만……."

이상한 말투로 대답하는 카발.

괜찮은 건가?

슬쩍 머릿속에서 맵을 꺼내서 살펴봤더니, 틀림없이 방금 지나간 길로 되돌아온 상태였다.

기분 탓……일 리가 있나!

"이봐! 농담하지 말라고. 자네들, 길을 잃은 것 맞지?!"

내 말에 깜짝 놀라는 세 사람.

"""죄송합니다!!"""

그대로 세 사람은 동시에 머리를 숙이면서 내게 사과했다.
보아하니 정말로 길을 잃은 모양이다.
이러고도 프로란 말인가?
뭐, 어쩔 수 없지…….
그렇게 급한 여행도 아니고 야숙을 하는 것도 귀찮다.
오늘은 일단 작업 현장으로 돌아가서 내일 다시 출발하기로 하자.
작업 현장에는 숙소용으로 만든 간이 건물도 있으니 느긋이 쉴 수 있을 것이다.
일단 넝쿨을 잘라서 길은 만들어둔 덕분에 1시간 정도 걸려서 간이 건물까지 돌아왔다.
게루도에게 '사념전달'로 미리 연락해두었기 때문에 작업 숙소에는 식사도 준비되어 있었다.
완전히 미안한 표정을 짓고 있는 세 사람.
"왜 그 자리에서 헤맨 걸까……."
"자신감이 너무 지나쳤어요오……."
"저야말로 길에 관해선 프로이거든요? 두 분 이상으로 충격입니다요……."
내게 멋진 모습을 보여주려 했었는지, 심각하게 풀이 죽어 있다.
그런 세 사람에게 게루도가 한 포기의 꽃을 내밀어 보여줬다.
"혹시 이게 원인이지 않을까?"
응, 이건?
"아! 그건 환요화(幻妖花)잖아요! B랭크 이상만 받을 수 있는 채집 퀘스트 대상인데, 찾는 것만으로도 상당히 고생하는 거예요오!"

에렌이 강한 말투로 말했다.

주위에 환각 작용을 가져오는 이 꽃은 마법용품의 재료도 되는 것으로, 상당히 귀한 꽃이라고 한다.

"음. 이 꽃 때문에 우리의 공사 진행도 늦어지게 되었지. 아까 충고한다는 걸 그만 잊어버려서 미안하네."

그렇게 말하면서 세 사람에게 머리를 숙이는 게루도.

애초에 '마력감지'가 있는 내가 길을 잃을 거라고는 생각하지 않아서 충고하는 걸 잊어버렸다고 한다.

확실히 그 말이 맞다. 하늘을 날아서 도로 계획까지 세운 내가 땅위를 걷다가 길을 잃을 가능성이 있으리라곤 생각을 하지 못하는 것도 무리는 아니다. 이건 게루도의 잘못이라 할 순 없겠지.

굳이 말하자면 모험 기분을 맛보고 싶었던 내 변덕 때문에 생긴 실수다.

"그렇군, 나도 그만 방심을 하고 있었어. 미안하네. 내일은 나도 협조하도록 하지!"

나도 반성과 함께 그렇게 선언했다.

덧붙이자면 게루도는 작업의 방해가 된다는 이유로, 이 지점까지의 환요화를 뿌리째 뽑아버렸다고 한다.

백 포기 이상 되는 환요화가 창고에 쌓여 있었다.

모처럼 얻은 것이니, 전부 '위장'에 넣어두고 해석을 시켜본다.

태우면 환각 성분이 있는 가루가 사방으로 퍼지고, 묻으면 다시 뿌리를 뻗어 맹위를 떨친다. 그런 번거로운 성질을 지닌 꽃이었기 때문에 내가 회수하겠다고 하자 기쁘게 넘겨준 것이다.

채집 퀘스트의 대상이라면 뭔가에 쓰일 수 있을지도 모르는 데다, 게루도 일행의 도움도 될 수 있었다.
이거야말로 일석이조인 셈이다.
이렇게 내 여행 첫날은 지나갔다.

다음 날 아침.
어젯밤의 선언대로 나는 전력을 다해 협조하려고 생각한다.
자, 당신이 나설 차례입니다, '글러트니(폭식자)' 씨!
속으로 그런 생각을 하면서 가볍게 오른손을 앞으로 내밀어 스킬(능력)을 발동시켰다.
순식간에 눈앞에 있는 큰 나무가 사라진다.
"게루도, 도로 너비만큼의 분량은 먹어주고 싶지만, 아무래도 그러려면 시간이 너무 걸리겠군. 그러니 미안하지만 방해가 되는 부분만 먹어치우고 적당히 정리할 테니까 뒷정리는 부탁하겠네."
"알겠습니다. 이건 제가 할 일이니 지나친 배려를 하실 필요는 없습니다."
게루도의 동의를 얻으면서 나는 가벼운 마음으로 방해가 되는 나무들을 먹어치우면서 전진한다.
어제와는 차원이 다른 속도였다.
"……이런 말도 안 되는……."
"이런 일이 있을 수가 있나. 이런 일이 있을 수가 있냐고!"
"리무루 씨가 보통이 아니란 건 알고 있었지마안, 이건 조옴……."

세 사람이 무슨 이유인지 질린 표정을 짓고 있지만 내 알 바는 아니다.

"이봐. 그렇게 멍하니 있지 말고 어서 가자고."

그렇게 세 사람을 재촉하면서 우리는 여행을 다시 시작했다.

이래저래 일주일이 지났을 무렵, 겨우 숲의 출구에 도착했다.

거의 숲에 난 길을 따라서 전진한 덕분에 그렇게 시간을 많이 낭비하지 않고 끝낸 것 같다.

내 입장에선 서둘러야 하는 여행도 아니었기에 오랜만의 여행을 즐기고 있다.

뭐, 슬라임의 몸에는 피로가 쌓이는 것도 아니고 청결을 유지한 채 있을 수 있으니 그런 말을 할 수 있는 것이겠지만 말이다.

에렌이 〈정화마법〉이란 걸 쓰는 것을 보고 그걸 배웠다.

시험 삼아 써보니 내 마법 쪽이 효과가 더 커서 모두에게 걸어주었다. 그 덕분에 평소보다 훨씬 쾌적한 여행을 할 수 있었다고 한다.

불을 일으키는 것도 간단하고 식재료도 풍부하게 지니고 있다.

무엇보다 '위장'에 넣어서 가지고 온 낭차의 차량은 지붕과 소파가 장착된 훌륭한 물건이다. 앞뒤로 마주 보는 모양으로 소파 두 개가 고정되어 있기 때문에 두 사람은 그걸 침대 대신으로 이용할 수 있다.

나는 잠을 잘 필요가 없었기 때문에 불침번을 계속 서도 괜찮았지만, 세 사람은 아무리 그래도 그럴 수는 없다며 거절했다.

그러므로 불침번을 서는 두 사람은 밖에서 대기하고 나머지 두 사람은 안전한 차량 안에서 휴식을 취하는 것으로 이야기가 정리되었다.

웬만한 여관에서 묵는 것보다도 훨씬 더 쾌적하다고 세 사람은 대만족하고 있었다.

"리무루 씨! 계속 우리랑 같이 모험을 해요오!"

에렌은 감격한 표정으로 그렇게 말했지만, 아무리 그래도 그건 무리다.

쥬라의 대삼림의 맹주가 되기 전이라면 그렇게 지내는 것도 좋았을지 모르지만, 이제는 나에겐 책임이 있다. 운영 그 자체는 리그루도와 다른 이들에게 맡기고 있지만, 그냥 내팽개쳐 둘 수는 없는 것이다.

——먼 미래. 모두가 날 필요로 하지 않게 된다면, 그때는 자유로운 모험가가 되는 것도 좋을지 모르지. 하지만 그때가 오면 이미 너희는 죽은 뒤겠지만——.

문득 그런 생각이 머리를 스쳤다.

밀림도 이런 느낌이었을까?

소중한 친구를 만들어도 다들 먼저 가버린다면, 나는 아예 고독을 선택했을까?

모르겠다.

지금의 나는 그 질문에 답하기에는 경험이 부족한 상태다.

제4장 블루문드 왕국

Regarding Reincarnated to Slime

블루문드 왕국.

인구가 100만이 안 되는 작은 나라.

각 마을과 그 마을을 다스리는 영주에 해당하는 귀족.

대도시라고 부를 만한 곳은 왕도(王都)뿐.

정말로 작은 나라이다.

세 사람의 안내를 받아 농촌을 지나간다.

숲을 빠져나오자 평화로운 풍경이 펼쳐졌고, 논과 밭 가운데 울타리로 둘러싸인 마을이 보인다.

우선은 왕도에 있다는 자유조합의 블루문드 지부를 목표로 이동 중이다.

그곳에서 휴즈와 만나서 그랜드 마스터(자유조합 총수)인 카구라자카 유우키에게 보여줄 소개장을 써달라고 할 예정이었다.

그런 높은 자리에 있는 사람을 사전 연락도 없이 만날 수 있을 것 같지는 않으니 초대장이 필요할 것이라 생각한 것이다. 휴즈도 흔쾌히 응해주었기 때문에 도착하면 이미 준비를 해놓았을 것이다.

마을에서는 정기적으로 마차가 출발하는 모양이다.

하루에 두 편밖에 없지만 그걸 타면 왕도까지는 세 시간 안에 도착한다고 한다.

국토가 좁은 만큼 길 정비는 잘 되어 있었다. 교통편은 괜찮아 보인다.

정오가 되기 전에 마을에 도착하여 여관 겸 식당에서 점심을 먹었다.

그때 자리에 앉아 있는 우리 귀에 큰 목소리로 자랑하는 것이 들려왔다.

"그래서 말이지, 내가 그레이트 액스로 화아――악 하고 찍어서 끝장을 낸 게 이 녀석이란 말씀이야!"

"굉장해! 역시 비드 씨라니까!"

"비드 형님, 이 녀석은 강한 마물이란 말이죠? 혼자서 쓰러뜨린 겁니까?"

"뭐, 그런 셈이지. 내 손에 걸리면 혼 베어(외뿔 곰) 따윈 적수가 아냐!"

강한 마물을 쓰러뜨렸다느니 하는 소리가 들리는 바람에 흥미가 느껴졌다.

슬쩍 그쪽을 본다.

그러자 테이블 위에 떡하니 어떤 동물의 사체가 놓여 있었다.

나도 모르게 먹고 있던 걸 뱉을 뻔했다.

지금 하는 이야기의 중심인 혼 베어인가 싶어서 살펴봤는데 완전히 가짜였던 것이다.

그냥 곰 시체에 혼 래비트(외뿔 토끼)의 뿔을 붙여놓기만 한 위조품이 놓여 있었다.

동물과 마물은 구분하기 어렵다.

거기에 마수니 요마 같은 것까지 더해진다면 엄밀히 구분하는 건 곤란하다.

란가를 예로 들면, 엄밀히 구분하자면 '요수'가 된다고 한다.

마력요소를 메인으로 식사 대신 섭취한다면 '요수'이고, 동물과 마찬가지로 고기나 나무 열매 같은 걸 먹는다면 '마수'가 된다. 하지만 그 차이는 눈으로 구별하기가 어려운 데다, 란가조차도 가끔은 고기를 먹는다. 그러므로 정확하게 분류하는 의미는 없다.

하지만 동물과 마물일 경우에는 명확한 차이가 딱 하나 있었다.

그건 힘의 차이다.

요수이든 마수이든 동물보다는 월등히 강한 것이다.

애초에 동물이 마력요소를 쏘이면서 변질된 것이 마수이다 보니, 강해지는 것도 당연한 이야기다.

그러므로 사체를 구분하는 건 의외로 간단한 방법이 있는데, 그 육질을 조사해보면 금세 판명된다.

하지만 일반인에겐 잘 구별이 가지 않을 것이다.

나처럼 '해석감정'이 있다면 또 모를까…….

마물은 '마정석(魔晶石)'을 떨어뜨리는 일도 있기 때문에, 그걸 가지고 있으면 바로 알 수 있겠지만 말이다.

"이봐, 가짜 혼 베어를 가지고 자랑을 하는 녀석이 있는데, 저래도 되는 건가?"

"네? 아아, 정말이군요. 그건 그렇고 리무루 나리, 용케도 알아보셨군요?"

"아, 정말이네에! 혼 래비트의 뿔을 붙여놨어어. 마법사가 보면 바로 들킬 텐데에……."

"역시 바로 알아볼 수 있나? 그럼 토벌 의뢰에 제출할 수도 없으니 의미가 없는 것 아닌가?"

"아닙니다, 나리. 저 녀석의 목적은 그게 아닙니다요. 왕도로 가져가면 들키겠지만 이런 마을에선 영웅이 될 수 있으니까요! 저렇게 마을을 지켜줬다고 큰 소리를 치면서 숙식을 공짜로 뜯어내는 수법인 겁니다요."

그렇군, 머리를 꽤 잘 썼다.

기도의 설명을 듣고 이해한다. 쉽게 말해서 사기꾼인 것이다.

세상에는 별별 종류의 사기꾼이 다 있다.

한 가지를 배운 것에 만족했으니, 괜히 방해하는 것도 이상해서 그냥 내버려두려고 했지만…….

"어이, 잠깐. 거기 너희들, 이게 가짜니 뭐니 하면서 트집을 잡았겠다! 날 바보 취급하다니 각오는 되어 있겠지?"

자랑을 늘어놓고 있던 비드라는 사내가 일어나서 이쪽으로 걸어온다.

그건 그렇고 왜 이런 녀석들은 다들 귀가 좋은 걸까?

게다가 쓸데없이 꼭 시비를 걸어온단 말이지…….

그런 생각을 하고 있으려니,

"어라? 저 사람은 카발 씨 아닌가……."

"에렌 씨도 있어!"

"저 사람은 기도 씨잖아!"

그런 소리가 들리기 시작하더니, 순식간에 식당 손님들에게 둘러싸인다.

그 목소리를 듣고 걸음을 멈춘 비드라는 남자의 얼굴이 점점 창백해졌다.

"뭐, 뭐야……. 세 분도 참 짓궂기도 하십니다. 돌아왔으면 돌아왔다고 말씀이나 좀 해주시지!"

두 손을 비비면서 카발에게 다가오더니 연신 고개를 숙이기 시작했다.

"누구냐, 넌?"

"이거 참, 얼마 전에 카발 씨께 잔뜩 혼이 났던 비드입니다요! 왕도에서 시비가 붙어 싸웠다가 카발 씨에게 실컷 지도를 받았던 비드라고요!"

왕도에서 시비가 붙은 적이 있었던 모양이다.

듣자 하니 카발의 짐을 훔치려고 했다는데, 그래서 이번에는 도둑에서 사기꾼으로 전직했단 말인가…….

억척스럽다고 해야 할까, 바보라고 해야 할까.

하지만 그건 그렇다 치고——.

이게 어찌 된 일이람!

카발 일행 3인조는 의외로 유명인이었던 모양이다.

사기꾼인 비드라는 자와는 지인이라고 할 정도의 사이는 아닌 것 같지만, 상대는 세 사람을 존경하는 듯이 보였다. 마을 사람들도 카발 일행을 마치 스타를 보는 듯한 눈으로 보고 있다.

이상한 녀석에게 존경을 받는다 한들 딱히 기쁠 것 같지는 않지만.

그러나 세 사람이 유명한 모험가라는 건 놀라웠다.

최근에 두각을 드러내기 시작한 모험가로서 급속도로 이름이 알려지고 있다고 한다.

응, 그 말은 즉……?

우리 도시에서 자주 마물이 남긴 재료를 가져가곤 했는데, 혹시 설마 그걸로 성적을 올리고 있었던 건…….

내가 의심의 눈길로 세 사람을 보자 당황한 표정으로 눈을 돌렸다.

지금은 굳이 추궁하진 않겠다.

사람에겐 남이 건드리지 않기를 바라는 일도 있을 수 있다.

그러나.

지금은 건드리지 않겠지만, 그건 그거고 이건 이거다.

"자네들, 잘 알고 있겠지?"

"""물론이고말고요!!"""

세 사람의 대답이 동시에 나온 건 말할 것도 없다.

그렇다면 됐다.

이것으로 무슨 일이 생겼을 때도 세 사람에게서는 아낌없는 협조를 받을 수 있겠지.

그리고 비드에게서도.

"너도 남들 앞에서 체면을 유지하고 싶다면, 여차할 때는 다른 사람들을 도와주도록 해. 평소 행실에 따라 사람들이 널 보는 눈이 달라지는 법이니까."

"……예. 명심하겠습니다."

가볍게 주의만 주고 못 본 척해주기로 했다.

카발 일행은 남의 일이 아니다 보니, 그 이상 비드에게 주의를 줄 수 없는 것 같기도 했으니까 말이다.

비드도 반성하고 있는 것 같으니, 그 이상 몰아붙일 필요도 없을 것이다.

그런 일도 있긴 했지만 여행은 순조롭게 계속 되었다.

*

작은 나라인 블루문드의 왕도를 걷는다.

고풍스럽지만 견고한 인상을 주는 건축물.

좋았던 옛 시절——정말로 좋은 시절이었는지는 모르겠지만 어쨌든 낭만을 느끼게 하는 중세 유럽과 같은 거리 풍경이었다.

우리 도시에 일본풍 가옥이 많은 것과 비교하면 정취가 달라서 재미있다.

길을 가는 사람들은 밝은 분위기를 띠고 있다. 어둡고 침울한 분위기는 보이지 않았다.

카발 일행의 이야기에 의하면 마물의 대량 발생이 예상되어 경보가 발령되었다고 들었다. 그러나 그 경보가 해제되면서 사람들이 밝은 분위기를 되찾았다고 한다.

당초에 우려했던 마물의 피해가 나오지 않았으니 그것도 당연한 이야기다.

그래도 변경에 있는 나라답게 길 한가운데에서도 무장한 자들이 눈에 띄었다.

이곳에선 수상한 분위기를 띤 자도 많아서 가면을 쓰고 있는 것 정도로는 눈에 띄지 않는다는 게 아주 마음에 든다.

그야말로 판타지 풍의 세계라 할 수 있다.

그러나 여기서 놀랐던 게 하나 있다.

내 '해석감정'으로 보면 무기랑 방어구의 질이 아주 낮은 게 많았던 것이다.

그들의 실력도 무장에 맞춰서 대단치 않아 보였지만, 그래도 드워프 왕국에서 본 모험가들은 조금은 괜찮은 무장을 하고 있었던 것 같다.

"나리, 그야 당연하죠. 이쪽에는 우수한 대장장이가 적으니까요."

"저희도 무기랑 방어구를 갖추느라 고생했습니다요. 돈을 내면 살 수 있는 것도 아니니까 말입죠."

"저도오, 새로운 지팡이를 갖고 싶은데에 좋은 물건이 좀처럼 보이질 않아요오……."

내 의문에 세 사람이 대답해줬다.

듣고 보니 납득이 간다. 그랬으니 카이진과 가름 형제들 같은 드워프 장인들이 있는 걸 보고 그렇게 크게 놀랄 법도 하다.

내가 보기엔 자연스러워도 카발 일행이 보기엔 기겁할 일이었을 것이다.

그건 그렇고 오랜만에 느끼는 도시의 공기는 내 마음을 들뜨게 만들었다.

노점에서 파는 꼬치구이를 사 먹으면서 걷는다. 이런 노점의 존재 같은 것도 그리운 나머지 되돌아갈 수 없는 일상을 떠올리게 만들어준다.

무슨 고기인지는 모르겠지만 의외로 맛있다.

아니, 감정을 해보면 무슨 고기인지 알 수 있지만 그러지 않는다. 다른 걸 '해석감정'한다.

그건 바로 양념이다.

조금 비겁하긴 하지만 먹어보면 조리법을 알 수 있다.
이걸로 슈나의 레퍼토리가 더욱 늘어날 것이다.

그렇게 거리를 걸으면서 자유조합 블루문드 지부에 도착했다.
돌로 만든 중후한 건물이다.
이 세계에선 보기 드문 5층 건물이었다.
아니, 3층 이상의 건물을 처음 봤다.
드워프 왕국은 산맥 지하의 대공간 안에 있었기 때문에 천장까지의 높이가 정해져 있었던 것이다. 그건 왕궁도 예외가 아니라 고층 건물 그 자체가 존재하지 않았다.
마법으로 작동하는 채광창 같은 게 요소마다 설치되어 있어서 바깥처럼 밝았던 건 놀라웠지만 말이다.
그런고로, 이 세계에는 고층 건물 같은 건 없을 것이라고 멋대로 짐작하고 있었다.

건물 안에 들어가니, 환기가 잘 되어 있어서 온도는 쾌적했다.
나는 기온의 영향은 받지 않지만 '열원감지'로 현재의 온도도 측정할 수 있기 때문에 실외 기온과의 차이를 바로 알 수 있었다.
아무래도 이 건물에는 마법에 의한 온도 조절 기능이 갖춰져 있는 것 같다.
생각했던 것보다 최첨단인 구조를 보니 이 세계의 문명 레벨도 의외로 높은 것 같다.
마법이 있기 때문인지 원래 살았던 세계와는 다른 방향으로 발전하고 있는 것 같다. 마왕이나 마물 같은 존재가 없다면, 어쩌면 더욱 고도의 마법 문명이라 할 만한 발전을 이룩했을지도 모른다.
하지만 반대로 말한다면 그런 개발에 쓰일 에너지가 모두 마물에 대한 대책으로 몰리고 있다는 이야기가 된다. 그만큼의 노력을 필요로 해야 할 정도로 이 세계의 생활환경은 가혹하다는 뜻이다.
마왕과 적대하는 것을 피하기 위해서 풍요로운 토지를 양보하고 있으니 만큼, 어떤 계기가 생긴다면 마물에게 역침공도 할 수 있을 것 같다.
지금은 마물 쪽이 강할지도 모르지만 앞날은 알 수가 없다.
인간의 욕망은 한이 없기 때문에 우리나라의 권리를 지키기 위해서라도 조속한 단계의 대응이 필요해질 것이라 생각한다.
오길 잘했다.
우리가 먼저 적대할 생각은 없지만, 만에 하나라도 적대하게 될 경우 상대의 실정을 아는 것이 중요하기 때문이다.
인간들의 도시를 보는 것, 이 세계의 인간들을 이해하는 것은 앞으로의 방침에 큰 영향을 끼칠 것이다.
많은 것을 관찰하고 공부하자고 생각했다.

자, 멍하니 서 있어봤자 소용이 없다.
세 사람의 안내를 받아 안으로 들어간다.
안의 분위기는 시청의 접수처와 비슷한 공간이었다.
공항 등에 있는 탑승 수속 카운터 같은 창구가 있으며, 매수 접수라고 플레이트에 적혀 있었다. 문자를 읽을 수 있는 건 '대현자'

가 해독해준 덕분이다. 정말 만능인 스킬(능력)이다.

그리고 접수는 크게 세 가지로 나뉘어져 있었다.

조금 전에 말한 매수 접수.

모든 조합원이 이용할 수 있는 일반 접수.

모험가 조합원만 이용할 수 있는 전문 접수.

이렇게 세 종류가 있다.

매수는 말 그대로의 의미로, 채취해 온 물건이나 조합에 납입할 물건 등을 여기서 받아들여 처리하는 것 같았다.

일반 접수는 초보자나 도시에서 생활하는 조합원들이 이용한다고 한다. 조합에 참가하거나 탈퇴하는 절차는 여기서 처리하는 것 같다.

전문 접수는 모험가 인증을 받은 자들만 이용할 수 있다고 한다.

모험가라는 건 채집, 탐색, 토벌의 세 부문의 조합원을 가리킨다.

주로 도시 밖에서 활동을 하는 자가 '모험가'라는 호칭으로 불리고 있다. 즉 모험가가 되려면 싸울 수 있는 능력을 갖추는 것이 최소한의 조건이었다.

예를 들어 마법 길드라는 부문이 있다.

소속된 자는 어떤 것이든 마법을 다룰 수 있는 것이 조건이지만, 그것만으론 일반 접수밖에 이용할 수 없다.

마법을 쓸 줄 아는 것만으론 소용이 없다.

채집, 탐색, 토벌 부문의 어느 곳인가 한 곳에 소속되어 도시 밖에서 생활한 실적이 있어야 비로소 모험가로 인정을 받는 것이다.

카발, 에렌, 기도는 각자 토벌, 채집, 탐색이라는 별도의 부문에 소속되어 있다고 들었다.

그렇게 함으로써 역할을 분담한다고 한다.

그건 그렇고 이 세 사람은 생각했던 것 이상으로 유능한지도 모르겠다.

설명을 들어보면 모험가가 되는 건 생각 이상으로 좁은 문인 것 같다.

그렇다면 모험가로 인정을 받는 것의 장점은 무엇일까?

그게 바로 자유도(自由度)이면서, 자유조합의 이름의 유래이기도 한 제도였다.

자유조합원은 소속 국가가 명확히 정해지지만, 모험가는 그 소속 국가를 자유롭게 변경할 수 있는 것이다. 정착할 도시를 옮기거나 국경을 넘어서 다른 나라로 이동하는 것도 본인이 원한다면 비교적 간단히 허용된다.

당연히 전시 중 같은 경우에는 제한이 걸리지만, 제3국을 경유하면 문제없다.

나라에서 나라로 이동하게 되면 일일이 신분을 증명하는 것이 상당히 귀찮다. 모험가라면 자유조합과 제휴하고 있는 국가에선 신분이 증명되기 때문에 자유롭게 오갈 수 있다.

국가에 속박되지 않은 채 활동할 수 있는 자, 그게 바로 모험가인 것이다.

그건 마물이라는 위협에 대비할 수 있는 전력으로서 모험가가 우대를 받는다는 증거이리라.

그렇다곤 해도 그 실정은 세금을 낼 곳을 자유롭게 선택할 수 있다는 의미일 뿐이다. 게다가 실제로 그렇게 몇 번이나 나라를 변경하는 자는 없다.

자유에는 책임이 따르기 때문에 누구라도 편하게 살 수 있는 나라에 정착하려 할 것이다.

말하자면 그런 식이라는 설명을 들었다.

나도 이후에 잉그라시아 왕국에도 가봐야 하기 때문에 무슨 일이 있어도 신분증 대신으로 모험가 자격을 획득해두고 싶다.

그렇게 말하자, 세 사람은 나를 일반 접수로 안내해줬다.

"등록은 여기서 하면 됩니다."

"리무루 씨라며언, 쉽게 모험가가 될 수 있을 거예요오!"

"아니, 아예 시험을 받을 필요도 없을 것 같지만 말입지요."

세 사람에게 그런 말을 들으면서 줄을 선다.

시간은 저녁을 앞둔 시각.

이제 곧 접수는 사람들로 붐빌 것이라고 한다.

낮에는 한산하지만 저녁때가 되면 돌아온 자들로 인해 북적거린다고 했다.

그러므로 지금 등록을 마치는 게 좋다고 말했다.

"모험가로서 등록을 해주길 희망하오."

"——몇 살이죠? 일반 조합원이라면 모르겠지만 모험가가 되기에는 아직 좀 이르지 않을까요?"

접수처의 누님이 살짝 거절의 뜻을 비쳤지만, 그때 카발이 바로 끼어들어 날 도와준다.

"잠깐, 잠깐, 그리 야박하게 굴지 말라고. 이래 봬도 이 리무루 나리는 보기와는 달리 엄청난 실력자야. 내 체면을 봐서라도, 응?"

이렇게 생긴 외모이다 보니, 그런 말을 듣는 것도 이미 예상해 둔 상태다.

카발 일행과 사전에 협의해서 어떻게든 내 등록을 인정해줄 수 있게 도와주길 부탁해놓은 것이다.

"카발 씨가 보증하는 실력자, 란 말인가요. 하지만 시험에는 위험이 동반되는데……."

"상관없어, 괜찮아."

세 사람이 교대로 설득한 보람이 있어서 접수처 아가씨는 내키지 않는 표정으로 등록 수속을 밟아주었다.

나는 제시받은 용지에 내용을 적어나간다.

이름, 나이, 특기, 출신지, 기타 등등.

알고 있는 것만 적어도 된다고 한다.

이름이랑 특기에 검술이라고만 적었다.

일반 접수는 이걸로 끝이다. 계속해서 어느 부문에 가입할 것인지를 선택한다.

실적만 쌓으면 세 부문 전부에 가입할 수 있다고 하니 고민할 것도 없다.

맨 처음에는 토벌 부문으로 결정했다.

채집이라면 지정된 물건을 숲에서 찾아내 준비할 필요가 있다.

탐색이라면 유적 탐색의 기술을 시도하기 위해서 잉그라시아 왕국에 있는 인공 유적에서 시험을 시도할 필요가 있었다.

이곳에서 벌어지는 시험은 토벌뿐이었던 것이다.

내가 종이에 적고 있는 동안에——.

“카발 씨, 오늘도 멋집니다!”

“에렌 씨, 정말 멋져요. 오늘도 아름답네요!!”

“이 바보들, 기도 씨의 매력을 모르는 녀석들은 이래서…….”

그런 대화들이 들려오는데, 의미를 잘 모르겠다.

왜 카발 일행을 이렇게 사람들이 좋아하는 걸까?

처음 가본 마을에서도 그랬지만 엄청난 인기를 얻고 있다.

그런 생각을 하면서 나는 적는 것을 끝냈다.

“정말 괜찮겠어요? 가장 부담이 적지만 가장 위험이 큰 게 토벌인데요?”

“괜찮다니까요오! 솔직히 말해서 우리 셋이 다 달려들어도 리무루 씨한텐 못 이길 정도니까아!”

“그렇고말굽쇼. 발밑에도 못 미칩지요.”

접수처 누님의 충고에 내가 아니라 에렌과 기도가 대답한다.

그리고 그 말을 듣고 그 자리에 있던 모든 사람들이 놀라면서 날 응시하기 시작했다.

종이에 적고 있는 동안 흘려듣고 있었지만,

“이봐, 저 조그마한 애가 시험을 받을 생각인가 본데?”

“자기 수준을 모르는 건가? 너무 무모하잖아!”

“붙을지 떨어질지 내기해볼래?”

“관둬, 관둬. 내기가 안 돼!”

“그건 그렇고 허리에 차고 있는 검은 특이한 모양을 하고 있군. 본 적이 없는데…….”

“어쩌면 상당한 실력이 있다거나…….”

"그럴지도 모르겠군. 저 세 분이 정중하게 대하는 걸 보면 말이야."

그렇게 각자 뱉고 싶은 대로 말하고 있었다.

한창 그런 분위기 속에서 에렌과 기도가 방금 전과 같은 말을 한 것이다.

"말도 안 돼!! 저 어린애가 카발 씨보다 강하다고?"

"믿어지질 않는군. 하지만 카발 씨 쪽 대응을 보면 정말인 것 같은데……."

처음에는 놀라더니 차츰 그런 대화가 조금씩 들리기 시작했다.

"에잇! 너희들, 좀 조용히 하지 못해? 리무루 나리, 죄송합니다. 예의를 모르는 녀석들뿐이라――."

"아니, 딱히 상관없네. 그보다 빨리 시험을 치르고 싶은데."

카발의 일갈로 그 자리는 조용해졌다.

동시에 절규하고 있던 접수처 누님이 당황하면서 고개를 끄덕였다.

"네에……. 네, 그렇죠. 그러면 시험을 허가하겠습니다. 모험가가 되려면 적어도 D랭크 이상이 되어야 해요. 그러므로 전투에 능한 분이 아닌 분께는 권해드릴 수가 없어요. 토벌 부문은 특히 엄격해서 최소한 D+이상, 가능하다면 C랭크 이상이 추천 대상입니다. 그래도 시험을 치르시겠어요?"

최종 확인을 위한 질문에 나는 고개를 끄덕이는 것으로 대신 대답했다.

도시 바깥으로 나가려면 실력이 필요하다는 말이겠지.

그 비드라는 자조차 D+랭크의 모험가라고 하니, 나라면 간단하게 시험에 붙을 수 있을 것 같다.

이 랭크 말인데, 이것도 카구라자카 유우키가 정한 것이라고 한다.

조합에 등록하면 F랭크부터 시작하며, 전투 경험을 쌓으면 E랭크가 된다. 거기서 또 실력을 인정받으면 D랭크로서 모험가를 자칭할 수 있게 된다고 한다.

그리고 여러 명의 동료와 조를 짜서 의뢰를 받으면 한 단계 위의 랭크에게 주는 의뢰까지 선택할 수 있다고 한다.

그렇군.

안전선을 생각해서 사고가 일어나지 않도록 세세한 규칙을 정해놓은 것 같았다.

"그럼 잘 부탁하겠소"

그렇게 하여 시험을 치르게 되었다.

필기시험만 아니라면 문제없다.

접수처 누님이 자리에서 일어나 안으로 들어갔다. 그리고 한 남자를 데리고 온다.

아마도 시험관이겠지.

"호오―. 자네가 시험을 치르겠다고. 카발 녀석들보다 강하다며? 뭐, 좋아. 따라와라."

왠지 거드름을 피우는 인간이다.

카발 일행을 불쾌하게 노려보는 것 같은데, 무슨 안 좋은 일이라도 있는 걸까?

"이봐, 왠지 자네들을 안 좋은 눈으로 노려보는 것 같은데?"

"아아……. 지기스 씨는 우리가 유명해져서 질투를 하는 겁니다. 그게, 자신은 은퇴한 몸이거든요…….”

그렇게 말하면서 말끝을 흐리는 카발.

그 시선 끝은 지기스라는 시험관의 다리로 향하고 있었다.

의족이다.

은퇴했다는 건 즉 말 그대로의 의미인 것 같다.

“수군대지 말고 빨리 오도록 해.”

우리를 재촉하는 지기스.

나는 그 말을 따라 뒷문을 통해 다른 건물로 이동했다.

*

시험은 체육관과 비슷하게 생긴 건물 안에서 치러진다.

그곳에는 우리뿐만 아니라 할 일이 없어 보이는 조합원도 여러 명이 줄줄이 견학을 하러 왔다.

오락거리가 적다 보니 이런 자그마한 일에도 소란스럽게 반응하는 것이리라.

승격 시험도 여기서 치른다고 한다.

랭크에 따라 의뢰가 엄밀하게 정해지기 때문에 시험 결과가 수입으로 직결된다. 그러므로 시험은 일주일에 한 번 있는 휴일을 제외하고 매일 접수를 받는다고 한다.

그렇기 때문에 길드의 지부마다 시험관이 머무르고 있다.

시험관은 여차할 경우에 예비 전력도 된다. 그러므로 필연적으로 A-랭크 이상의 실력을 지닌 퇴역 모험가가 그 임무를 맡는 게 보통이라고 한다.

지기스도 한쪽 다리를 잃은 탓에 퇴역하게 되면서 시험관 일을 맡게 된 것으로 보인다.

“미리 말해주지. E랭크 시험에 합격한다면 계속해서 D, 그리고 C로, 상위 랭크에 대한 도전권을 얻을 수 있다. 하지만 떨어지면 다음에 시험을 치를 수 있는 건 그 시점에서 랭크를 재취득하는 것과 같은 몫의 점수를 번 이후가 된다. 이해했나?”

지기스로부터 간단한 설명을 들었다.

즉, 합격한 랭크의 바로 앞 랭크에서 다시 시작한다는 뜻이다.

일단은 의뢰를 받을 수 있는 폭이 넓어지긴 하겠지만 절차가 번거롭다.

몇 번이고 끈질기게 시험을 치러봤자 귀찮기만 하니까 실력을 갖춘 뒤에 다시 오라는 뜻인 것 같다.

그 의도는 이해할 수 있기 때문에 흔쾌히 받아들인다.

“문제없소.”

내가 그렇게 대답하자 지기스는 고개를 끄덕였다.

“흥. 카발 녀석들을 상회한다는 실력이 과연 어느 정도인지 지켜보도록 하지. 부디 바닥이 드러나지 않도록 신에게 비는 게 좋을 거다.”

그렇게 말하면서 카발 일행에게 악담을 했다.

뭐, 마물이 남긴 재료를 받아 와서 편법적으로 제출하고 있으니, 그 의심이 잘못된 것이라고는 말하기 어렵다. 오히려 그렇게 화제가 될 정도의 페이스로 점수를 벌기 때문에 쓸데없는 원한을 사는 것이다.

이건 카발 쪽도 잘못이 있다.

지기스는 이어서 지면을 가리키며 말한다.

"시험은 이 마법진 안에서 치른다. 일단은 안전 대책으로 결계가 펼쳐져 있지만 과신은 하지 않는 게 좋을걸? 죽어도 불평하지 않겠다면 안으로 들어오도록 해라. 준비가 됐으면 말하고."

그 말에 따라 지면을 보니 직경 20m 정도의 원이 그려져 있다.

원 안에는 기하학 문양——마법진이 있었다.

안으로 발을 들임과 동시에 반원형의 결계가 발동한다.

견학하는 사람들도 살짝 흥분한 상태로 진행 과정을 지켜보고 있다.

"준비됐소!"

큰 부담 없이 말한다.

"좋아. 그럼 눈앞의 적을 쓰러뜨려라!"

지기스가 그렇게 외치면서 준비되어 있던 마법을 해방시켰다.

그리고 시험이 시작되었다.

지기스의 마법, 그건 〈소환마법〉이었다.

에렌이 해준 설명에 있었던 서머너(소환술사)에 속하는 자인 모양이다.

마물을 불러내서 자기 대신 적과 싸우게 한다고 하던가.

분명 자신의 실력 이상으로 강한 마물을 소환하려면 여러 가지 조건이 필요하다고 하며, 소환술사의 레벨(기량)에 따라 기본적인 마물의 강함이 정해진다고 한다.

그런 지기스가 불러낸 최초의 마물은 본 적이 없는 하위 마물——하운드 독(사냥개)이다.

잘 훈련되어 있다. 하지만 그뿐이다.

개가 소리 내어 짖어대는 것보다——어쩌면 날 보고 겁을 먹는 것보다——먼저, 나는 칼로 개의 목을 베어버렸다.

이걸로 E랭크는 클리어. 낙승이다.

"자, 쓰러뜨렸소. 다음 단계로 가주시오."

조용해지는 주위.

"괴, 굉장해."

그렇게 조용히 중얼거리는 소리가 들려왔다.

지기스는 달갑지 않은 표정이다.

"호, 호오—. 뭐, 이 정도는 되어야지. 하지만 방심하다간 아픈 꼴을 겪게 될 거야. 다음 단계에 도전하겠단 말이지?"

"그렇소. 하는 김에 A랭크까지는 올라가고 싶소."

"A라고? 너, 인생을 아주 만만하게 보고 있구나. 카발 정도를 이겼다고 해서 함부로 까불지 마라. 다음 단계를 시작하겠다!"

왠지 분노의 칼끝이 내 쪽으로 향하는 것 같다. 정직한 성격의 나답게 솔직한 마음을 말했을 뿐인데…….

뭐, 좋다.

귀찮으니 바로 해치우기로 하자.

지기스는 내 말에 화를 내면서도 다음 상대를 소환했다.

완전무장한 검은 피부의 고블린 비슷하게 생긴 존재——다크 고블린이다.

"이, 이봐……. 저건 지기스 씨의 메인 서번트(주력 사역마) 아냐?"

"완전무장했는데, 저거?! 저걸 이기는 건 C랭크라도 어렵다고 들었는데……."

그렇게 속삭이는 소리가 들림과 동시에.

"시작!!"

지기스가 그 속삭이는 소리를 지워버릴 정도의 큰 소리로 외치며 시험이 시작됐음을 알렸다.

C랭크라도 이기기 어렵다는 말이 들렸는데, 이거 분명 D랭크 시험이었지?

뭐, 상관없나.

어차피 내 적은 아니니까.

"자, 끝. 다음 단계로 갑시다."

다크 고블린을 단칼에 베어버리고는, 나는 다음 시험을 재촉했다.

지기스는 부들부들 떨고 있다.

"호호오——, 제법이잖아. 좋아, 다음 단계다."

주위는 조용해지면서 나 이상으로 긴장에 휩싸인다.

"집단전을 경험해야 할 텐데, 받아들이겠지?"

그렇게 말하면서 불러낸 것은 자이언트 배트(흡혈박쥐) 세 마리였다.

그리운걸. 이 녀석들이 내게 공격을 했던 것이 먼 옛날의 일인 것처럼 느껴진다.

"됐으니 시작해주시오."

주위 사람들이 뭐라고 말하려고 했지만, 지기스의 시작 신호에 묻혀 사라진다.

하지만 내겐 관계없는 이야기다.

재빠르게 자이언트 배트를 쓱쓱 베어버린다.

지각 천배를 동원할 것도 없이 움직임이 다 보일 정도였으니 낙승이다.

주위 사람들은 이젠 아무 소리도 내지 못하고 내 싸움을 정신없이 보고 있었다. 그렇다고 해도 아마 눈으로는 내 움직임을 쫓지 못했을 것이다.

일단 자이언트 배트가 접근한 순간에 칼질 한 번으로 쓰러뜨렸으니까.

"이걸로 C랭크도 클리어했나. 다음 단계를 부탁하오."

내 말에 제정신을 차리는 지기스.

"내 눈으로도 제대로 보이지 않았단 말인가?!"

지기스는 이때 비로소 초조한 빛을 보였다.

"크, 큭큭큭. 과연 대단하군. 카발을 이겼다는 그 실력, 이젠 의심할 여지가 없군. 좋다. B랭크로 가는 시련을 어디 직접 겪어보도록 해라!"

어느새 시험이 아니라 시련이 되어 있다.

지기스는 핏발이 선 눈으로 그렇게 말하더니, 지금까지와는 다른 마력을 동원하면서 주문을 읊기 시작했다.

주위에서 견학하던 자들은 소리도 내지 못하고 상황을 지켜보고 있었다.

그중의 한 사람이 "나, 난…… 길드 마스터(지부장)를 불러올게!" 라고 소리치면서 서둘러서 방을 나갔지만.

그 사실에 누구 하나 관심을 보이지 않는 사이에 지기스의 소환이 완료된다.

나타난 것은 사악한 마물.

꿈틀거리는 네 개의 팔을 가진 악마──레서 데몬(하위 악마)이었다.

악마종은 처음 봤다. 잡아먹어서 그 능력을 뺏어보고 싶다는 유혹에 살짝 사로잡힌다.

아니, 그 전에 방금 그것이 〈악마소환〉인가.

무슨 일이 있어도 습득을 하고 싶은데──.

《알림. 소환마법 : 악마소환을 습득…… 성공했습니다.》

어머나, 이를 어째.

의외로 간단하게 〈악마소환〉을 획득해버린 것 같다.

그건 그렇고 아츠(기술)의 습득에는 상당한 노력이 필요한데, 마법은 어찌 이리 가볍게 얻을 수 있는지. 눈앞에서 봤으니까 습득할 수 있었다고 쳐도 그다지 실감이 나지 않는다.

내 입장에서 보면 획득이긴 하지만──.

그러나 지금은 그런 생각을 할 때가 아니다.

"그 마물은 레서 데몬! 단순한 물리 공격을 무효화시키는 괴물이다. 자, 어떡하겠나? 포기하겠다면 빨리 말해라."

내가 속으로 마법 습득이 너무 간단한 것을 어이없어 하고 있으려니, 지기스가 흥분한 말투로 소리쳤다.

완전히 목적이 바뀐 것 같다. 카발 쪽에 대한 원한을 날 가지고 풀려는 것으로 보인다. 이건 틀림없이 B랭크의 시험에서 꺼낼 만한 마물은 아닌 것 같다.

지금 누군지는 모르지만 길드 마스터를 부르러 갔다.

아마 휴즈를 말하는 것일 테니 무리해서 이 녀석을 쓰러뜨리지 않아도 재시험을 받을 수는 있을 것 같은데…….

뭐 이길 수 있을 것 같으니 상관은 없지만 말이다.

──그런 분위기 속에서.

"……이봐, 저건 팀으로 도전해야 하는 상대 아냐?"

"그러게 말이지……. 나도 아까부터 그렇지 않나 하고 생각하고 있었어."

"우와, 저걸 혼자서 쓰러뜨리라는 건 무모하잖아. B+랭크라도 혼자선 힘들 텐데?"

그렇게 말하는 목소리가 들려오기 시작했다.

역시 주위에서 견학하는 사람들에게도 이 상황이 이상하다는 게 전해진 모양이다.

그리고 카발 일행 세 명도.

"지기스 씨, 이건 좀 심한 거 아닙니까? 자랑은 아니지만 레서 데몬이 상대라면 우리 세 명이 동시에 달려들어도 겨우 쓰러뜨릴까 말까한 정도라고요."

"그래요오! 애초에 악마계 마물은 통상 무기로는 대미지를 줄 수 없으니까요오!!"

"그렇습니다요. 뭐, 제 입으로 말하긴 그렇지만 저는 전혀 도움이 못 됩니다요. 잘 해야 공격을 방해해서 앞에 선 사람의 회복 시간을 벌어주는 것 정도밖에 할 수 있는 게 없으니까 말입죠!"

그렇게 각각 항의를 하기 시작했다.

하지만 지기스는 그 말을 들으려하지 않았다.

"흥! 시험을 받고 있는 건 저기 있는 가면을 쓴 여자애가 아닌가? 조금 위험하다고 해서 바로 겁을 먹는다면 애초에 모험가는 어울리지도 않아! 어쩔 텐가? 시험을 중지할까?"

지기스는 그렇게 강경하게 발언을 하지만, 잘 보니 상태가 이상하다. 진땀을 흘리면서 필사적으로 기력을 쥐어짜내고 있는 걸로 보인다.

레서 데몬을 바라보니 지금이라도 제어를 뿌리치고 움직일 것 같아 보이는 것이, 아무래도 지기스의 지배력이 떨어진 상태인 것 같다.

생각해보면 그게 당연한 건가.

아까부터 연속으로 지기스는 마법을 구사하고 있다. 슬슬 정신력이 떨어져서 집중이 흐트러지기 시작했을 것이다.

그렇다면 빨리 편하게 해주자.

"문제는 있지만 어떻게든 되겠지. 시작해주게."

내 말에 눈을 부라리는 지기스. 뭔가 말하려고 했지만 직전에 멈추기로 한 모양이다.

지기스는 각오를 굳혔는지 레서 데몬에게 새로운 마력을 주입한다.

그리고 한껏 허풍스러운 말투로 입을 열었다.

"잘 말했다! 그럼 마지막 시련을 멋지게 클리어해봐라!!"

응? 마지막 시련?

내가 의문스럽게 생각함과 동시에 레서 데몬이 해방됐다.

B랭크의 시험이 시작된 것이다.

그건 그렇고 어떻게 할까.

스킬(능력)이나 마법은 그다지 보여주고 싶지 않은데.

내가 고민을 하고 있으려니, 레서 데몬이 눈을 붉게 빛내면서 주문을 읊기 시작했다.

네 개의 파이어 볼(화염대마구)이 나를 향해 날아온다.

역시 악마다. 마법에 관해선 대단한 실력을 갖고 있다.

그래봤자 '글러트니'로 먹어버리면 끝이지만, 견학하는 사람들이 있는 앞에선 쓰고 싶지 않다.

그러므로 나는 파이어 볼을 전부 회피했다.

뒤에서 결계에 부딪힌 파이어 볼이 화려한 폭염을 일으킨다.

내게는 '염열무효'가 있으므로 이 불꽃도 큰 위협은 되지 않는다. 오히려 반대로 전혀 상처가 없는 것도 부자연스럽다. 그러므로 당황한 듯한 연기를 하면서 그럴듯한 주문을 읊어 보인다.

"아이시클 랜스(수빙대마창)!!"

내가 쏜 빙결마법이 불꽃의 일부를 중화시키면서 안전지대를 만들어냈다.

주위의 비명 소리가 감탄하는 소리로 변하지만, 나는 신경 쓰지 않고 칼을 잡고 자세를 취한다.

일섬.

악마에게 물리 공격은 효과가 별로 없다는 건 정말인 모양이다. 벤 후에 손에 느껴지는 감각에 위화감이 있었다.

《알림. 정신 생명체에게 물리 공격은 효과가 없습니다.》

이 감각을 기억해두자. 이게 대미지가 통하지 않았을 때의 감각이다.

쉽게 말해서 이 레서 데몬은 완전한 '마체(魔體)'다.

나랑 소우에이의 '분신체'와 마찬가지로 마력요소가 모여서 만들어진 신체인 것이다.

소환한 자가 옆에 있는 덕분에 어중간한 물리적 대미지는 즉시 재생될 것이다. 애초에 상처라고 할 수도 없으니 참으로 번거롭다.

이런 정신 생명체는 물질적인 육체를 얻게 되면 지성을 갖춘 데몬(악마족)이 된다고 한다. 그렇게 되면 약간은 물리 공격도 통할 것 같지만…… 지금은 관계없는 이야기다.

레서 데몬은 내가 마법을 회피한 것에 화가 났는지 네 개의 팔로 공격해 왔다.

강철 같은 단단한 팔을 마치 날 쳐낼 것처럼 연거푸 휘두른다. 그럭저럭 빠르긴 하지만 내 눈에는 너무나 느리게 보였다.

먹어버릴 수 있다면 쉽게 끝날 텐데.

자, 어떻게 한다?

아이시클 랜스로도 대미지는 줄 수 있을 것 같지만 결정적이지는 않을 것 같다. 악마는 대(對)마법내성도 높다고 하니까…….

어, 잠깐?

분명 마법은 이미지를 구체화시킨 것이라 했다.

'열을 뺏는다'는 이미지로 아이시클 랜스를 만든다면 '사물을 불태운다'는 이미지로 파이어 볼을 만드는 것이다.

그에 비해 아츠(기술)에 해당하는 '기조법(氣操法)'은 자신의 오라(요기)――즉, 투기――를 직접 공격력으로 변환하는 기법이다. 이거라면 정신 생명체에게도 통할 것이다.

나도 마력탄을 습득했으니 오라를 조절하는 건 자신 있다. 그래도 이대로 오라를 사용하면 내가 마물이라는 걸 들키고 말 것이다.

그렇다면——.

하나 시험해보기로 하자.

신중하게 오라를 짜내서 마법력으로 환원시켰다. 마법을 발동할 때에 사용하는 에너지(마력요소)와 합쳐서 일체화시키는 것이다.

체내의 에너지양이 약한 인간이라면 이 단계에서 대기로부터 마력요소를 모을 필요가 있다.

그러나 마물인 나는 그런 번거로운 짓을 할 필요가 없다. 빠른 속도로 체내의 에너지를 이용할 수 있는 것이다.

그렇게 완성한 마법력 그 자체를, 칼을 감싸듯이 두르기 시작한다. 그때 내가 이미지로 떠올린 것은 '강화, 절단, 파괴'다. 그리고 칼이 희미한 빛으로 덮였을 때, 직감적으로 완성되었음을 이해할 수 있었다.

《알림. 엑스트라 스킬 '마법투기'를 획득했습니다.》

그건 내가 의도했던 것 이상의 결과였다.

엑스트라 스킬 '마법투기'——오라에 간단한 마법 효과를 싣는 스킬(능력).

그건 말하자면 마법과 아츠의 융합이다.

이제 남은 건 베는 것뿐.

칼에 닿은 순간, 레서 데몬은 두 조각으로 갈라지면서 먼지가 되어 사라졌다.

"자, 이제 끝. 이걸로 B랭크도 합격이겠지?"

내 말에 견학하는 사람들은 제정신을 차린다.

그리고 다음 순간――.

"굉장해―――!! 너, 정말 말도 안 되게 멋졌어!"

"이봐, 이봐, 이봐, 이봐, 너무 강하잖아!!"

"이게 정말이야?! 혼자서 레서 데몬을 쓰러뜨리다니……."

"잠깐만 가면을 벗고 얼굴을 보여줘!"

"얼굴 따윈 상관없잖아?! 그런 녀석은 무시하고 우리 파티에 들어와 달라고!!"

그렇게 일제히 성대한 환호성을 지르면서 내게 가입 권유를 시작했다.

*

큰 소동이 벌어졌지만, 그건 한 명의 인물이 등장하면서 조용해졌다.

휴즈였다.

"조용히 해라, 이놈들아!!"

큰 목소리로 일갈하자 시끄럽게 굴고 있던 조합원들이 얌전해졌다.

그 모습을 흘겨보면서 내게 걸어오는 휴즈.

"리무루 님, 무사――하시겠죠? 당신께 무슨 일이라도 생긴다면 큰일이 날 뻔했습니다."

그렇게 말하면서 안도하는 표정을 한순간 보이긴 했지만, 즉시 그 표정을 거두면서 카발 일행 쪽을 바라봤다.

"네 이놈들…… 리무루 님을 안내할 때는 딴 데로 새지 말고 내가 있는 곳까지 바로 모시고 오라고 입에 군내가 나도록 이야기했을 텐데? 왜 이런 곳에서 이런 짓을 벌이고 있는 거냐? 응?"

휴즈는 이마에 핏대를 띄우면서 카발 일행을 노려본다. 그야말로 악귀의 면상. 엄청난 박력이었다.

카발 일행은 차렷 자세로 꼼짝 못한 채로 "아, 아뇨." "그게 말입지요……." "전 말렸다고요오."라고 각자 변명을 하려 하고 있었다.

하지만 휴즈는 그걸 용납하지 않는다.

"입 닥쳐, 이 멍청이들!! 오늘부터 네 놈들의 호칭은 '세 바보'면 충분하겠다!!"

세 명의 입을 다물게 하면서 그렇게 꾸짖은 것이다.

"그, 그건 좀……."

"너무해요오, 저희는 리무루 씨가 모험가가 되고 싶다고 해서……."

"……그거 말고 다른 호칭은 안 될깝쇼?"

세 명의 애원은 무시당했다.

"바보 놈들!! 리무루 님이라면 시험을 치르지 않아도 길드 마스터 권한으로 B랭크까지 올려드릴 수 있단 말이다!!"

세 사람을 호되게 꾸중하는 휴즈.

이 순간, 내가 휴즈의 손님이면서 상당한 실력자라는 것이 알려졌다.

그리고 그 자리는 해산과 동시에 끝을 맺었다.

장소를 이동하여 휴즈의 집무실에서.

무릎을 꿇고 앉아 있는 세 바보 옆에서 휴즈가 머리를 싸쥐고 있었다.

그 옆에는 지기스가 서 있으며, 상당히 어색한 표정을 짓고 있다.

"이런, 이런, 너무 눈에 띄었습니다, 그러. 레서 데몬을 칼로 쓰러뜨릴 수 있는 사람은 그리 많지 않으니까 말이죠. 그건 혹시 마법검입니까? 인챈트(마법 부여)나 아츠(기술) : 오라 소드(투기검)론 그 정도까지 위력이 나오질 않으니, 순식간에 소문이 퍼지겠군요……."

"——실수를 한 건가. 아니, 보고 있었다면 말리지 그랬나……."

"나 원, 말릴 시간도 없었단 말입니다. 뭐, 이제 와서 따져봤자 어쩌겠습니까. 마법 그 자체를 검에 두르는 아츠는 상위 기술입니다만, 홀리 나이트(성기사)라면 다룰 수 있다고 들은 적이 있습니다. 자유조합 본부에 소속된 A급 모험가 중에도 그런 독자적인 기술을 가진 자가 있다고 하니, 유일무이한 절대적인 기술이라 할 것도 아니겠죠. 하지만 악마를 상대로 쓸 수 있는 비장의 기술 같은 거니까, 그걸 쓸 줄 아는 사람이라는 게 밝혀지면 파티 가입 권유가 엄청나게 쇄도할 겁니다. 앞으로 사용하실 때는 조심하시는 게 좋을 것 같군요."

한숨 섞인 목소리로 휴즈가 그렇게 충고해줬다.

이게 다 저 세 사람이 당부한 걸 지키지 못한 탓이라고, 휴즈의 시선이 대신 웅변하듯 말해주고 있다.

그나마 다행인 점은 "밑에서 보고 있던 녀석들은 C랭크 이하의 잔챙이들이니 아마 알아차리진 못했겠지만 말입니다……."라고 말하는 휴즈의 말이라 할 수 있겠다.

마법검――내 경우에는 '마법투기'――은 남들의 눈이 있는 장소에선 가능한 한 쓰지 않는 게 제일 좋을 것 같다.

초기 단계에서 깨닫기를 잘했다.

"고맙네. 앞으로는 주의하지."

나는 솔직하게 감사를 표했다.

그건 그렇고 한 번만 더 시험을 치르면 A랭크였는데 아쉽다.

휴즈의 권한만으로도 B랭크 모험가로서 증명을 받을 수 있다고 하니, 기왕이면 A랭크까지는 올라가보고 싶었다.

특A급이니 S급이니 하는 것도 있다고 하지만, 적어도 A랭크부터 대우가 크게 달라진다고 들었다.

"그건 그렇고 조금만 더 했으면 A랭크가 될 수 있었을 텐데 말이지……."

"아아, 그건 무리입니다."

내 중얼거림에 반응을 보인 사람은 시험관인 지기스였다.

"아니, 리무루 님. 당신의 실력이 부족하다는 의미가 아니라, 조합 지부에서 증명서를 발급해줄 수 있는 건 B랭크까지로 정해져 있습니다."

그렇게 서둘러서 설명해줬다.

E에서 D나 D에서 C, 그리고 C에서 B까지라면 평가를 무시하고 승급 시험을 받을 수 있다. 그 대신 불합격이 되면 다시 점수를 모아야 할 필요가 있다는 건 방금 전에도 설명을 들은 바 있다.

하지만 A랭크에 도전하기에는 지속적인 활동이 필수라고 한다. 게다가 시험은 자유조합의 본부가 있는 잉그라시아 왕국에서만 치를 수 있다고 한다.

B랭크까지라면 A-랭크의 자가 채점하여 허가를 내릴 수 있지만, A랭크로 인정받기 위해서는 A랭크 이상의 자가 참관하는 시험이 필요하다고 한다.

생각해보면 당연한 이야기였다.

"우선은 일거리를 받아서 B+의 평가를 받아야 도전권을 얻을 수 있습니다."

그렇게 말하는 지기스의 말에 따라 우선은 점수를 벌기로 하자.

"——그건 그렇고 리무루 님의 실력은 훌륭하다고 말할 수밖에 없었습니다. 카발 일행이 소개하는 바람에 평범한 사기꾼으로 치부했습니다만…… 이거 참, 제가 미처 알아보지 못했습니다."

지기스가 그렇게 말하면서 머리를 숙인다.

"저기, 지기스 씨, 그건 좀 너무하시네요."

"우리가 그렇게 신용이 없나요오……."

"서글픕니다요."

그렇게 탄식하는 세 사람을 무시하고 나와 지기스는 화해를 했다.

세 사람은 부디 앞으로의 활동을 통해 오명을 씻어주길 바랄 뿐이다.

그리고 그날 밤.

카발 일행 세 명에 휴즈, 그리고 지기스를 더한 여섯 명이서 앞으로의 예정에 대해 이야기를 나눴다.

내 목적은 당연히 동향인 것으로 보이는 카구라자카 유우키를 면회하는 것이다.

카발 일행을 통해서 요청했던 소개장은 이미 휴즈가 준비해놓았다.

감사히 받아서 잃어버리지 않도록 '위장'에 넣는다. 이제 신분증을 발행받기만 하면 준비는 끝난다.

"신분증은 내일 아침이면 나올 겁니다. 접수처 아가씨에게도 내가 아는 사람이라고 전해놓았으니 우선적으로 처리해주겠지요."

"그러지 않아도 나리가 싸우는 모습을 본 것 같던데요. 이미 완전히 팬이 된 모양이더라고요?"

"그럴 만도 하지이. 그런 모습을 보면 팬이 되는 게 당연해애."

"솔직히 말해서 멋있었습니다요."

"시험관으로선 안타까운 심정이었지만 싸우는 모습은 정말 훌륭했습니다."

그런 감상을 들으니 쑥스럽잖아.

"그래서 그랬던 거야. 사실은 내 권한으로 신분증을 발행해서 리무루 님의 실력을 비밀로 숨겨두고 싶었단 말이네. 어떻게 하든 눈에 띄잖나?"

휴즈는 여러모로 신경을 써주고 있었던 모양이다.

"그에 대해선 정말 죄송하게 생각합니다."

"""죄송합니다!"""

카발의 사과에 이어서 에렌과 기도도 머리를 숙인다. 이 일에 대해선 나도 배려가 부족했다. 오랜만에 보는 도시에 그만 들뜨는 바람에 생각이 약간 부족했던 것 같다.

"나도 앞으로 자중할 테니 휴즈도 그 정도로 하고 이자들을 용서해주게."

나도 그렇게 중재에 나서면서 이번 건은 그럭저럭 수습이 되었다.

그리고 내일 안에 준비를 끝내고 서둘러 출발할 예정이었지만…… 휴즈가 그 예정에 제지를 걸고 나섰다.

"실은 블루문드 왕이 극비 회담을 희망하고 계십니다."

그렇게 알려줬던 것이다.

내가 도착할 것이라는 소식은 이미 블루문드 왕에게 전해져 있는 상태라고 하며, 사흘 후에 회담을 갖고 싶다고 한다.

나는 흔쾌히 승낙했다.

그에 앞서 휴즈의 지인인 귀족과 은밀하게 만날 예정이 잡혔다.

앞으로 국가 간의 교류 방법에 관해 실무적으로 협의를 하고 싶다고 한다. 왕과의 회담은 그 내용을 기초로 하여 서로 확인하는 형태가 될 것 같다고 들었다.

사전에 검토도 하지 않고 국가의 중진과 면담하는 건 불가능하다고 한다.

내용이 정해져 있지 않으면, 만나봤자 시간 낭비가 되기 때문이다.

정상끼리의 협의에 의해 빠르게 해결되는 경우도 있겠지만, 그런 경우는 드물다고 한다.

이번에는 절박한 문제는 아니므로 커다란 분야에 대해서만 초안을 미리 맞춰두고 싶다고 전했다.

나도 이론은 없다.

왕과 만나는 건 사흘 후니까 어차피 시간은 비어 있다. 게다가 나로서도 무슨 말을 들을지 몰라 가슴이 두근거릴 것 같으니, 사전에 알려주는 것이 도움이 될 듯했다.

이렇게 내일과 사흘 후의 예정이 정해졌다.

이야기는 밤늦게까지 계속되었으며, 그날은 조합 지부의 객실에서 신세를 지기로 했다.

한 가지 더.

오랜만에 인간의 도시에서 지내는 밤인 데다 군자금도 풍부했지만, 아쉽게도 새로운 프론티어(꿈의 세계)의 개척에 나서지 못했다는 걸 추가로 적어두겠다.

*

휴즈가 아는 사람이라는 귀족.

그 이름은 베르야드.

작위는 남작이라고 한다.

나름대로 훌륭한 건물들이 서 있는 구획에 있는 차분한 느낌의 건물, 그게 베르야드 남작의 저택이었다.

하위 귀족인 베르야드 남작은 영지를 가지고 있지 않기 때문에, 이 저택이나 성에서 항상 일하고 있다고 한다.

"그 녀석은 한마디로 말하자면 일에 미친 인간입니다."

방금 그 말은 비밀로 해주십시오, 라고 말하면서 휴즈가 그렇게 가르쳐주었다.

나도 별다른 말을 할 생각은 없다.

어느 쪽이든 간에 휴즈의 말로는 길드 마스터(조합 지부장)와 귀족이 뒤에서 연결되어 있다는 게 알려지면 입장이 난처해지기 때문에 이 건에 관해선 일절 밖으로 드러낼 수 없는 것이다.

휴즈의 안내를 받으며 저택 안으로 들어간다.

보기 좋게 잘 가꿔진 정원을 통과해 현관으로 들어서니, 'The 집사'라고 할 수밖에 없게 생긴 노인이 우리를 맞아주었다.

양쪽에는 메이드가 나란히 서서 머리를 숙이고 있다. 하위 귀족이라고 들었는데 생각보다 딱딱하게 구는 상대이지 않을까 하는 생각에 불안해졌다.

그러고 보니 예전에 살던 세계에서 메이드 카페에 가봤던 일이 생각났다.

눈앞에는 진짜 메이드가 있다. 감개무량하다.

역시 이세계. 풍기는 기품, 우아한 몸놀림, 진짜는 격이 달랐다.

그녀들을 보고 있으니, 내 불안도 사라지는 것이 참으로 신기했다.

침착함을 되찾은 나는 집사의 안내에 따라 복도를 걸었다.

안쪽에 위치한 방으로 안내를 받으면서 한층 더 웅장한 분위기의 문 앞에 멈춰 섰다.

잠깐 동안의 긴장되는 시간.

집사의 노크에 "들어오게."라는 대답이 들려왔다.

솔직히 말해서 상당히 번거로웠지만, 드워프 왕국에서의 궁정 예절도 넘어선 내게 빈틈은 존재하지 않는다.

높임말이나 예법은 아직 잘 모르지만, 그건 기합으로 어떻게든 되는 법이다.

안으로 들어가자, 째진 눈매의 이성적이면서 차분한 태도, 큰 키에 가는 몸매를 가진, 딱 봐도 일에 중독된 인간 같은 풍모를 가진 남자가 나를 맞아주었다.

그야말로 휴즈가 말했던 대로의 인상이었다.

"잘 오셨습니다. 저는 블루문드의 대신 중의 한 명인 베르야드라고 합니다. 앞으로도 기억해주셨으면 감사하겠습니다."

내가 인사하기 전에 상대가 먼저 인사를 했다.

나도 서둘러서 답례를 한다.

"처음 뵙겠습니다, 리무루 템페스트라고 합니다. 본성은 이미 알고 계시다시피 마물인 슬라임입니다. 예법은 잘 모르니 만약 실례를 하더라도 용서하십시오."

그런 뒤에 서로 악수를 나눈다.

이런 점은 전에 살던 세계와 풍습이 비슷한 모양이다.

"안심하셔도 됩니다. 저도 남작이긴 해도 영지조차 가지고 있지 않은 말단 귀족이니까요. 그렇게 부담스럽게 생각하지 마시고 평소에 하시듯이 대해주셔도 됩니다."

베르야드 남작은 내 안의 불안을 눈치챈 것인지, 그런 말을 해주었다. 그리고 나를 자리까지 안내하고 앉도록 권했다.

전혀 빈틈이 느껴지지 않는지라, 이 사람은 상당히 버거운 교섭 상대가 될 것 같다.

"자, 그럼 시간도 부족하니 이야기를 시작해볼까요."

메이드가 홍차를 가져왔다.

그걸 한 모금 마신 후에 베르야드 남작이 먼저 이야기를 꺼낸다.

휴즈도 입회인 자격으로 자세를 단정히 했다. 그걸 보면서 나도 정신을 바짝 차리고 이야기를 들을 자세를 취한다.

이렇게 교섭이 시작되었다.

*

베르야드 남작과의 교섭은 밤까지 계속되었다.

요점은 두 가지.

하나, 템페스트(마국연방)와 블루문드 왕국의 상호 안전보장.

둘, 템페스트 안에서의 상호 통행 허가.

우선은 안전보장에 관해서.

블루문드 왕국은 약소국이라 국력이 약하기 때문에 마물에 대한 대비조차 충분하다고 말하기는 힘든 모양이다. 자유조합의 협조 덕분에 그럭저럭 대응하고 있지만, 국가의 힘만으로는 대책이 완전하지 않다고 한다.

그러던 중에 자신들의 위치를 모색한 결과, 마물 대책은 자유조합에 대한 지원을 증강하는 것으로 조달하고, 자신들은 정보를 모으는 것에 전념하는 지금의 형태가 되었다고 들었다.

위기를 한발 먼저 감지하여 대책을 생각한다. 그렇게 해서 재앙이 일어나는 것을 미연에 방지해왔다고 한다.

다행히도 현재까지 큰 피해는 나오지 않았다고 하지만, 자신들을 지켜줄 방파제는 아무리 있어도 모자라지 않는다고 생각하여 우리와 협력 관계를 맺고 싶다고 말했다.

이건 말 그대로의 의미로, 서로의 국가에 위기가 닥쳤을 경우에 가능한 한 협력한다는 약속이다.

당연히 이것에는 숲에서 활동하는 모험가에 대한 지원도 포함된다. 특별한 일을 할 필요는 없지만, 우리가 사는 도시에서 보급을 용인해주길 바란다는 말을 들었다.

자유조합 모험가에 대한 지원은 어제 휴즈에게서도 부탁받은 내용이었다.

숲에서 활동하는 자들에게 잠자리와 물자를 제공하면 그 활동 범위가 넓어진다. 그렇게 되면 필연적으로 도시에 대한 위협이 줄어들 것이라 생각한다.

그건 즉, 우리가 신용을 받고 있다는 뜻으로 받아들일 수 있다. 그러므로 나는 기쁘게 승낙했지만…….

"당연하지만 대가는 그들도 지불할 것입니다. 가격에 관해선 우리나라의 여관 가격을 참고로 해서──."

"잠깐 잠깐, 베르야드. 리무루 님의 도시에 있는 여관은 이 도시의 최고급 여관에도 밀리지 않을 정도로 쾌적하네. 이 도시의 평균적인 여관과 비교한다면 높은 가격을 받아도 불평은 할 수 없을 걸세."

"그런가? 하지만──."

"솔직히 말해서 휴양지라고 불러도 납득할 수 있는 레벨이었네."

"그렇다면 그건 나중에 다시 생각해보기로 하고 무기랑 방어구의 정비를——.”

“잠깐 잠깐, 그곳에 있는 대장간이랑 공방에는 카이진 씨랑 가름 씨까지 계시네. 드워프 중에서도 일류인 그들에게 그런 잡스런 일을 맡길 수 있겠나!”

“뭐라고?! 그렇다면 판매하고 있는 물건은 없는가? 정 뭣하면 그걸——.”

“그건 무리겠군. 그곳에선 확실히 다른 곳에선 보지 못한 무기랑 방어구가 진열되어 있었지. 하지만 이게 또 잉그라시아 왕국의 일류 대장간에도 없는 고성능의 물건들이었다네. 파는 물건인지 아닌지 겁이 나서 결국은 물어보지 못했지만, 적어도 B랭크 이하의 모험가들은 손도 대지 못할 것들이었네. 웃기지 않은가?”

휴즈는 그렇게 말하면서 베르야드 남작의 제안을 일일이 정정했다.

그렇군, 듣고 보니 농촌 구역의 여관은 질이 낮았다. 이 도시의 조합 지부는 그런대로 괜찮았지만, 화장실이나 욕실 같은 세부적인 쾌적함을 따지자면 우리 도시 쪽의 압승이다.

그리고 무기랑 방어구에 대해서도 말하자면, 그건 파는 물건이 아니라 시험 제작품이다.

지금은 재료를 정기적으로 확보할 수 있게 되었다.

동굴에선 가비루가.

대삼림에서는 고부타가 이끄는 부대가.

마물을 쓰러뜨리고 이용할 수 있는 부위를 운반해 오고 있다.

그중에는 랭크가 높은 마물이 남긴 재료도 포함되어 있어서, 진귀한 무기와 방어구도 제작이 가능하다.

그런 무기와 방어구는 품질도 높아서 사고 싶어 하는 사람들도 많겠지만, 팔려고 내놓을 순 없다. 우선은 우리 자신들의 전력을 정비하는 것이 먼저이기 때문이다.

정비도 하고는 있지만, 같은 이유로 우리 것들을 우선하는 게 이치에 맞는다고 할 수 있다.

그렇다면…….

"알았소. 간이 숙소로 이용할 수 있는 연립형 건물도 따로 준비하지. 그리고 우리 장인들에게 제자를 들이게 해서 그들을 단련시키기로 하겠소. 한두 달 정도 지나면 무기랑 방어구의 정비 정도는 할 수 있을 거요."

그렇게 내가 부족한 부분을 제안했다.

숙소용 건물은 요움 일행에게 대여해주고 있던 걸 증설하면 된다. 그러나 문제는 새로운 장인의 육성이라 할 수 있겠다.

현재는 쿠로베가 모두의 무기를 혼자서 맡고 있는 상황이다. 카이진이 가끔씩 신작을 만들면, 그중에서 평가가 높은 것을 유니크 스킬 '연구자'로 복제하는 것이다.

그러나 쿠로베는 '대현자'를 동원한 시간 단축이 불가능하기 때문에 나름대로 시간이 걸린다. 그래도 손으로 만드는 것보다는 빠르지만…….

어차피 혼자서 아무리 노력한다 해도 어쩔 수가 없다. 그러므로 실은 이미 장인을 지망하는 젊은이들을 제자로 들여서 채용하고 있는 상태였다.

그들이 성장하는 건 금방일 테니 곧 새로운 장인이 태어날지 모른다.

그렇게 예상하고 한 제안이었다.

내 제안은 환영을 받았다. 세부 사항은 리그루도와도 상담을 해보고 나중에 결정하기로 했다.

그리고 통행 허가.

이 문제에 관해서는 좀 복잡하다.

내가 휴즈에게 협조해줄 것을 의뢰했을 때, 자유조합 소속의 상인에 대한 관세를 면제해주기로 약속했었다. 이 조건을 유지하려면 블루문드 왕국에 소속된 상인으로부터는 관세를 거둘 필요가 있다.

이게 문제가 됐던 것이다.

공평성이 사라진다는 것도 문제지만, 그렇다고 해서 약속을 철회하는 건 불가능한 이야기다. 적어도 몇 년간은.

그럼 블루문드 왕국의 상인도 관세를 거두지 않으면 되는 거 아니냐고? 그건 내가 절대 인정할 수 없다.

아무런 대가도 없이 국가의 권리를 포기하라니 있을 수 없는 이야기다. 게다가 휴즈가 보기에도 자신들의 이익이 사라지는 것이다 보니 이것은 허용할 수 없다고 이야기했다.

나와 휴즈, 그리고 베르야드 남작.

세 사람이 나누는 대화는 밤이 되어도 여전히 결론이 나지 않았다. 서로의 권리가 얽힌 문제이므로 의논도 뜨거워진다.

하지만 이 문제는 베르야드 남작이 먼저 양보를 했다.

"알겠습니다. 우리나라에 제일 중요한 것은 안전보장에 관한 것입니다. 관세에 대해선 기한을 정해서 그 동안에는 나라가 상인들 몫을 대신 지불하는 걸로 하지요."

그렇게 결론을 내린 것이다.

상인들은 조합 소속의 자들도, 나라에 속한 자들도 모두 공평하게 무료로 오가는 것이 가능. 나중에 관세를 매길 때가 오면 다시 상담한 후에 결정을 하기로 되었다.

만약을 위해서 확인해봤는데, 베르야드 남작은 템페스트의 중요성을 잘 파악하고 있었다. 그야말로 나보다 더 잘 숙지하고 있었던 것이다.

파르무스 왕국을 지나서 드워프 왕국을 가는 것보다 템페스트를 경유해서 드워프 왕국으로 들어가는 것이 비용이 싸게 먹히면서 안전할 것이라고 했다.

지금은 어쨌든 간에, 도로 정비가 끝나고 순찰이 시작되면 틀림없이 그 예상은 현실이 될 것이다.

그렇게 됐을 때 템페스트의 관세를 어느 정도 높여도 틀림없이 모두가 빠짐없이 이용할 것이다.

베르야드 남작은 내게 "그때가 오면 서로에게 이익이 되는 관계로 남아 있고 싶군요."라고 환한 미소를 지으면서 말했다.

*

두 가지 사항의 확인을 끝내고 다음 날은 느긋하게 시장을 둘러봤다.

조합 지부에도 들러서 완성된 신분증도 받아서 챙겨둔다. 그때 접수처 누님이 나를 뜨거운 시선으로 바라봤지만, 아쉽게도 데이트를 하러 갈 시간은 없을 것 같다.

그날은 카발 일행이 안내를 맡아준 덕분에 길을 헤매는 일 없이 즐길 수 있었다.

출발 준비도 완전히 갖추어졌다.

그리고 사흘째——본격적인 회담이 있는 날.

이걸로 조약이 체결되면 드워프 왕국에 이어서 두 번째로 나라의 인정을 얻게 된다.

마물들의 나라가 인간들의 국가에 인정을 받는다. ——이게 지니는 의미는 아주 크다. 그건 우리가 인간들과 교류하면서 사이좋게 지낼 수 있다는 의미가 된다.

상호 안전보장에 관해선 우리에게 오는 이득이 적다. 오히려 손해의 측면이 클 정도이다. 그러나 상호 통행 허가로 얻는 이득은 막대한 것이 된다. 게다가 무엇보다도 상호이니만큼 마물이 인간의 도시로 갈 수 있게 된 것이다.

이건 상당히 큰 일보라고 할 수 있다.

나는 인간과 우호적으로 어울리고 싶다고 생각하고 있다. 그러므로 이번 회담에서 조약이 체결되는 것은 바람직한 일이다.

그런 생각에 잔뜩 들뜬 상태로 임한 블루문드 국왕과의 회담.

성격이 좋아 보이는 동글동글한 얼굴에 약간 살이 찐 왕과, 그에 어울리지 않을 정도로 아름다운 왕비.

생각했던 것보다 긴장할 일이 없이 블루문드 왕국과 템페스트의 조약이 체결되었다.

제3자 기관을 대표하여 휴즈가 입회인을 맡아주었다.

속사정은 이미 다 알고 있는 상황이지만 제3자 기관이 가지는 의미는 주변 국가에 대한 정당성을 주지시키는 것이므로, 휴즈의 입에서 비밀리에 나눈 이야기가 새어 나올 일은 절대로 없다.

정장을 입은 휴즈는 그 자리가 불편한 기색이었지만, 계속 인간으로 변해 있는 나도 나름대로 답답했다. 피차 마찬가지 입장이니 참기로 하자.

그리고 대신들이 왕에게 보고하는 기나긴 시간도 끝나면서 무사히 회담은 종료되었다.

대기실에서 "앞으로 잘 부탁드리겠소이다, 리무루 님."이라고 블루문드 왕 본인이 양손으로 내 손을 맞잡았다.

생각했던 것 이상으로 서글서글한 아저씨라 나도 친밀감을 느꼈다.

하지만 이때 나는 베르야드 남작에게 속았다는 것을 깨닫게 됐다.

"그러면 만약 모종의 세력이 숲을 빠져나와 침공해 올 경우에는 즉시 협력 체제를 이행하도록 하지요! 물론 우리나라도 아낌없는 협력을 다할 것입니다."

그 대사를 듣고 말이다.

블루문드 왕은 왕비를 동반하면서 미소를 지은 채로 그대로 방을 나갔다. 하지만 나는 방금 그 말의 뜻을 깨달으면서 그들을 배웅하고 있을 상황이 아니게 된 것이다.

모종의 세력……? 그 말을 의문스럽게 생각했지만, 잘 생각해 보니 이건 마물을 뜻하는 게 아닌 것 같다.

나는 계속 마물에 대해서만 집중하고 있었지만, 마물만이 위험은 아닌 것이다.

예를 들면 옆에 있는 파르무스 왕국도.

드워프 왕국으로 가는 새로운 교역로가 만들어지게 되면 템페스트나 블루문드 왕국을 눈엣가시로 여길 수도 있다.

그 밖에도, 그래! 동쪽 제국도 분명 패권주의 국가라고 들었던 기억이 있다.

속았다!!

위험에 대한 대처라는 건 어떤 국가가 공격해 올 경우도 포함된 것이다.

으아——악 하고 소리를 지르면서 기절하고 싶어졌다.

달콤한 이야기 뒤에는 이면이 존재한다.

베르야드 남작의 미소가 떠오른다.

그는 확실히 "가장 중요한 것은 안전보장."이라고 말했었다.

관세의 이익 따위는 방위 비용에 비하면 보잘 것 없는 것이 아닌가.

블루문드 측이 진정 두려워하고 있던 것은 다른 나라가 숲을 통과해서 침략해 오는 것. 아마도 내 생각이지만 동쪽 제국의 침공을 경계하고 있는 것이다. 그렇게 되었을 때를 대비해 우리를 방파제로 삼고 싶었던 것이리라.

분명히 거짓말은 하지 않았다. 우리가 위기에 처하면 도와주러 오기도 할 것이다. 어차피 다음은 자신들의 차례가 될 테니까.

참으로 능수능란하게 속아 넘어갔다.

그때 내게 베르야드 남작의 목소리가 들린다.

"이제 알아차리신 것 같군요. 생각보다 머리 회전이 빠르십니다. 그러나 조약은 이미 맺어졌습니다. 그럼 앞으로도 좋은 관계를 유지하고 싶군요."

아주 보기 좋은 미소를 빙긋 지었다.

베르야드 남작, 요령 있게 일을 처리해낼 수 있는 사내.

산전수전을 다 겪은 귀족이다 보니, 나 같은 자를 속이는 것쯤은 식은 죽 먹기보다 간단했을 것이다.

쳇, 어쩔 수 없지. 지금은 일단 포기하기로 할까…….

속아 넘어가긴 했지만 이상하게 화는 나지 않았다.

자신의 어리석음을 분해하는 기분과 상대를 칭찬하고 싶은 기분.

뭐, 이것도 경험이다. 만약 제국이 움직인다면 그때 가서 생각하면 되겠지.

그건 그렇고.

역시 인간은 방심할 수 없다.

마물들은 의외로 솔직한지라, 오히려 인간 쪽이 나쁜 지혜를 잘 부린다. 앞으로도 인간과 교섭할 때는 더욱 신중하게 깊이 생각하도록 하자.

그렇게 속으로 맹세했다.

*

그냥 속고만 있는 건 달갑지 않다.

모처럼 이야기가 나왔으니 이번엔 우리에게 크게 득이 될 이야기를 해보자.

그렇게 생각한 나는 주머니에서 신상품인 하이퍼 포션(상위 회복약)을 꺼내서 책상 위에 놓았다.

"이건 뭡니까?"

그렇게 말하는 베르야드 남작의 질문을 무시하고 나는 제안한다.

"조약도 체결되었으니, 한 가지 부탁을 하려 합니다만?"

"——호오, 부탁이라고요. 사이좋은 협력자의 입장으로서 들어드리지 않을 수는 없겠군요."

완벽한 미소를 지으며 대응하는 베르야드 남작.

역시 이쪽 일에 대해선 프로라고 할 수 있다.

"이건 우리 도시에서 만든 회복약이오. 이걸 이 도시의 시장에서 팔고 싶소만——."

그렇게 서론을 꺼내면서 이야기를 시작하려 했는데…….

"뭐라고요—?! 카발 녀석들이 들고 있던 그 회복약이란 말입니까? 예전에 말씀하셨던 특산품이라는 건 그 약을 말하는 것이었습니까?!"

내 이야기에 달려들 듯이 반응을 보인 것은 베르야드 남작이 아니라 휴즈였다.

"아, 그렇소. 분명 그자들에게도 전해준 적이 있었지. 하지만 그것과는 다른 거요. 그것보다 성능은 떨어지지만, 지금 시장에서 돌아다니는 것보다는 충분히 성능이 높다고 자부하고 있소."

휴즈의 질문에 대답하는 나.

분명, 카발 일행에게 전해준 것은 내가 만들었던 회복약으로,

풀 포션(완전 회복약)에 해당하는 것이다.

"그건 좀 희소한 것이라 말이지, 이틀에 한 개를 완성할까 말까 한 것이오. 이건 조금 더 많이 만들 수 있기 때문에 이쪽을 팔까 생각하고 있지. 뭐, 차이는 부위 손실이 낫느냐 아니냐의 차이뿐이지만 말이오."

아무렇지 않게 슬쩍 폭탄 발언을 흘린다. 만약을 위해 만들 수 있는 양을 실제보다 적게 말해두는 것도 잊지 않는다.

효과는 극적이었다.

"부위 손실이 회복된다, 고요……? 그건 즉, 전쟁이나 사고로 잃은 손발이 다시 생겨난다는 뜻입니까?"

"다시 생겨난다기보다는 마력요소를 모아서 대용품을 만든다는 쪽에 가까우려나. 하지만 시간을 주면 피가 돌고 신진대사가 일어나면서 원래의 손발과 똑같이 되기는 하지만."

"말도 안 돼!! 그게 사실이라면 서방성교회가 비밀리에 감추고 있는 〈신성마법〉에 필적할 겁니다! 성령과의 계약으로 행하는 신성마법 : 리제너레이션(부위 재생)이 아닙니까!! 그 마법은 한정된 사제급 이상이 아니면 다룰 수 없는 '신의 기적'이란 말입니다!!"

늘 냉정함과 침착함을 유지하고 있던 베르야드 남작까지 놀라서 부산스럽게 군다. 내 예상 이상으로 효과가 있었던 모양이다.

카이진 일행이 숨겨두는 게 좋을 거라고 늘 말하는 게 이해가 됐다.

베르야드 남작은 즉시 냉정을 되찾고 주위로 시선을 돌렸다.

방금 소동으로 주목을 받긴 했지만, 대화 내용을 들은 자는 없다. 그걸 즉시 확인하자마자 "자리를 옮기시죠."라고 말하면서 베르야드 남작은 걷기 시작한다.

나와 휴즈에게도 다른 의견은 없기 때문에 그대로 다시 베르야드 남작의 저택을 방문하게 되었다.

휴즈와 베르야드 남작은 저택으로 들어가자마자, 서로의 얼굴을 바라보면서 한숨을 쉬었다.

"자, 이제 어떡하면 좋을까."

베르야드 남작은 생각에 잠긴 얼굴로 중얼거렸다.

휴즈는 하이퍼 포션을 손에 쥐고 지그시 바라보고 있다.

"감정을 해봐도 되겠습니까?"

"좋소."

휴즈가 주문을 읊으면서 감정마법으로 성능을 확인한다.

"으음, 이건……. 카발 녀석들이 들고 있던 것과 구별이 가지 않는군요. 그때도 실제로 시험 삼아 써보긴 했지만 설마 부위 손실까지 치료할 수 있을 줄은 몰랐습니다. 확실히 마법 의사들도 신성마법인 신의 기적에 필적한다는 말을 하긴 했었지만, 설마 리제너레이션급일 줄은 생각도 못 해봤군요……."

휴즈는 그렇게 말하면서 머리를 긁었다.

시험 삼아 써봤다고 해도 손발을 잃은 정도의 중상자는 없었을 것이다. 일부러 시험해본다고 해도 누구라 할 것 없이 손발을 자르는 건 꺼려했을 테니, 알아차리지 못했다고 해도 무리는 아니다.

"그건 이제 남아 있지 않나?"

"한 개는 보관해두고 있지만——."

다른 건 실험에 써버려서 남아 있지 않다고 한다.

"당장 가져오도록 하게."

베르야드 남작이 명령하자 휴즈도 고개를 끄덕였다.
"권한이 있는 자들 중에서 믿을 수 있는 사람이라면 지기스뿐이로군."
그런 말을 중얼거리면서 전달용 마법으로 지기스와 대화를 시작했다.

지기스는 곧바로 우리를 찾아왔다.
겨드랑이에 금고를 끼고 있다.
"대체 무슨 일인가, 휴즈?"
그렇게 말하면서 투덜대려 했지만, 나와 베르야드 남작을 보고는 애써 입을 다문다.
"지금부터 이 방에서 봤던 것, 들었던 것, 그 모든 것을 비밀로 간직하게."
베르야드 남작이 지기스에게 명령한다.
말단 귀족이라고 자신을 낮췄지만 웬만한 거물 따윈 상대가 되지 않을 관록이다.
지기스는 갑작스러운 일에 당황하면서 고개를 끄덕이고는, "맹세하겠습니다!"라고 동의를 표시했다.
베르야드 남작은 그 대답에 고개를 끄덕인 후에 지기스로부터 금고를 받아 들었다.
"이게 그것인가……."
그것――내가 만든 회복약을 손에 들고 바라보는 베르야드 남작.
"내겐 마법에 관한 지식은 없지만, 이게 진품이 발산하는 빛이라는 건 이해할 수 있소. 확실히 이 약에선 평범하지 않은 힘이 느껴지는군요."

그런 뒤에 이어진 베르야드 남작의 말은 우리를 놀라게 했다.

"우선은 휴즈가 가지고 있던 걸 시험해봅시다."

놀랍게도 지기스의 의족을 벗기더니 약의 효과를 시험해본 것이다.

오래된 상처에도 효과가 있는지 없는지에 대해선 나도 확실히 흥미가 생겼다.

처음 시험해본 건 하이퍼 포션이었고, 역시 손실된 부위에 변화가 없다는 걸 확인했다.

뒤이어서 내가 만든 회복약으로 시험해본다.

약을 뿌린 순간, 희미하게 반짝이는 빛이 상처 자국을 감싸더니, 점점 다리의 형태로 변화했다.

오래된 상처에도 효과가 있다는 것이 증명된 순간이었다.

어쩌면 풀 포션은 유전자 정보 같은 것을 읽어 들여서, 그걸 원래대로 복원하고 있는 것인지도 모른다. 단순히 부위를 대체하는 것과는 다른 듯하다.

어찌 됐든 간에 현대 의학조차 능가하는 엄청난 효능을 지닌 것이 된다.

"뭐야?! 다리가, 내 다리가――?!"

경악하는 지기스.

"이건…… 정말 대단하군……."

"이럴 수가 있나. 이것 참, 또 엄청난 비밀이 생겨버렸군."

나를 제외한 세 사람은 제각기 다르게 놀라는 표정을 짓고 있었다. 가볍게 보복성으로 날릴 예정이었던 폭탄 발언은 내 상상 이상으로 막대한 피해를 끼치고 만 것이다.
'입은 재앙의 근원'이라고 종종 말하곤 한다.
조금 유리하게 교섭을 이끌어보려는 생각도 있었지만, 그런 차원을 넘어서게 되어버린 것이다.

*

결국.
지기스의 다리는 정체불명의 사제에게 큰돈을 치르고 치료를 받은 것으로 입을 맞추기로 했다.
모험가로 복귀할 수 있게 되었으니, 지기스는 반대하지 않았다. 모두에게 감사하면서 모든 것을 받아들인 것이다.
내가 꺼낸 이야기――하이퍼 포션의 판매에 대해선 블루문드 왕국이 정기적으로 구입하는 것으로 이야기가 정리됐다. 전속 상인을 선출하여 서방 열국에서 선전해주기로 한 것이다.
지금은 일단 생산량이 적기 때문에 조금씩 손님이 늘어나기를 기대하도록 하자. 그러다 보면 소문을 들은 모험가들이 블루문드 왕국에 모이게 될 것이고, 그러다 보면 그 너머에 있는 템페스트의 존재도 알려지게 될 것이다. 그때까지 조금씩 신용을 쌓아두면 된다.
마물이 만든 약이라고 선전하면 잘 팔리지 않겠지만, 이미 팔리고 있는 약이 마물이 만든 것이라는 사실이 알려질 경우, 그 약이 편리하다면 상관하지 않고 계속 이용하는 자도 있을 것이다.

우선은 사람들이 사용해보고 그 편리성을 알아보게 만드는 것이 중요하다.
어쨌든 정기적인 구입처 확보에는 성공했다.
우선은 첫걸음을 내디딘 것이다.
가능하면 인간들과는 적대하고 싶지 않다.
그러므로 다음에는 좀 더 제대로 된 우호 관계를 쌓을 수 있도록, 앞으로도 계속 노력하자는 생각을 했다.

휴즈와 작별 인사를 나눈다.
"그럼 리무루 님, 조심해서 가셔야 합니다."
"괜찮다니까. 그보다 그 방, 아무도 들어가지 않게 신경 써주게."
"그건 걱정 없습니다. 지부장실을 통하지 않으면 그곳으론 들어갈 수 없으니까요."
휴즈의 대답에 안도하는 나.
그 방에는 마강으로 만든 마법진을 설치해놓았다. 직경 1m 정도의 둥근 판을 꺼내서 보여줬더니 "공간마법까지…… 아니, 리무루 님이라면 뭐든 가능한가……." 그렇게 말하면서 눈을 둥그렇게 뜬 채로 놀라고 있었다.
목적은 언제든지 곧바로 놀러 올 수 있게 하기 위해서이다.
대략적인 합의에는 이르렀지만 어용상인도 정해지지 않은 데다, 앞으로도 종종 잉그라시아 왕국까지 가야 할 필요가 있다. 그러므로 원소마법 : 워프 포털(거점 이동)의 기점으로 삼을 수 있도록 방 하나를 빌린 것이었다.
덧붙이자면 '대현자'가 워프 포털을 해석하면서 여러 개의 기점을 관리할 수 있게 되었다. 마법진을 설치할 필요는 있지만 여러 장소로 순식간에 이동할 수 있게 된 것은 아주 편리하다.

뭐, 고가의 마강으로 만든 마법진을 도둑맞지 않게 감시할 필요는 있지만…… 언젠간 마법진 없이 이동할 수 있게 되면 좋겠다는 몽상을 해본 건 비밀이다.

"카발, 너희도 리무루 님을 확실하게 지켜야 한다."

"물론이죠."

"맡겨만 두세요오!"

"잉그라시아 방면은 안전하니까 저희들도 잘해낼 수 있습니다요."

"이 멍청이들!! 네놈들의 사기 행각은 리무루 님의 호위를 해서 번 점수로 차감해줄 거다. 방심은 절대 용서 못 한다!!"

내가 그런 황금빛 미래를 꿈꾸는 동안에 휴즈와 카발 일행의 작별 인사도 끝난 모양이다. 세 사람은 여전히 자신 있게 말하다가 지기스에게 꾸중을 듣고 있었다.

다리가 나으면서 모험가로서 복귀한 지기스. 현역이었던 때의 실력으로 돌아오면서 박력이 점점 더 증가하고 있었다.

그러나 여행을 나서지는 않고, 이곳 블루문드 왕국의 왕궁 마술사로 일하게 되었다고 들었다. 새로운 인재를 찾을 때까지는 시험관 일도 계속한다고 하니 그쪽도 문제는 없다고 한다.

베르야드 남작이 뒤를 봐준 것이리라.

그가 비밀을 알고 있는 인간을 그리 쉽게 놓아줄 리가 없으니까.

그런 식으로 작별 인사를 끝냈다.

신원 확인을 할 수 있는 신분증도 손에 넣었고, 상품을 넘길 곳도 정해졌다. 아니, 그런 차원이 아니라, 작은 나라이긴 해도 서방 열국의 한 나라와도 국교를 맺었다.

이 만큼의 성과를 올리면서 블루문드 왕국에서의 내 체류는 끝이 났다.

첫 시작치고는 순조로웠다.

다음으로 갈 곳은 잉그라시아 왕국.

자유조합의 본부가 있다는 나라다.

꿈에서 본 아이들도 마음에 걸리는 데다, 사카구치 히나타의 정보도 알아보고 싶다.

우선은 그랜드 마스터(자유조합 총수)인 카구라자카 유우키를 만나보고 싶다는 생각을 한다. 소개장도 받았으니 만나는 것도 문제는 없을 것이다.

그렇게 나는 다시 여행길에 들었다.

소환된 아이들

Regarding Reincarnated to Slime

그자는 온화한 미소를 지으면서 방문자를 맞았다.

가벼운 몸짓으로 의자에 앉기를 권하면서 이야기를 해주길 재촉한다.

"야아, 이것 참. 우리 작전은 멋지게 실패하고 말았습니다. 이번 일로 클레이만이 진짜 마왕으로 각성하는 건 좀 더 미뤄질 것 같군요."

방문자――라플라스는 권하는 대로 의자에 앉으면서, 오랜 세월을 들인 작전의 실패를 가벼운 말투로 보고했다.

"흐―응. 오크 로드를 날뛰게 만들면 적어도 1만 명 정도는 여유 있게 죽일 수 있을 거라 생각했는데 말이야. 하지만 또 다른 조건도 있는 것 같은 데다, 힘을 얻는 건 쉽게 이뤄지지 않는다는 이야기겠지."

그를 상대하는 방의 주인도 그게 사사로운 일인 양 흘려 넘긴다.

"그렇죠. 수상쩍은 힘에 의존하지 않더라도, 그 녀석은 충분히 강하지만 말이죠. 아무래도 레온에게 오기가 발동한 것 같아요."

"아직 멀었네, 클레이만도. 그래서? 오늘 용건은 그 보고가 다야?"

방의 주인이 즐겁게 말하는 목소리를 듣고 라플라스도 능글능글하게 씨익 웃으며 대답한다.

"설마, 그럴 리가 있나요! 방금 그 보고는 온 김에 한 거랍니다. 아니, 이 이야기는 이미 클레이만을 통해서 들었겠죠? 나는 도움만 줬을 뿐이라 본격적인 내용은 모르니까 말이죠. 그런 것보다도——전 최근에 몰래 홀리 나이트(성기사)들의 움직임을 조사하고 있었죠. 역시 그 녀석들은 베루도라가 없어지게 되면서 한창 신이 나서 움직이는 것 같더라니까요?"

"흐—응, 역시 그런가. 그래서 목적은 알아낼 수 있겠어?"

"그걸 알아낼 수 있으면 이 고생을 안 하죠. 정말이지, 서방성교회는 귀찮은 조직이라니까요."

그렇게 말하면서 어깨를 으쓱하는 라플라스.

그 표정은 가면에 가려져 있어서 확실하지 않지만 말과는 달리 태도는 여전히 능글능글하다.

"확실히 귀찮긴 해. '약자를 지키는 정의의 사자'라고 선전하고 있지만, 정말 선의로 움직이는 것 같지는 않으니까. 정체불명의 조직이란 말이지."

"그렇죠. 그렇지만 움직임이 활발해지고 있다는 건 꼬리를 잡을 기회가 생긴다는 뜻이잖아요? 먼 옛날부터 존재하는 조직이니까 상층부에 파고들기도 어렵고요. 그렇지만 이번의 동향을 틈타서 어쩌면 잠입에 성공할 수 있을지도 몰라요."

라플라스는 또 미소를 지으면서 말을 이어간다.

"그래서 내가 좀 신경을 써서 잠입을 해볼까 하는데 말이죠. 한동안 연락을 못 하게 될지도 모르는데 그래도 괜찮겠습니까?"

"아아, 상관없어. 그렇지, 만약 서방성교회의 정체를 밝혀내는 데 성공한다면 네 소원을 하나 들어줄게."

그 말을 들으면서 라플라스는 기쁜 표정으로 웃는다.
"정말입니까?! 의욕이 조금 생기는군요!"
"응, 너무 열심히 하다가 실수하지 않도록 해."
"말할 것도 없지요. 그럼 전——."
일어서면서 방에서 나가려 하는 라플라스.
그 뒷모습에 즐거운 말투로 말하는 한마디가 들려왔다.
"아아, 그렇지. 하나만 더. 너희들 작전을 실패로 만든 원흉이 아무래도 서방 열국으로 온 모양이야. 일이 재미있어질 것 같네."
"네, 네에에에? 뭣 때문에! 그 멍청한 슬라임은 쥬라의 대삼림의 맹주가 됐을 텐데? 그랬는데, 뭐가 잘못돼서 인간들의 나라를 찾아간 거지?!"
"아하하하핫! 네가 그렇게 놀라다니 정말 유니크한 마물인가 보네. 이름이 뭐라고 했지, 그 슬라임——?"
"분명히——리무루, 라는 이름이었을 거예요."
"아아, 그렇구나. 그럼, 틀림없어. 며칠 전에 블루문드 왕국에 들어간 것 같아."
절규하는 라플라스.
"——뭐, 좋아요. 나하곤 관계없는 이야기니까. 하지만 이렇게까지 위기감이 없는 마물도 드물군요, 정말."
그런 말을 남긴 뒤에 라플라스는 그 자리를 떠났다.

유쾌하게 웃는 방의 주인.
그리고——.
"그건 그렇고 이 이해하기 힘든 행동을 보면 평범한 마물은 아니라는 거네. 그렇다면…… 혹시 전생의 기억을 가지고 있나? 그렇다면 이용할 수 있을지도 모르겠는걸. 살짝 시험해보도록 할까——.”

즐거운 말투로 그렇게 중얼거렸다.

●

쥬라의 대삼림 주변에는 여러 나라가 있다.

얼마 전까지 체류하고 있었던 블루문드 왕국.

그 옆에 있는 대국인 파르무스 왕국.

그리고 잉그라시아 왕국과 그와 비슷한 급의 작은 나라가 여럿.

그런 복수의 국가군이 서로 모여서 평의회를 형성하고 있다. 각 국가는 대표로서 평의원을 선출하여 중요한 결정 사항은 평의회를 통해 정하는 구조를 이루고 있다고 한다. 평의원의 선출 방법은 국가마다 다르지만 대부분은 계승권이 낮은 왕족이 선발되는 것이 실정인 모양이다.

정식 명칭은 카운실 오브 웨스트(서방 열국 평의회).

최초의 구상 단계에선 마물을 상대하기 위한 상호보조 조직이었다고 한다. 하지만 시간이 가면서 동쪽 제국에 대한 경계의 의미를 담아서 카운실 오브 웨스트라는 명칭이 탄생했다.

지금은 평의회, 혹은 서방평의회라고 불리고 있다고 들었다.

그중에는 평의회에 가입하지 않은 마도 왕조 살리온과 같은 열강 국가도 존재한다지만, 그런 국가는 드문 경우에 속한다. 가혹한 환경의 이 세계에선 서로 돕지 않으면 살아남을 수 없다는 걸 모두 알고 있기 때문일 것이다.

그런 평의회의 중심 국가, 그게 바로 잉그라시아 왕국이다.

거기에는 당연히 이유가 있었다.

잉그라시아 왕국은 각국에서 선발된 평의원이 가장 모이기 쉬운 위치에 있었던 것이다. 자유조합의 본부가 이 나라에 있는 것도 말하자면 필연적이라 할 수 있다.

역학 관계로 말하자면 평의회 가입국 중에서도 최강의 국력을 보유하고 있는 것은 파르무스 왕국일 것이다. 그러나 한 나라가 혼자 돌출되는 걸 두려워한 다른 나라들의 합의하에 교통망의 발달을 이유로 잉그라시아 왕국이 중심 국가가 된 것이다.

그 탓인지 파르무스 왕국과 잉그라시아 왕국은 사이가 좋지 않은 모양이다.

또 하나 중요한 이유가 있다.

잉그라시아 왕국만 유일하게 쥬라의 대삼림과 직접 인접하지 않은 상태이다.

그렇기 때문에 마물로부터 피해를 입기 어려워서 안정적이라는 이점이 있었다.

이런 이유로 인해 잉그라시아 왕국에 평의회의 본부가 설치된 것이다.

그러면 이 평의회가 하는 역할은 무엇일까?

그걸 한마디로 설명하자면 국가 간의 조정이다.

각국의 이해를 조정하여 분쟁이 일어나지 않도록 관리하는 조직.

경제뿐만 아니라 정치적 부문까지 포함하여 권한을 가지고 있기 때문에 평의회에는 절대적인 권력이 집중되어 있다. 예를 들어서 전에 살던 세계와 비교하자면 국제연합의 권한을 강화시킨 조직인 셈이다.

국제연합과 마찬가지로 평의회도 무력을 보유하고 있지는 않다.

그러나 아무 문제가 없었다.

왜냐하면 이 평의회야말로 자유조합의 상부 조직이라고 할 수 있는 존재였기 때문이다. 모험가가 마물을 토벌했을 때 지불되는 대금, 그 모든 것이 이 평의회에서 나오는 것이다.

그리고 그게 의미하는 것은 자유조합에 대한 명령권을 가지고 있다는 것이다.

가입국에서 발언권에 대응해 거둬지는 분담금. 그게 평의회의 자금의 원천이 된다. 그 지불을 거절하면 그건 평의회로부터 이탈한다는 걸 의미한다.

말하자면 평의회는 안전보장을 방패로 삼아 자신들의 발언력을 높이고 있는 것이다.

마물에 대한 대책을 조합에 의지하는 국가도 많으며, 각국이 평의회의 결정을 따르는 것도 그런 이유 때문이다.

안전보장에 관해서 말하자면 재미있는 이야기를 하나 들은 적이 있다.

서방 열국의 단합을 강하고 단단하게 만드는 이유, 그건 종교이다.

마물의 위협에 노출된 이 세계에선 종교는 마음이 의지할 곳으로만 끝나는 게 아니라 생명 그 자체를 지키는 최후의 보루로서 작용하고 있다.

유일신 루미너스를 절대신으로 규정하는 서방성교회.

서방 열국의 종교의 총본산이다.

즉, 서방 열국은 교회의 세력권이 되어 있는 것이다.

그리고 그 서방성교회가 성지로 규정한 장소가 바로 신성교황국 루벨리오스다.

이게 좀 골치 아픈 점인데, 서방성교회는 신성교황국 루벨리오스에 소속되어 있지 않다.

독립된 종교 단체인 것이다.

단, 신성교황국 루벨리오스의 교황을 신의 대행자로 규정하며, 그 말에는 따른다고 한다.

그건 즉, 하부 조직이란 소리잖아? 그런 의문을 가졌지만, 이래저래 복잡한 사정이 있다고 하니 쉽게 이해하기 어려웠다.

설명해준 휴즈도 잘 이해를 못 하고 있었는지 "뭐, 대충 그렇게 돌아가고 있습니다."라고 얼버무렸다.

그렇다니까 그렇게 되어 있는 것이겠지.

서방성교회 말고도 토착신이나 다른 신을 믿는 종교도 존재한다고는 하는데, 압도적이라 할 만큼 많은 신자를 가지고 있는 건 유일신 루미너스라고 들었다.

그 이유는 하나, 무력이다.

인류 최강의 기사들——홀리 나이트(성기사)가 다수 소속되어 있는, 크루세이더즈(성기사단)를 거느리고 있는 것이다.

A랭크를 넘어선다는 소문이 도는 기사들이 3백 명 이상. 마물 퇴

치 전문가로서 마물의 섬멸을 교의로 삼고 있는 인류의 구세주들.

사실인지 그냥 소문인지는 모르겠지만, 서방 열국을 수호한다는 '선의'에서 만들어진 조직이라고 일컬어지고 있는 모양이다.

항간에선 홀리 나이트를 '정의의 사자'라고 부르면서 경애한다고 한다.

하지만.

이 유일신 루미너스란 존재는 자신 이외의 신을 인정하지 않는다.

일부러 '유일'신이라고 말할 정도이니 그 점은 명백하다.

그러므로 토착신이나 다른 신을 믿는 자에 대한 구제는 하지 않는 것이다.

평의회 가입국 중에도 '루미너스 교'가 아닌 것을 국교로 삼고 있는 나라도 있지만, 그런 나라들에게 홀리 나이트가 파견되는 일은 없다.

자신들의 신을 믿지 않는 자를 도울 필요는 없다는 이론은 당연하게 들리니까 그 이론을 부정할 생각은 없지만…….

'정의의 사자'라는 이름은 어울리지 않는다는 생각이 든다.

뭐, 내 개인적인 감상일 뿐이지만 말이다.

추가로 언급하자면 마도 왕조 살리온에는 국교가 존재하지 않는다.

황제가 신의 후예라고 칭해지고 있기에 국교를 정하는 것을 인정하지 않는 것이다.

그렇다고 해도 국민의 종교의 자유는 인정이 되어 있으니, 일종의 독특한 종교관을 지닌 나라라고 할 수 있다.

평의회에 참가하는 것도 완강히 거절하고 있으며, 완전한 독자 세력을 이루고 있다고 한다.

쇄국을 하는 것은 아닌 듯하지만, 적극적으로 다른 나라와 어울릴 생각도 없는 것으로 보인다.

아주 흥미가 동하는지라 한 번쯤은 들러보고 싶다.

이야기를 들어보니 왠지 전에 살던 세계의 일본과 비슷한 분위기가 느껴졌기 때문에 더욱더 강하게 그런 생각이 들었다.

말하자면 앞에서 언급한 것이 내가 블루문드 왕국에서 배운 지식이었다.

서방 열국은 경제와 종교라는 두 기둥을 통해 강하고 단단한 국가 간의 단합을 실현하고 있었던 것이다.

그렇군, 나는 그렇게 생각하면서 납득했다.

위협이 많은 이 세계에선, 같은 인류 국가끼리의 전쟁은 거의 일어나지 않을 것 같지만 말이다.

아, 그렇지. 배운 지식 중에서 한 가지 놀랄 만한 이야기를 들었다.

그건 사카구치 히나타에 대한 것이었다.

놀랍게도 그녀는 크루세이더를 이끄는 자――성기사단장이 된 모양이다.

분명 베루도라가 '이세계인'이 이 세계에 오면 특수한 능력을 얻는다고 말했던 것 같다. 그 힘으로 최강 기사단의 정점으로 올라간 것일까?

시즈 씨의 밑에 있다가 사라진 그때도 상당히 강했다고 하지만, 지금은 대체 얼마나 강해진 건지…….

잘 생각해보니 지금의 나는 마물이다. 가벼운 마음으로 접촉했다간 토벌 대상이 될 가능성도 있으니 섣부른 행동은 자제해야 할 것이다. 적어도 사카구치 히나타가 어떤 인물인지 파악할 때까지는 내 쪽에서 거리를 둬야겠다는 생각이 든다.

그걸 전제로 두고 정보를 모을 필요가 있을 것 같다.

*

잉그라시아 왕국으로 가는 여정은 순조로웠다.

또 낭차가 출현할 차례다.

길은 정비는 물론이고 포장조차 되어 있지 않다.

그게 당연한 건가. 모든 길을 포장하는 것은 일반적으로 막대한 예산과 시간이 필요하니까.

차를 끄는 건 소형화한 란가다.

보기에는 대형의 검은 늑대와 그렇게 차이가 없으므로 문제는 없을 거라 생각했다.

온 힘을 다해 달리면 차가 부서질 것이기 때문에 잔걸음 정도로 달리게 한다.

시속으로 따지면 40km가 될까 말까. 포장되어 있지 않은 길에선 이 이상의 스피드는 낼 수가 없다.

하지만 뭐, 카발 일행의 말을 빌리자면 쾌적함 그 자체인 여행이라고 한다.

도로에선 가끔 순찰 중인 병사가 탄 말을 발견했다.

이 부근에선 마력요소의 농도가 낮기 때문에 마물의 발생률도 높지 않다.

강한 마물은 거의 출현하지 않는다고 한다.

단, 그 대신 출몰하는 자도 있다.

강도나 도적 같은 자들이다.

하지만 그들에게 들킨다고 해서 그들과 내가 얽힐 일은 없었다.

그야 그렇겠지. 내 입장에서 보면 천천히 달리는 것 같지만, 인간이 뛰어서 쫓아올 수 있는 속도가 아니다. 말이라도 있다면 이야기는 다르겠지만, 내구력 면에서 란가를 이길 리가 없는 것이다.

그런고로 여행은 순조롭게 진행되었으며, 겨우 사흘 만에 잉그라시아 왕국의 왕도에 도착하게 되었다.

입국 심사는 드워프 왕국 이상으로 엄중했다.

세 번의 단계를 거쳐 확인했으며, 첫 번째에 신분증 제시를 요구받았다.

여기서 걸리면 다른 줄에 다시 서서 다음 심사를 기다리게 된다.

신분증을 제시할 수 없는 자는 처음부터 장사진을 이루고 있는 줄에 서 있었다. 이 두 번째 확인에서 걸린다면 세 번째 확인을 받게 되는 것 같지만, 그때는 이미 범죄자 취급이다. 그런 꼴을 당하면서까지 안으로 들어가고 싶을까 하는 생각이 들 정도로 혹독한 취급을 받게 된다.

그러나 실제로 왕도로 들어가고 싶어 사람은 많은 모양이다.

그야말로 이 나라에 매력이 있다는 증거라고도 할 수 있을 것이다.

나는 신분증 덕분에 쉽게 문을 통과할 수 있었다.

가져오길 잘했군, 신분증을.

이게 없었다면 드워프 왕국에서 차례를 기다리며 서 있었던 것보다 더 긴 시간을 기다렸을 것이다.

불만이 있다고 한다면——.

"이봐, 이봐, 아가씨도 모험가인가? 어른을 놀리려고 농담을 하면 안 되지."

내가 아가씨 취급을 받았다는 거랄까.

"난 아가씨가 아니네. 됐으니까 빨리 확인이나 해주게."

"이런, 이런, 한창 크게 보이고 싶어 하는 나이려나. 목소리는 귀여운데 그런 가면을 쓰고 아저씨 말투를 쓰다니……."

그렇게 투덜대긴 했지만 마법 장치 같은 것에 신분증을 대자마자 태도가 돌변했다.

"시, 실례했습니다! B랭크 모험가인 리무루 님이시군요? 잉그라시아 왕국에 잘 오셨습니다! 환영합니다!!"

그런 식으로 쉽사리 통과한 것이다. 카발 일행을 보고 있으면 그런 생각이 들지 않지만, B랭크 모험가에겐 상당한 권위가 있는 모양이다.

"자, 자, 나리, 위병 형씨들도 악의가 있어서 그런 건 아닙니다."

뒤이어서 문을 통과해 들어온 카발이 그렇게 달래줬다.

딱히 화가 난 건 아니지만, 아가씨로 취급하는 건 좀 심하다고 생각한다.

그건 그렇고…… 목소리라.

어쩐지 다들 나를 여자애로 착각한다 했다.

얼굴은 가면으로 가리고 있으니 괜찮을 거라 생각했지만, 목소리 때문에 여자로 착각할 줄이야.

평소에는 전혀 신경을 쓰지 않았다. 그러고 보니 블루문드 왕국에서도 여자애라는 소리를 들었었지…….

목소리도 바꿔서 어른스러운 목소리를 내야 할까?

하지만 이제 와선 소용이 없을 것 같다.

귀찮기도 하니까 이대로 놔둬도 되겠지.

키도 130㎝ 정도니까 몸집이 좀 작은 소년이라는 설정으로 잡을까.

마음은 항상 소년이니까 아무런 문제도 없다.

가면을 쓴 정체불명의 소년. 괜찮다, 이 세계에는 마왕이니 용사니 중2병 같은 녀석들도 잔뜩 있으니까.

내가 그들 틈에 섞여도 위화감은 없을 것이다. 앞으로는 그런 설정을 유지하기로 했다.

안으로 들어가서 놀란 건 그 발전된 모습이었다.

넓기도 상당히 넓지만 도시 주위를 원대한 외벽이 둘러싸고 있다. 도시로 들어가려면 두 개의 문 중 한쪽을 통과할 필요가 있는 것이다.

이 넓이를 모두 둘러쌀 정도의 외벽, 이걸 만드는 것만 해도 시간이랑 돈이 얼마나 들었을까.

안으로 들어가 보면 더욱 절경이다.

역시 고층 건물이 들어설 정도는 아니지만, 블루문드의 도시와는 비교가 되지 않는 큰 건물이 많다. 5층 정도의 석조건물이라면 꽤 많이 곳곳에서 발견할 수 있다.

그 외에도 벽돌로 만든 건물이나 목조건물 등등 종류도 풍부했다.

무엇보다 그 계획적으로 정리된 모든 구역에서 볼 수 있는 도시 중앙에 우뚝 솟은 백악(白堊)의 성. 그 위용을 보기만 해도 이 나라에는 고도의 건축 기술을 보유한 자가 있다는 걸 알 수 있었다.

그 정도로 그 성은 아름다웠다.

더욱 눈길을 끄는 것이 그 위치이다. 도시의 중심부에 큰 호수가 있으며, 그 중앙에 세워져 있었던 것이다.

물 위에 떠 있는 것처럼 연출되어, 방문한 사람들을 감탄하게 만들고 있다.

성으로부터는 사방으로 길이 나 있으며, 도시와 연결되어 있었다. 긴급할 시에는 통로에 이어진 다리를 거두어 성을 외적으로부터 보호하는 구조로 되어 있는 것 같다.

이 나라의 국력을 과시하는 것 같이 장엄한 구조로 만들어져 있었다.

솔직히 말해서 이건 대단하다고 생각했다.

경비 면을 살펴봐도 도시의 요소요소에 기사가 배치되어 치안을 유지하고 있는 듯했다.

도시 안에서의 범죄행위는 어지간한 각오가 없으면 불가능할 것이다.

역시 평의회의 본부가 설치되어 있는 도시이다.

각국의 요인에게 무슨 일이 생기면 국제 문제가 될 테니까 경비를 소홀히 할 수는 없다는 뜻이리라.

란가는 왕도 부근에서 그림자에 숨어 있도록 했고, 수레는 다시 '위장'에 수납하고 있다.

아무리 그래도 늑대를 도시 안으로 들여도 된다는 허가가 나올 리가 없으니, 어쩔 수 없다.

나도 그렇게까지 비상식적이진 않으므로 억지를 부리려는 생각은 하지 않았다.

그러므로 지금 우리에겐 이렇다 할 문제가 될 일은 없다.

감탄하고 견학하면서 걸어가는 우리들.

오랜만에 해보는 산책이다.

도시의 경관만 대단한 것이 아니라, 그 문화도 훌륭한 발전을 보여주고 있었다.

커다란 체육관 같은 장소 옆에는 야외 콘서트장으로밖에 보이지 않는 시설이 있다.

도시의 눈에 띄는 곳에 큰 그림이 걸려 있는데, 그건 아마도 연극 홍보용 간판인 것 같다.

여기선 종이가 비교적 싼 것인지 광고지를 나눠주고 있는 광경도 눈에 들어온다.

말 그대로 대도시.

한동안 느끼지 못했던 도시의 공기를 느낄 수 있었다.

이런 게 다 있다니! 그런 말이 나올 정도로 놀랐던 건 외벽에 유리를 두른 건물도 있었다는 사실이다.

쇼윈도처럼 안에 물품이 전시되어 있다. 아니, 말 그대로 제대로 된 쇼윈도였다.

진열대에 무기랑 방어구가 메인으로 장식되어 있다는 점이 전에 살았던 세상과 다른 부분이다.

드레스나 양복이 전시되어 있는 가게는 도시의 중심 부근, 성에 가까운 고급스러워 보이는 구역에 존재했다.

서민들의 가게와는 다른 모양이다.

이 외벽 내부에서 생활할 수 있는 것만 봐도 유복하다는 뜻이겠지만, 성 부근에 집을 짓고 사는 자는 귀족들뿐인 것 같다.

그곳에는 엄연한 격차가 존재하는 모양이다.

그야 분명 그렇겠지. 바치는 세금의 차이에 따라 대우에 차이가 생기는 건 당연하다. 하물며 귀족이라면 성에서 일하고 있을 테니, 직장에 가까운 일등급 입지를 배당받는 것도 당연하다고 할 수 있다.

그런 식으로 도시 전체를 한 번 둘러보면서 견학한 뒤에 여관을 찾는다.

도시는 크게 네 구역으로 분할되어 있었다.

상업 구역, 관광 구역, 공업 구역, 주거 구역이다.

성을 중심으로 구역이 나눠져 있으며, 방사형으로 넓어지게 도로가 배치되어 있다. 중앙에 가까워질수록 점점 더 분위기가 고급스러워진다.

아주 알기 쉽다.

카발 일행의 안내를 받은 덕분에 헤매지 않고 관광 구역에 도착했다.

예상대로 여관이 나란히 서 있는 구역이 있었다. 뒷골목에는 주점가가 있다.

마음이 들뜨는 것을 느낀다. 하지만 오늘 찾아온 목적은 술집이 아니다.

아쉽지만 포기하고 여관을 둘러본 후에 그날의 잠자리를 확보했다.

*

그리고 다음 날.

아침부터 자유조합의 본부로 향한다.

관광 구역은 외벽에 가까울수록 곡예단이랑 포장마차 같은 것이 많이 존재하고 있었다. 노점 같은 것도 장사를 하고 있었다.

중앙에 가까울수록 외교관이 거주하는 곳이나 회의장 같은 주요한 건물들이 서 있다. 그중에는 학교도 있었다.

네 개의 구역 중에서 가장 경비가 엄중한 구역이다.

그 구역의 중앙 부근에 자유조합의 본부도 존재했다.

"이쪽입니다, 나리."

"그건 그렇고오, 역시 이 도시는 사람도 정말 많아서 대도시라는 느낌이 든다니까아~."

"여러분, 소매치기를 조심하십쇼. 경비는 엄중하지만 그래서 오히려 방심하는 사람이 많습니다요."

기도가 소매치기를 조심하라고 주의를 줬지만, 중요한 건 전부 '위장'에 넣어놓았으니까 나는 괜찮다.

이 멤버 중에서 걱정할 필요가 있는 건 에렌뿐이라는 생각이 들었다.

도시의 중심부를 가리키는 카발.

백악의 성이 길잡이가 되어주기 때문에 길을 헤맬 일은 없다.

크고 훌륭한 건물이다. 근대적인 생김새를 하고 있는 것이, 이미 중세라는 이미지에서 상당히 멀어져 있었다.

미국에선 메이지 시대(1868년 ~ 1912년)에 이미 고층빌딩이 세워져 있었다고 한다. 확실히 말해서 일본과는 차원이 다른 국력을 가지고 있었다는 이야기인 셈인데, 이곳 잉그라시아 왕국도 그와 비슷한 이미지를 느끼게 했다.

자유조합 본부 옆에도 장엄한 건물이 세워져 있었다.

아름다운 여신상과 십자가 상징이 지붕에 세워져 있다. 조합 본부에도 밀리지 않은 생김새였다.

저게 아마도——.

"저게 교회인가?"

"그렇습니다요. 서방성교회의 잉그라시아 지부라기보다는 본부라 하겠지요."

이 도시에서 가장 주의해야 할 장소, 교회였다.

"본부?"

"아아, 교회는 좀 복잡해서 말입죠——."

기도가 말해준 내용에 따르면 신성교황국 루벨리오스에 교회 본부가 있는 모양이다. 하지만 그곳은 의식 전용이라는 느낌이 강하며, 실질적인 업무는 이곳 잉그라시아 왕국에서 처리하고 있다고 한다.

"뭐, 관계자가 아닌 사람은 출입 금지이기 때문에, 교회로서도 그쪽이 더 편하겠죠."

라고 말했다.

나는 딱히 교회에 볼일은 없다. 아니, 기본적으로 무신론자라서 평생 교회와는 인연을 두고 싶지 않다고 생각하고 있다.

그리고 애초에 이곳의 교회는 마물을 눈엣가시로 여긴다고 하니…….

히나타 건은 별개로 친다고 해도 눈에 띌 만한 행위는 피하는 게 좋을 것 같다.

그건 그렇고 자유조합과 나란히 서 있을 거라곤 예상하지 못했다.

뭐, 가면으로 오라(요기)를 가리고 있으니 들킬 일은 없을 거라 생각한다.

신경이 쓰인다 해도 어쩔 수 없다.

들키면 들켰을 때 생각하면 된다.

조합 본부의 입구는 유리가 둘러쳐 있었다.

상당히 돈을 들였다.

솔직히 말해서 이 세계에서 유리문 같은 걸 볼 수 있으리란 생각은 해보지 못했다. 역시 '이세계인'이 있는 장소라 할 만하다.

아마 내 생각이지만 이런 부분에도 괜한 집착을 하는 것 같다.

나도 아직 멀었군.

하려고 하면 할 수 있다, 하려고 하지 않으니 못 하는 것이다, 모든 것이 다.

할 수 있다, 할 수 없다가 아니라, 하려고 하는 마음가짐이 중요한 것이다.

본받고 싶다.

그런 생각을 하면서 자연스럽게 문 앞에 선다.
그 순간, 내 몸을 뭔가가 수색하는 듯한 느낌을 받는다.
동시에 자동으로 문이 열린다.
이럴 수가! 센서로 사람을 감지하고 자동으로 문이 열리다니. 쓸데없이 고도의 기술을 구사하고 있잖아.
이렇게까지 재현해낼 줄이야, 정말 놀라웠다.
옆에 있는 교회는 나무로 만든 문으로 되어 있으며, 당연하겠지만 손으로 밀어서 열도록 되어 있는데.
뭔가 '옆 건물과는 다르다고, 옆 건물과는!'이라고 말하는 것 같은, 집념에 가까운 의지를 느꼈다.
"뭔가 겨우 2년 정도 만에 확 바뀌었네에……."
에렌도 그렇게 말하면서 놀라는 걸 보니, 이런 변화는 최근에 생긴 것 같다.
나도 지고 있을 수는 없다.
이런 걸 본 이상 가만있을 순 없지. 돌아가면 마천루의 건설을 진심으로 검토해보기로 하자.

안으로 발을 들이자 여러 명의 시선이 내게 쏟아졌다.
슬쩍 관찰해본 결과, 다들 나름대로 높은 레벨에 속해 있다. 역시 본부다. 소속되어 있는 자들도 방심할 수 없는 자가 많은 것 같다.
"어서 오십시오! 오늘은 어떤 용건으로 오셨습니까?"
문 옆에 대기 중인 누님이 그렇게 질문했다.
호흡을 읽고 있던 것 같은 타이밍도 그렇고, 마치 일류 호텔에

라도 들어간 것 같은 착각을 느낀다. 실례되는 말이 될지도 모르지만 블루문드 지부와는 크게 달랐다.

"아아, 그랜드 마스터(자유조합 총수)를 만나고 싶소. 이게 소개장이오."

그렇게 밝히면서 소개장을 건넸다.

"확인해보겠습니다. 여기서 잠시만 기다려주십시오."

접수처 아가씨가 그렇게 대답하고 자리를 떠나자, 한 명의 남자가 다가왔다.

이건 혹시나…….

"이런, 이런, 어린애가 여긴 무슨 일로 온 거지?"

빙고! 시비를 걸려고 온 것 같다.

처음이 중요하다. 얕보이면 끝이다.

그렇게 생각하고 맞받아쳐 주려고 했더니――.

"어, 그라세잖아! 너도 B랭크가 된 거냐?"

카발이 다가온 남자에게 친근한 목소리로 그렇게 말을 걸었다.

"아! 이, 이런, 카발 씨. 오랜만입니다!"

차렷 자세를 취하는 남자――그라세.

모처럼 내 실력을 인정받아보려고 생각했는데, 예상외의 참견이 있었다. 하지만 뭐, 늘 그런 식으로 헛수고를 하곤 하니, 이걸로 됐다고 생각한다.

그런 대화를 나누면서 다른 조합원들도 카발 일행이라는 걸 알아차렸는지 정겹게 말을 걸어오고 있었다. 그런 뒤에 옛날이야기로 꽃을 피우기 시작하는 걸 보고, 나는 소파에 앉아 안내를 기다리기로 한다.

직원으로 보이는 사람이 홍차를 가져다줬다.

그야말로 극진한 대접이다.

홍차의 향기를 즐기면서 문득 떠오르는 의문점을 물어봤다.

"저기, 카발, 어떻게 그 그라세라는 사람이 B랭크라는 걸 알았나?"

그 질문에 대답한 건 카발이 아니라 그라세다.

"이봐, 이봐, 아가씨, 카발 씨에게 반말을 쓰다니 태도가 영 아닌데. 이 건물에 대해서 잘 모르는 걸 보면 초보자 맞지? 선배는 선배답게 모셔야 하지 않겠어?"

"잠깐, 그라세, 리무루 나리한테 무슨 무례한 소리를――."

"카발 씨, 이 꼬맹이는 제대로 길을 들여놓는 게 좋겠습니다. 이 건물에는 B랭크 이상의 조합원밖에 들어올 수 없는데, 카발 씨를 따라 들어온 주제에 이런 태도라뇨. 제대로 교육시키지 않으면 바깥세상에 나갔을 때 상당히 고생할걸요?"

"그러니까 입 닫으라잖아! 이분은 자기 실력으로 여기 있는 거라고!"

핏대를 세우면서 카발이 그라세의 입을 다물게 한다. 그것도 모자라서 "정말 죄송합니다. 이 녀석한테는 제가 잘 말해둘 테니까……."라고 말하면서 내게 머리를 숙였다.

얕보이지만 않는다면 아무래도 상관없지만, 여기서도 아가씨라고 불릴 줄이야…….

뭐, 어쩔 수 없지. 내 본체 부분만으로 변신하는 이 모습이 역시 제일 편하니까.

"나는 여자도 어린애도 아니네. 그 점은 알아주면 좋겠군."

그렇게만 대꾸해줬다.

그건 그렇고 그라세 덕분에 궁금증은 풀렸다.

입구에서 신분증을 검사해서 자격을 판정하고 있었던 모양이다.

자격이 없는 자에겐 문이 열리지 않는다.

그런 까닭이 있었기 때문에 본부임에도 불구하고 그렇게 엄중한 경비는 없었던 것이다.

에렌이 말하기로는 B랭크가 되지 못한 자는 도시의 입구 부근에 있는 출장소를 이용한다고 한다. 그쪽이 숙박비도 싸고 편리성도 높은 모양이다.

그런 설명을 듣고 속으로 납득했다. B랭크까지 올려두길 잘한 것 같다.

그런 생각을 하고 있으려니, 아까 그 접수처 아가씨가 돌아왔다.

방긋이 웃으며 인사를 하더니, "오래 기다리셨습니다. 리무루 님만 들어오시라고 말씀하셨기 때문에 안내해드리겠습니다."라고 내게 말했다.

술렁거리는 소리와 함께 주위의 분위기는 긴장을 띠었다.

"그랜드 마스터가 만나겠다고 하셨다고?!"

"그럼 그 소개장은 진짜였단 말인가……."

"아니, 아니, 소개장이 있다고 해도 그렇게 쉽게 만날 수 있는 분이 아니잖아?!"

그렇게 말하는 목소리가 들려온다.

그런 조합원들을 향해 "내가 말했잖아, 리무루 나리는 특별하다고!"라고 카발 일행이 자랑스럽게 말하는 목소리가 들려왔지만, 그 이상은 부끄러우니까 그만하면 좋겠다.

"그럼 잠시 다녀오겠네."
그 말을 남기고 나는 그 자리를 떠났다.

접수처 아가씨의 안내를 받아 통로 안으로 들어섰다.
어떤 방문 앞에 멈춰 서서 노크를 한다.
대답은 없었다.
접수처 아가씨는 신경 쓰지 않고 문을 열고 안으로 들어가더니, 나도 들어오도록 안내했다.
방으로 들어가자 바닥에 마법진이 그려져 있었다.
베스터가 그린 것과 비슷하다. 같은 계통이겠지.
그 마법진까지 안내를 받으면서 접수처 아가씨와 나란히 선다.
가볍게 마법이 발동하는 기운이 느껴지더니 이내 사라졌다.
그렇게 장거리를 이동한 건 아닌 듯했다.
밀폐된 것 같은 압박감이 느껴지는 걸 보니, 어쩌면 지하에 있는 방으로라도 이동한 건지도 모르겠다. 스파이 같은 걸 경계하고 있는 것이겠지만, 본받아야 할 정도로 보안이 철저하다.
이동한 곳은 응접실로 만들어져 있었다.
접수처 아가씨는 익숙한 상황이다 보니, 인사를 한 번 하고는 나를 방에 남겨두고 돌아가 버렸다.
별수가 없어서 의자에 앉아 잠시 기다린다.
잠시 기다리니 문이 열렸고 한 명의 소년이 들어왔다.
검은 머리와 검은 눈동자, 나름대로 단정한 이목구비를 가졌으며, 아직 어린 티가 남아 있는 용모였다.
아직 고등학생이라고 말해도 충분히 믿을 수 있을 정도로 젊다.

"처음 뵙겠습니다, 제가 그랜드 마스터인 카구라자카 유우키입니다. 잘 부탁드립니다, 리무루 씨. 소문은 듣고 있었습니다! 절 부를 때는 부담 없이 유우키라고 불러주십시오."

그렇게 말하면서 웃는 얼굴로 인사하는 소년.

"나야말로 만나서 반갑소. 리무루 템페스트라고 하오. 쥬라의 대삼림에서 새롭게 템페스트(마물의 나라)를 세우고 거기서 맹주를 맡고 있소. 나도 가볍게 리무루라고 불러주시오."

나도 간단히 답례를 한다.

그게 카구라자카 유우키와의 첫 만남이었다.

*

각자 자기소개를 마친 뒤에 서로 듣고 싶은 것을 묻는다.

잠시 잡담을 하면서 서로의 속내를 살폈다. 하지만 금세 나는 유우키에 대한 경계심을 풀게 되었다.

유우키는 서글서글한 성격을 가진 인간이었다.

이제 20대 후반일 텐데 외모는 여전히 고등학생으로 보인다.

이유를 물어보니, 저주 같은 것이라던가.

이 세계에 왔을 때 유니크 스킬이나 특수 능력을 획득하지는 못했다고 하는데, 신체 능력만큼은 아주 발달했다고 한다.

"야아, 이거 참. 사실을 말하자면 5년 정도 지난 뒤부터 이상하다는 걸 알아차렸지 뭡니까……."

그렇게 말하며 머리를 긁으면서 웃고 있었다.

그 탓에 여성과 사귄 적이 없다고 한다.

실로 호감이 느껴지는 인간이다.
"야아, 그런가? 그거 아쉽구먼. 핫핫하. 뭐, 나중에 알게 될 걸세!"
흘러나오는 웃음을 참지 못하고 나는 진심으로 위로를 했다.
"그 말은 전혀 위로가 되지 않는데요……?"
유우키가 그렇게 불평했지만 그건 기분 탓이라 할 수 있다.

순식간에 친해지게 된 나와 유우키.
"그건 그렇고…… 마물인데 용케도 도시를 만드셨군요?"
"응? 아니, 도시를 만드는 마물 정도는 흔하지 않은가?"
"아뇨……. 들은 적이 없습니다만……. 게다가 아마 이후에도 들을 일은 없을 것 같은데요?"
"그런가?"
"그렇지요……."
서로를 한동안 바라봤다.
뭐, 어떤가. 마물이 도시를 만든다고 해도. 유우키도 사사로운 것에 너무 신경을 쓰고 있다.
그 이야기는 가볍게 넘기고 서로의 사정에 관한 이야기를 나눴다.
그리고 이야기가 일단락되었을 때 유우키가 본론을 꺼냈다.
"그건 그렇고 리무루 씨는 마물이 맞지요? 휴즈한테서도 그렇게 들었는데, 조합 본부의 결계를 그냥 통과한 것에는 놀랐습니다. 어떤 방법으로 변신한 건가요?"
"응? 아아, 마물이네. 정체는 슬라임이지. 이건 비밀로 해주게. 변신하고 있는 건 스킬(능력)인 '만능변화'의 효과라네. 잡아먹은 마물의 모습으로 변신할 수 있는 것이지. 그리고 나머지 이유는 이 가면의 힘, 이랄까."

그렇게 말하면서 나는 가면을 벗었다.

앞으로도 서로 아는 사이로 지내게 될 그랜드 마스터.

이 인물이 적으로 돌아설 경우, 우리나라가 인류에게 인정을 받으려면 가시밭길을 걸어야 하게 될 것이다.

지금이 아주 중요한 순간이다.

수상한 마물의 도시라는 이미지를 상쇄시키기 위해서라도 사실을 이야기해두도록 하자.

"잡아먹은 마물의 모습——그 얼굴은, 시즈 선생님——?!"

유우키의 얼굴에 살의의 빛이 감돈——찰나.

테이블을 중간에 둔 맞은편에서 유우키의 모습이 사라졌다.

교차하는 유우키와 나의 발차기.

그 직후, 충격에 의해 테이블이 두 조각으로 갈라진다.

엄청난 충격이었다. 인간이 날린 공격으로 여겨지지 않을 만큼 격렬하고 묵직한 발차기다. 고통을 느낄 일이 없는 내 다리가 순간적이긴 하지만 마비가 되어 움직이지 않을 정도다.

"진정하게, 젊은이——."

나는 유우키에게 냉정하게 말을 건다.

생각해보니 시즈 씨는 내 분위기를 보고 정체를 알아차렸다.

지금 생각해보면 대단한 사람이란 생각이 든다.

일반적인 사람이라면 슬라임으로 전생한 '이세계인'이라고 누구도 상상하지 않을 테니까.

유우키는 눈에서 살기를 지웠지만, 그래도 방심하지 않고 자세

를 유지하고 있었다.

"자세하게 이야기를 들려주실 수 있겠습니까?"

그렇게 말하면서 내 눈을 똑바로 쳐다보고 있었다.

부서진 테이블은 그대로 두고 다시 마주 보고 앉은 나와 유우키.

자, 이제 침착하게 설명해주기로 하자.

"실은 말이지 나는 '외계인'이라네——."

"무슨 말을 하는 겁니까, 당신. 진지하게 말해주세요! 아니, 이 상황에서 잘도 그런 웃기지도 않는 농담을 할 생각이 드는군요?"

실수했다, 유우키는 상당히 격노하고 있는 것 같다.

긴장을 풀어주기 위해 가벼운 농담을 던질 생각이었는데…….

"아, 알았네. 진지하게 이야기하지. 그러니까 진정하——."

슬슬 분위기를 파악하고 진지하게 이야기하자고 생각했을 때.

"그 전에 여기 와서 '외계인'이라는…… 그런 단어를 들은 건 처음입니다. 혹시나……."

내가 말할 것도 없이 유우키가 내 정체를 깨달은 것 같다.

그래서 나는 내게 생긴 일을 유우키에게 처음부터 말하기로 했다.

"실은 말이지, 나는 묻지 마 살인범에게 칼로 찔려서——."

그리고 긴 시간을 들여서 나는 소상하게 자신의 이야기를 들려줬다.

"그런가요……. 역시 리무루 씨는 일본인이었군요……."

후후, 계산대로군…….

동향인 사람에게만 통하는 이야깃거리를 흘렸더니 단번에

통했다.
언뜻 보기엔 상대를 화나게 만든 것으로 보이겠지만, 재빨리 정체를 알아차리게 만들기 위한 작전이었던 것이다! 그렇게 말해도 아무도 믿지 않겠지만…….
농담은 그렇다 치고 유우키가 날 믿어줘서 다행이었다.
그 후에 서로 많은 이야기를 했다.
이 세계로 온 뒤의 일, 각자 고생했던 일화들.
그리고 시즈 씨의 마지막.
"시즈 선생님이 그런 말씀을……. 확실히 그분은 이 세계를 좋아하지 않는다고 말씀하셨죠――."
유우키는 그렇게 말하면서 눈을 내리깔았다.

어두운 이야기만 해선 의미가 없다.
저쪽 세계의 화제도 꺼내봤다.
만화랑 애니메이션의 마지막 회에 관해선 흥분하여 반응을 보이는 유우키.
"스승님! 앞으로 부디, 부디 제게 가르침을 주십시오!"
"훗훗후. 알고 싶은가? 자네가 알고 싶어 하는 만화랑 애니메이션은 거의 완결이 되었다네! 물론, 나는 그 점에 대해선 모르는 게 없지. 알아둬야 할 건 확실히 알아둘 것, 그것이 신사의 소양이니까 말이야!"
"역시 스승님! 부디, 부디 제게 가르침을!"
필사적인 심정이 느껴지는 태도였다.
도중에 차와 가벼운 식사를 가져온 접수처 아가씨가 눈이 휘둥

그레지면서 놀라는 바람에 쟁반을 떨어뜨릴 뻔했을 정도이다.
역시 장난이 너무 지나쳤는지도 모르겠다.
"그럼 그 뒤를 보여주지. 종이는 있나?"
"종이, 말인가요?"
"음."
유우키는 의문스러운 표정을 지으면서도 아무 말 없이 종이를 준비해서 내게 건네줬다.
나는 그걸 '위장'으로 집어넣고는――.
"자, 완성됐네."
그렇게 말하면서 완성한 걸 꺼내 유우키에게 넘겨준다.
"우, 우오오오오오――옷!! 대체 어떤 마술을 쓴 겁니까, 스승님?!"
유우키가 놀라는 것도 무리는 아니다.
거기에는 제본된 만화책이 출현했으니까.
실은 이것은 '대현자'의 능력을 풀로 활용한 성과이다.
집어넣은 종이에 내 기억을 재현시켜서 그 이미지를 복사한 것이다.
그야말로 능력의 의미 없는 활용이다. 하지만 아주 유효한 활용 방법이기도 하다.
"자, 종이를 계속 준비해주게. 뒷부분을 읽고 싶다면 말이지!"
유우키는 아무 말도 하지 않고 일어서더니, 접수처 아가씨와는 다른 여성에게 종이를 가지고 오도록 명령했다.
그 표정은 진지함 그 자체라, 비서같이 보이는 그 여성도 당황한 표정으로 서둘러 대량의 종이를 준비해줬다.

그런 뒤에 나는 차례차례 계속 기억을 찍어냈다.

남은 종이는 고맙게 받아두기로 한다. 아직 종이는 고가의 물건이기 때문에 이것만으로도 한 몫의 재산이 된다. 제대로 된 용도에도 쓰고 싶었기 때문에 아무리 많아도 곤란하지 않다.

유우키도 딱히 불평은 말하지 않았다.

좋아하는 만화의 뒷부분을 읽지 못했으니, 신경이 쓰이는 것도 당연할 것이다. 그걸 읽을 수 있다고 하면 불평 같은 게 나올 리가 없다.

"정말 고맙습니다, 스승님!"

그렇게 내게 고마워했다.

그중에는 완결이 되기는커녕 거의 진행이 되지 않은 것도 있었지만…….

그런 작품일수록 재미있다는 건 참 씁쓸한 현실이다.

나도 그 뒷부분을 읽고 싶은 게 있으니 10년쯤 뒤에 같은 취미를 가진 일본인의 '이세계인'이 찾아오기를 기대해보자.

그런데 그때 유우키에게 한 가지 질문을 받았다.

"리무루 씨, 궁금한 게 조금 있습니다만……."

"뭔가?"

"길드에서 등록했을 때 문자를 어떻게 적었나요? 일본어도 아니고, 이 세계의 언어를 배울 시간은 없었을 텐데요?"

아픈 곳을 찌르는군.

"훗훗후, 그건 말이지, 유우키 군. 매일 끊임없는 노력으로 이 세계의 언어를 배운 게 당연하지 않은가."

실제로는 '대현자' 선생이 해독해서 문자를 모사해준 것이지만.

기본 문자도 카발 일행에게 배웠기 때문에 그 뒤는 간단했다.

"정말입니까? 뭔가 숨기고 있는 건 아닌가요……? 저도 여기 와서 가장 고생했던 것이 언어를 습득하는 거였는데……."

"마, 말도 안 되는 소리 하지 말게. 인간은 언제든지 공부가 제일 중요한 것이라네!"

동요하면서도 나는 그럭저럭 얼버무리는 데 성공했다.

나를 존경의 눈길로 바라보는 유우키의 시선이 따가웠지만, 거짓말은 하지 않은 걸로 치자.

문자를 배운 것도, 이해한 것도 '대현자'이지만 그건 내 능력이기도 하다. 적절하게 주어를 빼놓고 말했을 뿐이니 잘못한 건 아니니까.

*

저녁 식사를 한 뒤에 다시 진지한 이야기로 돌아간다.

앞으로의 일에 관해서다.

"리무루 씨, 이번에 위험을 감수하면서까지 왕도로 온 것은 제가 같은 고향 출신이라고 시즈 선생님께 들었기 때문이죠? 물론 앞으로도 기꺼이 도와드리겠지만 목적은 그것뿐인가요?"

"그게 무슨 뜻인가?"

"그 외에도 뭔가 이유가 있지 않을까 하는 생각이 들어서 말이죠. 예를 든다면 귀환할 수 있는 방법을 찾고 있다거나?"

유우키는 내게 그런 질문을 했다.

귀환.

그렇다, 그것도 확실히 생각했던 일이긴 하다.

하지만 포기하고도 있었다.

저쪽 세계의 나는 이미 죽은 데다 시체도 이미 화장되어버렸을 것이다. 이제 와서 돌아가 봤자 내가 있을 곳은 없으니 오히려 더 혼란을 줄 것 같기도 하고.

때때로 날 떠올리면서 그리워해준다면 그걸로 충분하다.

하지만 아직 젊은 '이세계인'에겐 귀환이야말로 최대의 목표가 되겠지.

"가능할 것 같은가?"

그 질문에 되돌아온 대답은 침묵.

간단하지 않다는 뜻인가.

가능하다면 벌써 돌아갔겠지. 그렇지 않을까 하는 생각은 하고 있었다.

"일방통행인 것 같더군요. 이 세계는 반물질(半物質)계 같은 세계 같습니다……."

그리고 현재 판명된 점에 대해서 설명해줬다.

간단히 정리하자면 전에 살았던 세계가 물질세계. 마력요소가 없는 세계이다.

그에 비해 정신세계가 있다. 정령이나 악마, 천사 같은 정신 생명체가 사는 정체불명의 에너지로 가득한 세계.

이 두 가지는 정반대의 성질을 지니면서 밀접하게 연결되어 있다고 한다.

그리고 이 세계──혼돈세계.

물질세계와 정신세계의 양쪽의 성질을 가진, 너무나도 특수한 세계.

세계에는 마력요소가 가득 차 있으며, 정령이나 요괴 같은 정신 생명체조차 모습을 드러낼 수 있는 세계라고 한다. 그건 실제로 겪어보고 알고 있긴 하지만…….

물질세계에서 이 세계로 왔다는 것은 육체가 한 번 죽으면서 반물질이 되었다는 것을 의미한다.

그러므로 원래의 물질세계로는 돌아갈 수 없는 게 아닐까라고 말했다.

"하지만 가능성이 없다곤 생각하지 않습니다. 일본에도 오니(鬼)나 악마의 전승이 있었으며, 세계 각지에서 비슷한 신화랑 일화가 남아 있지요. 그러므로 어떤 조건을 만족시키면 이동할 수 있지 않을까 생각합니다."

확실히 그렇다.

이 문제에 대해선 나도 생각한 바가 있다.

열에 들떠서 애매한 기억밖에 없지만, 전에 살던 세상에서 칼에 찔린 시점부터 '세계의 언어'를 들은 건 틀림없었다.

확실하게 이 세계와 전에 살던 세계에는 어떤 연결 고리가 있을 것으로 생각한다.

"그리고……. 리무루 씨는 마법을 다룰 수 있습니까?"

유우키가 갑자기 화제를 바꿨다.

"그렇다네, 몇 가지 배웠으니까."

그렇게 답하자 유우키는 부러운 표정으로 눈을 가늘게 뜨며 말한다.

"좋겠군요……. 실은 저도 처음에는 마법을 동경하고 있었거든요…….”

유우키의 말로는 이런 세계에 와버려서 한탄하는 마음과 동시에 미지의 힘인 마법에 대한 동경도 가지고 있었다고 한다.

그건 나도 마찬가지다.

만화나 애니메이션을 좋아한다면 누구라도 한 번은 마법을 쓰고 싶다고 바랐을 테니까.

“저도 습득하고 싶었지만, 무슨 이유인지 전혀 쓰질 못했습니다. 어쩌면 이 신체의 변화 때문이 아닐까 생각하지만요. 겨우 실제로 접하게 된 낭만이었는데 말이죠…….”

그렇다. 그야말로 낭만이라 할 수 있다.

모처럼 이렇게 되었으니 역시 한 번은 써보고 싶은 본심이 있는 것이다.

그런데도 유우키는 체질 탓에 마법을 쓸 수 없다고 한다.

너무나도 쓰라린 현실이다.

“하지만 연구는 할 수 있습니다. 그렇게 해서 판명한 사실입니다만, 마법이란 ‘이 세계의 법칙에 간섭하는 힘’을 의미하는 것 같더군요. 이 세계에는 신비한 법칙, ‘세계의 언어’라는 게 있어서 새로운 힘을 획득하거나 존재의 격이 상승하는, 쉽게 말해서 진화를 하면 그걸 알려준다고 합니다. 그래서 마법에 관해 말하자면 이 ‘세계의 언어’와 같은 법칙에 따라서 주문을 읊음으로써 어떤 현상을 현실의 것으로 만드는 것 같아요. 즉, 반대로 말하자면──.”

거기서 이야기를 끊는 유우키.

나는 유우키의 말을 듣고 그 뒤에 나올 말을 추측해본다.

반대로 말하자면, 그건 즉——.

"원인과 결과에 인과관계가 있는 거라면, 그걸 읽고 해석하는 법칙을 이해한다면 귀환할 방법도 발견할 가능성이 있다는 뜻인가?"

'세계의 언어'는 나도 익숙하다.

내 스킬(능력)인 '대현자' 같은 것은 이 언어를 이용하여 말해주고 있으니까.

그런 깊은 친밀감이 있으니까 이런 발상에 이르렀다고 말할 수 있다.

"——역시 리무루 씨군요. 놀랐습니다. ……제가 계속 연구하고 있는 내용을 이렇게 쉽게 이해하시다니."

귀환이라는 현상, 이것을 법칙화해서 '세계의 언어'로 변환한다. ——말로 하면 간단하지만 그걸 연구해서 법칙을 발견하는 것은 모든 인생을 소비할 정도로 막대한 노력이 필요하게 될 것이다.

아니, 그 정도의 노력을 들인다고 해도 발견하는 건 불가능할지도 모른다.

——하지만 더욱 깊이 '세계의 언어'에 간섭할 수가 있다면——.

《…………………………….》

아니, 그런 스킬은 꿈같은 이야기다.

뭐, 앞으로도 계속 꾸준히 연구할 수밖에 없겠지.

"뭐, 일일이 모든 법칙을 이해하고 검증해야 할 테니, 시간이 아무리 있어도 부족하겠지만 말이죠."

그렇게 이야기를 마무리하면서 유우키는 쓴웃음을 지었다.

그게 그의 목표인 모양이다. 앞으로도 연구를 계속할 것이라고 한다.

"내가 할 수 있는 게 있다면 돕도록 하지. 나도 정보를 조사해 보겠네."

유우키의 마음가짐에 경의를 표하면서 나도 협력하겠다는 말을 했다.

"귀환이 목적이 아니라면, 리무루 씨는 대체 뭘 하러 오신 거죠?"

다시 화제가 돌아왔다.

유우키의 질문에 내 목적을 말하기로 한다.

"뭐, 나는 느긋하게 생활할 수 있다면 그걸로 충분한데 말이지. 지금은 도시도 완성됐고 동료들과 같이 즐겁게 지낼 생각이네. 그런데 조금 마음에 걸리는 일이 있어서……."

다른 목적.

마석의 대량 구입에 왕도 견학. 어느 정도의 문명인가 하는 걸 견학하는 것은 중요하다.

하지만 잊어선 안 되는 최대의 목적.

그건 꿈에서 본 아이들에 관한 것이다.

"……과연, 시즈 선생님이 마음에 걸려 하셨던 아이들이라……. 하지만 그 아이들은…… 아니, 이게 시즈 선생님의 뜻이라면 저도 당신께 맡겨보겠습니다."

그리고——.

나는 유우키로부터 아이들에 관해 자세한 설명을 들었다.

*

오랜 대화를 끝내고 나는 조합 본부 건물을 나왔다.

카발 일행을 오래 기다리게 한 것을 사과하고 저녁밥을 내가 사기로 한다.

"신경 쓰지 않아도 됩니다!"

그렇게 입을 모아 말해줬지만 시간은 이미 저녁 시간. 하루 종일, 아침부터 저녁까지 이야기에 몰두했다는 계산이 된다.

이렇게까지 시간을 오래 잡아먹는 면담이 될 것으로는 생각하지 못했기 때문에 카발 일행에겐 미안한 짓을 하고 말았다.

숙박 중인 여관과는 달리 왕도에서도 유명하다고 가르쳐준 요리점을 찾아왔다.

거기서 맛있는 요리에 입맛을 다시면서, 유우키와의 대화를 통해 결정된 것을 카발 일행에게 알린다.

"그래서 말이지, 나는 일주일 후부터는 학교에서 교사 일을 하게 됐네."

"네?"

"갑자기 무슨 말씀을 하시는 거예요오?"

"나리도 참 농담을 잘 하시는뎁쇼!"

그렇게 세 사람은 무슨 말을 들은 건지 이해하지 못하는 것 같다.

이런, 이런, 또 처음부터 설명해야 하나.

"간단히 말하자면 나는 내일부터 학교 기숙사의 빈 방에서 살게 됐네. 도중에 내가 꾼 꿈에 관해 얘길 했었지? 그 아이들에 대해 짐작이 가는 바가 있으니, 유우키가 나에게 교사가 되어달라고 부탁을 했네."

그렇게 단번에 설명했다.

그리고 몇 가지 질문을 받고 그에 답한다.

밥을 다 먹었을 즈음에는 세 사람도 납득을 했는지 어이없는 표정을 짓고 있었다.

"그건 그렇다 쳐도 나리가 교사, 라니……."

"전혀 이미지가 안 떠오르네요오……."

"아이들이 걱정됩니다요."

너희들은 날 어떻게 보고 있는 거야……?

"뭐, 그렇게 됐으니 안내는 오늘까지만 해도 되네."

"――너무 갑작스럽군요."

"어? 그렇지마안…… 숲 속 도시로 돌아갈 때까지가 계약 기간인데요오?"

"괜찮다니까! 이런 일도 있지 않을까 해서 이동 마법진을 설치해두고 왔잖나? 나 혼자라면 순식간에 템페스트(마물의 나라)든 블루문드 왕국이든 어느 쪽으로도 돌아갈 수 있어. 오히려 자네들이 큰일이지 않은가? 그러니까 서둘러 돌아가게!"

"잠깐, 진심이십니까? 돌아갈 때도 그 차를 탈 수 있을 줄 알았는데…….”

“그러게 말이죠오! 그 말을 듣고 돌아갈 걸 생각하니 우울해지고 마네요오.”

“아니, 아니, 카발 형님, 그리고 누님까지, 편한 것에 너무 길들여졌습니다요. 그렇게 말은 하지만, 저도 그 승차감 엉망인 마차를 타야 한다고 생각하니 진절머리가 나긴 하지만요.”

이 인간들이…….

내 호위에 책임을 지고 끝까지 같이하겠다느니 운운하면서 멋들어진 말을 하고는 있었지만, 편하게 길을 가고 싶다는 이유도 있었던 모양이다.

세 사람답다고 하면 세 사람답기도 하지만 말이지.

그날은 늦게까지 넷이서 술을 마시며 아쉬운 기분을 달랬다.

그리고 다음 날 아침, 도시 바깥에서.

숙취로 비틀거리는 세 사람과 작별 인사를 나눴다.

“무슨 일이 있으면 곧바로 연락을 주십시오!”

“역시 같이 있는 게 좋지 않을까요오……?”

“쓸쓸해지겠지만 나리도 잘 지내십쇼! 또 숲 속 도시로 돌아가면 불러주십쇼!”

“음. 무슨 일이 있으면 또 부탁하겠네.”

그렇게 말하면서 나는 ‘위장’에서 수레를 꺼냈다.

멀리서 말을 파는 상인이 두 마리의 말을 끌고 오는 것이 보였다.

“어, 나리…… 이게 뭡니까?”

“서, 설마아!!”

"진심이십니까요?!"

놀라는 세 사람을 아랑곳하지 않고 말 상인은 내 지시에 따라 수레에 말을 연결시켰다.

"그럼 의뢰하신 말은 확실히 전달했습니다!"

전표에 사인을 하고 지불을 끝냈다.

그때쯤에는 카발 일행도 사정을 파악한 모양이다.

"그래, 이 마차는 작별 기념으로 주겠네. 필요 없게 되면 리그루도한테라도 돌려주게."

"당연히 계속 필요하지요, 나리!"

"역시 리무루 씨는 멋져요오!"

"정말 멋지십니다요. 휴즈 나리도 이런 호탕한 면을 본받았으면 좋겠습니다요."

감동하는 세 사람.

서프라이즈는 성공했다.

그리고 하나 더――.

"마차 안에 자네들에게 주는 보수가 있네. 나중에――."

나중에 확인해보게――라고 말하려 했지만 그 말이 끝나기도 전에 세 사람이 먼저 움직였다.

"우, 오――――!! 이 방패는!!"

"꺄, 꺄――――――!! 굉장한 지팡이네요오!!"

"이, 이거언! 날카로워 보이는 단도…… 아니, 이건 매직 웨폰(마법 무기) 아닙니까요!!"

다들…… 반응이 너무 빠른 것 아닌가.

내가 없는 곳에서 깜짝 놀라게 만들어줄 생각이었는데 헛수고가 되어버렸다.
"자네들은 정말이지……. 뭐, 됐네. 그게 보수야. 카발에겐 스케일 실드(미늘 방패). 에렌에겐 드리어스 케인(요정수의 지팡이), 기도에겐 템페스트 나이프(폭풍의 단도)를 주겠네. 소중히 다뤄주게."
"물론이지요, 나리!"
"당연하죠오! 제가 새 지팡이를 원한다는 걸 아시고……. 고마워요오, 리무루 씨!"
"그런데 이거 전부…… 유니크(특질급) 아닙니까요?! 저도 이렇게 엄청난 무기랑 방어구를 본 건 처음인데 받아도 괜찮겠습니까요?"
"그래. 재료비는 공짜였으니까 말이지. 에렌의 지팡이만 트레이니 씨에게 부탁해서 가지를 나눠 받은 거니까 정말 소중히 다뤄야 하네."
"그야 물론이죠오!"
기도의 걱정스러운 질문을 가볍게 넘긴다.
에렌은 지팡이에 볼을 문지르면서 너무나 마음에 들어 하는 반응을 보이고 있으니, 내가 굳이 주의를 주지 않아도 소중히 다뤄줄 것이다.
카발에게 준 방패와 기도에게 준 칼은 양산품이지만, 드리어스 케인만큼은 진짜 일류급 물건이다. 잃어버리거나 부숴먹기라도 하면 트레이니 씨가 화를 낼 것 같다. 에렌에게 줄 선물이라고 밝혔기 때문에 괜히 더 걱정이 된다.
카발에게 준 스케일 메일은 카리브디스의 비늘을 가름을 시켜 가공한 것이다. 마법 방어 효과가 부여된 일류급 물건이다.

기도의 템페스트 나이프는 이것도 또한 비늘을 쿠로베가 제련해 낸 것이었다. 바람의 마법이 부여되어 있으며 소유자의 신체 속도를 상승시키는 효과가 있다.

카리브디스의 비늘은 그 싸움이 있은 뒤에 대량으로 확보해두었다. 실은 수백 장 정도 가젤 왕에게도 선물로 넘겨준 것이다.

그중에서도 내가 삼켜둔 몫은 거의 상처가 없는 완전한 품질을 유지하고 있었다. 이것들을 무기나 방어구 제작에 이용할 수 없을까를 여러모로 연구한 성과가 시험 제작품으로 완성된 이 장비들이다.

기도의 말대로 유니크급의 성능을 가지고 있었다.

이렇게 세 사람이 폭주한 덕분에 이별의 아쉬움은 어딘가로 날아가 버렸다.

그래서 평소처럼 세 사람이 활기차게 출발하는 걸 배웅할 수 있었다.

나도 쓸쓸한 건 싫어하니, 이걸로 잘됐다고 할 수 있다.

세 사람도 보수를 받고 기분이 고양된 탓인지 숙취도 다 나은 것 같았고.

그리고 그들의 성격상, 어차피 금방이라도 문젯거리를 들고 또 내게 부탁하러 찾아올 것만 같다.

그래서 신기하게도 즐거운 심정으로 배웅할 수 있었다.

*

세 사람을 배웅한 뒤에 곧바로 이사를 했다.

그렇게 말해봤자 기숙사로 가서 열쇠를 받기만 할 뿐이다.

그대로 수속을 마치고 그날 밤부터 기숙사에 들어가겠다는 뜻을 전했다.

유우키가 '교사 전용 기숙사 제공, 세끼 식사 제공, 그리고 일당은 은화 열 개!'라고 신이 난 표정으로 설명해줬다. 그 말대로 이야기는 다 되어 있었고, 청소도 오늘 안으로 끝내주겠다고 한다.

덧붙여서 왕도에서의 평균 일당은 은화 일곱 개라고 한다. 교사라는 직업은 생각보다 대우가 좋은 모양이다.

숙박하고 있었던 여관은 식사 제공 없이 하룻밤 묵기만 하는데 가격이 은화 네 개였다. 확실히 깔끔하긴 했지만, 농촌의 여관과 비교하면 약간 비싸게 느껴졌다. 그러므로 유우키가 마련해준 기숙사에 바로 들어가는 게 이득이었다.

안을 살펴보았지만 어젯밤 여관보다 뒤떨어지지 않는 것 같았다. 이 정도면 만족이다.

수업은 카발 일행에게도 설명한 것처럼 일주일 뒤부터 시작이다. 하지만 업무의 인수인계도 있으므로 학교에 나가는 건 엿새 뒤부터가 된다.

그러므로 닷새 동안은 내 자유시간인 것이다.

그렇다곤 해도 그날은 일용품을 사느라 하루가 꼬박 걸렸다.

마음에 든 물건을 구입하고 기숙사로 운반해줄 것을 의뢰했다. 그런 식으로 왕도를 견학 겸 둘러보느라 하루를 소비한 것이다.

다음 날은 운반되어 온 짐을 정리하느라 다 써버리고 말았다. 이럴 줄 알았으면 카발 일행에게 부탁할 걸 그랬다고 후회했다.

그리고 사흘째.

그날은 도서관에 가기로 했다.

학교에서 뭘 가르칠 것인지에 관한 구체적인 내용은 아직 듣지 못했다.

유우키가 지금 현재 알아봐주고 있을 것이다. 그러므로 어떤 것을 가르치든 대응할 수 있도록 지식을 익혀두자고 생각했다.

하지만 그것보다도 중요한 것은——당초의 목적이었던 마법의 습득이다.

모처럼 들렀으니 이 도서관에서 가능한 한 많은 마법서를 독파하려고 생각한다.

마법서가 진열된 방에는 입실 제한이 걸려 있었다.

그러나 B랭크 이상의 모험가라면 신분을 증명하는 것으로 열람이 가능해진다.

신분증을 제시하자, 별 문제없이 들어갈 수 있었다.

이 안의 서적들은 대출은 엄격히 금지되어 있다, 왕도에서 체류하는 동안 전부 읽고 싶었기 때문에 우선시할 필요가 있었다.

왕도의 도서관이라고 해도 왕립 도서관과는 다르다. 왕립 도서관은 성 안에 있다.

그쪽은 왕족이나 왕궁에서 일하는 매지션(마술사)만 열람할 수 있다고 한다. A랭크 이상의 국빈급 모험가라면, 신청을 할 경우 열람 가능할지도 모르겠지만…… 지금의 나와는 관계없는 이야기다. 어느 나라도 마찬가지겠지만 국가기밀인 마법도 있으므로 다른 나라의 인간이 열람하는 것은 어려운 일이다.

지금은 이 도서관만으로 만족하자.

그리고 이 도서관에도 제법 귀중한 책들이 잠들어 있다.
내가 지금 있는 도서관에는 모험가가 모은 비술도 진열되어 있다. 자유조합의 모험가가 발견한 고문서도 여기 모여 있다고 한다.
역시 각 나라의 왕립 도서관에 필적할 만한 가치가 이 도서관에도 있는 것이다.
훌륭하다.
왕도에 오자마자 바로 이런 행운을 접할 수 있다니 운이 좋다.
이것도 틀림없이 내 평소의 행실이 좋아서 그런 것이다.

곧바로 마법서를 열람한다.
제대로 읽는다면 평생이 걸려도 불가능할 정도로 많은 양의 책이 있다.
세상에서 진지하게 공부하고 있는 여러분, 미안!
그런 심경으로 사과를 한 후에 '대현자'를 써서 재빠르게 읽어 나간다.
옆에서 보면 책에 손을 얹은 뒤에 다시 책장으로 돌리고 있는 것으로만 보일 것이다. 하지만 실제로는 손을 얹을 때 몸 안으로 읽어 들여 그 내용을 빠짐없이 기록하고 있었다.
'대현자'와 '글러트니(폭식자)'의 병렬 사용을 구사하여 고속 복사로 마법책을 읽어 들인다.
내용을 확인하는 건 나중으로 미뤄도 된다. 아니, 그런 것은 '대현자'에게 맡기면 되는 것이다.
나는 단지 거기 있는 책을 집은 뒤에 책장으로 되돌릴 뿐이다.
어쩌면 이 행동만으로 마법을 쓸 수 있게 된다거나…….

《해답. '해석감정'에 의해 내용을 조사하여 '삼라만상'에 망라하는 것이 가능합니다. 기억 영역에 망라가 종료된 후에는 '영창파기'로 마법을 구사할 수 있게 됩니다.》

어…… 정말?!

그 말은 곧, 내가 쓰고 싶은 마법을 떠올리기만 하면 된다는 건가?

무슨 이런 훌륭한 스킬(능력)이 다 있담. 나는 아직도 '대현자'를 얕보고 있었던 모양이다.

그렇다면 길게 끌 것 없지. 제목도 보지 않고 끝에서 끝까지 읽어 들이는 작업을 해나간다.

이 한 권 한 권이 내 지식으로 바뀌는 것이다. 그렇게 생각만 해도 내 의욕은 배로 증가한다.

그날을 포함해서 사흘 동안, 눈에 핏발을 세우면서 전력을 다해 책을 읽고 모든 책을 기록하는 데 성공했다.

이렇게 내 휴일은 끝났다.

도서관의 사서와 손님이 나를 이상한 사람 보듯이 곁눈질로 바라보고 있었지만, 후회는 없다.

마법을 습득한다는 목적 앞에선 그런 건 사사로운 일일 뿐이다.

*

자, 첫 부임 날이다.

인사를 마치고 학교의 교감 선생에게 가볍게 주의 사항에 관한 설명을 들었다.

힘든 일이라는 건 유우키로부터 이미 설명을 들었다.

유우키는 그랜드 마스터(자유조합 총수)라는 직책뿐만 아니라 이 자유학원의 이사장까지 겸임하고 있었다. 명예직 같은 것이라고 본인은 말하고 있지만 실로 대단하다.

여기 온 지 10여년 만에 자유조합을 발전시킨 것도 모자라 학교까지 운영하고 있으니까.

어떤 의미로 모험가의 귀감이 될 남자였다.

이 학교는 조합원 육성 기관이라고 할 만한 측면도 갖추고 있었다.

조합과 마찬가지로 부문별로 선택할 수 있다.

일반교양은 공통과목이지만 마법학이나 마물학 같은 전문 지식을 배우는 학과와 전투 훈련 및 생존 훈련 같은 실기계의 수업으로 나뉘어 있었다.

전에 살았던 세계에 있는 대학 제도와 비슷하게 자신이 수업을 선택할 수 있게 되어 있었다.

내가 맡게 될 것은 그런 선택 수업과는 선을 긋는 특별교실이다.

통칭 S클래스.

문제가 있는 학생만 모아둔 특수반이다.

전에 있었던 담임――악마 교관으로 두려움의 대상이 되었던 이자와 시즈에가 일신상의 이유로 사임한 이후로 담임이 없는 채 마구잡이로 방치되어 있다고 한다.

그녀는 '폭염의 지배자'라는 이명을 지닌 영웅이었으니, 그런 시즈 씨의 후임으로 들어갈 교사의 부담은 아주 컸을 것이다. 비교를 당해도 어쩌지 못하는 게 실정이었겠지만.

그들은 모두 학생들의 심한 행동에 질리는 바람에 학교에서 도망쳤다고 한다. B랭크의 모험가였던 자도 포함되어 있었다고 하니, 학교에선 현재 그 반을 어떻게 지도해야 할지에 대해 고민 중이었다고 한다.

교무실에서 인사를 했을 때 그런 사정을 전해 들었다.

유우키가 해준 설명과도 대강 일치한다.

그 반에 재적 중인 것은 다섯 명의 아이들이긴 한데……. 나는 유우키와의 대화를 떠올린다——.

………………….

…………….

…….

그 아이들은 모두 '이세계인'——즉, 다섯 명 모두 나와 같은 고향의 사람들입니다.

유우키는 그런 말로 이야기를 시작했다.

"리무루 씨, 하나 묻고 싶습니다만…… 사카구치 히나타를 알고 있습니까?"

왜 여기서 히나타 이야기가 나오는 거지?

뭐, 좋다. 히나타에 대해서도 이야기를 듣고 싶었으니까.

"이름은 알고 있는 정도랄까. 시즈 씨의 제자이면서 '이세계인'이지? 나머지는 배우는 속도가 빨라서 시즈 씨보다 강했다는 정도려나."

“정확히 표현하자면 전성기의 시즈 선생님보다도 강하지만 말이죠……. 그러면 시즈 선생님의 실력이 어느 정도인지는 알고 계시나요?”

시즈 씨의 실력, 이라.

상위 정령인 이플리트(불꽃의 거인)를 소환하여 ‘동일화’한다. 그 열량은 엄청났으며, 나도 ‘열변동내성’이 없었다면 졌을 것이다.

“A랭크 오버의 이플리트를 부렸으니까――.”

“그렇습니다. 전성기의 시즈 선생님은 이플리트를 완전히 부릴 수 있었죠. 그 실력은 제가 정한 기준으로 놓고 보면 A+나 A랭크 중에서도 상위급에 속하는 자에게만 부여되는 특별한 것이었습니다. 히나타는 열다섯 살의 나이에 그런 시즈 선생님을 뛰어넘는 실력을 가지고 있었었죠. 그것만 봐도 그녀가 얼마나 강한지 추측할 수 있으리라 생각합니다.”

흠, 하고 고개를 끄덕이는 나.

전혀 추측이 안 되지만 일단 말하지는 말자.

“왜 이런 이야기를 하는가 싶어 궁금하실지도 모르지만…… 우선은 전제로서 이 세계에서 우리 ‘이세계인’의 차이에 대해 알아주시길 바랐기 때문입니다. 히나타 같이 전투에 특화된 강한 힘을 지닌 사람이 있는가 하면, 전혀 스킬을 가지지 못한 저 같은 사람도 있습니다. 각양각색이라 한 카테고리에 넣을 수 없는 겁니다. 현재 제가 자주 들르는 카페의 주인도 ‘이세계인’입니다만, 그는 아무런 능력이 없습니다. 대부분의 ‘이세계인’은 어떤 특수한 능력을 얻는 경우가 많은 것 같지만, 그게 절대적인 법칙인 건 아닙니다.”

그렇군, 세계를 건너올 때 대부분은 어떤 스킬을 얻는다. 하지만 그건 반드시 획득하는 것은 아니라는 뜻인가.

유우키의 설명은 계속된다.

"하지만——이곳에서 중요한 것은 자연스럽게 세계를 넘어와 버린 경우와 불려서 오게 된 경우의 차이점에 대한 것입니다."

그 부분은 베루도라를 통해서 들었다. 분명——.

"우발적으로 찾아온 '이세계인'과 달리 의도적으로 불린 '소환자'는 반드시 어떤 유니크 스킬을 획득한다. 하지만 성공률은 상당히 낮다——."

라는 내용이었지.

소환을 버텨낼 정도로 강한 '영혼'을 지닌 자가 아니면, 그 소환은 실패로 끝난다고 말했었다. 나는 들은 내용을 그대로 유우키에게 대답했다. 그러자——.

"잘 알고 계시는군요. 제가 조사한 내용과 일치합니다……."

그렇게 말하면서 놀란 듯이 눈을 휘둥그레 떴다.

내 지식이 아니라 베루도라에게서 들은 것을 말하는 것이지만 말이지.

"리무루 씨가 말한 대로 어떤 목적을 갖고 불리는 '소환자'에겐 반드시 그 목적에 맞는 힘이 부여됩니다. 그야말로 인류의 비장의 수단이 될 만한 '용사'처럼 말이죠. 세계를 건너올 때 육체가 한 번 사라지면서 반물질화될 때——즉, 육체가 다시 만들어지는 것이지만, 그때에 대량의 에너지를 흡수하여 능력을 획득할 수 있게 되는 것 같습니다. 그러므로 강한 의지를 지니고 있지 않으면 그 에너지에 오히려 흡수되어 사라져버리는 것이겠죠——."

우발적으로 이곳에 온 히나타마저 비상식적인 힘을 얻었다. 그렇다면 어떤 목적을 갖고 부름을 받은 자라면 어느 정도의 힘을 얻게 될지 상상도 되지 않는다. 유우키는 그런 말을 하고 싶은 것이리라.

하지만——계속되는 유우키의 말을 듣고 나는 전율하게 된다.

"——그렇다면 불완전한 상태로 소환하면 어떻게 될까요?"

"불완전한 상태의 소환, 이라고?"

"네, 그 말대로입니다——."

그 후에 유우키가 설명해준 내용은 듣는 것만으로 기분이 나빠질 만한 것이었다.

본래의, 다양한 조건을 제시한 소환을 행할 경우, 30명 이상의 서머너(소환술사)가 협력하여 일주일이나 되는 시간을 들여 의식을 행한다. 그러고도 성공률은 1% 미만이다.

그뿐만이 아니라 한 번 소환 의식을 행하면 같은 인간이 다음 의식을 행할 때까지는 인터벌이 필요한 모양이다. 그건 33년이라고도 하고 66년이라고도 일컬어지는 긴 인터벌이다. 길면 길수록 조건을 추가해서 검색 범위를 좁힐 수가 있다고 한다.

그렇다면 조건을 제시하지 않고 소환을 하면 어떻게 되는 걸까?

단번에 조건이 완화되면서, 상당히 짧은 인터벌로 소환이 가능해진다고 한다. 즉, 같은 소환술사가 몇 번이고 도전할 수 있다는 뜻이 된다.

단, 소환의 성공률은 여전히 낮은 상태다. 게다가 성공해도 어린애가 불려오는 경우가 많다고 하던가. 그래도 그 방법을 선택하는 이유가 있다고는 하는데.

그리고 그 아이들은…….

강한 의지를 지녔으며, 세계를 건너올 때에 대량의 에너지(마력요소)를 그 몸에 축적하고 있다. 그러나 그 영혼에 맞는 스킬(능력)은 획득하지 못했다.

아직 성장 도중인 육체에, 그 몸에 맞지 않는 대량의 에너지. 이윽고 그 몸은 갈 곳 없는 에너지에 의해 불타버리게 된다…….

"어, 잠깐만. 그럼 그 다섯 명의 아이들은……."

"――상상하신 대로 소환된 아이들입니다."

"이봐, 그러면 그 애들은 괜찮은 건가?!"

유우키는 대답하지 않는다.

그러나 그 침묵이야말로 답을 알려주고 있는 것이나 마찬가지였다.

유우키는 계속 말한다.

"그 아이들이야말로 그 불완전하게 소환된 자――용사가 되지 못한 자들, 입니다."

"용사라고? 그건 무슨 뜻이지?"

"말씀드렸죠? 용사는 인류의 비장의 수단이 될 수 있다고요. 이 세계는 마물의 세력이 압도적으로 강합니다. 늘 위협에 노출되어 있다고 할 수 있죠. 인류의 힘은 미미하기 때문에 인간들은 희망이 될 용사를 바라고 있는 겁니다."

"잠깐, 잠깐, 그래서 소환을 벌여서…… 마물에 대응할 수 있는 전력으로 용사를――?"

"그 말이 맞습니다, 리무루 씨. 만 명의 희생을 치른다 해도 한 명의 '용사'를 만들어낸다. ——그게 바로 이 세계의 선택이었죠."

유우키의 목소리가 차갑게 울렸다.

세계의 선택, 그렇게 말하면 나는 대꾸할 말이 없어지고 만다.

모르는 타인보다도 친한 사람들을 우선한다. 그런 식으로 생각하는 걸 책망할 권리가 내게 있을까?

눈앞에 도움을 청하는 사람이 두 사람 있을 때, 한 사람만 구할 수 있다고 한다면? 그중의 한 사람이 친한 사람이라면 나는 망설이지 않고 그쪽의 손을 잡을 것이니까.

"이 아이들은 각국이 비밀리에 행한 용사 소환에서 실패한 자들입니다. 그걸 시즈 선생님이 거두어서 어떻게든 가르쳐보려고 노력하시고 계셨죠."

"각국? 그 의식에는 나라가 관여하고 있단 말인가?"

"네, 그게 이 세계의 선택일 테니까요. 마물에 대비해 군대를 강화하는 것보다 뛰어나게 강한 '이세계인'을 한 명 불러내는 것이 더 효율적이라고 생각한 것 같습니다. 시즈 선생님의 실력을 아신다면 그 의미도 이해가 되지 않나요?"

그런 말을 들으면 납득은 간다.

이플리트를 상대하게 된다면 만 명의 군사라도 의미가 없어질 테니까.

오크 디재스터를 적으로 돌리게 되면 카발 일행 같은 B랭크의 모험가가 여러 명이 달려든다고 해도 결정적인 대미지를 주는 건 불가능하다.

그러던 중에 시즈 씨나 히나타 같은 특별하게 강한 '이세계인'의 존재가 알려진다면——.

“게다가 이 세계에선 ‘용사’는 그리 간단하게 태어나지 않는 모양입니다. 용사를 자칭하려면 모든 죄와 비난을 짊어질 각오를 갖고 있지 않으면 안 되는 것 같더군요……. 그렇지 않으면 정령의 시련을 극복할 수 없는 것 같습니다. 뭐, 아무런 생각도 없이, 정령의 분노를 사는 것도 겁내지 않고 ‘용사’를 자처하는 바보도 있는 것 같긴 합니다만…….”

그렇군. ‘용사’에게 모든 걸 맡기려 하는 건 지나치게 남에게만 의지하는 것 같지만, 애초에 ‘용사’는 그리 자주 출현하는 게 아닌 모양이다.

――‘세계의 언어’에게 인정을 받은 진짜 ‘용사’는 말이다.

그렇기에 더더욱――각국은 금기를 어기면서도 금단의 소환마법에 매달리는 것이겠지. 성공한 ‘소환자’는 영웅으로서 대접을 받게 되고, 강대국에는 몇 명인가 체류하고 있다고 한다.

이 세계에서 마왕의 존재는 압도적이라 그에 대항하려고 한다면 수단을 고르고 있을 수가 없다. 각국이 ‘이세계인’의 확보에 열심인 것도 전혀 신기할 것이 없는 것이다.

“그런 것치고는 변경의 도시나 마을에선 보이질 않았는데…….”

“그건 말이죠, 그들 ‘소환자’는 왕족이나 그에 준하는 자를 지키도록 명령받고 있기 때문입니다.”

그렇군, 분명 베루도라도 말했었지…….

“병기로서 기대를 받고 있는 ‘소환자’는 소환한 주인에게 거역할 수 없도록 마법으로 영혼에 저주를 새긴단, 말인가.”

나도 모르게 그렇게 내뱉듯이 중얼거리고 말았다.

"알고 있었습니까, 리무루 씨?"
알고 있었다.
알고 있었지만 잊어버리고 있었지.
그렇군…… 그래서 시즈 씨가 이 세계를 싫어했었구나.
"그래서 아이들은 어떻게 되나?"
"――현재 확인되어 있는 기록 중에서 가장 오래 산 것은 5년. 이게 불완전 소환의 생존 확률입니다. 육체의 붕괴를 막기 위한 술법은 발견되어 있지 않습니다. 열 살 미만의 나이로 소환된 아이는 거의 예외 없이 유니크 스킬을 획득하지 못하고 죽음에 이르게 됩니다……."
유우키가 분한 표정으로 설명했다.
그리고 자조적인 미소를 지으면서 "덕분에 각 나라도 순순히 아이들을 넘겨주었지만 말이죠."라고 말했다.
살날이 길지 않은 실패자를 일부러 돌봐줄 필요는 없다는 뜻인가.
"그 건에 대해 서방성교회 같은 곳은 아무 말도 없는 건가? 최강이라는 홀리 나이트 같은 존재도 있지 않은가?"
"묵인하고 있다는 게 현재 상황이라 할 수 있겠군요. 교회 입장에선 마물의 섬멸을 모든 것보다 우선시하고 있을 테니까요."
"그게 뭐야. '정의의 사자'라는 단어가 우습게 들리는군. 히나타도 마찬가지인가? 같은 고향의 아이들이 희생이 되어도 마물을 물리칠 수 있다면 그걸로 충분하다고, 진심으로 그렇게 생각하고 있다고 보나?"
"히나타는…… 리얼리스트(현실주의자)이니까요. 합리성을 추구

하며, 그게 효과적이라고 판단했다면 무슨 짓이든 할 거라고 봅니다만——."

저는 그녀를 이해할 수 없습니다, 라고 유우키는 말했다.

적어도——히나타가 각 나라에서 일했을 때도 소환을 멈추게 하려는 움직임은 취하지 않았다는 것을 알았을 뿐이라고 한다.

"그런가. 그렇다면 그 아이들을, 내가 어떻게 하든 불만은 없겠군?"

"뭔가를 하실 생각인가요?"

"그래. 그게 시즈 씨의 소원이라면 내가 뒤를 이어줘야 하겠지."

나는 유우키의 눈을 보고 내 뜻을 확실하게 밝혔다.

이건 시즈 씨가 남긴 일이라 할 수 있다. 내 꿈에 나타나 부탁을 할 정도로 미련이 남아 있는…….

그렇다면 나는 그 마음에 응해줄 뿐이다.

내게 맡기라는 말은 해줄 수 없지만.

유우키는 고개를 끄덕였다.

그리고——.

"부탁드리겠습니다. 만약 하실 수 있다면 그 아이들을 구해주십시오……."

머리를 숙이면서 내게 그렇게 말했다.

나는 내가 할 수 있는 일을 할 것이다.

지금까지도, 그리고 앞으로도.

………………….

…………….

…….

그리고 나는 이 학교에서 아이들을 돌봐주는 일을 받아들였다.

교사라기보다는 교관.

단순히 학문을 가르쳐주기만 하는 교사와는 달리, 학생들과 같이 생활하면서 가르치고 이끄는 자.

즉, 모든 과목의 수업을 학생들과 같이 받게 된다. 식사도 같이 하게 되니, 그야 세끼 식사가 제공될 만도 하다.

내가 가르쳐줄 수 있는 과목은 나 자신이, 내 전문이 아닌 과목은 다른 교사의 보조를 맡는다. 어찌 됐든 이 특정한 학생들을 돌보는 것이 내가 할 일인 것이다.

"——야아, 이사장께서 소개하셨으니 믿고 싶은 마음은 굴뚝같습니다만, B랭크의 모험가조차도 저 아이들을 돌보는 건 실로 어려운 일이었습니다. 하물며 그쪽도 어린아이로 보이는데요. 지금이라면 사퇴하셔도 별말은 하지 않겠습니다만."

"괜찮소, 내게 맡기시오."

"그렇습니까? 하지만 무리일 것 같으면 빨리 알려주십시오……."

교감 선생은 그렇게 말하면서 날 걱정했다.

문제가 있다고는 해도 아이들을 상대로 한심하군. 처음에는 그렇게 생각했지만…….

그리고 수업 첫날.

"모두 안녕——! 오늘부터 너희들 담임이 된——."

그런 내 친근한 인사에 대한 답례로 돌아온 것은 불꽃의 검을 통한 공격이었다.

“켄, 멋져———!!”

“그거, 필살기 맞지? 드디어 완성했나 보네!”

“하지만 마무리가 어설프네. 피했잖아?”

놀라서 피한 나를 걱정하지도 않고, 적의를 노골적으로 드러내면서 소동을 부리는 아이들.

이봐, 너희들, 남은 목숨이 얼마 남지 않았다고 하지 않았니?

남아도는 에너지를 믿고 너무 마구잡이로 날뛰는 거 아냐?!

내가 피한 뒤쪽에는 칠판이 둘로 쪼개져 불타고 있다.

안 됩니다. 이건 안 됩니다. 학급이 무너질 판이네요!

딱히 누구에게 하는 것도 아닌 존댓말이 저절로 튀어나올 정도다.

당장 때려치우고 싶어졌다.

이곳은 이세계니까, 교사가 폭력을 휘둘러도 체벌이 심하다고 질책을 받거나 하진 않겠지?

내 앞에는 다섯 명의 아이들——문제의 ‘소환자’들이 있다.

유우키가 각국에서 보호해서 데리고 온 아이들.

미사키 켄야——남자, 열 살.

세키구치 료타——남자, 열 살.

게일 깁슨——남자, 열한 살.

앨리스 론드——여자, 아홉 살.

클로에 오벨——여자, 열 살.

아직 초, 중학생 정도 되는 아이들이지만, 나름대로 힘을 갖추고 있는 것 같다. 시즈 씨가 단련시켰으니 우습게 봤다간 다칠 수도 있겠다.

솔직히 말해서 얕보고 있었다.

그리고 좀 더 순순할 것으로 생각했었다.

적의를 다 드러낸 눈길로 나를 노려보는 아이들을 보면서 오랜만에 우울한 기분에 사로잡혔다.

*

모두 열 살 전후의 어린 나이다.

게일은 중학생으로도 보일 법한 체격이지만, 나이로 따지면 아직 열한 살이었다.

교무실에서 받은 자료를 살펴보면서 한 사람 한 사람을 보며 이름을 부른다.

대답이 없다.

이상하네? 대답도 제대로 못 할 정도라면 이 다음 수업은 진행할 수가 없는데 말이지…….

어쩔 수 없지, 믿음직한 조수를 부르기로 하자.

"이름을 부르면 대답을 하렴."

자상한 목소리로 주의를 주자, 울기 직전의 목소리로 켄야가 불만을 쏟아냈다.

"이봐! 이 개, 아니 늑대인가?! 뭐든 상관없으니까, 이거 좀 딴 데로 치워!"

"케, 켄, 괜찮아?"

"이, 이리 오지 마! 제길, 이런 말도 안 되는 짓을!"

"잠깐! 얌전하게 있을게, 얌전하게 있겠다고—!!"

"내 이름은 란가. 개도 아니며 늑대도 아니다. 그보다 꼬맹이들, 나의 주인께서 대답을 바라고 계신다. 순순히 따를 테냐, 그렇지 않으면——."

이런, 이런, 란가의 인기는 엄청나군.

란가도 아이들과 즐겁게 놀고 있는 것 같으니, 실로 흐뭇해지는 광경이다.

"알았어, 알았다고요!"

란가의 위협을 듣고 눈물을 글썽이면서 고개를 끄덕이는 켄야.

아직 불만이 가득한 느낌이지만, 켄야도 그제야 순순해진 것 같다.

"그래, 그래. 아이들은 순순히 말을 듣는 게 제일 좋은 거란다!"

나도 미소를 지으면서 아이들의 출석을 불렀다.

이 아이들은 시즈 씨는 아주 잘 따랐다고 한다. 시즈 씨 외에는 유우키가 하는 말만 듣는다 했던가.

그런 일을 겪었다고 생각하면 당연할지도 모르겠지만, 말썽을 부리는 걸 용서할 것인가 아닌가는 별개의 문제다.

내가 교사를 이어받은 이상, 그 부분은 확실하게 교육을 시켜줘야 할 것이다.

"나는 오늘부터 너희의 교관이 된 리무루다. 나는 시즈 씨처럼 자상하게 대하지는 않을 테니까 그렇게들 알고 있어라!"

이런 식으로 우선 인사를 하는 법부터 교육시켰다.

그건 그렇고.
반항적인 태도는 줄었다고 해도 그 눈은 여전히 적의로 가득 차 있었다.
교실 안은 조용하다.
꿀꺽, 하고 침을 삼키는 소리가 들릴 정도로.
란가가 꼬리를 흔들면서 내게 달려왔다.
"좋아, 잘했어. 그러면 다들, 자리에 앉으렴."
나는 쾌활한 미소를 지으며 지시했지만, 누구 하나 움직이려고 하지 않는다.
이거 참 곤란하다.
보아하니 이렇게까지 뿌리 깊게 남을 적대시하는 걸 보면 신용을 얻는 것은 어려울 듯하다.
내가 그들의 입장이었다면 죽여버릴 거야, 이 자식, 이라고 생각했을지도 모르지만 그건 그거다.
이 세계는 결국 약육강식.
란가를 이기지 못한다면 그들의 고집도 통하지 않는 법이다.
원망하려면 힘이 없는 자신을 원망하려무나.
그러므로——.
"좋아! 그러면 다들 하고 싶은 말이 있는 것 같으니, 지금부터 시험을 쳐볼까."
나는 그렇게 선언한다.
"잠깐! 왜 그렇게 되는 건데!"
맨 먼저 불평을 말한 건 앨리스다.
"시, 시험이라니?"

"우엑———!!"

료타가 쭈뼛거리면서 그렇게 묻는 옆에서 켄야가 싫은 표정으로 소리를 지르고 있었다.

"난 시험이 싫어——."

"너무 갑작스러워요. 설명을 바랍니다!"

단적으로 자기주장을 하는 클로에와 이지적으로 설명을 요구하는 게일.

요란한 비난 소리. 아이들도 개성적이라 재미있다.

음, 시험이란 건 언제 어느 세상이건 다들 싫어하는 법이다.

"자자, 놀라지 마. 너희가 하고 싶은 말도 이해가 안 되는 건 아니니까. 하지만 내 말을 들어. 지금부터 치를 것은 너희에게 있어서도 필요한 것이니까!"

"어째서?! 빠르건 늦건 어차피 우리는 죽는다고! 공부해봤자 의미가 없잖아!"

"그, 그래……. 지금까지 우릴 맡은 선생님도 장난감이랑 그림책을 갖고 와서 그걸로 맘대로 가지고 놀아도 좋다고……."

"우린 여기 온 뒤로 공부 같은 건 한 적이 없는데……."

"난 그림책을 더 읽고 싶어."

"애초에 말이야, 당신 대체 뭐야?! 조금 강한 개를 데리고 있다고 해서 잘난 체하지 말라고!"

각자 불평을 쏟아냈다. 기운이 넘쳐 보이는 게 무엇보다 다행이다.

그러나 이건 필요한 일이다. 유감스럽게도 타협할 생각은 없다.

"괜찮아, 다들 안심하렴. 시험이라고 했지만, 지금부터 할 건 즐거운 게임이야. 자네들——아니, 너희들의 불만을 풀 수도 있어. 지금부터 한 명씩 나랑 모의전을 하는 거야. 규칙은 간단해. 너희들은 있는 힘을 다해서 내게 공격을 해도 돼. 그리고 날 쓰러뜨릴 수 있으면 그걸로 끝이지. 하지만 10분 동안 내가 완벽히 피해내면 내 승리야. 간단하지?"

"겨우 그것뿐?"

"그래. 간단하지?"

"10분 동안?"

"시간을 더 늘려주길 원한하다면 한 시간으로 해도 좋아."

"흥이다! 그 개만 부리지 않는다면 10분도 안 걸려!"

"아아, 그건 약속하지. 단, 너희들도 견학하던 애가 도와주면 반칙이다?"

"알았어!"

"응."

"헤헤, 그 개만 없으면 내가 이겨!"

"그림책 읽고 싶은데……."

"그러면 장소는 어디로 할 건가요?"

"장소는…… 그래, 운동장으로 갈까. 그리고 규칙은 이해했니? 이해했다면 이동 중에 순서를 정해두렴."

나는 그렇게 말하면서 아이들——지금은 내 학생들을 이끌고 운동장으로 향한다.

지나치는 사람들이 놀란 표정으로 우리를 보고 있지만, 그런 건 무시한다.

간단한 모의전.

내가 손을 댈 생각은 없다. 이 아이들의 능력을 확인하고 싶은 것뿐이다.

유니크 스킬을 얻지 못했으니, 그 신체가 붕괴될 정도의 에너지(마력요소)양을 다 소비하지 못한다. 그렇다면 전력을 다해 싸우게 해서 그것을 소비하는 건 가능할까, 불가능할까? 우선은 그것을 확인할 것이다.

시즈 씨랑 유우키가 그걸 깨닫지 못했을 거라고는 생각하기 어렵지만, 내게는 '해석감정'도 있다. 더욱 상세하게 관찰할 수 있을 거라 생각한 것이다.

덧붙이자면 마물은 에너지양의 많고 적음에 따라 강함의 기준이 정해져 있다. 그에 비해서 모험가의 랭크는 실력이 기준이 되어 있었다.

B랭크의 모험가로 불리는 자보다 C랭크의 모험가 쪽이 에너지양이 많은 경우도 있어서, 신기하게 생각하고 있었다.

자신이 모험가가 되어 시험을 받으면서 그에 관한 사정을 알게 된 것이다.

일반적인 마물은 본능으로 싸우기 때문에 레벨(기량) 같은 건 관계가 없다. 그러므로 에너지양만으로 판정을 받는 것이리라.

——애초에 마물에게도 레벨이 높은 자가 있긴 하지만 말이다.

그리고 하나 깨닫게 된 것이 있다.

모험가와 마물을 비교해보면 마물 쪽이 압도적으로 에너지양이 많은 것이다.

그것을 전제로 생각해본다면…… 레벨을 연마하는 데도 한계가 있기 때문에, 인류가 마물에 비해 얼마나 나약한지 알 수 있을 것이다.

각국이 금단의 소환 의식을 치르는 것도 그게 이유일 것이다. 화도 나고 절대 용서할 수 없지만…… 그것을 부정하는 건 불가능할 것 같았다.

그리고 이 아이들 말인데——.

내 '해석감정'으로 볼 때 놀랍게도 마물을 기준으로 따지면 A랭크 이상의 에너지양을 가지고 있는 것으로 측정되었다. 그중에서 클로에 같은 아이는 상위 정령조차도 필적할 수 있을 만한 에너지를 보유하고 있었던 것이다.

확실히 이건 정상이 아니었다.

그 힘을 제대로 사용할 수만 있다면 버거운 상대가 될 것이다. 하지만 과연…….

보아하니 순서가 정해진 모양이다.

의욕이 가득 흘러넘치는 표정으로 켄야가 앞으로 나선다.

아직 열 살인 개구쟁이 소년. 골목대장 같은 위치일까?

"이봐, 이 검은 사용해도 돼?"

건방진 녀석.

"말했잖아? 전력을 다해 공격하라고. 단, 졌을 때는 존댓말을 제대로 쓰도록 해!"

"흥! 어른이라도 우리한텐 못 이겨. 시즈 선생님 말고는 진 적이 없으니까!"

"흐—음. 큰소리를 치는 건 날 이긴 뒤에 하려무나."

그런 흐름으로 시합이 시작됐다.

시작 신호는 아이들에게 맡긴다. 어제 준비한 모래시계를 건네주고 사용법을 설명했다.

그럼 시작해보기로 할까.

"시, 시작!"

료타의 신호를 듣고 켄야가 움직였다.

초등학생치고는 좋은 움직임이다. 아니, 어른을 이길 수도 있겠는데.

그래도 뭐, 내가 보기엔 상대가 되지 않는다.

"켄, 파이팅———!!"

"지지 마!"

켄야는 성원에 응하려는 듯이 온몸에 잔뜩 힘을 주고 있다.

필사적으로 내게 공격을 맞추려 하고 있지만, 미리 예상할 것도 없이 그 움직임은 뻔히 보였다.

5분이 경과한 시점에서 울기 직전의 표정을 지으면서 불꽃을 날리기 시작했다.

흠. 아무래도 이 불꽃은 위력이 약한데.

주문을 읊지 않고 쏘는 것은 훌륭하지만 탄착점을 쉽게 예상할 수 있다. 그러므로 일부러 받아내지는 않고 있지만 그래도 폭발의 여파에서 느껴지는 체감온도는 낮게 느껴진다.

이건 B랭크의 모험가인 에렌의 파이어 볼만도 못하다.

켄야의 A랭크에 해당하는 에너지양을 볼 때 에너지 효율이 너무 안 좋다.

딱히 힘 조절을 하는 게 아니라, 보고 흉내 내서 쓰고 있을 뿐인 것으로 보인다. 자신의 힘을 전혀 살리질 못하고 있는 것 같다.

"이봐. 불꽃에 집착하지 말고 평범하게 에너지만을 모아서 쏴 봐."

충고를 해줬지만 켄야는 전혀 들으려 하지 않는다.

"시끄러워! 시즈 선생님이 사용했던 기술은 굉장했어! 네가 하는 말 따위를 들을 것 같아!"

정말로 건방진 꼬맹이이다.

켄야는 내 충고를 따르지 않았고, 그대로 10분이 지났다. 내 승리이다.

"좋아, 이걸로 끝! 앞으로는 제대로 선생님이라고 불러라. 그럼 다음, 앞으로 나오렴."

어깨를 축 늘어뜨리고 풀이 죽은 채로 견학하고 있던 동료 곁으로 돌아가는 켄야.

뭐, 초등학생 꼬마한테 졌다면 내가 더 충격이 컸겠지만.

그 다음에 나온 사람은 클로에 오벨.

열 살의 소녀이다.

보기 드문 색의 머리카락. 검은색에 은색이 섞인 것 같은――어쨌든 신비한 색의 머리카락을 가진 미소녀다.

일본인의 피도 섞여 있는 건지, 어딘가 동서양의 분위기가 공존하는 미스터리어스한 분위기를 띠고 있다.

그럼 시작해볼까.

그렇지만 이런 미소녀에게 진다면, 정말 체면이 말이 아니겠지. 방심만은 절대 금물이다.

"클로, 무리하지 않아도 돼!!"

"다치지 마, 클로!"

아이들이 응원하는 소리도 '파이팅!'이 아니라 '다치지 마!'라는 내용이 많았다.

그야 그렇겠지. 전혀 강해 보이진 않으니까.

신호하는 소리가 들렸다. 시합 시작이다.

과연 클로에는 어떤 공격을 시도해 올까.

클로에는 책을 좋아하는지 늘 책을 들고 있다.

그건가? 그 책 모서리로 때리거나 내던지려나?

이건 책이 아니라 둔기입이다, 라는 식으로? 초등학생의 발상으론 그건 무리려나.

그런 멍청한 생각을 하고 있으려니, "워터 제일(흐르는 물이여, 내 적을 붙잡아라)."이라는 주문을 읊는 소리가 들렸고, 그와 동시에 출현한 물이 내 다리를 휘감아서 붙잡았다.

'열원감지'에 의하면 더할 나위 없는 진짜 물이다.

켄야에 이어서 이 아이도 자유자재로 마법을 부리고 있었다.

대단한데, 혹시 천재인가?

감탄하고 있을 때가 아니다. 물의 움직임이 격해지면서 나를 붙잡은 채 공 모양으로 변화했다.

그 물로 이루어진 공을 손가락 끝으로 만져보니 핏 하고 끝이 베이는 감각이 느껴진다. 내가 사용하는 '수인(水刃)'처럼 물을 고속으로 순환시켜서 이 공 모양을 유지하고 있는 것으로 보인다.

훌륭하긴 하지만 여기서 뭘 어쩌려는 생각일까?

"이 마법은 그 자리에서 붙잡은 사람을 향해 쏟아지도록 변화시킬 수 있어! 패배를 인정한다면 해제하겠지만 안 그러면 죽을 거야."

어린 주제에, 무서운 아이!

조금 전의 켄야와는 달리 상대를 붙잡아서 공격하는 기술인가. 하지만 아쉽게도 이 정도로는 효과가 없는데 말이지.

"굉장한 마법이긴 하지만 나한테는 통하지 않아. 하지만 이 마법은 잘 다루고 있구나. 앞으로도 착실하게 공부하도록 하렴!"

물로 만들어진 감옥을 빠져나와 클로에의 머리를 쓰다듬었다.

감옥? 그런 거야 엑스트라 스킬인 '마력조작'을 쓰면 어떻게든 빠져나올 수 있지.

솔직히 말해서 이 스킬은 엑스트라 스킬 중에서도 최상위에 속한다. 유니크 스킬에 필적할 수 있을 정도로 놀라운 능력인 것이다. 마법은 마력요소를 조작해서 현상을 일으킨다. 그러므로 그것을 넘어서는 힘으로 마력요소에 간섭하면 효과를 상쇄시키는 것도 아주 쉬웠다.

클로에는 놀란 표정으로 주저앉더니, 새빨개진 얼굴로 눈물을 글썽거리고 만다.

용서하렴, 힘을 조절했는데도 이 정도란다. 얕보였다간 너희들은 내 말을 안 들을 테니, 여기서는 압도적인 실력 차를 보여줄 필요가 있단다.

클로에는 전의를 상실했다. 내 승리이다.

클로에는 내가 쓰다듬어준 머리를 손으로 누르면서 왠지 기쁜 표정으로 미소 짓고 있었다.

자, 계속해볼까!

게일 깁슨이 다음 상대인 것 같다.

가장 나이가 많은 열한 살. 갈색 머리에 몸집이 큰 소년이었다. 이목구비가 뚜렷한 미소년이다.

이 녀석은 틀림없이 어른이 되면 배우 뺨치는 미남으로 성장할 것이다.

확실하게 눌러놔야겠다는 생각을 하는 건 절대 아니다. 단지 아주 조금, 내가 어른 자격으로서 세상살이의 엄격함을 가르쳐주려는 것뿐이다.

"죽어도 원망하지 마세요."

게일은 잔재주를 부리지 않고, 주저 없이 진심을 담은 일격을 선보였다. 좀 전에 두 사람이 당하는 모습을 보고 나를 재평가한 것 같다.

일반적인 교사——B랭크의 모험가라도 자칫하면 죽을 수 있는 위력의 마력탄을 발사한 것이다.

나조차도 마력탄을 습득하느라 상당한 고생을 했는데…….

지금 낼 수 있는 모든 힘을 쏟아부었을 일격.

따지자면 올바른 선택이다. 하지만 아쉽게도 상대가 너무 안 좋다. 나에게 방출형 기술은 통하지 않는다.

당연하다는 듯이 '글러트니(포식자)'로 잡아먹어서 흡수한다.

"그게 뭐예요?! 치사하게!"

응, 치사하긴 하네. 나도 그렇게 생각해.

"알겠냐? 어른이란 건 치사한 생물이야. 무슨 수를 써서라도 이긴다! 그게 어른이란 존재야."

어린애를 상대로 어른스럽지 못하지만, 지금은 뭘 선보이는 걸 아낄 장면이 아닌 것이다.

사실, 다른 수단으로 대항하는 것도 좋았겠지만, 가능한 한 여유를 보여주면서 시합을 끝내야만 한다.

상당히 힘든 일이다. 이래 보여도.

게일은 분한 표정으로 입술을 깨물면서 주먹에 기를 집중시킨 뒤에 공격을 해 왔다.

포기하지 않은 건 칭찬해줄 만하지만, 이렇게 나오면 게일에겐 승산이 없다.

켄야와 같은 방식을 거치면서 내가 승리하게 되었다.

료타는 마음이 약해 보이는 소년 같았다.

늘 켄야과 사이좋게 지내면서 켄야를 응원하고 있다.

정반대의 성격을 가진 친구라고 할까. 이렇다 할 특징이 없는 평범한 소년으로 보였다.

하지만 그 능력은――.

"료타, 내 복수를 해줘!"

그 켄야의 외침을 들은 순간, 료타의 눈빛이 바뀌면서 공격을 해 오기 시작했다.

마법?! 아니, 시온의 '신체강화'에 가깝다, 주문을 읊지도 않고 순간적으로 속도도 힘도 배 이상이 되었다. 그리고 마력요소를 투기로 변환하여 자신의 몸을 지키고 있다.

훌륭하게 강화한 것으로 보이지만 의식이 없다는 게 단점이다.

전투 시에 냉정함을 버리는 건 대부분의 경우 마이너스에 해당한다. 그래선 마물과 다를 바가 없으며, 지성이라는 유일한 어드밴티지를 잃어버리게 되기 때문이다.

료타의 능력은 '신체강화'가 아니라 '광전사화(狂戰士化)'인 것이다.

이래선 의미가 없으니 수정해줄 필요가 있을 것 같다.

움직임은 좋으니, 상대가 내가 아니었다면 그럭저럭 싸울 수 있었을지도 모르겠네.

하지만 안 됐어!

나는 10분 동안 여유 있게 모든 공격을 피해냈다.

마지막 소녀, 앨리스 론드.

가장 어린 아홉 살. 아름다운 금발의 윤기 있는 스트레이트 헤어를 등 부근까지 길렀다.

인형 같다는 표현이 그야말로 적절한, 엄청난 미소녀였다.

어른스러운 클로에와는 정반대인 말괄량이 여자애 같다.

"이제 겨우 내 차례가 돌아왔네! 쓸모없는 너희들은 내 활약을 지켜보기나 해!"

자신만만하게 선언하는 앨리스.

켄야가 리더인 줄 알았는데, 진짜 리더는 가장 어린 이 소녀인지도 모르겠다.

아니, 숨겨진 보스라고 해야 하나. 어느 쪽이든 상관없지만 이 아이를 납득시키지 않으면 내 위엄을 보여주는 계획은 실패로 끝날 것 같다.

정신을 바짝 차리고 상대해야겠다고 생각한다.

게다가 아까부터 다른 학생들이나 교사들이 견학하는 수가 늘어나 있었다. 운동장에서 이 정도로 눈에 띄는 짓을 하고 있으면, 흥미가 동해서 보러 오는 사람이 있어도 이상할 게 없다.

그렇게 견학하는 사람들에게도 내가 아이들을 따르게 시키면서, 학생으로 다루고 있음을 보여줄 필요가 있을 것이다.

어디, 그러면 이 아이는 어떤 능력을 가지고 있을까?

앨리스는 대담하게 웃는다.

그리고 등에 업고 있던 수많은 인형을 하늘로 던지더니,

"다들 공격! 저딴 녀석은 박살을 내버려!!"

그렇게 소리쳤다.

뭐? 그렇게 생각하면서 하늘을 쳐다봤더니, 때마침 인형들이 마치 살아난 것처럼 나를 향해 공격을 해 오고 있었다.

개가, 고양이가, 새가, 그리고 곰까지.

의외로 묵직한 일격을 날리는 인형들.

앨리스의 능력은 골렘 마스터(인형사역자, 人形使役者)였던 것이다.

시즈 씨가 정령을 부리는 걸 보고, 그 모습에서 이미지를 잡은 것이겠지. 어린아이의 발상이라곤 하나 만만히 보면 안 된다.

이 능력에, 인형을 가지고 이런 전투력을 낼 수 있다면, 특수합금 같은 걸로 만든 인형이라면 병기도 될 수 있을 것 같다…….

어쩌면 다섯 명 중에서 최강의 능력인지도 모른다.

하지만 뭐, 피하기만 하는 거라면 그럭저럭 문제는 없다.

"당신, 졸랑졸랑 도망 다니지 마!!"

그런 불만 섞인 목소리가 들려오지만 무시한다.

전부 다 불태워버릴까 하는 생각이 살짝 머릿속을 스쳤지만, 애써 참고 피하는 데 집중한다.

《알림. 개체명 : 앨리스 론드가 울음을 터뜨릴 확률…… 100%.》

그런 예측이 나온다면 실행으로 옮길 생각은 아예 들지도 않는다.

싸우는 것보다 달래는 게 더 큰일인 데다, 견학하는 사람들도 어른스럽지 않다고 생각할 테니까 말이다.

결국 10분 동안 피하는 데 성공한 내 승리였다.

*

이것으로 그럭저럭 체면을 세운 것 같다.

어쨌든 이렇게 다섯 명에게 내 실력을 인정받을 수가 있었다.

"굉장한데, 저 가면 쓴 교관. 아직 초등학생 정도로 보이는데, 저 문제아들을 압도했잖아?!"

"저런 실력인데 B랭크의 모험가라고? 그럴 리가 있나. 저 실력은 시즈 교관을 방불케 할 만한 정도였어!!"

외야에서 그렇게 말하는 소리가 들려오는 걸 보면 내 어필은 성공한 것으로 판단해도 좋을 것 같다.

그건 그렇고 이 아이들의 힘은 뭔가 뒤죽박죽인 것 같은 인상을 받았다.
진심으로 원해서 얻은 능력이 아니라, 시즈 씨의 흉내를 내고 있을 뿐인 것으로 보인다.
그리고 내가 확인하고 싶었던 것, 그 부분은 확실하게 결과가 나왔다.
전력을 다해서 싸우게 하면 조금이라도 체내의 에너지양을 감소시킬 수 있을 거라 생각했는데…… 웃물에 해당하는 부분만 소비할 뿐이지, 근원적으로 깃들어 있는 에너지는 조금도 감소하지 않았던 것이다.
그건 위력이 적은 공격 내용을 봐도 명확하다. 이 방법으론 신체가 붕괴되는 걸 막는 건 불가능하다는 결론이 났다.
추가로 생각할 수 있는 건 내 유니크 스킬 '변질자'로 '분리'해서 유니크 스킬 '글러트니'로 '포식'하든가 '격리'를 행하는 방법이 있다. 하지만 아마도――.

《해답. 영혼에 융합된 에너지를 분리하는 것은 불가능합니다.》

역시 무리인가.
싸우면서 자세하게 관찰한 결과, 분리할 수 없는 레벨로 융합되어 있다는 걸 깨달았다.
그들이 유니크 스킬을 익히게 만들거나, 혹은 다른 수단을 찾아볼까…….
남은 시간은 얼마 없다.
길어야 5년 정도밖에 생존 기간이 없다면 이 아이들에겐 1년도 남지 않았다고 봐야 한다.

남은 기간 안에 에너지의 폭주로 인한 신체 붕괴를 막을 수단을 어떻게든 찾아내야만 하는 것이다.

다소 거친 방법이었지만, 그들의 현재 상태를 확인할 수는 있었다.

전력을 다 하도록 유도하는 방법은 사태의 해결로는 이어지지 않았다. 하지만 마력요소를 과잉 방출하게 함으로써 어느 정도는 붕괴를 늦출 수가 있을 것이다.

정기적으로 전력을 낼 수 있게 시키는 것을 대처 요법으로 삼으면서 근본적인 대책을 생각해보기로 하자.

운동장 정리를 하고 나서 교실로 돌아가면서 나는 그런 생각을 했다.

그리고 교실에서.

"자, 지금 너희들이 경험한 대로 나는 강하다. 그런 내가 너희들에게 약속하마. 너희들을 구하겠다고. 이 가면에 맹세코 말이야."

아이들을 앞에 두고 나는 선언했다.

모두 얌전해지면서 진지하게 이야기를 들을 마음을 먹어주었다.

우선은 1단계는 성공이었다. 마음도 통하지 않는 상대의 말 따위는 그냥 흘려듣고 넘기는 법이니까.

나는 조금은 강제적이긴 하지만, 아이들의 마음을 붙잡는 데는 그럭저럭 성공한 것 같다.

"저기, 그 가면은…… 시즈 선생님 거야?"

갑자기 넌지시 앨리스가 내게 물었다.

"그래. 시즈 씨가 내게 맡겼단다. 그리고 이걸 받아들였을 때 너희들도 내게 맡긴 것으로 생각하고 있어."

그렇게 답한다.

사실은 최근에 꿈으로 보게 되면서부터였지만…… 그런 건 어찌 됐든 상관없는 이야기다.

앨리스는 내 대답을 듣고 만족스러운 표정으로 고개를 끄덕였다.

"알았어. 난 당신을 믿을래."

"그럼 나도――."

"저는 처음부터 믿고 있었거든요?"

앨리스, 료타, 클로에.

이 세 사람은 조금이나마 마음을 열어준 것 같다.

"뭐야……. 그럼 나도……."

"그러네, 켄야. 나도 이 사람이라면 믿어도 괜찮을 것 같아."

켄야와 게일도 다른 의견은 없는 것 같다.

나는 그럭저럭 아이들의 신뢰를 얻고 교사로서 인정을 받은 것 같다.

그건 그렇고 가면이라고 하니…….

지금 뭔가, 내 기억에 걸리는 점이 있었다.

시즈 씨가 내게 부탁한 것은――마왕 레온을 때려주는 것.

죽이는 것도, 쓰러뜨리는 것도 아닌, 때려주는 것.

어라? 어쩌면 시즈 씨는 마왕에 대한 복수가 목적이었던 게 아닌가?

그렇겠지. 잘 생각해보니 진심으로 복수를 할 생각이었으면 틀림없이 전성기에 행동으로 옮겼을 테니까.

게다가 잠깐만?

시즈 씨는 분명, 이 세계에 왔을 때는 열 살도 되지 못한 나이였다고 했던 것 같은데…….

어떻게 살아남은 거지?

생각해보자. 자세하게 이야기를 들은 건 아니지만, 힌트는 거기에 숨어 있을 것 같았다.

애초에 시즈 씨가 아이들을 저버리고 자신의 목적을 우선했다는 것에는 위화감이 느껴졌다.

무슨 일이 있어도 지금 행동으로 옮겼어야 하는 이유가 있었다고 한다면?

——빨리!

아아, 그렇구나…….

아이들을 거둬서 구해줘야겠다고 생각했기 때문에 레온을 찾아간 것인가. 레온을 때려주는 것과 아이들을 구하는 것. 이 두 가지는 같은 목적으로 연결되는 것이다.

——마왕 레온이라면 아이들을 구할 방법을 알고 있을 것이다. 왜냐하면 자신을 구해주었으니까.

그렇게 생각했단 말인가.

그렇다면 그 방법은?

나는 '대현자'를 구사하여 있는 힘을 다해 생각을 거듭한다.

그리고 평소와 다름없이 '대현자'는 내 기대를 배신하지 않았다.

마왕 레온이 어떤 의도를 갖고 시즈 씨를 구해준 것인지 아닌지, 그런 건 나에게는 아무 상관이 없다.

중요한 것은 그 방법이다.

《해답. 마왕 레온 크롬웰이 이자와 시즈에를 구한 방법을 추측…… 성공했습니다. 읽어 들인 정보에서 상황증거를 통한 추론입니다만――.》

내 마음속에 '대현자'가 이끌어낸 답이 울려 퍼진다.

그건 아이들에겐 가혹하면서도 힘든, 성공률이 낮은 도박이다. 하지만 내게는 쉬운 시련이다.

문제는…….

"알겠냐, 반드시 너희들을 구해주겠어. 그러니까 너희는 나를 믿고 착한 아이가 되는 거다? 시즈 씨가 맡긴 너희들을 나는 절대 저버리지 않을 테니까!"

나는 자신만만하게 말한다. 아이들 앞에서 불안한 모습 따윈 보일 수가 없는 것이다.

아이들은 나를 진지하게 바라보면서――.

"""""잘 부탁드립니다, 선생님!!"""""

그렇게 말했다.

선생님이라. 좋은 느낌의 발음이다.

날 믿고 맡기렴.

나는 지금 처음으로 이 아이들에게 선생님으로 인정받은 것이다.
반드시 구해내고 말겠다.
나는 마음속으로 그렇게 맹세했다.

제6장 미궁 공략

Regarding Reincarnated to Slime

평온한 오후.

자신의 방에서 독서에 빠져 있는 슈나.

그곳에 늘 그랬듯이 요리를 가르쳐달라고 시온이 난입하며 찾아왔다. 그리고 매서운 눈으로 슈나가 들고 있던 책을 알아차리고 질문한다.

"그건 뭔가요, 슈나 님?"

"후후후, 시온. 이건 책이랍니다. 리무루 님이 선물로 주신 마법서지요."

미소를 지으면서 시온에게 답해주는 슈나.

자신들의 힘만으로 도시를 운영하는 일상에도 익숙해졌을 무렵, 슬그머니 돌아온 리무루. 그런 리무루가 대량의 마법서를 슈나에게 준 것은 바로 어젯밤 일이었다.

정말 평소와 다름없는 모습으로 "아, 안 자고 있었나, 슈나? 마침 잘됐군, 너도 마법을 배우고 싶다고 했었지? 그래서 이렇게 네 몫도 준비했어."라고 아무렇지 않게 건네준 것이다.

한 번 보기만 해도 그 내용은 인간들이 비술로서 소중히 보관하고 있는, 극비문서라는 걸 이해할 수 있었다. 행복한 기분에 사로잡힌 채로 슈나는 리무루에게 감사의 인사를 했다.

그런 뒤에 도시의 평소 상태를 리무루에게 보고하고, 리무루가 마법으로 이동하는 걸 배웅한 것이다.

"뭐라고요?! 슈나 님만 받으시다니 치사합니다!"

"어머나! 시온에게도 남기신 선물이 있었다는 걸 잊어버리고 있었네요."

"너무하세요, 슈나 님은……."

볼을 부풀리면서 뾰로통하게 화를 내는 시온.

하지만 눈앞에 내놓은 달콤한 냄새가 나는 과자를 보자, 그 표정에서 분노의 빛이 사라졌다.

이것도 리무루가 왕도에서 발견했다는 과자이다. 다 같이 먹으라고 대량으로 구입했던 모양이다.

시온이 기쁜 표정으로 입안 가득히 넣는 모습을 보며, 슈나도 쿡쿡 웃으면서 즐거워했다.

때마침 지친 표정을 한 베니마루가 지나갔다.

"뭐야, 시온. 혼자만 맛있는 걸 먹고 있잖아."

"어머나, 오라버님. 맡으신 일은 잘 되어가나요?"

"응, 그래. 수왕국에서 온 사자는 평소와 같고, 우리에게 보낸 물건도 약정대로였어. 우리가 만든 물건을 건네주자 기뻐하며 돌아갔지. 게루도 쪽도 공사는 순조롭다고 정기 연락을 보내오고 있어. 나무 채벌 팀은 일을 끝내고 이제 곧 귀환할 거라고 하더군. 아, 그 얘긴 됐으니까 나도 하나 줘."

그렇게 말하면서 베니마루도 슈나가 든 과자——리무루가 구입했다고 하는 '이세계인'의 요리사가 만든 슈크림을 입안에 넣는다.

"이거 맛있네!"

평소에도 달콤한 것이라면 사족을 못 쓰는 베니마루가 기쁜 표정으로 소리쳤다.

"리무루 님이 주신 거예요."

슈나도 웃으면서 베니마루에게 알려줬다.

"그렇군, 리무루 님이 돌아오셨다 가셨나 보군. 그분을 대신해서 일을 하고 있지만 이 정도로 힘든 일일 줄은 생각도 못 했어. 아무렇지도 않은 것처럼 모든 일을 다 해내셨으니까……."

"네에, 정말 그러네요. 오라버님이랑은 달리 게으름을 부릴 여유까지 있으셨으니까요."

"게으름을 부리다니, 너……. 엄청난 독설이구나. 원래라면 불경하다고 화를 내셔도 될 말이야."

그렇게 슈나에게 지적을 하는 베니마루도 쓴웃음을 짓고 있었다.

하지만 이게 평소의 광경이다.

"리무루 님께서 말씀하시길, 숙소용인 연립형 건물의 증설을 부탁한다고 하셨어요."

"알았어. 게루도에게 전해두지."

그렇게 연락 사항을 다 전했을 때──.

"맛있어요. 너무 맛있어요! 이건 역시 리무루 님의 사랑이 담겨 있기 때문이겠지요!!"

계속 말없이 슈크림을 입에 집어넣고 있던 시온이 소리쳤다.

절규하는 베니마루와 슈나.

"──그건 아닌 것 같은데?"

"그건 아니라고 생각하네요……."

그런 두 사람의 딴죽은 꿈속에 빠져 있는 시온에겐 들리지 않는다.

이런, 이런 하고 두 사람이 한숨을 쉬는 것도 또한 평소의 모습인 것이다.

●

으음, 또 시온이 뭔가 착각하고 있는 것 같은 느낌이 드는데.

빨리 아이들을 구해주고 돌아가는 게 좋을 것 같다.

나는 갑작스럽게 느낀 오한을 떨쳐내고는 전방으로 의식을 집중시킨다.

눈앞에서는 다섯 명의 아이들이 책상을 향해 고개를 숙인 채 필사적으로 읽고 쓰는 공부를 하고 있었다.

"그래. 이걸 할 수 없으면 이 세계에서 살아가는 게 아주 힘들어진단다. 다들 알겠지?"

"""""네!!"""""

기운차게 다섯 명의 목소리가 하나로 겹친다.

음. 활기 찬 모습이 아주 보기 좋구나.

다섯 명이 의욕에 가득 차 있는 건 당연히 이유가 있었다.

날 좋아하기 때문이라고 말하고 싶지만 사실은 그렇지 않다. 고생한 대가로 그에 걸맞은 당근을 준비한 것이다.

"우오오———빨리 다음 권이 읽고 싶어!"

"하지만 설마 여기서 그 만화의 뒷부분을 읽을 수 있게 될 줄은 몰랐네."

"너희들보다 내가 먼저 그 책을 받을 거야!"

"그림책은 아니지만 만화책도 좋아!"

"뭐, 나는 공부는 중요하다고 생각하고 있거든? 그건 그렇고 선생님도 '이세계인'이었군요. 일본의 만화랑 애니메이션은 잘 모르지만, 오히려 흥미가 가네요."

그렇게 당근의 효과는 절대적이었다.

당근이란 건 상상한 대로 내가 복사한 만화이다. 단, 대사로 적힌 문자는 이 세계의 언어로 바꿔놓았다. 그것을 읽기 위해서는 이 세계의 언어를 배워야 할 필요가 있었다.

하지만 그 덕분에 아이들의 학력은 엄청나게 향상했다.

교사가 된 지 한 달.

나는 준비를 하는 한편으로 아이들에게 공부를 가르치고 있었다.

준비는 단순히 조사해야 할 것이 한 가지. 그것을 알아낼 때까지는 움직일 수 없다. 마음은 급하지만 지금은 참아야 할 때였다.

그러므로 그 동안에는 시간을 헛되이 쓰지 않기 위해서라도 아이들에게 해줄 수 있는 걸 최대한 해주자는 생각에 노력하고 있었다. 뭐, 내가 마음을 먹으면 아이들의 의욕을 부추기는 것쯤은 쉬운 일이다.

낮에는 아이들에게 공부를 가르쳐주고 밤에는 정보를 수집하기 위해 돌아다닌다. 잠이 필요 없는 몸이라서 정말 다행이라고 생각한다.

하지만 누구도 내가 알고 싶은 정보를 가지고 있지는 않았다.
내가 알고 싶은 정보——상위 정령이 있는 장소를.
많은 것을 알고 있는 하쿠로우도 몰랐다.
트레이니 씨를 찾아가기도 했고, 가젤 왕을 만나러 가보기도 했다.
제기온이랑 아피트에게도 뭔가 아는 게 없는지 물어봤지만 성과는 얻을 수 없었다.

아이들을 구할 방법——'대현자'가 이끌어낸 해답은 상위 정령을 깃들게 해서 에너지(마력요소)를 제어하게 만드는 것이었다.
나는 이플리트(불꽃의 거인)를 소환할 수 있지만, 그것만으로는 한 명밖에 구할 수 없다.
그래선 소용이 없는 것이다.
트레이니 씨를 포함한 드라이어드들도 상위 정령을 소환할 수 있다. 하지만 그녀들의 경우는 계약 정령이기 때문에 그들의 몸을 바치게 만들 수는 없었다.
그때 트레이니 씨에게서 들은 것이 정령 여왕이 다스리는 '정령이 사는 집'이라는 장소가 있다는 이야기였다.
그러나 단서는 전혀 없다, 왜냐하면——.
"죄송하지만, 리무루 님. 실은 '정령이 사는 집'으로 이어지는 '입구'는 여러 개가 있지만 제가 아는 건 이미 사라져버렸답니다."
라고 말했던 것이다.
듣자 하니 트레이니 씨를 포함한 드라이어드들이 모시고 있던 정령 여왕은 태곳적에 죽었다고 한다. 현재의 여왕과 접점이 없기 때문에 드라이어드들도 '정령이 사는 집'의 장소를 모르고 있으며 알현도 허용되지 않은 상태라던가.

그뿐만이 아니라 정령 여왕의 뜻 하나로 '입구'를 간단히 옮길 수 있는지라 장소를 알아내는 것이 어렵다고 한다.

과연 신출귀몰한 트레이니 씨의 상전이라는 생각에 그저 감탄했다.

초조하게 굴어봤자 소용없다는 생각에, 어젯밤에는 기분 전환 삼아서 템페스트(마국연방)로 돌아가 슈나에게서 근황을 들었다.

모든 것이 순조롭게 돌아가는 것 같아서 다행이었다.

마음에 걸리는 점은 요움 일행에게 새로운 여성 마법사가 동료로 들어왔다는 것 정도일까. 어떤 인물인지 흥미는 생겼지만, 당분간은 만날 수 없을 것 같으니 나중으로 미뤄둔다.

그 밖에는 기쁜 보고를 하나 받았다.

큰 발견이 있었다고 한다.

평소에는 '풀 포션(완전 회복약)'을 마법으로 만들어낸 물로 희석시켜서 로우 포션(하위 회복약)을 백 개씩 만들고 있었지만, 그날 가비루가 별생각 없이 동굴 안의 호수 물을 사용한 모양이다. 그러자 마력요소를 듬뿍 함유한 물 때문인지, 평소보다도 효과가 높은 약이 되었다고 한다.

그 사실에 놀란 베스터가 연구를 거듭한 끝에, 놀랍게도 호수 물을 사용하면서 두 배의 생산량을 달성하는 데 성공한 모양이다.

아주 반가운 일이다. 이걸로 회복약이 단번에 자금원이 되어줄 수 있을 것 같았다.

나머지 소식은 블루문드 왕국의 상인이 템페스트로 찾아왔다고 한다. 카발 일행이 호위를 맡아줬다고 하며, 상품 명목으로 하이퍼 포션을 1천 개, 금화 250개를 주고 구입해 갔다고 한다.

단가로 따지면 한 개당 은화 스물다섯 개. 우리가 제시한 가격으로 구입한 것이다.

상인의 이름은 가르도 묘르마일. 잉그라시아 왕국에도 행상으로 간다고 하니, 어쩌면 여기서 만날 일이 있을지도 모르겠다.

그렇게 되면 잘 부탁드린다는 말을 남겼다고 한다.

그런 식으로 근황 보고를 받았는데…….

정작 중요한 '정령이 사는 집'의 장소는 여전히 분명하지 않은 상황이었다.

만화책을 놓고 필사적으로 다투는 아이들을 보면서 서둘러 조사를 해야겠다는 결의를 새롭게 했다.

*

오늘은 피크닉을 가기로 했다.

전에 살던 곳의 기준으로 말하자면 일요일, 즉 휴일이었던 것이다.

교실에 앉아서 공부만 하다간 기분이 우울해진다. 게다가 정기적으로 에너지(마력요소)를 발산해줘야 할 필요도 있고 말이다.

그런고로 아이들을 데리고 왕도 안을 걸었다. 그러자 도시 중심부에 무슨 이유인지 많은 사람들이 모여 있었다.

"뭔가 이벤트라도 벌어진 걸까?"

"맞아! 오늘은 투기장에서 용사 마사유키 님이 싸우는 날이었어!"

"그 용사님, 엄청 강하다고 하던데. 선생님이랑 싸우면 누가 더 세려나?"

"너도 참, 그거야 당연히 용사님이지! 마사유키 님이 이런 가면을 쓴 수상한 교관에게 질 리가 없잖아!"

"어, 저기, 클로에는 선생님이 좋아요!"

"——뭐, 용사님에게 흥미는 있지만 어차피 지금 가도 빈자리는 없을 거야. 오늘은 예정대로 피크닉을 가기로 하자."

다섯 명은 금방 흥분하며 소란스럽게 굴었지만, 게일이 모두를 달래서 진정시킨 뒤에 예정대로 피크닉을 계속하기로 결정했다. 용사를 견학하는 건 나중에 다시 예약을 잡기로 하는 걸로 아이들을 설득시켰다.

게일은 이래저래 나머지 네 명을 잘 보듬어주기 때문에 나도 많은 도움을 받고 있었다. 연장자가 한 명 있으면 이런 식의 인솔에는 아주 많은 도움을 준다.

그건 그렇고 용사라.

분명 밀림이 '용사는 특별한 존재이며, 용사를 자칭하는 자에겐 인과가 뒤따른다'고 말했었다.

그리고 유우키도 '용사를 자칭할 수 있는 자는 모든 죄와 비난을 짊어질 각오를 가진 자이거나 아무런 생각도 없는 바보'라고 말했었다.

이런 도시에서 구경거리가 되려는 자는 과연 어느 쪽에 해당되는 걸까. 단순한 바보로밖에 생각이 안 되지만…….

아니, 정말로 자칭하는 것만으로 인과가 따르는 것인지 궁금하긴 하지만, 밀림이 한 말이기도 하고. 어쩌면 용사 마사유키란 자도 단순한 바보가 아니라, 어떤 인과 탓에 기묘한 운명을 거치게 된 것이지도 모르겠다.

마사유키라는 너무나 일본인 같은 이름도 그렇고, 어쩌면 같은 고향 사람일지도 모른다. 만나보고 싶다는 생각을 살짝 하면서도 그날은 그 자리를 뒤로했다.

카페에 멈춰 섰다.

"여, 꼬맹이들아. 선생님 말씀을 잘 듣고 착실하게 공부해야 한다!"

크하하하 하고 웃으면서 점장이 그리 말하고는 아이들이 마실 주스를 준비해준다.

"고마워요, 아저씨! 기왕이면 케이크도 좀 줘요!"

"흥, 이 주스는 그저 그런 수준이네. 하지만 저 케이크는 맛있어 보이는걸?"

켄야랑 앨리스가 사양하는 기색도 없이 주문한다. 난감하다.

"알았어. 점장, 이 녀석들한테 케이크도 좀 내주시오."

마지못해 지갑을 여는 나.

"크하하하하. B+랭크로 승진했다며? 유우키가 놀라던데? 오늘은 그것을 축하하는 겸 내가 한턱내지!"

보기에는 근육질 대머리지만 이야기가 통하는 아저씨다. 그리고 내가 승진한 걸 알고 있다니, 제법 정보도 빠른 모양이다.

실은 조합 게시판에 '환요화'의 채집 의뢰가 게시되어 있었다. 게루도가 처분하기 곤란해 하던 그것이다. 채집 부문의 의뢰지만 딱히 받아들여도 문제는 없었다. 마침 백 포기 이상 가지고 있었기 때문에 제출하기로 한 것이다.

그 외에도 채집 난이도가 높은 재료를 여러 개 준비해서 제출했더니, 의외로 빠르게 B+랭크로 승진할 수 있었다.

이걸로 일단은 A랭크에 대한 도전 자격은 얻었다. 이 시험에 몇 번이고 도전해서 한 없이 A랭크에 가까운 실력을 가지고 있다는 확인을 받으면 A−랭크로 인정받는다고 하는데…… A랭크의 벽은 그만큼 높다는 뜻이리라. 나중에 도전해볼까 하고 생각하고 있지만 지금은 아직 B+랭크로 지내도 불편은 없다.

그런 것보다 케이크를 한턱내겠다고 들었으니 잠자코 있을 수는 없다.

"오오, 점장. 정말 멋지군! 그럼 나는 딸기 쇼트로!"

그렇다면 사양할 필요는 없지. 나도 망설이지 않고 주문한다.

"이런, 이런, 나리는 변함없이 현실적이구먼."

그렇게 말하며 쓴웃음을 지어도 점장은 아이들에게서도 주문을 받고 있었다.

이 가게가 바로 유우키가 전에 말했던 '이세계인' 점장이 운영하는 가게이다. 나도 소개를 받았으며, 그 이후로 단골손님으로 지내고 있다.

보기에는 강인해 보이는 점장이지만 속은 다정하다. 아이들에게도 인기가 높다. 케이크로 낚고 있을 뿐인 걸로 보이기도 하지만, 그 말은 굳이 하지 않는 게 좋겠지.

며칠 전에도 이 가게에서 슈크림을 구입해서 슈나에게 선물로 주었다. 시온이 슬슬 앙탈을 부리기 시작할 때라 생각했기 때문이다. 물론 이 맛을 재현해주길 바라는 기대도 포함되어 있었지만.

이 가게의 메뉴는 케이크 외에도 다방면에 걸쳐 있다. 그래서 점장을 템페스토로 오도록 권유해봤지만 그건 거절당했다. 그 점에 관해선 한두 번으로 포기하지 않고 끈질긴 교섭을 계속할 생각이다.

케이크에 만족한 뒤에 점장으로부터 오늘 먹을 도시락을 받아 든다.

그가 준비해준 것은 샌드위치다. 점심때가 되면 먹을 예정이다.

아이들은 한껏 기운이 넘친다. 교외로 나가면 가볍게 운동 삼아 모의 전투를 해볼까 한다.

배가 고픈 뒤에 먹는 샌드위치는 또 각별한 맛이겠지.

이래저래 둘러보며 가다 보니 도시의 문이 보이기 시작했다.

"아! 이런, 리무루 님, 오늘도 훈련이 있습니까? 다음에는 저희들에게도 지도를 좀 해주시면 좋겠습니다."

친해진 문지기가 서글서글한 목소리로 말을 걸어온다. B+랭크의 모험가는 상당히 대우를 받는 것이다. 마치 영웅——아니, 이 세계에서는 정말로 영웅이겠지.

이 무렵에서야 겨우 카발 일행이 왜 그렇게 인기가 있는지를 알게 됐다. 서민에 가까운 입장에서 눈에 드러나게 모두를 지켜주는 직업이기 때문이리라.

성에서 떡하니 앉아 있기만 하는 영웅보다도 가까이 있는 모험가야말로 그들에게 있어선 영웅이 되는 것이다.

"야아, 오늘도 수고가 많군. 아, 이건 내가 격려차 주는 거네. 나중에 다 같이 먹도록 하게."

잘난 체 굴면서 말하는 나.

늘 치켜 올려주는 바람에, 최근엔 이러는 것이 평범하게 되어버렸다.

내가 준 것은 아이들과 같이 구운 쿠키이다. 설탕은 잉그라시아 왕국에서도 고급품이기 때문에 단맛에 굶주린 자에겐 침을 흘릴 만한 물건이다. 그게 비록 제대로 구워지지 않은 쿠키라고 해도 아주 기뻐하는 반응을 보인다.

"이거, 정말 매번 감사합니다! 얘들아, 선생님 말씀 잘 들어야 한다!"

"쳇! 여기서도 그 소리야?! 우리는 리무루 선생님의 말이라면 잘 듣고 있어. 그렇지, 료타?"

"응. 말을 안 들으면 벌을 받는걸."

"바보! 그런 말은 안 해도 된다니까!"

"잠깐, 너희들이 멍청한 소리를 하니까 우리까지 같은 식으로 취급받잖아? 얘들이랑 같다고 생각하지 말아주면 좋겠네요."

여전히 시끌벅적하다.

우리는 웃으면서 문지기와 인사를 나누며 헤어졌다.

그리고 예정대로 한 시간 정도 걸어서 인기척이 적은 도시 근교의 초원에 도착한다.

오늘 훈련을 하기에 최적의 장소다.

여기서는 견학을 하는 사람도 적기 때문에 어느 정도는 본 실력을 내도 문제가 없다. 봐주면서 상대하기에는 조금 벅찰 정도로 성장한 것이다.

최근에는 내 충고를 받아들이게 되면서 아이들의 움직임이 세련되게 바뀐 것이다. 그러므로 방심하지 않고 평소와 마찬가지로 한 명씩 상대해 나갔다.

"젠장! 역시 오늘도 실패했나……."

"선생님은 반칙이라는 생각이 들 정도로 너무 강해요."

"잠깐, 여자애는 좀 봐줘야 하는 거 아녜요?"

"마법을, 좀 더 배워야겠어──."

"상대가 안 되나. 오늘은 나름 괜찮은 느낌으로 방어에 집중했다고 생각했는데……."

어른스럽지 않을지도 모르지만, 나는 넘어설 수 없는 벽으로 존재할 예정이다.

그 점에 대해선 시즈 씨와는 생각이 다르다. 봐줄 생각은 전혀 없는 것이다.

"핫핫하, 이 녀석들. 나를 뛰어넘으려 하다니, 아직은 꿈속의 이야기나 마찬가지다!"

내가 자랑스레 외치는 소리에 아이들의 야유가 겹친다. 평소와 같은 광경이었다.

그때──.

응? 뭐지, 이상한 프레셔(중압감)가……?

《알림. 고밀도의 에너지(마력요소)양을 검출했습니다. 현재 접근 중──이 반응은 스카이 드래곤(천공룡, 天空竜)입니다.》

왕도 도서관에서 얻은 지식, 그에 의하면 스카이 드래곤은 와이번(비공룡, 飛空龍)과 비슷하면서도 다른 존재다.

레서 드래곤(하위 용족)의 아종인 와이번은 하늘을 날 수 있는 이점이 있는 레서 드래곤이라는 위치에 해당한다. 하지만 스카이 드래곤은 원류인 용의 피를 강하게 이은 것으로 여겨지는 아크 드래곤(상위 용족)인 것이다.

위험도는 특A급——캘러미티(재액)급이다.

——아무래도 즐거운 도시락 시간은 다음으로 미뤄야 할 것 같았다.

●

"이게 무슨 일이람……."

그렇게 중얼거리면서 가르도 묘르마일은 머리를 감싸 안고 무릎을 꿇은 채로 주저앉았다.

오랜만에 큰 판매 건이 정해졌다. 그 행운을 맛본 것은 불과 최근의 일이다.

자유조합 블루문드 지부로부터 호출을 받아서 길드 마스터인 휴즈에게 직접 설명을 들었다.

"그런고로 이 포션의 판매 건에는 조합도 심혈을 기울이고 있네. 조합용의 비축분으로 월에 3백 개. 왕궁 기사단의 비축분으로 2백 개. 합쳐서 5백 개를, 금화 150개로 구입하려고 하는데."

그렇게 악귀도 창백해질 것 같은 얼굴을 한 휴즈에게 설명을 들

었다.

“상대는 개당 은화 스물다섯 개에 팔겠다고 하더군. 지금은 그게 최대로 할인한 가격이라는 모양이야. 저쪽도 직접 판매할 때는 개당 은화 서른 개로 설정했다고 하니까 말이지. 어떡하겠나? 자네에겐 그다지 큰돈이 아니겠지만, 이건 국가 간의 거래네. 한 번으로 끝나진 않아. 앞으로도 계속될 걸세.”

슬쩍 계산해보면 5백 개를 거래할 경우 은화 2천5백 개의 이익이 남는다. 금화로 치면 스물다섯 개다. 목숨을 걸기엔 너무 싼 가격이었다.

“농담이 심하십니다. 그런 조건이라면 저라 해도 쉽게 고개를 끄덕일 순 없겠군요.”

뒷골목에서 불량배를 상대로 대부업까지 하고 있는 가르도 묘르마일. 무서운 얼굴을 한 휴즈의 공갈 섞인 교섭에도 동요하지 않고 평온한 표정으로 거절한다.

“용건이 그것뿐이라면 전 이만——.”

“그런가. 거절하겠나. 알겠네, 이만 돌아가게. 단, 그럴 경우에는 앞으로 그 나라와 행하게 될 모든 거래와 관련된 권리를 잃어버리게 되겠지만, 그건 각오해두게. 나로선 개인적으로 신용할 수 있는 자네에게 우선적으로 제안을 해봤을 뿐이니까 말이지.”

휴즈의 그 말에 묘르마일의 눈썹이 꿈틀거렸다.

“——그 나라, 라고요?”

“아아, 그렇다네. 돌아가겠다는 사람에게 이 이상 이야기해줄 말은——.”

“잠시만요, 휴즈 님. 높으신 분들께서 돌려 말하시는 대화는 제가 좀 서툴러서 말이지요. 솔직하게 마음을 터놓고 이야기를 나눠보시지 않겠습니까."

그 시점에서 돈 냄새를 맡은 묘르마일은 휴즈의 말을 막고 이야기를 재촉했다.

묘르마일이 이 이야기에 관심을 가지기 시작했다는 걸 깨달은 휴즈도 씨익 웃으면서 그 말에 응한다.

"좋네. 그 전에 상품을 보여주질 못했군. 이게 첫 상품이 될 하이퍼 포션(상위 회복약)이네. 어떤가? 이걸 보고도 아직 이 얘길 거절할 생각인가?"

그리고 그가 보여준 것은 기존의 포션의 상식을 깨부술 정도로 고성능의 약효를 지닌 하이퍼 포션이었다. 이런 약을 만들어낼 수 있다면, 그 나라는 드워프 왕국에 못지않은 기술력을 갖고 있다는 뜻이 된다.

그리고 묘르마일은 휴즈의 말을 떠올리면서 전율했다.

"이 상품을 5백 개, 그것을 조합에 납품하는 일이란 말이죠? 한 가지 확인을 좀 해보고 싶습니다만, 구입할 수 있는 수에 상한선은 있는 겁니까?"

"글쎄. 그건 내가 알 바가 아니로군. 그거야말로 상인인 자네의 일이 아닌가? 자세한 이야기는 현지에서 직접 듣는 게 어떤가?"

씨익 하고 미소를 지으면서 휴즈가 그렇게 말했다.

그리고 묘르마일은 현지로 갔다가 놀라게 되었다. 적어도 2주의 시간은 각오하고 있었던 여정도 일주일 만에 도착하는 어이없는 결과가 나온 것이다.

호위로 고용한 모험가, 카발 일행의 말대로.

"그러니까 말했잖습니까? 이 도시는 최고라니까요!"
"이럴 수가…… 믿어지질 않는군. 이런 길이 어느새에…… 아니, 그것보다 이 도시는 대체 뭐야!!"
경악, 한마디로 표현하자면 바로 그것이었다.
B+랭크의 모험가를 고용한 단계에서 적자도 각오하고 있었다. 그들 세 명의 고용 비용은 하루에 은화 백 개였다. 하지만 그래도 B+랭크라는 점을 고려해보면 싼 가격에 속한다. 금화로 치면 한 개, 1개월을 고용하기만 해도 금화 서른 개가 사라진다.
확실하게 예상할 수 있는 이익은 금화 스물다섯 개이니 경비를 제하면 큰 적자가 될 것이라 예상하고 있었다.
그러나 앞으로도 거래를 계속할 수 있는지를 파악하기 위해선 자신이 직접 나서야 할 필요가 있다고 느낀 것이다.
그리고——.
구입한 것은 1천 개의 하이퍼 포션. 5백 개는 납품을 하고 나머지 5백 개는 블루문드 왕국 이외에서 반응을 조사해보기로 하자. 묘르마일은 그렇게 생각했다.
얻을 수 있었던 것은 마물들이 자신의 얼굴을 기억했다는 돈으로 환산할 수 없는 경험. 그리고 정보. 이 새로운 교역로의 사용허가는 마물들이 쥐고 있으니까.
(이 이야기는 받아들이길 잘했군.)
그렇게 생각하자, 묘르마일은 내심 기쁨으로 가슴이 떨렸다.
마물들의 리더 격 중 한 명인 리그루도라는 홉고블린은 앞으로는 생산량을 더 늘릴 것이라고 말했다. 그 외에도 특산품을 생각하고 있다고 하니, 앞으로는 중요한 거래 상대가 될 수 있을 것 같았다.
그리고 다시 돌아가서 상품 5백 개의 납품을 무사히 끝냈다.
카발 일행과는 블루문드 왕국에 들어선 시점에서 헤어졌다.
그곳에서 비드라는 이름의 C랭크 모험가를 한 명 호위로 고용해서 그대로 잉그라시아 왕국으로 온 것이었다.
5백 개의 하이퍼 포션을 실은 마차는 아무 일도 없이 잉그라시아 왕국으로 도착했다.

모든 것이 순조로웠다. 그런데――.
"대체 뭐야, 저 괴물은?!"
소리치는 묘르마일.
눈앞에는 하얗게 빛나는 괴물――스카이 드래곤이 날뛰고 있었다.
인간의 힘으론 어찌할 수도 없는 폭력의 화신.
눈앞에서 아주 힘없이 인간들이 날아가고 있다.
잉그라시아의 병사들로 보이는 문지기 병사들이 주민들의 피난 유도를 시작한 것 같다. 그러나 여행자나 이국의 상인들은 뒤로 밀리면서 피해가 나기 시작하고 있었다.
"나리! 빨리 도망갑시다!"
비드가 외치는 목소리가 들려온다. 그러나 묘르마일은 도망치자는 결단을 내릴 수 없었다.
마차에는 상품이 실려 있다. 그러나 말은 공황 상태에 빠져서 말을 들으려 하지 않았다. 이대로는 상품을 포기하는 꼴이 된다.
그건 좋다. 큰 손해가 나겠지만, 그건 살아 있을 경우의 문제다.

지금 묘르마일이 망설인 이유는 한 가지.

도망치려고 해도 묘르마일은 다리가 느리다. 살짝 뚱뚱한 자신의 체형을 원망스럽게 생각한 건 오랜만의 경험이었다.

"빌어먹을!"

상인답게 단시간에 생각을 정리하는 묘르마일.

"에에잇, 비드. 병사들에게 이 약을 나눠줘라!"

"무슨 말을 하는 겁니까? 우리가 할 수 있는 건 도망치는 것뿐이라고요."

"이 멍청아! 아무리 도망친들 하늘을 나는 저 마물을 뿌리칠 수 있겠냐! 우리가 살려면 문 안으로 들어가는 수밖에 없어! 왕도에는 마법 결계가 펼쳐져 있으니까 마물은 침입할 수 없단 말이다. 그러니까 병사들을 도와서 시간을 버는 게 최선이야!"

"하지만 나리……."

그런 대화를 나누는 중에도 스카이 드래곤이 쏘아댄 전격이 지면을 태운다.

미처 도망치지 못한 주위의 사람들에게 그 번개의 공격이 무자비하게 쏟아졌다.

"엄마—, 엄마———!!"

"에르노———!!"

전격에서 보호하고자 딸을 끌어안은 어머니가 온몸에 큰 화상을 입고 숨이 끊어지려 하고 있었다.

"우, 우와아아아아———."

절규하면서 사방으로 도망치는 자들. 죽기 직전의 어머니에게 구원의 손길을 내밀어줄 자 같은 건——.

"에잇, 이리 내! 내가 하겠다!"
"어, 나리?!"
묘르마일은 하이퍼 포션이 담겨 있는 상자를 끌어안고 번개가 쏟아지는 평원으로 내달린다.
목표는 저 어머니와 딸이다.
번개는 무섭다. 그러나 묘르마일은 자신의 행운을 믿고 달린다.
(난 안 맞아. 나는 행운의 남자란 말이다!)
넘어질 듯 뒹굴면서 도착하자마자 시커멓게 그을린 어머니에게 약을 뿌렸다. 죽는 순간, 그 약은 아슬아슬하게 어머니의 목숨을 붙들어 매준 모양이다.
안도의 한숨을 쉬고 계속 울고 있는 딸의 머리를 쓰다듬어주려고 하다가――지면에 그림자가 진 것을 깨달았다.
공포로 핏기가 가시면서 얼굴이 창백해지는 것을 느낀다.
묘르마일이 주춤거리며 돌아보자, 그곳에는 예상대로 공포의 상징이 서 있었다.
전장 5m 정도. 용족치고는 작은 몸집이지만, 그 힘은 엄청나다. 그 스카이 드래곤이 지금, 묘르마일과 다른 사람들에게 죽음을 부여하려고 눈앞에 군림한 것이다.
"제길, 내 행운도 여기까지인가……."
묘르마일이 포기하려 한 바로 그때, 툭 하고 뭔가가 떨어졌다.
"이봐, 이쪽이다, 이 괴물아! 내가 상대해주마!!"
비드였다. 비드가 돌을 던지면서 스카이 드래곤의 주의를 끌려 하고 있었다.

"저, 저 바보! 넌 왜 빨리 도망가지 않았냐?!"

"헤헤, 나리. 제 인생이 워낙 막장이었지만 말이죠. 어떤 사람한테 들었거든요……. 여차할 때는 조금이라도 다른 사람을 도와주라고요! 그러면 저 같은 놈도 조금은 멋지게 될 수 있지 않겠어요? 나리는 그 사람들을 데리고 어서 성문으로 가세요!"

비드의 뒤쪽에는 병사들의 모습도 보였다. 묘르마일의 지시대로 약을 나눠준 모양이다.

"이게 있으면 얼마 동안은 시간을 벌 수 있어!"

믿어지지 않을 정도로 탁월한 약의 효과 덕분에 병사들의 사기도 회복된 것 같았다.

이런 분위기라면 혹시라도……. 그런 달콤한 기대가 가슴속에서 솟구친다. 그러나 그건 환상이었다.

묘르마일을 비웃듯이 스카이 드래곤의 입가가 일그러진 것처럼 보였다.

다음 순간――굉음과 함께 병사들에게 번개의 비가 쏟아져 내린 것이다.

전멸이었다.

살아남은 자도 있는 것 같았지만, 지근거리에서 전격을 맞고 누구 하나 일어서는 자가 없었다.

비드 혼자만 그 자리에 서서 묘르마일과 모녀를 지키려는 듯이 양팔을 벌리고 있을 뿐이다.

"이, 이보게. 비드……."

"헤헷, 죽을 때만큼은 폼 좀 잡게 해주세요."

"훗핫하하하하, 내가 잘못 봤군. 비드, 너는 더할 나위 없는 영웅이다. 살아남는다면 내 전속 호위로 고용해주마."
"급료는 올려주셔야 됩니다."
서로 바라보면서 웃는 묘르마일과 비드. 그리고 죽음을 각오하고 스카이 드래곤을 노려본다.
공포는 사라져 있었다. 아쉬운 것은 모녀를 구해내지 못했다는 것이려나.
그게 두 사람의 공통된 마음이었을 것이다.
하지만 죽음을 앞에 두고 웃을 수 있었다. 두 사람은 상쾌한 기분으로, 자신들에게 다가오는 죽음을 받아들인다.
스카이 드래곤은 사냥감을 희롱하듯이 입가에 더욱 짙은 웃음을 띠었다.
그것을 보면서 두 사람이 각오를 굳힌 바로 그때――.
갑자기 하늘에서 살짝 푸른색이 깃든 은발을 허리까지 늘어뜨린 아름다운 인물이 두 사람의 눈앞으로 착지한 것이다.
쏟아지는 수많은 전격보다도 빠르게.
그리고 그 전격들은 그자의 몸에 닿기 전에 상쇄되어 사라졌다.
"미, 믿어지질 않아……. 스카이 드래곤의 전격을 상쇄시켰단 말인가――?!"
"설마――'용사'님인가?!"
경악하는 비드와 묘르마일.
그런 두 사람에게 아름다운 목소리가 들려왔다.
"어라, 비드잖아? 오늘은 기합이 단단히 들어간 모양인걸? 감탄하긴 했지만 이길 수 없는 상대에게 무모하게 덤비지는 말라고."

비드는 놀라서 눈을 크게 뜬다. 이런 미인을 알 리가 없다. 사람을 잘못 본 게 아닐까 하는 생각이 들었지만, 왠지 그 시선은 낯이 익었다.

그리고 묘르마일은――.

"그리고 그쪽은 우리가 만든 회복약을 갖고 있는 걸 보니, 묘르마일이라는 상인인가? 이곳 사람들을 도우려고 하다니, 의외로 사람이 좋은 성격인가 보군? 상인이 그래서야 큰돈을 벌겠나? 하지만 뭐, 내 마음에는 들었지만――."

그런 말을 듣고 놀라서 굳어버린다. 틀림없이 처음 만나는 사람이다.

늘씬한 장신에, 이국풍의 낯선 의상을 입고 있었다. 그자는 어딘지 모르게 왕자(王者)의 품격을 갖추고 있다.

당신은 누굽니까, 라고 묻고 싶어도 묘르마일의 입은 마음대로 움직이지 않았다.

"그럼, 거기 두 사람. 기왕이면 그 약으로 다친 사람들을 도와주게! 저 괴물은 내가 해결할 테니까."

그 인물은 멍하니 굳어 있는 두 사람을 아랑곳하지 않고 가벼운 말투로 그렇게 말했다.

●

묘한 중압감을 느낀 뒤에 나는 빠르게 판단을 내렸다.

"어쩔 수 없군, 도와주고 오마. 저걸 그냥 놔뒀다간 많은 피해자가 생길 테니까."

그렇게 아이들에게 선언했다.
"란가!"
"여기 있습니다."
란가를 부르자 소리도 없이 그림자 속에서 출현한다.
"잠깐 가서 저 드래곤을 물리치고 오겠다. 넌 여기서 이 아이들을 지켜다오."
"나의 주인이여, 제가 가서 단번에 잡아먹어버리는 게 낫지 않겠습니까?"
"으음, 그러고 싶은 마음은 굴뚝같다만, 이번엔 내가 가겠다. 이 아이들은 아직도 내 실력을 의심하고 있으니까 말이야."
란가에겐 아이들을 지키는 임무를 맡겼다.
스카이 드래곤이 상대라면 란가가 이길 수 있다는 확신이 들지 않는다는 것도 이유였다. 그런 말을 입 밖으로 내진 않았지만.
"선생님, 저런 괴물을 상대하려면 기사들이 오는 걸 기다리는 게 나아요!"
"맞아요!! 그야 선생님은 우리보다는 강하지만, 저런 괴물한테는 못 이긴다고요!"
"잠깐, 잠깐! 당신이 죽으면 누가 우릴 구해준단 말이야! 멋대로 죽는 건 용서 못 해!"
이것 보라니까. 이런 때에는 전혀 신용이 없단 말이지.
클로에와 료타도 불안한 표정으로 바라보고 있으니, 이 자리에 선 내 위엄을 확실하게 보여줄 필요가 있을 것 같다.
"괜찮으니까 내게 맡기렴! 이기지 못할 상대에게 덤빌 정도로 나는 바보가 아냐."

"그 말이 맞다. 나의 주인은 무적이시다. 뭐, 이기지 못할 상대도 있긴 있겠지만……."

그러게 말이야. 일단 당장은 밀림에겐 아무리 발버둥 쳐도 이기지 못하겠지.

"그렇단다. 이길 수 있는가 없는가를 파악하는 것은 가장 먼저 익혀야 할 기본 사항이야."

그렇게 말하면서 나는 준비를 시작했다.

현재의 어린아이 모습으로는 내 정체가 발각될 가능성이 있다. 그러므로 변신을 하자고 생각했다.

슬라임 세포를 동원하는 변신으로는 키 130㎝ 정도의 어린아이밖에 되지 못한다. 그래서 오랜만에 검은 안개를 발산하여 어른의 모습이 되어봤다. 시점이 높아지겠지만, 나는 '마력감지'로 공간을 파악한 시야로 보기 때문에 아무런 위화감도 느끼지 않는다.

슈나가 준비해준 고급 옷으로 재빨리 갈아입자, 변신은 끝났다.

"어……."

하고 절규하는 료타.

"말도 안 돼?!"

라고 놀라는 앨리스.

"이거 정말이야?!"

라고 켄야가 반짝거리는 눈으로 바라본다.

"리무루 선생님, 멋져요!"

클로에가 환한 표정으로 감상을 말했다.

"뭐든지 다 하실 수 있군요……."

게일이 그렇게 말하면서 어이없다는 표정으로 웃었다.

다섯 명에게서 감상을 듣고 있다가 문득 떠올렸다.
“그렇지, 이걸 갖고 있어라.”
그렇게 말하면서 가면을 벗는다.
도시에 들어갈 때는 필요하겠지만, 지금은 이런 걸 쓰고 있다간 정체를 스스로 선전하는 꼴이 될 테니까.
숨을 삼키는 아이들.
내가 가면을 건네주자, 클로에가 그것을 기쁜 표정으로 받아 들었다.
“아! 클로, 치사하게!”
무슨 이유인지 앨리스가 시끄럽게 항의하는 목소리를 신호로, 나는 등에 날개를 꺼내서 전장을 향해 날아갔다.

전장에 도착하자 본 적이 있는 녀석이 스카이 드래곤과 대치하고 있었다.
비드다. 내가 전에 말했던 걸 진지하게 받아들였는지, 미처 도망치지 못한 사람을 보호하고 있었던 것 같다.
참으로 감탄스럽긴 하지만, 무모한 건 좋지 않다. 잊지 말고 충고해두자.
또 한 사람, 약간 뚱뚱한 아저씨가 있었다.
템페스트(마국연방)의 회복약을 끌어안고 있는 걸 보면, 이 사람이 슈나가 말했던 상인인가 보다.
이익에 밝은 상인치고는 드물게도 손해를 감수하고 약을 아낌없이 사용하고 있었던 것 같다.
믿음직스러운 건지, 미덥지 못한 건지. 뭐 얼굴은 약간 악인 같이 생겼지만 호감은 갈 것 같은 인물이다.

만약 이게 계산이 아니라 선전 효과를 노리고 한 것이라면 거물이라 할 수 있겠지.

나도 모르게 두 사람에게 말을 걸고 말았지만, 잘 생각해보니 지금의 나는 변장을 하고 있었다.

전장에서 낯익은 얼굴을 보고 놀라는 바람에 실수를 했다. 나중에 나에 대해선 입단속을 해달라고 주의를 줘야겠지.

그런 생각을 하면서 두 사람에게 말을 건다.

"그럼, 거기 두 사람. 기왕이면 그 약으로 다친 사람들을 도와주게! 저 괴물은 내가 해결할 테니까."

내가 보기엔 중상자는 많지만 사망자는 없다. 지금이라면 하이퍼 포션을 사용할 경우 아직은 때가 늦지 않을 것이다.

얼굴이 낯익은 문지기도 의식을 잃고 쓰러져 있는 걸 보고, 늦지 않아서 다행이라고 생각하며 가슴을 쓸어내렸다.

두 사람은 놀란 표정으로 서로를 바라본 후에 서둘러 움직이기 시작했다.

좋아. 그러면 재빨리 스카이 드래곤을 물리치기로 할까.

나는 그 뒤에 문자 그대로 스카이 드래곤을 즉살했다.

5m 정도의 거구였지만 그런 건 카리브디스에 비교하면 아무것도 아니다.

전격도, 음속 충격도, 강하고 단단한 육체도.

스카이 드래곤이 절대적인 자신감을 갖고 시전한 모든 공격이 내게는 통하지 않는 것이다.

낙승이다.
적당히 고통을 준 후에 유니크 스킬 '글러트니(폭식자)'로 맛있게 잡아먹었다.

*

그날 밤.
나는 비드와 묘르마일을 데리고 밤의 가게──고급 주점을 찾아갔다.
고급 가게인 만큼 드워프 왕국의 '밤나비'에 밀리지 않는 아름다운 누님이 잔뜩 있었다. 아쉬운 건 엘프가 한 명도 없다는 것 정도랄까. 하지만 가게의 분위기와 메뉴 수준은 이쪽 가게가 더 위였다. 문화의 중심 국가에 있는 가게이다 보니, 이 세계에선 최고봉이라 할 만하다. 메뉴 수준이 높은 것도 당연했다.
나는 가면을 쓴 평소의 모습이다.
물론, 묘르마일이 내는 것이었다. 내 정체에 대해 입을 다물도록 다짐을 시켰을 때에 자신이 대접을 하겠다며 매달리듯이 날 초대한 것이다.
나는 아이들을 돌봐야 하는 일도 있으니 거절했지만, 간절히 부탁하는 바람에 어쩔 수가 없었다.
"묘르마일 군. 나중에 앞으로의 예정에 대해서 이야기를 좀 나누고 싶은데……?"
"후후후후후, 리무루 님. 맡겨주십시오. 이 묘르마일이 그런 이야기를 나누기에 딱 적합한 가게를 알고 있으니까요!"

"호오, 그거 참 믿음직스럽군, 자네! 그 가게란 건 혹시——."

"아무 말씀 마시고 맡겨만 주십시오! 분명 틀림없이 만족하실 겁니다!"

어쩌다 보니 이야기는 그렇게 흘러갔고.

나는 어쩔 수 없군, 이라고 말하면서 승낙한 것이다.

이 가르도 묘르마일이란 남자, 블루문드 왕국의 대상인이라고 한다.

자유조합의 상인 자격뿐만 아니라 블루문드 왕국의 정식 허가도 받았다고 한다.

그런 경위가 있다 보니 나라와 조합 양쪽의 의사에 맞춰줄 수 있을 거란 생각에, 이번에 우리와 다리를 놓는 역으로 선임된 것으로 보인다.

경비가 중복으로 들기 때문에 나라와 자유조합 양쪽의 면허를 가지고 있는 자는 드물다. 그럼에도 이 묘르마일이라는 남자는 그것을 당연하게 생각하고 있는 것 같았다.

그 이유를 묻자, "신용이 제일이니까요."라고 대답했다.

이 묘르마일이란 자는 약간 뚱뚱한 체형에 험악한 얼굴을 하고 있다. 그러나 표정을 살펴보면 사람이 좋아 보이는 표정을 지을 수도 있는 것 같다.

그 부분은 상인답게 빈틈이 없는 인간이다.

듣자 하니, 폭넓게 돈이 되는 활동을 하고 있는 모양이다.

블루문드 상점가에서도 회장이라는 이름으로 우두머리 자리에 있으며, 고리대부업도 하고 있다고 한다.

비드도 돈을 빌린 사람 중의 한 사람이며, 이번에도 그것을 갚는 대신 호위 일을 맡은 것이라고 들었다.

비드같이 힘도 있으며 머리도 잘 돌아가는 모험가를 턱으로 부릴 수 있는 걸 보면, 이 묘르마일이라는 상인이 얼마나 빈틈없는 자인지 알 수 있다.

귀족 중에서도 묘르마일에게 돈을 빌리는 바람에 고개를 들지 못하는 자도 있다던가. 그런 자들과의 연줄도 있다 보니, 자연스럽게 묘르마일이 뒷거리의 제왕으로 불리고 있는 것이리라.

빚이란 정말 무서운 것이다. 돈을 빌리는 건 계획적으로 하자.

나도 언젠가는 돈을 빌릴 가능성이 있을 테니까, 그때를 위해 마음에 깊이 새겨두도록 하자.

뭐, 그건 그렇고.

상인이란 이익에 밝기 때문에 서로에게 이익이 되는 동안에는 배신하지 않는다.

어설픈 동맹보다도 신용할 수 있다. 게다가 낮에 있었던 일을 통해 묘르마일의 인품을 보면 그의 본질이 선량한 자라는 생각이 들었다. 휴즈도 참 재미있는 인재를 소개해준 셈이다.

묘르마일, 제법 쓸모가 있어 보이는 사내다.

그런 이유로 나는 이 상인이 마음이 들었다.

그런 묘르마일이 손을 비비면서 희색이 만면한 얼굴로 다가왔다.

"리무루 님, 재미있게 즐기시고 계십니까?"

"야아, 묘르마일 군. 교섭은 어떻게 됐나?"

“네! 역시 좀 애를 먹긴 했습니다만, 제 얼굴을 봐서 그럭저럭 입을 다물게 만들었습니다!”

“호오, 폐를 끼치게 됐군!”

“아닙니다, 아닙니다, 이것도 다 리무루 님을 위한 일인걸요. 전혀 폐가 되지 않습니다!”

묘르마일에겐 무리한 부탁을 하고 말았다.

이 가게를 통째로 빌려서 관계자가 아닌 사람들을 내보낸 것이다.

아니, 듣자 하니 이 가게가 묘르마일이 돈을 댄 가게 중의 하나라고 한다. 이 남자, 정말로 다양하게 돈벌이를 하고 있는 걸 보니 얕볼 수가 없다. 잉그라시아 왕국 같은 대도시에서도 인맥을 가지고 있다니, 정말로 놀라웠다.

가게 손님들도 묘르마일의 얼굴을 보고 포기했는지, 불만을 제기하는 사람은 없었다. 잉그라시아 왕국에서도 나름대로 힘을 갖추고 있는 것 같다.

그렇게까지 한 것에는 이유가 있었다.

“그런데 리무루 님……. 이런 질문을 하는 게 아주 무례한 짓이라는 것은 잘 알고 있습니다만…… 그런 아이들을 이런 가게에 데려와도 괜찮을는지……?”

말끝을 흐리면서 그렇게 묻는 묘르마일.

그 시선 끝에는――.

“리무루 선생님, 정말 멋졌어요!”

“정말 대단했지―? 이렇게 큐웅 하고 날아가서 퍼억 하고 드래곤을 때리더라니깐!”

"그럭저럭 괜찮았어. 뭐, 내가 어른이 된다면 그 정도는 여유 있게 할 수 있겠지만 말이야!"

"아름다웠어."

"하지만 정말로 강하시더군요. 어쩌면 시즈 선생님보다 강하다거나……."

"설마."

"하지만! 변신도 하고, 멋있었는걸."

"시즈 선생님이랑 비슷했어. 아름다웠어."

"그건 나도 인정하겠지만——."

"뭐, 어쨌든 간에 우리 리무루 선생님은 대단한 사람이란 이야기잖아!"

"응응."

"그러네. 그건 동의해."

"난 리무루 선생님이 좋아!"

"확실히 그렇긴 하네. 우리도 그 정도로 강해지고 싶어."

이 가게에 어울리지 않은 집단이 있다.

아이들——굳이 말할 것도 없이 내 학생들이 흥분한 표정으로 떠들썩거리고 있었던 것이다.

비드가 이야기 상대가 되어주고 있지만, 대화를 나눈다기보다는 방금 전의 싸움에 대한 감상을 앞다투어 말하고 있을 뿐으로 보인다.

이런 가게에 있어서 좋을 리가 없다.

들킨다면 틀림없이 교사 자리는 해고다.

놔두고 오려고 했지만, 울며불며 큰 소동을 벌이고 말았다.

그래서 어쩔 수 없이 데려온다는 선택을 한 것이다. 우는 아이와 밀림은 이길 수 없다는 말은 진리인 것 같다.

하지만 뭐, 색기가 넘치는 누님들도 아이들을 상대하다 보니 표정이 저절로 풀려 있다. 동심으로 돌아가서 즐기고 있는 걸 보면 고자질은 하지 않겠지.

예상했던 회담과는 조금 달라졌지만 이건 이것대로 괜찮은 것 같다.

다른 손님들이 사라졌으니 나는 부담 없이 묘르마일과 회의를 했다.

그렇다고 해도 딱히 대단한 이야기는 아니었으며, 써버리고 만 하이퍼 포션의 보급에 관한 것이다.

그 부분의 손실은 보충해줄 테니까 널리 선전을 해달라고 부탁한 것이다.

"——과연. 리무루 님 입장에선 매상보다 선전 효과가 목적이라는 말씀이시군요. 확실히 이 약의 효과가 널리 알려지면 그것을 사러 손님들이 먼저 찾아오겠지요——."

묘르마일은 머리 회전이 빨라서 내 목적을 바로 알아차렸다.

"바로 그거야. 그러니, 5백 개는 물론이고 천 개든 2천 개든 신경 쓰지 말고 마음껏 나눠줘도 되네."

"후후후, 과연. 제 눈이 틀림이 없었던 것 같군요. 요금은 규정대로 지불하겠습니다. 그게 계약인 데다 그것을 나눠주겠다고 판단한 건 바로 저이니까요."

"아니, 아니, 내가 자네를 구했다고 해서 그렇게 마음에 둘 필요는 없는데?"

"——아닙니다. 그에 대해선 물론 감사히 생각하고 있고말고요. 하지만 그것만으로 이익을 저버리는 짓은 하지 않습니다. 도로 정비를 해주셨고 우리 상인들의 안전과 편리도 도모해주셨습니다. 그리고 앞으로 교역로의 중심이 될 템페스트(마국연방)의 맹주님이 아니십니까. 그런 리무루 님과 가까운 사이가 되었으니 이 정도의 지출은 싸다고 할 수 있습니다."

묘르마일은 그렇게 단언했다.

"손해를 보고 이득을 얻어라."라는 사고방식의 극에 달한 것 같은 대사였다.

"알겠네. 그러면 앞으로의 거래도 잘 부탁하겠네."

"저야말로, 앞으로도 잘 부탁드리겠습니다!"

이렇게 나와 묘르마일은 서로의 인품을 확인하면서, 앞으로의 협력 관계를 확실하게 다졌다.

템페스트의 인상이나 앞으로의 문제점 같은 건 없는지 묘르마일의 의견을 들어봤다. 그에 관해 유익한 감상을 말해주는 묘르마일.

그런 대화를 나누다 보니 시간은 흘러갔고, 아이들도 슬슬 졸리기 시작한 것 같았다.

슬슬 돌아가려고 하던 차에 누님 중의 한 사람이 그냥 듣고 넘어갈 수 없는 말을 중얼거렸다.

"이 아이들에게 '정령 여왕'님의 가호가 있기를."

"그게 뭐야? 못 들어본 주문인데?"

"주문이 아니야! 이건 내 고향의 기도문이라고. '정령이 사는 집'이란 곳에 산다고 하는 정령 여왕님은 말이지, 그곳에 사는 자를 지켜봐 주시거든!"

뭐라고? 잠깐, 방금 뭐라고 했지?

"잠깐, 거기 아가씨, 지금 '정령이 사는 집'이라고 했지? 혹시 그 장소를 알고 있나?"

나도 모르게 달려들다시피 하며 물어본다.

내 기세에 놀랐는지 누님은 당혹스러운 표정을 보였다. 그러나 이내 마음을 고쳐먹었는지, 내 질문에 답했다.

"네, 알고 있어요. 왜냐하면 전 그 부근 마을 출신이니까요!"

그리고 웃는 얼굴로 그 마을의 주소를 가르쳐준 것이다.

서방 열국에도 소속되지 않은 변경의 나라, 우르그레시아 공화국.

그중에서도 가장 북단에 위치한 우르그 자연공원 부근의 농촌.

그녀는 그 마을에서 태어난 사람이었다.

그리고――.

우리들의 목표인 '정령이 사는 집'이 우르그 자연공원 안에 있다는 이야기를 들을 수 있었던 것이다.

생각도 못 한 곳에서 그렇게 찾아다니던 단서를 잡을 수 있었다.

이것도 평소의 내 행실이 좋기 때문이리라.

묘르마일이랑 가게의 누님들에게 작별 인사를 한다.

“그럼 또 놀러오겠네!”

“리무루 님, 다음번엔 블루문드에서 기다리고 있겠습니다. 그쪽 가게로도 꼭 들러주십시오.”

“상품을 보충하는 건 내 이름을 대면 우선적으로 처리하도록 전해두겠네. 앞으로도 각지에서 선전을 잘 해주길 부탁하네!”

“네, 잘 알겠습니다!”

““““또 오세요!””””

그런 대화를 나누고 헤어졌다.

가게의 종업원과 누님들이 묘르마일의 저자세에 놀라고 있었다.

잠깐 동안 왜 놀라는지를 몰랐지만, 잘 생각해보니 당연할 법도 하다. 평소에는 잘난 듯이 구는 가게의 손님이 나 같은 어린아이에게 꾸벅꾸벅 허리를 숙이고 있었으니까 말이다.

그렇다곤 해도 나는 B+랭크의 모험가이기 때문에 그럭저럭 이름이 알려지기 시작하고 있다. 그래서 그런가 보다 하고 알아서들 납득한 것 같다.

남은 건 학생들을 이런 가게에까지 데리고 왔다는 걸 고자질당하지 않기만을 바랄 뿐이다.

그렇게 나는 가게를 뒤로했다.

*

드디어 우리는 ‘정령이 사는 집’이 있다고 하는 우르그레시아 공화국의 우르그 자연공원에 와 있다.

내가 교사가 된 뒤로 이미 2개월이 지났다.

준비를 마친 뒤에 3주 정도의 여행을 거쳐서 겨우 도착한 것이다.

카발 일행에게 마차를 선물했지만 문제없다.

신형인 개량 버전이 이미 완성되어 있었다. 나는 그것을 빌린 뒤에 란가를 시켜 끌게 하여 전력 질주로 여기까지 왔다.

그렇긴 해도 안에 탄 사람을 고려하느라 최대 속도는 50㎞ 정도였지만 말이다. 포장되어 있지 않은 길이기 때문에 전력 질주는 사실상 자살행위였다.

밤에는 기숙사로 돌아갔다.

원소마법 : 워프 포털(거점 이동)은 아주 편리하다. 내 마력이라면 아이들 다섯 명을 다 데리고도 문제없이 발동할 수 있었다.

나는 그렇다 치고 아이들에게 무리를 시킬 수는 없기 때문에 치사하다고 생각했지만 마법을 남용한 것이다. 마법 덕분에 식량을 따로 살 필요도 없어서 아주 편했다는 것도 요행이었다.

그렇게 말은 하지만, 이렇게 쓰는 것이야말로 마법의 올바른 사용법이라 나는 생각하지만 말이다.

우르그레시아 공화국은 쥬라의 대삼림 주변의 국가들과는 일선을 긋고 있었다.

서방성교회의 영향도 받지 않고 서방평의회에도 가입하지 않은 작은 나라이다.

애초에 쥬라의 대삼림과도 인접해 있지 않다.

서방 열국과도 직접적인 연결 고리가 희박해서 마도 왕조 살리온과의 교역으로 살아가고 있는 그런 나라다.
대륙 중앙의 남단에 위치하며, 사람들로부터 잊힌 것처럼 존재하고 있었다.
하지만 정령의 은혜와 가호를 받아서 민주적인 공화제를 시행하는, 온화한 국민성을 가진 평화로운 나라이다.
입출국에 대한 제한은 없지만 이 나라에서 나쁜 짓을 저지르는 사람은 적다.
이유는 단순하다.
이 나라의 국민은 모두 〈정령마법〉을 다룰 줄 아는 자들――샤먼(주술사)인 것이다.

자신의 마력요소를 넘겨주는 것을 대가로 정령의 힘을 빌려 마법을 구사한다. 주문을 읊을 필요가 없는 〈정령마법〉은 정령과 계약을 맺기만 하면 누구든지 쓸 수 있다고 한다.
단, 정령에게 인정을 받아 계약을 맺을 필요가 있다. 계약한 정령의 힘에 좌우되며, 인간에겐 그 정도의 마력요소가 없기 때문에, 수행을 쌓은 것도 아닌 일반인은 큰 힘을 쓸 수 없는 것 같지만.
하지만 뭐, 생활마법보다는 조금 강한 정도라 해도 마법은 마법이다. 범죄행위를 억제하기에는 충분한 힘이라 할 수 있다.
이 〈정령마법〉의 극에 달하면 〈원소마법〉과도 대등한 공격계 마법이 된다고 한다.
그리고 수련을 계속 쌓으면 〈정령소환〉을 습득할 수 있다.
더욱 강한 정령과 인연을 맺어 지배함으로써 정령 그 자체의 힘을 구사할 수 있게 된다. 계약한 정령을 불러내어 자유자재로 구사할 수 있는 것이다.

빌려서 구사하는 힘보다 강력하다는 건 말할 필요도 없을 것이다.

우르그레시아는 정령이 좋아하는 자들이 많은 나라다. 그렇기 때문에 만 열 살이 되었을 때 계약 의식을 하도록 정해져 있다.

이 의식을 거쳐야 비로소 국민으로서 인정을 받는다. 이것이 모두가 샤먼인 이유인 것이다.

정령과 계약을 하지 못한 자는 스무 살일 때 이 나라에서 쫓겨나게 된다.

국민의 자격을 잃는 것이다. 단, 아주 많은 종류의 정령이 있기 때문에 어떤 정령과도 계약을 하지 못하는 쪽이 드문 경우라던가.

그날, 밤의 가게에 있던 누님은 세상을 구경하고 싶었기 때문에 일부러 계약에 실패했다고 하던데…… 그런 괴짜 말고는 대개 계약에 성공한다고 한다.

또한 정령은 나쁜 마음을 지닌 자를 싫어하는 경향이 있기 때문에, 이 나라에서 나쁜 짓을 하면 즉시 발각된다. 그런 이유도 있기 때문에 이 나라에는 나쁜 사람이 적다고들 했다.

국민 전원이 샤먼이라는 것은 그것만으로도 다른 나라에겐 위협이 된다. 서방 열국에는 알려져 있지 않지만, 그 옆에 있는 마도 왕조 살리온에선 유명한 이야기인가 보다.

그렇기에 더더욱 원소계 마법의 마법 대국인 마도 왕조 살리온에 대해 작은 나라인 우르그레시아 왕국이 대등하게 국교를 맺고 있는 것이다.

그 국민성 때문에 신용할 수 있는 교류가 활발하게 이루어지고 있으며, 서로의 문명을 절차탁마하여 발전시키고 있는 배경이 되었다.

말하자면, 이게 고급 주점의 누님에게서 들은 이야기였다.

우리가 여기 온 목적——그건 당연히 정령의 포획(소환)이다.

내가——아니라, '대현자'가——세웠던 가설.

그건 이플리트(불꽃의 거인)가 시즈 씨와 융합하면서 에너지(마력요소)의 폭주로 인한 신체 붕괴를 막아줬을 거라는 것.

상위 정령이라면 대량의 에너지를 제어할 수 있기 때문에, 아이들에게 융합시켜버리면 어떻게든 해결을 할 수 있을 거란 예상이었다.

다행히도 내게는 '통합'과 '분리'에 특화된 유니크 스킬인 '변질자'가 있다.

융합이라는 건 잘 모르지만, 억지로 붙들어 매어놓으면 될 것이라 생각했다.

마왕 레온이 할 수 있었으니 나라고 하지 못할 일은 아닐 것이다.

그건 그렇고, 여기서 문제가 되는 것이 정령의 의사다.

자신의 의사를 가지고 있는 정령은 적다. 자신의 의사가 있는 정령은 그 사실만으로 상위 정령으로 불린다.

이 도시에서 정령 계약을 행하는 장소는 두 군데가 있다고 한다.

도시의 주민들이 계약을 하는, 이 도시 중앙에 있는 제단. 이 장소에선 상위 정령의 출현이 확인되지 않았다.

상위 정령과 계약을 맺으려 한다면 또 다른 계약 장소로 갈 필요가 있다, 자아를 지녔기에 제멋대로 구는 정령은 주어진 시련을 달성하지 않으면 주인으로 인정해주지 않는다.

그 계약 장소가 '정령이 사는 집'으로 불리는 장소다.

문제는 그 누님과 트레이니 씨에게서 들은 장소가 같은 곳인가 아닌가 하는 점이다.

그 누님이 말하기로는 '정령이 사는 집'을 찾으러 갔다가 돌아온 사람은 없다고 한다. 그런데도 소문만 널리 퍼지는 것이 신기했다고 한다.

지하, 또는 공중에 펼쳐져 있는 미궁——소문으로는 '정령이 사는 집'이란 건 그 미궁을 통과하면 나오는 모양이다.

그 '입구'만이 우르그 자연공원에 존재하고 있었다.

커다란 바위에 문만 박혀 있으며, 그 끝은 다른 차원에 존재하는 것 같다.

우리의 목적이 상위 정령과의 계약인 이상, 가볼 수밖에 없겠지만.

우리는 하룻밤 푹 쉰 뒤에 준비를 끝냈다.

이 문 안쪽에서 원소마법 : 워프 포털로 돌아갈 수 있는지는 명확하지 않다. 무리일 거라는 생각이 자꾸만 들었다.

하지만 일단 공원 안의 눈에 띄지 않는 장소에 마법진을 설치했다. 만약 사용할 수 있으면 다행이라는 정도의 보험인 셈이다.

나는 아이들을 한 번 둘러봤다.

"준비는 됐니? 들어가면 되돌아올 수 없을지도 몰라. 각오는 다 되어 있어?"

내 질문에 기운차게 대답하는 아이들.

"물론이죠!"

"괜찮아요."

그렇게 각자 대답을 했다.

좋아, 무섭지는 않은 모양이구나. 최근에는 나에 대한 신뢰가 커졌는지, 전보다도 날 많이 따르는 것 같기도 하다. 얼마 전의 드래곤 퇴치가 효과적이었던 것 같다.

그들의 신뢰를 쟁취했다고 할 수 있겠다.

그럼 가보도록 할까.

이 장소는 도서관에서 조사한 책에도 정보가 없었다. 아쉽게도 안에서 출현하는 마물도 확실하지 않다. 시련을 부여한다고 하니까 틀림없이 위험하긴 할 것이다.

하지만 돌아온 사람이 없다는 건 과연 정말일까. 현재 상위 정령을 사역하는 엘레멘터러(정령사역자)는 시즈 씨 외에도 존재한다고 들었으니까.

그런 인물과 연락은 해보지 못했지만, 유우키가 해준 말이니 틀림은 없을 것이다.

나와 란가만으로 아이들을 다 지킬 수 있을까 하는 일말의 불안은 있다.

안 될 것 같으면 한 번 후퇴했다가 베니마루 일행도 응원군으로 부를 생각이었다. 그렇게 쉽게 탈출할 수 있다면 말이지만.

어쨌든 각오를 굳히고 문에 손을 댔다.

신중하게 안으로 발을 들인다.

햇빛이 들어올 수가 없을 텐데 주위에는 희미하게 밝은 빛이 채워져 있었다.

아이들을 안으로 들이기 전에 시험해봤지만 '마력감지'를 끊어도 시각은 괜찮았다. 공기 성분도 문제없다.

내 신호를 보고 모두 안으로 들어왔다.

미궁 공략이 시작됐다.

*

모두가 안으로 들어온 순간, 문이 닫혔다.

맨 먼저 워프 포털을 시도해봤지만, 예상대로 발동하지 않는다.

아무래도 이 미궁이란 곳은 공간계의 마법이나 능력을 사용할 수 없게 되어 있는 것 같다.

란가도 '그림자 이동'을 쓸 수 없었으니, 이 추론은 틀림없을 것으로 생각한다.

밖으로 나가는 건 포기하고 공략 쪽으로 사고를 전환하기로 한다.

안으로 들어간다.

미궁이라기보다 외길이었다.

이 길을 헤맨단 말인가? 그렇게 생각했지만 신중하게 걸어간다.

………………….

……………….

…….

머릿속에 맵이 있어서 다행이었다.

외길로 보이지만 방향감각을 엉클어뜨리는 덫이 여러 개 설치되어 있었던 것이다.

돌아가려고 하면 빛이 조절되면서 지금까지 지나온 통로가 그림자 속에 감춰지는 구조였다.

나아가는 방향도 외길로 보이지만 빛 너머에 다른 통로가 숨겨져 있기도 했다.

과연. 확실히 미궁이긴 하군.

인간의 방향감각만으로는 돌파가 불가능하다. 돌아가지 못할지도 모른다.

이건 상당히 무시무시한 구조로 만들어져 있는 것 같다.

그때.

(어머나, 어머나, 어머나…….)

(들켰네. 들켰어.)

(이런, 이런, 이런, 이런…….)

(쿡쿡쿡쿡.)

갑자기 머릿속에 목소리가 울린다.

강력한 염화(念話). 아니, 텔레파시(정신감응)인가?

(시시하도다, 손님이여!)

(좀 더 무서워해라!)

(좀 더 벌벌 떨어!)

제각각 멋대로 떠들어대기 시작한다.

켄야랑 료타도 주위를 돌아보면서 두리번거리고 있었다. 나뿐만이 아니라 모두에게 들리고 있는 모양이다.

클로에는 내 옷을 붙잡고 놓으려 하지 않는다. 앨리스도 강한 척을 하고 있지만 내 곁으로 다가와 있었다.

게일은 검을 들고 모두를 지키려 하고 있다. 연장자로서 가지는 책임감 때문이겠지.

내가 준 검이다. 쿠로베에게 부탁해서 어린아이가 쓸 만한 검을 만들게 한 것이다.

어린아이용이라곤 해도 순수하게 '마강'으로 만든 것이다. 소유자가 익숙해짐에 따라서 적절한 모양으로 변화할 것이다.

쓸 기회가 없었으면 좋겠다고 생각하고 있었는데…….

(좋아, 좋아!)

(좀 더 두려워해!)

(그래, 그래, 가만히 있으면 재미가 없다고.)

흠, 장소를 특정할 수는 있었다.

멋대로 떠들어대도록 놔두는 것도 빈정이 상한다.

"이봐, 너희들, 여기 사는 거냐? 그럼 정령이겠지? 우리는 목적이 있어서 여기 왔다. 상위 정령에 볼일이 있다고. 가능하다면 방해하지 말고 안내해주면 좋겠는데?"

일단 부탁을 해봤다.

자, 과연 어떤 반응을 보이려나?

(아하하하하하!)

(우후후후후후!)

(이거 재미있는 말을 하네.)
(놀라는 것보다도 재미있어. 무서워하는 것보다도 재미있어.)
(좋아, 좋아!)
(가르쳐줄게.)
(하지만, 하지만——.)
(그 전에!!)
눈앞의 통로 끝에 새로운 빛의 길이 생겨났다.
보아하니 우리를 유도하려는 것 같다. 가볼 수밖에 없다.
빛의 길은 문제없이 걸을 수 있었다. 그 끝으로 걸어가 보니 커다랗고 넓은 공간이 나타났다.
그리고 그곳에 멈춰 서 있는 거상(巨像)이 하나. 강철의 거인이 우뚝 서 있었다.
(자, 시련의 내용을 설명할게!!)
대출력으로 텔레파시가 울린다.
그와 동시에 거상의 눈이 붉게 빛났다.
문득 떠오른 생각인데, 왜 수상한 마물은 죄다 눈이 붉게 빛나는 걸까? 뭐, 어찌 됐든 상관없는 일이지만.
“이봐, 혹시 시련이란 게 저 거상을 쓰러뜨리면 되는 거야?”
(그래, 그래.)
(맞아.)
(그 말대로야!)
뭐야, 간단하잖아.
“제가 갈까요?”
“아니, 내가 가겠다. 너는 저 녀석들을 지켜다오.”

란가에게 아이들을 지키게 하고 나는 혼자 앞으로 나선다.
내가 가는 것은 만일을 위해서다. 도망치기에도 란가는 무사한 게 낫다.
(어라, 어라, 어라라?)
(혼자서 싸울 거야?)
(자신감이 너무 지나치면 위험할 텐데?)
내 걱정을 해주는 건가? 뭐, 상관은 없겠지.
눈앞의 거상에게 '해석감정'을 걸어서 조사해봤다.
퐙! 하고 뿜을 뻔했다.
능력이 장난 아니다.
온몸이 '마강'으로 만들어진 골렘(마인형, 魔人形), 에너지양은 A 랭크 오버.
얼마 전에 쓰러뜨린 스카이 드래곤보다도 강했던 것이다.
키는 3m 정도. 중후한 형상을 하고 있다.
아마 몸무게만으로도 30t을 넘을 것 같다. 단순히 쓰러지면서 덮쳐 오기만 해도 대처가 곤란한 물리 공격이 될 것이다. 내게는 '물리 공격내성'이 있긴 하지만, 상대가 짓눌러 온다면 의미가 없을 것 같다.
어떡할지를 고민하고 있으려니, 거상이 부들거렸다.
서둘러 '사고가속'을 걸고 거상의 움직임을 쫓는다. 달인의 검사처럼 재빠른 움직임이었다.
이런 거구로 이런 속도, 엄청나게 위험한 상대다.
이 중량으로 몸통 박치기를 당하기만 해도 교통사고보다 비참한 결과가 나올 것은 틀림없다.

잠깐, 이게 시련이야?
이건 틀림없이 날 죽이려고 덤비는 거지?
"잠깐, 잠까안!! 뭐야, 이 녀석? 너희들, 이건 시련이 아니잖아! 죽이려고 덤비는 거잖아!"
내가 소리치자 정령들은 즐겁게 웃는다.
(쿡쿡쿡쿡.)
(그래, 맞아, 그 말대로야!)
(이길 수 있을까? 이길 수 있으려나?)
정말로 정령인가? 왠지 사악한 인상이 느껴지는데.
게다가…… 이쪽을 살짝 업신여기는 듯한 태도가 왠지 짜증 나는 녀석들이다.
이, 이게 진짜 화가 난 감정일까?
뱃속에서 끓어오르는 분노로 인해 나도 모르게 어른스럽지 못하게 진심을 다해 싸울 뻔했다.
위험하다, 위험해.
아이들이 보는 앞에서 나는 신사로 있어야 한다.
이성을 잃고 날뛰는 건 손해라는 것을, 모두의 견본이 되어서 가르치고 이끌어야 하는 입장이다.
뭐, 성격이 쿨한 나는 웬만한 일로는 화를 내지 않는다. 그건 이미 다들 알고 있을 것이다.
훗훗후—, 훗훗후—.
나는 호흡을 가다듬고 여유 있게 자세를 잡는다.
뭐, 진심을 다해 싸우지 않아도 맞지만 않으면 된다.
거상도 제법 빠르지만 내 쪽이 단연코 빠르다. 나는 음속조차

놓치지 않고 볼 수 있는 남자인 것이다.

하지만 도망치기만 해선 쓰러뜨릴 수 없겠지…….

이 녀석에게 '흑뢰(黑雷)'는 아마 통하지 않을 것이다. 어차피 금속이니, 땅으로 전류가 흘러가버리면 끝이다.

내가 마법서에서 습득한 마법이 통할 것 같기도 하지만, 규모가 너무 커서 여기서는 적합하지 않다.

'수인'이나 '마염탄'으로도 거상의 장갑을 파괴하는 건 무리일 것이다.

검으로 자르는 것은 아예 논외. 베기 전에 날이 깨질 것이다. 최악의 경우, 부러질 수 있으니 내키지 않았다.

마강 덩어리라니, 이건 좀 아닌 것 같다. 최강 경도를 자랑하면서도 부드럽고 매끈하게 움직이는 골렘이라니……. 약점이 너무 적어서 번거롭다.

이렇게 되면 수단은 하나. 태워버릴 수밖에 없다.

주위에 피해가 생기지 않도록 한정적으로.

"이봐, 사과하겠다면 용서해주지. 하지만 사과하지 않는다면 이걸 박살 낼 건데, 괜찮겠지?"

(아하하하하하!)

(재미있네, 재미있어!)

(허세 부리긴!)

(좋아, 좋아. 좋고말고!)

(할 수 있으면 어디 해봐!)

후———.

나는 어른이다. 괜찮아.

이런 건방진 텔레파시 따위로 화를 내지는 않아.

혈관 같은 건 있지도 않은데, 머리의 핏줄이 끊어질 것 같은 건 기분 탓이 틀림없다.

좋아, 허가도 받았다.

잘 가라, 골렘. 가능하면 가져가서 내 장난감(연구 재료)으로 삼고 싶었는데…….

"조사요박진(操絲妖縛陣)!"

소우에이의 기술이지만, 나도 연습해서 쓸 수 있게 되었다. 평소에 열심히 노력한 결과이다.

그리고 내 '끈끈하고 강한 거미줄'은 이전의 것과는 비교도 안 되게 강화되어 있다. 거상에 얽히면서 그 움직임을 멎게 하는 것 정도는 어렵지도 않다.

(말도 안 돼?)

(믿을 수가 없어.)

(엘레멘탈 콜로서스(성령의 수호거상)가?!)

그리고 거상을 칠흑의 어둠이 덮는다.

놀라서 소란스러워지는 정령을 무시하고 내가 '헬 플레어(흑염옥)'를 발사한 것이다.

이건 베니마루의 기술이지만, 나도 이미 습득을 완료한 뒤였다.

극한까지 의식을 집중시켜서 범위를 작게 지정하고 있다.

평범하게 쏘는 거라면 딱히 집중할 필요는 없었지만 범위를 지정하려면 방대한 에너지양을 제어하는 데 집중력이 필요하게 된다.

베니마루도 아직 제어를 하지 못하는 반경 3m 사이즈의 돔이

거상을 덮었다. 나조차도 '대현자'의 서포트를 받아야만 비로소 이 축소 사이즈의 '헬 플레어'를 쓸 수 있는 것이다.

퍼엉!! 하는 굉음이 울려 퍼지고 칠흑의 돔이 사라진 뒤에는 아무것도 남아 있지 않았다.

'대현자'의 계산으로는 돔의 온도는 수억 도까지 도달하며, 그 열량으로 모든 여러 물질을 태워버리는 지옥으로 변한다고 한다.

내 '열변동무효'조차도 무효화시키지 못한다. 견뎌낼 수 있는 자는 존재하지 않는 최강의 공격기인 것이다.

카리브디스 같은 초대형의 마물에게는 쓸 수 없지만 말이다…….

사용하기 어려운 점은 회피가 쉽다는 점이다. 발동에 시간이 걸리기 때문에 곧바로 도망칠 수 있다.

약점이 있는 기술은 한 번 보여주면 상대가 대책을 세워버린다. 그렇기 때문에 이때다 싶을 때가 아니면 사용할 수가 없다.

뭐, 이번에는 고정을 시켜놓았기 때문에 도망칠 수도 없었겠지만…….

어쨌든 이 기술은 내가 숨겨두고 있는 공격 수단 중에서도 공개하고 싶지 않은 비장의 수였다.

(말도 안 돼!!)

(믿을 수가 없어…….)

(일격으로――?!)

격렬하게 혼란스러워하는 텔레파시가 내 머릿속으로 들어왔다.

보아하니 거상에게 절대적인 자신을 갖고 있었던 모양이다. 그야 당연히 그렇겠지만.

아이들도 입을 크게 벌리면서 멍하니 서 있었다.

어지간히 충격이 컸던 것 같다. 그래서 보여주고 싶지 않았는데.

그건 그렇고.

실컷 나를 얕보는 태도를 보이면서 까불었으니, 각오는 되어 있겠지.

이젠 내 차례다. 벌을 줄 시간이 왔어.

*

거상——엘레멘탈 콜로서스(성령의 수호거상)를 태워버리면서 나는 사악한 미소를 지었다.

큭큭큭.

이걸로 유리하게 이야기를 끌어갈 수 있겠지.

"자, 불타 죽고 싶지 않다면 빨리 나오시지? 숨어 있는 장소는 이미 다 알고 있거든?"

물론 허풍이다.

대강은 알고 있지만, 텔레파시로 인한 방해가 있기 때문에 확실하진 않다. 알아서 나와 주는 게 수고를 덜 수 있어서 좋을 것이다.

내 말에 동요한 것으로 보이는 텔레파시가 느껴졌다.

"네! 네네네!! 이제 막, 부끄럽지만 부르시는 바람에 여기 대령했습니다——!!"

날아서 나타난 것은 30㎝ 정도의 인형에 잠자리 날개가 돋아난 것 같은 귀여운 여자애? 였다.

소인이 아니라 이야기에 나오는 요정 같다.

금발이 베이스에, 녹색과 검은색의 부분 염색을 한 머리카락을 땋아서 묶었다.

검은색을 기본 색조로 했으며 흰색과 녹색의 문양이 들어간 플레어 드레스. 반짝거리는 프릴로 장식된 것이 보기 좋은 호화로운 의상이었다.

등 부분은 크게 패여 있었고 거기서 잠자리 같이 생긴 한 쌍의 날개가 돋아나 있다.

그 요정의 뒤에는 비슷한 느낌의 약간 소박한 의상을 입은 자들이 여러 명 날아다니고 있었다.

"짠짜자——안! 나야말로 위대한 싯……."

혀가 꼬였다. 지금 완전히 혀가 꼬이면서 말이 막혔다.

지적을 해줘야 하는 걸까? 아무래도 텔레파시로 하는 대화에 너무 익숙해져서 입으로 말하는 게 서툰 것 같다.

"……괜찮냐?"

내 질문을 한 손으로 막고 다시 말하려고 하는 요정.

"나야말로 위대한 10대 마왕 중의 한 사람! '라비린스(미궁 요정)'의 라미리스다!! 어딜 건방지게 서 있느냐, 무릎을 꿇어라!!"

그렇게 의기양양하게 딱 잘라 말하더니, 건방진 표정을 지었다.

있지도 않는 가슴을 드러내면서 몸을 뒤로 젖히고 있다. 대체 뭘까, 이 짜증 나는 느낌은…….

일단 촙을 먹였다.

"우효! 무, 무슨 짓이야?! 깜짝 놀랐잖아!!"

자그마한 몸으로 내 촙을 피하더니 불평을 늘어놓기 시작했다.
(너무한다—, 그치——?)
(없애버릴까? 없애버릴까?)
(하지만, 하지만, 하지만, 하지만 엘레멘탈 콜로서스도 당했는걸?)
(무리야. 무리. 우리가 당할 거야!)
소란스럽다.
텔레파시는 일일이 머릿속에 울리기 때문이다.
"그건 그렇고 너 말야, 비겁해! 왜 '정신조작'이 듣질 않는 거야?! 너 같이 반응이 둔한 녀석은 오랜만이라고!!"
그런 소리를 하면서 멋대로 화를 내고 있다.
그런가, 아까부터 묘하게 짜증이 난 건 그 '정신조작'이란 것에 레지스트(저항)가 일어나고 있는 영향인가.
그러나 그것만이 이유이진 않겠지. 나를 속이려고 하는 악의를 느끼기 때문이다.
애초에 이런 요정이 마왕일 리가 없다. 뻔히 보이는 거짓말로 나를 속이려고 하다니.
그게 아니면 아직 나를 놀리려는 생각인걸까?
"너 말이야, 기왕 거짓말을 할 거면 좀 그럴듯한 걸로 해라. 너 같은 꼬맹이(요정)가 마왕이 될 리가 없잖아?"
"꼬맹이라고 하지 마! 정말 무례한 녀석이네. 내가 마왕이 아니면 뭐란 말이야?!"
"응? 너 바보냐? 아니, 그 전에 내가 아는 마왕 중에 밀림이란 친구가 있는데, 정말 터무니없이 강했거든? 넌 그 녀석이랑 비교할 것도 없이 약하잖아?"

"바————————보! 바보바보바보바보!! 넌 바보야————————!!"

라미리스라고 이름을 밝힌 요정은 큰 소리로 외치다가 어깨를 들썩이면서 호흡을 가다듬었다.

그리고 말을 잇는다.

"저기 말이야, 너. 밀림이라는 녀석은 '억지 마왕'으로 불리고 있어. 뭐든지 힘으로 해결해버린다고. 그런 억지의 화신과 가련한 나를 비교하다니, 실례도 이만저만이 아니라고. 그 점을 확실히 이해하지 않으면 곤란하거든!"

화를 내면서 그렇게 말했다.

그 뒤에도 잔소리는 계속됐다.

"애초에 너도 좀 이상하지 않아? 대체 뭐야? 어떻게 그런 터무니없고 위험한 기술을 쓸 수 있는 거야?! 방금 그것을 실현하려면 얼마나 많은 특별한 스킬(능력)이 필요한지 알기나 해? 무모한 짓 하지 말라고!"

내가 쓴 '헬 플레어'가 위험하다며 화를 내고 있다. 나야말로 말도 안 되는 소리 하지 말라고 말해주고 싶은 심정이다만…….

"그래서? 정말 밀림이랑 아는 사이야?"

"그래, 최근에 친구가 됐어."

"——그렇구나. 그렇다면…… 잠깐. 혹시 너, 쥬라의 대삼림에서 새로이 맹주가 되었다던 슬라임이야?!"

"그렇긴 한데 어떻게 알고 있지?"

"아아앗, 역시 그랬구나!! 얼마 전에 오랜만에 찾아와서 친구가 생겼다고 자랑하는 걸 보고 코웃음을 치면서 쫓아 보냈는데……."

경악스러운 표정을 지으면서 날개를 파닥거리는 라미리스.

보아하니 거짓말은 아닌 것 같다. 그 말은 곧, 이 녀석이 마왕이라는 것도 사실이란 말인가……?

“알고 있다면 긴 이야기는 필요 없겠군. 내 이름은 리무루. 밀림의 친구야. 이번에는 부탁이 있어서 여길 찾아왔어.”

“뭐, 좋아. 네가 밀림과 아는 사이라는 건 정말인 것 같으니 믿어줄게. 그러니까!! 너도 그 의심스러운 눈빛은 치우고 내가 마왕이란 걸 믿어!”

의심하고 있다는 걸 들켰나. 뭐, 해는 없어 보이는 녀석이니 믿어도 좋으려나.

나는 경계를 풀고 차분하게 이야기를 듣기로 했다.

무슨 이유인지 내가 차와 과자를 준비했다.

방금 손님이라고 한 것 같았는데, 보통은 반대 아닌가?

뭐, 딱히 상관은 없지만.

아이들도 요정과 금방 사이가 좋아져서 같이 즐겁게 과자를 먹고 있다. 흐뭇해진다.

라미리스의 의도는 그 거상으로 우리를 겁주게 만드는 것이었다. 그 모습을 보고 즐기면서 웃음거리로 만든 뒤에 구해주고 자신을 존경하도록 만들 예정이었다던가.

사실은 죽일 생각도 다치게 할 생각도 없었다고 한다.

돌아오지 않는다는 소문의 모험가들이랑 여행자도 머나먼 이국의 ‘출구’를 통해 내던져 버렸다고 한다.

그것을 지적한 내게 대해 ‘별 피해도 없고 그냥 귀환하는 데 시간이 걸릴 뿐이잖아?'라고 라미리스는 아무렇지 않게 말했다.

그랬기 때문에 내가 엘레멘탈 콜로서스를 파괴한 것에 잔뜩 불평을 쏟아냈다. 파괴했다기보다 사라지게 만들었기 때문에 수리도 불가능하고 말이다.

하지만 아무리 생각해도 이건 자업자득이다.

"아—아. 모처럼 주워온 장난감을 수리해서 다 같이 겨우 완성했는데……."

그렇게 원망스러운 말투로 몇 번이고 몇 번이고 말했다.

어쩔 수 없잖아. 죽이지 않으면 내가 죽는다고 생각했으니까.

"그리고 말이야, 그건 아주 고성능이었거든? 땅의 정령으로 중력을 조작했고, 물의 정령으로 각 관절을 움직였고, 불의 정령으로 동력을 발생시켰고, 바람의 정령으로 열을 조절하는 거야. 원소의 집대성인 셈이지. 정령 공학의 진수를 모아서 만든 건데……."

놀라울 정도로 끈질기다.

이럴 줄 알았으면 파괴하지 말걸…… 이라고 생각했지만 안이하게 봐주면 안 된다.

그것보다도 정령 공학? 그쪽에 흥미가 생긴다.

예전에 카이진이 말했던, 엘프와 공동으로 개발하려고 했다는 '마장병 계획'과 관계가 있는 걸까?

"그거 혹시 드워프와 엘프가 공동 개발하려고 했다는 '마장병'이란 거야?"

"딩동댕————! 잘 알고 있네! 그 계획은 '정령마도핵(精靈魔導核)'이라는 심장부를 만들지 못해서 실패한 거야. 애초에 말이지, 일반적인 강철로 만들어봤자 정령력(精靈力)을 버텨내지 못했을 텐데 말이지. 가짜를 사용했다가 폭주해서 망가진 겉껍질이 버려져 있기에 들고 와서 복원한 거야! 어쩌면 난 천재 아닐까? 굉장하지 않아?”

자랑이 짜증 나긴 하지만 확실히 대단하다.

생각해보면 정령 공학이란 정령의 힘을 근본으로 삼고 있으니, 정령의 힘에 가까운 요정이 그 본질을 이해하는 건 납득할 수 있는 이야기다.

라미리스의 이야기를 듣고 ‘마장병 계획’의 개요가 보이기 시작했다.

정령의 힘을 이용한 동력 기관을 탑재하여 인간이 조종할 수 있는 크루셜 골렘(마동장갑병, 魔動裝甲兵)을 만들 계획이었던 것 같다. 이 세계로 따지면 결전용 군사 병기로 바꿔 말할 수도 있을 것이다.

가젤 왕도 정말이지 터무니없는 걸 만들려고 한 것이다.

혈액처럼 마력요소를 온몸에 순환시키고 유압처럼 압력을 가해서 구동시킨다. 중량은 마법으로 제어하여 하늘도 날 수 있게 고려되어 있었다.

실제로는 실패했지만 그 정도로까지 군사력의 증강을……?

아니, 그렇구나, 생각하기에 따라선 방향성이 다른 것뿐이다.

다른 나라처럼 ‘이세계인’의 소환에 의존하는 것이 아니라, 자신들의 기술력으로 활로를 찾아냈을 뿐이라 할 수 있다.

그렇게 생각하니, 이 무모한 개발계획도 납득할 수 있었다.

그 정도로 이 세계에선 마물의 위협이 거대하다는 뜻인 것이다.

그러나 그렇다고 해도…….

카이진과 당시의 동료들조차 실패한 연구를 자기 방식으로 완성시키다니.

멍청한 아이로밖에 보이지 않지만, 이 라미리스라는 마왕은 사실은 대단한 존재인지도 모른다.

지시에 따라 움직이는 골렘으로 콘셉트를 바꾸기는 했지만, 일단은 완성을 시켰으니까 말이다.

"좋아, 대단하다는 건 알았어. 그럼 그 대단한 널 보고 특별히 부탁할 게 있어!"

"뭐어? 왜 내가 네가 하는…… 말을――――."

라미리스가 잘난 체하며 거절하려고 하기에 오른손으로 살짝 '흑염'을 만들어 보였다.

"――을 들어줘도 좋겠다는 생각이 들기 시작하네요!"

음. 솔직한 건 좋은 일이다.

"야아, 정말 고맙네. 물론 공짜로 부탁하는 건 아냐. 도와준다면 내가 새로운 골렘을 준비해줄 수도 있어!"

"어디 한번 들어볼까!"

태도 변화가 정말 빠른 녀석이다. 미끼를 흘렸더니 쉽게 농락당했다.

뭐, 분위기도 좋고 하니 이야기를 꺼내보기로 한다.

나는 아이들의 사정을 설명했다.

숨기지 않고 정직하게. 아이들도 진지하게 이야기를 듣고 있다.

"그런 이유로 여기에 온 거야. 이 앞에 있는 '정령이 사는 집'에

가고 싶어."

"그렇구나. 이 아이들도 고생이 심했겠네."

라미리스는 정령들에게 둘러싸여 있는 아이들을 보고 한숨을 쉬었다.

"그렇겠지? 그러니까 말이야, 정령 여왕이란 자에게 우리를 소개해줬으면 좋겠어. 무슨 일이 있어도 상위 정령의 도움이 필요해."

나는 최선을 다해 부탁했다. 그러자——.

"아아, 말하지 않았던가? 정령 여왕도 사실은 날 말하는 거야!"

갑자기 그런 소리를 내뱉었던 것이다.

"뭐어? 농담을 하고 있을 때가 아닌데?"

"무례하긴! 농담이 아니랍니다. 진짜예요—!!"

놀랍게도 이 마왕을 자칭하는 요정은 자신을 정령 여왕이라고 밝힌 것이다.

"저기, 너 말이야. 어떻게 마왕이 정령의 여왕 노릇을 하고 있는 거야?"

"반대거든요———! 정령의 여왕이 타락해서 마왕이 된 거거든요———!!"

잠깐, 잠깐, 자기 입으로 타락했다고 말했거든?

이 멍청한 아이에게 기대는 못 하겠지만, 정령 여왕이라고 주장한다면 물어볼 수 있는 걸 물어보자.

"그렇다면 상위 정령을 불러내고 싶은데, 도와줄 수 있어?"

괜찮은가, 이 녀석? 그렇게 걱정을 하면서도 묻는 내게 라미리스는 놀랄 만한 말을 했다.

"그래, 그래. 기억이 났어. 전에 여기 와서 시련을 통과한 녀석. 레온이야, 레온이었어! 그 녀석, 건방지게 마왕이 됐지 뭐야. 믿어지지가 않는다니까. 인간이었던 주제에 말이지! 뭐, 나라면 주먹 한 방에 쓰러뜨릴 수 있지만! 여유 있게! 아니, 정말로."

아무리 봐도 거짓말이로군. 눈동자가 흔들리는 정도의 레벨이 아니다. 빙글빙글 돌고 있었다.

아니, 라미리스는 일단 지금은 내버려두자. 그보다도 레온이다. 레온도 여기 왔다는 것은…….

내 질문에 답을 해주지 않았지만, 이야기 내용을 그냥 듣고 넘길 수는 없다. 초조해지는 기분을 억지로 누르면서 자세하게 물었다.

라미리스의 이야기는 이러했다.

옛날, 소년이었던 레온이 이곳을 찾아왔다고. 당시에는 아직 인간이었다고 하는데, 라미리스의 '정신지배'는 통하지 않았다고 한다. 오히려 역으로 조종을 당할 뻔하는 바람에 아찔했다던가.

라미리스는 정령계의 〈환각마법〉을 특기로 한다고 하는데, 그런 것들이 일절 통하지 않았다던 모양이다. 그래서 어쩔 수 없이 이야기를 들어주기로 했다고 한다.

"애초에 말이야, 너도 그렇지만 환각계는 통하지 않으면 말짱 끝이잖아? 더는 다른 수가 없잖아? 가련한 나로서는 어쩔 도리가 없었단 말이야. 너희들 같이 마법을 쓰지 않고는 이길 수가 없는걸. 그래서 내 수족이 되어 움직여줄 엘레멘탈 콜로서스를 만든 거라고. 이걸로 날 비웃는 마왕들에게 본때를 보여줄 수 있을 거라 생각했는데……."

아직도 그 소리냐.
"그러니까 새로운 걸 마련해주겠다고 하잖아!"
"에헤헷, 그건 기대할게!"
단순한 녀석이라 미끼로 낚은 뒤에 다시 이야기를 되돌린다.
"그래서 말이지, 나는 그때 레온을 도와준 거야."
아직 마왕도 아닌 인간이었던 레온에게 완패하여 어쩔 수 없이 도와줬다고 한다. 레온은 뭔가 조사할 것이 있었던 모양이며, 지식으로 알고 있는 태고의 상위 정령을 불러내려 했었다고 한다.
그러더니 놀랍게도 그 정령과 계약을 맺어버렸다고 한다.
"그땐 정말 놀랐어. 내 심복이라고 부를 수 있는 빛의 정령이었는데, 너무나도 쉽게 레온을 따르지 뭐야. 그대로 레온을 주인으로 인정하고 곧바로 그 몸에 깃들어버렸지."
그래서 어쩔 수 없이 레온을 '용사'로 인정하고 성령의 가호를 내려줬다고 한다.
"잠깐. 왜 용사로 인정한 녀석이 마왕이 되어 있는 거야?"
"글쎄? 그 녀석도 타락한 거 아냐? 어쩌면 날 따라한 건지도?"
그건 아닐 거라고 생각했지만 잠자코 있었다.
레온이 마왕이 된 경위까지는 라미리스도 잘 모르는 것 같으니, 이 이상의 이야기는 본인에게 직접 물어볼 수밖에 없을 것 같다.
아니, 그 이전에 이 세계는 용사가 마왕이 되기도 하는 건가? 용사라는 건 인과가 따르는 존재이면서 특별한 강함을 지니고 있다고 했으니…… 마왕 레온이란 자는 내가 생각하고 있는 것 이상으로 번거로운 상대일지도 모르겠다.
쉽게 생각하고 있다간 아픈 꼴을 겪는 건 내 쪽일지도 모른다.

이곳에서 레온의 진짜 실력의 한 부분을 알 수 있게 된 것은 다행일지도 모르겠다. 방심하지 않도록 다시 정신을 바짝 차리도록 하자.

라미리스의 이야기에는 뒷부분이 있었다.

그것으로 끝이면 좋았겠지만, 그렇게 되지는 않았다.

상위 정령의 지식을 갖고도 아무런 단서를 찾지 못했다고 한다. 그 사실에 화가 난 레온에게 분풀이를 겸하는 의미로 불꽃의 상위 정령까지 빼앗기고 말았던 모양이다.

그 사건에 대해 투덜대는 라미리스.

"그 건방진 레온이 말이지, 터무니없는 말을 했어. 이세계(異世界)에서 특정 인물을 소환해달라고. 그런 건 당연히 무리인데 말이야. 바보 아냐?! 울 것 같은 얼굴을 하고 있었지. 아니, 그 얼굴은 울고 있는 표정이었어! 그래. 울고 있었다고 해도 과언이 아니야. 울보 주제에 건방지다니까, 바―보!!"

혼자서 멋대로 떠올리면서 흥분하는 라미리스. 어지간히 분했던 것 같지만, 지고도 억지를 부리는 것으로밖에 들리지 않는다.

이게 마왕이라고? 다행이다. 맨 처음에 만난 마왕이 이 녀석이었다면, 한심한 레벨 정도가 아니었을 것이다.

밀림도 어지간했지만, 그래도 마왕으로서의 관록은 갖추고 있었다. 맨 처음뿐이었지만…….

그건 그렇고 이 녀석, 괜찮은 건가? 이렇게 뒤에서 험담을 하는 걸 들킨다면 나중에 존재 자체가 사라지는 거 아냐――?

내가 이런 소리를 몰래 하고 있다는 걸 알아차렸다면, 여유 있게 이 녀석을 사라지게 만들 자신이 있다.

"잠깐, 너, 지금 아주 무례한 생각을 하고 있는 거 아냐?"

"아니, 전혀."

의심스러운 눈으로 보고 있지만, 결국은 멍청한 아이다.

아주 쉽게 얼버무릴 수 있었다.

그러나 라미리스가 나를 경계하는 기분도 이해할 수 있었다.

이번에 찾아온 내 소원도 상위 정령의 소환이었으니, 또 같은 일이 일어나지 않을까 걱정했던 것 같다.

"맹세컨대, 그런 짓은 하지 않을 테니까 안심해."

"정말 또 정말이지?"

"약속할게!"

그렇게 내가 약속을 하자 겨우 도와줄 마음이 생긴 것 같다. 약간 걱정은 되지만, 지금은 그녀를 믿기로 하자.

"그럼 지금 당장 '정령이 사는 집'으로 안내해주면 좋겠는데?"

내가 재촉하자 진지한 표정을 짓는 라미리스.

그리고 아이들 주위를 날아서 돌아다니며 한 명 한 명의 얼굴을 바라봤다.

그런 표정도 지을 줄 알았나.

——마왕답지 않게 자애로움에 가득 찬 표정을.

"응. 난 말이지, 마왕임과 동시에 성스러운 자를 인도하는 자야. '라비린스(미궁 요정)'이면서 '엘레멘트(정령 여왕)'이기도 했어. 레온에게 그렇게 해줬듯이 용사에게 성령의 가호를 내려주는 역할도 맡고 있지. 그러니까 안심하도록 해. 나는 공평하니까 말이야. 내가, 나야말로! 세계의 밸런스를 유지하는 자야!"

갑자기 그런 소리를 했다.

정령들이 즐거운 표정으로 춤추듯 날아다녔고, 주위에 축복의 빛이 쏟아진다.

그것은 엄숙하면서 신성한――.

방금까지 보이던 멍청함은 마치 거짓말 같은, 위엄 있는 모습.

라미리스는 나와 아이들을 차례로 바라보면서 웃었다.

"좋아. 소환하는 걸 도와줄게! 열심히 노력해서 굉장한 정령을 불러내도록 해봐!"

그리고 그렇게 선언했다.

*

이 시점에서 라미리스에게 정령에 대한 강의를 들었다.

그 덕분에 정령이 무엇인지 대강은 이해할 수 있었다.

상위 정령에는 자아가 있으며, 호출에 응해주는 건 그 기분에 달렸다. 그렇다면 대정령이란 존재에서 에너지를 잘라내서 새로운 상위 정령을 불러내면 된다.

"불러도 응해주지 않는다면, 새롭게 탄생시키라고 말하고 싶은 거야?"

라미리스는 크게 고개를 끄덕인다.

새로운 정령을 탄생시키는 것이라면 불확정 요소는 사라진다. 시간이 다되기 전에 어떻게든 성공할 수 있을 것 같다.

간단한 일은 아니다.

아이들에 대한 적성도 걱정이다.

바라자면, 자신의 의사를 갖고 있는 상위 정령의 협력을 얻을 수 있는 게 더 좋겠지만…….

그래도——해볼 수밖에 없다.

아이들을 본다.

다들 진지하게 날 바라보고 있다.

"괜찮겠니?"

"""""응!!"""""

어리석은 질문이었다.

남은 건 믿고 실행하는 것뿐이다.

Regarding Reincarnated to Slime

장소를 이동한다.

미궁의 가장 안쪽에 있는 '정령이 사는 집'으로.

어떤 결과가 나오든지 나는 아이들을 지킬 뿐이다.

게다가 라미리스도 도와주겠다고 했고.

라미리스는 이래 봬도 예전엔 정령 여왕이었다. 트레이니 씨에게서 들었던 위엄 있는 모습과는 전혀 달랐지만 괜찮을 것이다. 아마도.

라미리스는 전생을 해도 대를 이어 자아를 계승한다고 한다. 그렇기 때문에 트레이니 씨에 대한 것도 알고 있었다.

놀랍게도 "헤에, 그 아이들도 잘 지내고 있구나! 옛날에는 작고 귀여운 정령이었는데!"라고 말했다. 라미리스가 요정으로 타락했을 때에 그 영향을 받아서 드라이어드가 되어버린 게 아닐까라고 한다. 아무래도 사실인 것 같다.

요정이 된 라미리스는 마력의 상승이 한계에 도달하면 아이(분신체)를 낳는다. 그게 새로운 라미리스가 되면서 모든 자아를 계승하는 모양이다. 그렇게 함으로써 나중에 성장하면 부모도 뛰어넘는 능력을 가지게 된다던가.

결점은 성장할 때까지 약해진다는 것.

진화와 퇴화를 되풀이하는 자――마왕들 중에서 유일하게 세습이 인정되어 있다고 한다.

옛날에는 세대교체를 할 필요가 없었던 모양이지만, 타락하여 요정으로 전생해버리면서 그런 불편한 몸이 되었다고 한탄하고 있었다.

지금의 라미리스는 어린아이이기 때문에 아주 불안하지만…… 그래도 없는 것보다는 나을 것이다.

그런 얘길 하고 있는 사이에 목적지에 도착했다.

문 앞에는 아무것도 없는 광대한 공간이 펼쳐져 있었다. 이 장소가 '요정이 사는 집'으로 이어지는 신탁의 공간이다.

그곳에서 폭 1m 정도 되는 빛의 통로가 20m 정도 이어져 있다. 그 끝부분에 직경 5m의 원형 발판이 놓여 있다.

어떤 재료로 만든 것인지는 확실하지 않지만 마치 공간에 둥실 떠 있는 것처럼 보인다.

"알겠지? 저 원형 바닥 위에서 정령을 부르는 거야!"

"뭐라고 부르면 되지?"

"뭐든 상관없어. '도와줘!'라고 해도 되고 '같이 놀자!'라고 해도 돼. 흥미를 가진 정령이 찾아오면 성공이야."

"……와줄까?"

"와줄 거야! 선생님, 와주겠죠?"

"와줘요?"

불안한지 나를 쳐다보는 아이들.

뭐, 괜찮겠지. 최악의 경우엔 악마든 뭐든 내 말을 따르게 만들어버리겠어.

"……잠깐, 너. 사악한 표정을 짓고 있는데?"
의외로 날카롭군, 라미리스 녀석.
나는 라미리스의 지적을 흘려듣고 아이들을 격려한다.
"괜찮아, 괜찮아, 어떻게든 될 거야!"
와주지 않았을 경우를 대비해 나도 같이 온 거니까.
"나도 같이 갈 테니까 걱정하지 말렴."
"……뭐, 그래도 되긴 하지만. 딱히 몇 명이 가든 괜찮지만 장소가 좁거든? 나도 갈 테니까 아이들은 한 명씩 가는 게 좋을 것 같아."
흠. 불러낼 요정도 하나씩이 좋겠지.
경우에 따라선 교섭을 할 필요가 있을지도 모르니까.
가능하면 주먹으로 이야기를 나누는 건 피하고 싶다…….
"좋아! 그럼 순서대로 한 명씩 가자꾸나. 누구부터 갈래?"
그리고 순서를 정하는 회의가 벌어졌다.
우선은 연장자인 게일.
다음은 앨리스.
그 뒤를 이어 켄야에 료타.
마지막이 클로에.
이래저래 다투긴 했지만 이런 순서대로 정리됐다.

고요한 공간.
소리도 없이 희미한 빛이 가득하다. 이 장소는 베루도라의 동굴 내부랑 비슷하게 자연 에너지로 가득 차 있는 것 같다.
발소리만이 유달리 크게 들린다.

"선생님, 저한테 무슨 일이 생긴다면……저 애들을 부탁합니다."
자자, 그렇게 굳어 있지 마. 너무 긴장했어.
나는 아무 말도 하지 않고 게일의 머리를 쓰다듬어줬다.
원형의 공간에 도착했다.
마치 공중에 떠 있는 것 같은 착각에 빠진다.
발을 내딛으려다가 놀라서 멈춘다. 눈앞에 바닥이 보이지 않았던 것이다.
하지만 '마력감지'로 보면 바닥은 존재하고 있다. 이건 투명한 유리인가? 아니면 아크릴 같은 건가?
놀라면서도 발을 내딛었다.
게일은 무서워했지만 "괜찮아, 디딜 곳은 있어. 무슨 일이 생긴다 해도 내가 구해주마."라고 말하는 내 말을 듣고는 각오를 굳히고 걸음을 내딛었다.
조심조심 신중하게.
중앙까지 나아간다.
"자, 거기면 됐어! 어떤 것이 불려 나올지 기대가 되네!"
라미리스가 즐거운 표정으로 웃는다.
내가 게일의 머리를 살짝 토닥이자, 게일은 눈을 감고 기도하기 시작했다.
한쪽 무릎을 꿇고 신에게 비는 듯한 자세로.
나는 팔짱을 끼고 그 모습을 바라본다.
잠시 시간이 지나자, 이윽고 하늘에서 빛의 입자가 솟아나온다.
그건 흩뿌리며 내리는 눈 같다. 그러나 강한 기운과 의지는 느껴지지 않는다.

게일은 그것을 알아차리지 못한 채 기도를 계속하고 있다.

부름에 응한 것은 상위 정령이 아니라 자아가 없는 하위 정령이었다.

그건 자연 에너지의 조각. 마력요소와 비슷하지만 다른 것.

이 에너지 상태의 조각들이 모이면서 자아를 지닌 상위 정령이 되는 것인가. 자아를 지니지 않아도 확산되었다가 또 하나로 모이면서 나중에는 어떤 종류의 정령이 탄생하는 것으로 보인다.

작은 정령은 출현했지만, 그 이상의 변화는 보이지 않는다. 게일의 부름에 응하려는 상위 정령은 없는 것 같다.

쉽지는 않을 거라는 건 알고 있었다. 부른다 해도 대정령이 반드시 온다는 보장은 없는 것이다.

허나, 그렇다면 새로운 정령을 만들 뿐!

이 작은 정령들이 게일이 잘라내 온 대정령의 조각이라면…… 그것을 모아서 한 명의 사람――아니, 하나의 정령으로 진화시키는 것도 가능할 것이다.

《질문. '글러트니(포식자)'로 '포식'하여 정령의 '통합'을 실행하시겠습니까? YES / NO》

"게일, 그대로 계속 기도해라!"

나는 주저하지 않고 그 정령을 잡아먹었다.

"자, 잠깐?! 너, 무슨 짓을 하는 거야!"

"일단 잠자코 지켜봐. 내게 생각이 있으니까."

나는 서두르지 않고 '대현자'를 발동한다.

내 뜻을 받아들인 '대현자'가 고속 연산을 개시한다. 순식간에 가장 적합한 해답이 도출되면서 '통합'이 실시된다.

《알림. 유니크 스킬 '변질자'를 통해 상위 정령으로 '통합'을 완료했습니다. 속성은 '땅'입니다. 이플리트(불꽃의 거인)의 자아 정보를 해석하여 보조적 유사 인격을 작성…… 성공…… 부여합니다. 완성된 「유사 상위 정령 '땅'」을 게일 깁슨과 '통합'하시겠습니까? YES / NO》

나는 게일의 머리에 손을 얹고 YES를 생각한다.

내 명령으로 '대현자'가 만들어낸 「유사 상위 정령 '땅'」은 무사히 게일과 통합되면서 그 역할을 시작한다.

기대를 품고 게일의 상태를 '해석감정'해보니, 이상을 표시하고 있던 에너지(마력요소)의 폭주가 깨끗하게 나아 있었다. 「유사 상위 정령 '땅'」에 의해 완벽하게 제어가 성공한 것 같다.

아주 양호한 상태이며, 폭주하고 있던 에너지를 어느 정도는 자유자재로 다룰 수 있게 될 것이다. 이제 신체의 성장에 따라 서서히 능력을 획득해나갈 수 있겠지.

수술은 성공했습니다! 그런 느낌으로 머릿속에서 '대현자'와 악수를 나눈다. 내 멋대로 상상하는 이미지이다 보니, '대현자'는 불편해할지도 모르겠지만.

"좋아, 이제 됐다. 정말 열심히 노력했구나!"

불안한 표정으로 기도하고 있는 게일에게 그렇게 말해줬다.

시간으로 따지면 몇 초 동안에 일어난 일이라, 게일은 아무런 실감이 나지 않는 모양이다. 동그랗게 뜬 눈으로 나를 쳐다본다.

힘차게 고개를 끄덕여줬다.

"이제 괜찮다. 신체 붕괴는 멎었어, 내가 보증하마!"

내 말에 눈물을 글썽거리는 게일. 강한 척을 하고 있어도 역시 어린아이이다. 안도함과 동시에 감정을 참을 수 없게 된 모양이다.

"선생님, 정말 감사합니다!!"

"마음에 둘 것 없다. 학생을 지키는 건 당연한 것이니까."

쑥스러움을 숨기려고 머리를 쓰다듬어준 뒤에 아이들이 기다리는 곳으로 데려갔다.

성공했다는 보고에 모두 함성을 지르면서 기뻐한다. 하지만 아직 끝난 건 아니다. 모두가 성공하지 않으면 의미가 없는 것이다.

"아직 기뻐하긴 이르다. 모두가 성공한 뒤에 기뻐하자!"

내 말에 모두가 고개를 끄덕인다. 그 눈동자에선 불안의 빛이 사라지면서 희망의 빛이 보이기 시작한다.

자, 이제 두 번째 아이의 차례다.

다음은 앨리스다.

가느다란 길을 걷는 게 무섭다고 해서 내가 안아 들고 가기로 했다.

클로에와 앨리스가 뭐라고 대화를 나누고 있었는데, 아이들끼리 서로 격려해주는 걸까?

신경 쓰지 않고 앨리스를 안아 들어서 넓은 공간까지 왔다.

이번에도 잘 풀리면 좋겠는데……. 아니, 반드시 성공시켜야 한다.

우리가 바라보던 중에 앨리스도 기도하듯이 눈을 감았다. 양손으로 꼭 쥐듯이 무릎 위의 스커트를 붙잡고 있다.

이번에도 게일과 같은 현상이 일어났다. 잠시 시간이 지나자, 방금 전과 같이 하늘에서 빛의 입자가 내려왔다.

그렇다면 해야 할 일은 한 가지. 제단에 출현한 정령을 재빨리 흡수한다.

라미리스가 무슨 말인가 하고 싶어 하는 표정으로 이쪽을 보고 있지만, 그런 건 무시한다.

두 번째가 되니 익숙해졌다.

《알림. 유니크 스킬 '변질자'를 통해 상위 정령으로 '통합'을 완료했습니다. 속성은 '공기'입니다. 뒤이어 「유사 상위 정령 '공기'」를 작성…… 성공했습니다. 그리고 '공간속성'의 '해석감정'을 통해 '그림자 이동'이 '공간이동'으로 진화했습니다. 완성된 「유사 상위 정령 '공기'」를 앨리스 론드와 '통합'하시겠습니까? YES / NO》

앨리스가 불러낸 것은 공간 속성의 정령이었던 모양이다. 그리고 그것을 '포식'하여 '해석감정'하면서 내 스킬(능력)까지 진화해 버린 것 같다.

생각지도 못 한 해프닝이었다. '공간이동'이라니, 이것도 또한 편리할 것 같은 스킬이니 아주 반갑다.

앨리스와 '통합'시키는 것도 문제없이 무사히 종료했다.

"앨리스, 수고했다! 이제 괜찮아!"

안아 올리면서 그렇게 말했다.

앨리스는 눈을 뜨고 방긋 웃더니 내 볼에 키스를 해준다.

이거 참, 당돌하기 그지없는 아이다. 아홉 살 어린애한테 인기가 있어봤자 미묘하게 기쁘긴 한데 기쁘진 않다고 할까. 아니, 역시 기쁘긴 한데…….

신사일 뿐이지 롤리타 콤플렉스(변태)는 아니기 때문에 그 점은 착각하지 않았으면 좋겠다.

"고마워!"

답례로 머리를 쓰다듬어주면서 모두가 있는 곳으로 데려갔다.

내가 내려줌과 동시에 클로에와 뭔가 격렬하게 이야기를 나누고 있었는데, 사이가 좋아 보여서 흐뭇했다.

켄야를 데리고 넓은 공간으로 돌아왔다.

자, 슬슬 자신도 생기기 시작했다. 순조롭다.

남은 건 세 명. 여차하면 강제로 소환해서 쓰러뜨린 뒤에 아이들에게 부여하는 것도 생각해봤지만 그럴 필요는 없을 것 같다.

하지만 다행인지도 모르겠다. 하위 정령을 '통합'하는 건 예상했던 것 이상으로 내 마력을 소모하고 있다. 뭐, 이제 세 명 남았으니 어떻게든 해내겠지만.

켄야가 기도하기 시작한 순간, 아직 눈도 감지 않았는데, 제단으로 빛의 입자가 내려오기 시작했다. 그것도 방금 전과는 비교가 안 되는 프레셔(중압감)를 느낀다.

뭐야? 지금까지 나타난 것과는 비교가 안 되는데?!

――이윽고 눈앞의 제단에 한 명의 사람――아니, 하나의 정령이 출현한 것이다.

그곳에 있는 건 남자아이?

"여어—! 잘 있었나? 나는 잘 있어. 오늘은 기분이 내켜서 한번 와봤어!"

너무나도 가벼운 인사를 했다.

자아가 있는 정도가 아니다. 틀림없이 상위 정령이다.

"아, 아————!! 너, 뭐 하러 남의 집에 온 거야?!"

라미리스가 눈을 치켜뜨면서 소년 정령에게 따지고 들었다.

아는 사이인 모양이다.

"이봐, 당신은 누구지?"

내가 묻자, 라미리스가 소개하려는 것보다 빠르게 소년 정령이 대답했다.

"안녕! 만나서 반가워, 나는 빛의 정령이야! 저기 있는 마물로 타락한 사악한 요정과는 달리 순수한 빛의 정령님이지!"

그렇게 말하며 인사를 했다. 참으로 놀랍게도 켄야는 훌륭하게 빛의 상위 정령을 소환해낸 것이다.

서로 인사를 나눈 후에 이야기를 듣는다.

빛의 정령에 의하면 켄야에게 소질을 느꼈다고 하는데…….

"그래서 말이지, 내가 켄야를 도와주려고 해!"

라고 말했다.

원래 빛과 어둠의 상위 정령은 가장 격식이 높은 최상위의 정령이라고 하던데……이 가벼운 성격을 직접 보니 그런 비장함을 찾아내기는 어려웠다.

그리고 중요한 역할이 있는데, 바로 용사를 선정하여 가호를 내리는 존재라고 한다.

빛 또는 어둠——둘 중 하나의 정령을 따르는 것이 '용사'가 될 수 있는 원래의 자질이 된다고 들었다.

밀림이 말했던 것처럼 용사를 멋대로 자칭하는 건 아주 불손한 금기로 여겨지는 행위가 되는 모양이다.

그렇게 되면 잉그라시아 왕국에 있었던 용사 마사유키란 자도 정령에게 자질을 인정받았다는 이야기가 되는 걸까? 아무래도 그런 느낌은 들지가 않는 걸 보면, 단순히 폼을 잡기 위해 자칭하고 있는 것만 같은 느낌이 들지만…….

아니, 지금은 어찌 됐든 상관없다. 만나지도 않은 사람을 걱정해봤자 소용없는 일이다.

"그러므로 켄이 성장할 때까지는 내가 보호해주겠어. 어쩌면 켄도 '용사'가 될 수 있을지도 모르니까 말이야!"

빛의 정령의 말에 제정신을 차렸다.

켄야가 용사라니, 그것도 참――.

놀랍게도 나를 아랑곳하지 않고 빛의 정령은 허가도 없이 켄야에게 깃들어버렸다.

어이없을 정도로 쉽게 켄야의 상태가 안정됐다.

"선생님……?"

"응? 아아, 괜찮아. 계획대로 됐어!"

어디가! 그렇게 스스로에게 따지고 싶은 심정이지만, 신경을 쓰면 지는 것이다.

그런 일도 있을 수 있다고 생각하고 빨리빨리 진행시키자.

켄야는 내 말을 의심하는 것 같았지만, 상태가 안정됐다는 건 스스로도 느낄 수 있을 것이다. 그 이상 궁금한 점은 굳이 말하지 않고, 이 상황을 받아들였다.

모두가 있는 곳으로 돌아가 스스로 설명을 하고 있었다.
의외로 이런 때는 야무진 녀석이다.

자, 다음은 료타 차례다.
마음이 약한 료타는 과연 어떤 정령을 불러낼까.
료타는 가느다란 통로에 겁을 먹고 떨면서도 자기 힘으로 여기까지 걸어왔다. 기합은 충분한 것 같다.
네 번째가 되다 보니 이제 익숙해져서 망설임 없이 기도를 시작하도록 시켰다.
자, 과연 어떻게 될까.
이번에는 빛이 그다지 생겨나지 않는다. 기다리다 안달이 나는 바람에 강제적으로 상위 정령을 소환하는 걸 검토했을 때, 하늘에서 나선을 그리듯이 푸른색과 녹색의 빛의 구슬이 내려왔다.
보아하니 누가 갈 것인가로 다투고 있는 것 같다.
그러나 상위 정령은 아닌 것 같았기에, 나는 아무 일도 없었던 것처럼 재빨리 '포식'했다. 시간은 소중하다.
재빨리 '해석감정'을 한다. 물과 바람의 두 종류. 자, 료타에겐 어느 쪽의 정령이 적절할까?
어찌 됐든 '대현자'가 나설 차례다.

《알림. 유니크 스킬 '변질자'를 통해 상위 정령으로 '통합'을 완료했습니다. 속성은 '물'과 '바람'입니다. 뒤이어 〈유사 상위 정령 '수풍(水風)'〉을 작성…… 성공했습니다. 그리고 현시점을 기하여 '땅, 물, 불, 바람, 공기'의 다섯 가지 속성을 '해석감정'하는 데 성공――'양자조작(量子操

作)'의 획득……에는 실패했습니다. 완성된 「유사 상위 정령 '수풍'」을 세키구치 료타와 '통합'하시겠습니까? YES / NO》

YES라고 생각하면서 료타와의 '통합'을 실행한다.

「유사 상위 정령 '수풍'」은 두 가지의 속성을 가진 것 같지만, 에너지양으로 따지면 게일이랑 앨리스와 동등하다. 켄야만이 뛰어나게 증가한 모양이지만, 빛의 정령의 힘 덕분인지 제어는 완벽하므로 켄야 본인에게도 문제는 없다.

어쨌든 료타에게 부여하는 것도 무사히 끝나면서, 남은 건 마지막 한 사람이 되었다.

그건 그렇고…….

듣지 않은 걸로 쳤지만 '양자조작'이라니.

확실히 위험해 보이는 스킬인데, 내 상상력으로는 어디에 쓰는 것인지조차도 잘 모르겠다.

애초에 스킬이란 개념이 '할 수 있을지도'라거나 '할 수 있으면 좋겠다'라는 점을 깊이 파고들어 추구하면서 그럴듯한 효과를 얻어내는 것이다.

내 스킬은 내가 이랬으면 좋겠다고 바라는 효과를 '대현자'가 구체적으로 사용할 수 있도록 처리하는 것인지라, 이해를 할 수 없다면 실현할 수 없는 것도 당연하다 할 수 있다.

그런 점도 진화 실패의 원인인지도 모른다.

──반대로 말하자면, 만약 내가 바라는 게 있을 경우 그대로 실현될 가능성이 있다는 뜻이 되는데…….

마지막 한 사람, 클로에도 두려워했기 때문에 안아 들고 넓은 공간까지 데려갔다.

기뻐 보이는 표정을 짓고 있다.

두려워하던 것이 거짓말 같다.

"선생님, 전요……. 선생님이 정———말 좋아요!!"

얼굴을 새빨갛게 붉히면서 내 귀에 대고 말했다.

나도 좋아한단다. 하지만 적어도 앞으로 8년, 가능하면 10년이 지난 뒤에 말해주면 좋겠구나.

아니, 그 이전에, 생전에 말해주면 좋았을 텐데…….

생전의 나——애인도 만들지 못하고 여행을 떠난 불쌍한 남자.

그러나 그 덕분에 유니크 스킬 '대현자'라는 멋진 힘을 손에 넣었다. 등가교환이——제대로 이뤄진 건지 의심스럽긴 하지만.

그건 그렇고, 참 보기 좋구나. 어린아이는 솔직해서.

이제 와서 말해봤자 늦었지만, 놀면서 즐기는 건 학생일 때 해야 한다. 중학생 정도는 아직 쑥스러워할 때가 아니라 하겠다.

지금은 그런 얘길 하고 있을 때가 아니지. 클로에의 말을 듣고 살짝 쑥스러워서 혼란에 빠진 것 같다.

자, 클로에는 어떤 정령을 불러낼까.

이걸로 마지막이다. 정신을 바짝 차리도록 하자.

*

모두와 마찬가지로 기도를 시작하는 클로에.

——변화는 그때 발생했다.

어떻게 말해야 할까.

비유를 하자면 하늘이 무너졌다, 라고 말하는 게 맞을까.

중압감과 함께 선명한 오라(성스러운 기운)를 두른 아름다운 여성이 출현한 것이다.

흑은발(黑銀髮)의 윤기 있는 장발을 나부끼고, 주위에 은색의 빛을 흩뿌리면서.

그건——정령이라 할 수 없는 에너지(정령력). 그건 그렇고 실제 육체가 존재하지 않는다니……?

《해답. 상위 정령과 마찬가지인 스피리추얼 바디(정신체)입니다. 비정상적일 정도의 에너지(존재력)를 감지——그 상한선은, 측정 불능입니다.》

또 나왔다, 측정 불능. 밀림에 이어 두 번째다.

'대현자'의 설명에 의하면 이 세계에는 세 개의 위상체(位相體)가 있다고 한다.

영혼을 감싸는 가장 취약한 육체인 아스트랄 바디(성유체, 星幽體).

힘을 축적하는 기반이 되는 스피리추얼 바디(정신체, 精神體).

이 세계와 직접적으로 이어져 있는 머티리얼 바디(물질체, 物質體).

이 세 가지로 인간의 신체가 구성되어 있다고 한다.

상위 정령은 에너지에 자아가 싹튼 존재다. 즉, 영혼이 되는 자아——아스트랄 바디로 보호를 받는 마음(심핵, 心核)이며, 스피리추얼 바디를 제어하고 있다고 말할 수 있다.

이건 베루도라 같은 '용종(竜種)'도 마찬가지이다. 단, 베루도라 같은 경우는 스피리추얼 바디뿐만 아니라 주위의 물질을 흡수하여 머티리얼 바디까지도 만들어내서 제어하고 있었던 것 같지만.

상위 정령에겐 그 정도의 힘은 없기에 정신세계에서 나오면 에너지가 확산되어 결국은 소멸하게 된다. 이건 정신 생명체의 숙명 같은 것이라서 엔젤(천사족)과 데몬(악마족)도 예외가 아니다.

확산에 의한 존재 소멸을 막으려면, 계약으로 빙의할 육체를 확보하거나 스스로 육체를 만들 필요가 있다. 이 세계에서 머티리얼 바디의 중요성은 바로 그 점에 있는 것이다.

눈앞에 출현한 이 여성은 틀림없이 인간이 아니다. 상위 정령과 비슷한 무엇이겠지만, '대현자'도 측정할 수 없는 에너지를 지니고 있다. 그러나 머티리얼 바디는 아니다. 이대로 있으면 소멸하겠지만 이곳 '정령이 사는 집'에는 에너지가 가득 차 있으니, 지금은 문제가 없을 것 같다.

그건 상위 정령조차도 존재를 흐리게 만들 정도로 압도적인 힘.

그 여자는 나를 바라보다가 갑자기 내게 안겨들었다. 그리고 그대로 입맞춤을 한다.

아쉽게도 유령에게 당한 것 같은지라 감촉은 느껴지지 않는다. 정말 아쉽다.

이런 미녀한테라면 비록 유령이라 해도——가 아니라! 이건 뭐야, 대체?!

흑은발의 아름다운 여성은 아쉬운 표정으로 날 보더니, 클로에의 몸에 닿으려 했다.

그때——.

"잠깐! 그렇겐 안 돼, 네 마음대로 하게 두지 않겠어!!"

지금까지 과정을 지켜보기만 하던 라미리스가 갑자기 그 행동을 제지하는 큰 소리를 질렀다. 그리고 양손을 치켜 올리면서 그대로 공격 태세에 들어갔다.

그 표정은 방금 전까지의 가벼운 분위기는 온데간데없이 진지함 그 자체였다.

"잠깐, 이봐! 갑자기 무슨 소리를 하는 거야?"

"시끄러워!! 그 녀석은 위험하다고! 보고도 모르겠어?!"

"알 리가 없잖아?! 뭐가 위험한 건데?"

우리가 그런 대화를 하고 있는 동안에도 그 여성은 자유롭게 움직인다.

놀랍게도 그대로 클로에에게 깃들어버린 것이다.

그야말로 말릴 틈도 없었다.

자세를 취하고 있던 라미리스조차도 아무것도 하지 못했다.

"아———!! 이미 늦었어. 안 돼, 안 돼. 난 모르는 일이야!!"

볼을 뾰로통하게 부풀리면서 라미리스가 소리쳤다.

나도 당황하여 클로에를 '해석감정'해봤는데, 그렇게나 방대했던 에너지(존재력)가 깔끔하게 사라져버린 상태였다.

아무런 문제가 없는 것처럼 보이는데…….

클로에의 상태는 안정되어 있으며, 에너지(마력요소)가 폭주할 위기는 사라진 것이다.

뭐가 뭔지 전혀 모르겠다.

클로에도 놀랐는지 눈을 깜박이고 있었다.
"——방금 그건 대체 뭐야?"
내 질문에 라미리스는 대답하려 하지 않는다.
클로에는 눈을 크게 뜨고 우리를 교대로 바라본다.
영문을 모르는 것 같은 표정이지만, 나도 뭐가 뭔지 잘 모르겠다.
한 번 더 라미리스에게 따져 물어봤다.
"모른다니까! 나도 자세히는 몰라. 하지만 그건 아마도 미래에서 태어난 걸 거야. 미래에서 찾아온 정령과 비슷한 어떤 존재. 도저히 믿어지질 않지만, 그 아이에게 깃들면서 자신을 낳을 토양을 만든 건가……? 아아아아————정말 모르겠어!! 하지만, 그건 커다란 힘을 지니고 있었어. 미래에서 그게 태어난다면 큰 일이 벌어질 것 같아. 어쩌면…… 저건…… 시간의 대정령의 가호를 받아서——?"
흐———응.
설명을 들으니 오히려 더 혼란스럽다.
나도 전혀 모르겠다. 그래서 이해하기를 포기했다.
결과가 좋으면 다 좋은 거다. 클로에가 무사하다면 그것으로 됐다.
확정되지도 않은 미래의 일 따윈 지금은 딱히 상관없다.
"다행이구나, 클로에. 계획대로 됐어! 너도 무사히 위기를 피해낸 거야!"
그렇게 말해주면서 그녀를 안아 들었다.
"정말로 계획대로예요?"
으윽, 아픈 곳을 찌른다. 켄야는 이걸로 얼버무릴 수 있었는데.

"그, 그럼. 물론이고말고!"

내가 그렇게 말하자, 클로에는 그제야 기쁜 표정으로 미소를 지었다.

그런 우리를 바라보면서, 라미리스는 포기한 표정으로 한숨을 쉬었다.

"뭐, 상관없어. 그 애한테 깃든 시점에서 이미 내가 감당할 수 없게 됐으니까……."

그렇게 말하면서 고개를 돌리는 라미리스.

"뭐, 어때. 마지막 녀석은 좀 놀라긴 했지만 이렇게 무사했고. 이래저래 전원 성공했으니까 말이야. 고마워, 네 덕분에 아이들도 다들 살게 됐어!"

모두가 있는 곳으로 돌아가면서 라미리스에게 감사 인사를 했다.

그리고 모두가 모였을 때 아이들도 라미리스에게 제각각 감사 인사를 했다.

"""""정말 고마워요!!"""""

"돼, 됐어! 뭘 그런 걸 가지고!"

새빨개진 얼굴로 쑥스러워하며 파닥파닥 날아다니는 라미리스.

이게 마왕이라니, 정말 세상이 어떻게 돌아가고 있는 건지.

라미리스와 마찬가지로 그녀를 모시는 요정들도 같이 돌아다녔는데, 그건 너무나 환상적인 광경이었다.

이런 건방진 마왕이라도 웃고 있으면 귀여워 보인다.

그건 마치 아이들을 축복해주는 것 같았고——.

아이들의 마음에 기쁨의 불빛이 켜진다.
그 얼굴에는 자연스럽게 진심 어린 미소가 떠오르고 있었다.
이렇게 아이들을 구하겠다는 내 맹세는 지켜질 수 있었다.

*

일이 일단락된 후에 학교로 돌아가기로 했다.
"야아, 라미리스. 신세 많이 졌어. 그럼 나중에 또 보자고!"
라미리스에게 작별 인사를 하고 그 자리를 떠나려고 했는데…….
"잠깐! 자———암깐만!!"
다급하게 나를 불러 세우는 라미리스.
정말 소란스러운 녀석이다.
"잠깐, 너, 뭔가 잊어버리지 않았어?"
내 목깃을 잡아채면서 라미리스는 큰 소리를 질러댔다.
목이 졸려서 큰일이다. 나는 호흡을 할 필요가 없으니까 아무렇지 않지만.
"대체 뭔데? 이번엔 뭘 가지고 트집을 잡는 건데?"
"트집이 아니야! 약속한 게 있잖아, 약속한 게!"
약속? 무슨 말을 하는 거람, 이 녀석……?
"……약속?"
"설마 잊어버린 건 아니겠지? 도와주면 새로운 골렘을 만들어 주겠다고——."
"아!"

"아, 라니. 너, 설마 정말로?!"

"어허, 라미리스 군. 나를 뭐라고 생각하나? 당연히 약속은 기억하고 있지!"

생각났다! 입에서 나오는 대로 적당히 미끼를 던져주고 구슬릴 생각이었다.

"도와줬으니까 답례는 당연히 해야겠지! 물론 마음만으로도 충분해. 하지만 이번에는 약속까지 했으니까 기대해도 되겠지? 응?"

라미리스가 말하는 걸 흘려들으면서 점토를 주무르듯이 '위장' 안의 '마강'을 가공한다. 아깝긴 하지만 달리 재료가 없으니까 어쩔 수 없다.

그리고 기억을 근거로 로봇 인형을 재현하고는, 그것을 라미리스에게 내민다.

"아아, 미안. 그럼 이걸 받아——."

약속대로 '마강'으로 만든 인형——약칭 마인형이다.

"어, 잠깐?!"

키가 30㎝ 정도 되는 인형이지만, 라미리스와 비슷한 크기다. 받아 든 라미리스는 인형에게 안긴 듯한 자세가 되면서 제대로 움직이지 못하는 것 같다.

"그럼, 이만 갈게!"

약속은 지켰으니 아무 일도 없는 것처럼 떠나려고 했지만……. 우와아———앙! 하는 라미리스의 절규가 내 움직임을 멎게 했다.

"너 정말, 약속을 어길 생각이야?!"

"그러니까 마인형은 만들어줬잖아?"
"아, 니, 지! 이런 게 아니라——아니, 이건 이것대로 멋있긴 한데, 가 아니라, 네가 엘레멘탈 콜로서스(성령의 수호거상)를 파괴하는 바람에 날 지켜줄 수 있는 게 사라졌단 말이야! 나를 지켜줄 수 있는 걸 만들어줄 때까지 절대 여기서 내보내주지 않을 거야!"
눈물이 가득 맺힌 눈으로 소리치는 라미리스.
마지막에는 이 미궁에서 내보내주지 않겠다고 협박을 하기 시작했다.
"아, 괜찮아. 나는 '공간이동'을 익혔으니까 여기서 나갈 수 있을 것 같아."
설마 이런 일이 벌어질 줄은 생각하지 못했지만, 마침 이제 막 배운 스킬(능력)이 있으니 도움이 될 것 같다.
"우와————, 잠깐, 잠깐만! 정말로 위험하다는 말이야! 잘 봐, 난 지금 어린애잖아? 약하잖아? 그, 러, 니, 까! 곤란하다고! 어떻게든 좀 해줘———!!"
결국에는 읍소까지 하고 말았다.
이러고도 마왕이라니, 골치가 아파질 지경이다.

으음, 난감한데.
자업자득이잖아! 그렇게 쏘아주고 싶지만 내가 부순 건 사실이니까.
게다가 슬슬 아이들의 눈빛이 따갑다. 왠지 모르지만 내가 약한 사람을 괴롭히는 것 같은 착각에 빠진 것이다.
왜 자취도 남기지 않고 증발시켜버린 걸까? 뭐, 솔직히 말하자면, 그렇게까지 위력이 있는 줄은 몰랐다는 게 진상이지만…….

'마강'은 마력에 대항하는 성능도 우수한 데다, 최고 경도를 자랑한다. 그러나 금속인 이상 끓는점은 존재하는 것이다. 단단할 것이라 생각한 나머지 내가 도를 넘어서버린 것이다.

실제로 '대현자' 선생이 여유를 부리는 바람에 괜찮을 것이라 생각했는데, 결과는 보다시피 이렇게 됐다.

축소 사이즈의 '헬 플레어'를 실전에서 쓴 건 처음이다 보니 위력 조절에 실패하고 말았다. 사용할 기회는 그리 많지 않겠지만, 조금 더 위력을 낮추는 것이 좋을 것 같다.

그건 그렇고 골렘을 대신할 것 말인데…….

"어쩐다지, 그렇게 커다란 걸 재현하는 건 어려운데."

"그렇게 크지 않아도 괜찮거든? 나를 지켜줄 수 있을 정도로 강한 녀석이라면 뭐든지 괜찮아."

좋아. 라미리스가 타협을 해줬으니, 어떻게든 해결할 수 있을 것 같다. 내가 지닌 '마강'도 제법 양이 되지만, 여기서 써버리는 건 아깝다. 엘레멘탈 콜로서스는 표면 부분이 모두 '마강'이었으니, 상당한 양을 소비하지 않으면 재현할 수 없을 것이다.

으—음……. 강하기만 하면 뭐든지 좋단 말이지.

인간 사이즈의 인형을 만든 뒤에 정령을 빙의시켜서 움직이게 할까……. 잠깐, 마법 중에 뭔가 있지 않았던가?

《해답. 크리에이트(창조마법) : 골렘(마인형)을 검색했습니다. 실행은 가능합니다. 골렘의 강함은 '재료'의 강도와 빙의시킬 '정령', 혹은 '악마'에 따라 변동됩니다. 또한, '아이언(강재), 스톤(석재), 우드(목재), 클레이(점

토)의 네 종류가 일반적입니다. 외양은 실행하는 사람의 이미지에 따라 변동되며——'재료'로 소체를 만든 뒤에 '빙의합신'시켜도 문제가 없습니다. 조건이 갖춰지면 실행을 명령해주십시오.》

역시 '대현자', 〈각인마법〉의 상위 호환에 해당하는 〈크리에이트〉를 발견했다. 방대한 마법서 중에서 순식간에 검색해서 찾아준 것이다.

비교적 간단한 마법이다. 소환마법 : 악마소환은 모험가 시험을 치를 때 습득했으니까 악마라면 쉽게 불러낼 수 있다. 정령은 불러내도 사역하는 게 어려울 것 같으니, 여기선 악마면 충분하겠지.

정령은 불러내는 자와의 결속이 중요하지만, 악마는 대가를 지불하면 뭐든지 받아들여주니까.

게다가 정령일 경우에는 수호해줄 것을 목적으로 불러낸다면 상위 정령 이상의 존재를 불러내지 않으면 의미가 없다. 자아가 없는 정령은 제 역할을 못 하기 때문이다.

그런고로 빙의를 시키려면 악마가 좋을 것이다.

배신을 당할 것 같은 이미지가 있겠지만, 실은 그렇지는 않다. 소환이란 것은 계약이기 때문에 소환한 자를 배신하진 않는 것이다. 단, 어디까지나 적정한 선을 지킨다면 말이지만.

계약 이상의 소원을 말하면, 그것으로 계약이 종료되게 된다. 또한, 내용이 적정한 선을 넘어버릴 경우에는 자동으로 계약이 취소된다. 악마는 사무적인 성격이기 때문에 신용이 제일이다.

악마 = 악은 아닌 것이다.

대강의 방침은 정해졌다.

소체를 '마강'으로 만들고, 악마를 빙의시켜서 골렘을 제작하기로 하자.

대놓고 말해서 웬만한 A랭크의 마물보다 여유 있게 강한 것이 만들어질 것 같다.

*

"알았어. 알았으니까, 좀 조용히 해, 라미. 잘 들어, 엄청나게 강한 수호자를 만들어줄 테니까 그만 좀 투덜대라고. 그 대신, 나중에 정령 공학을 가르쳐주지 않을래?"

카이진이랑 베스터도 엘레멘탈 콜로서스(성령의 수호거상)에는 흥미를 가질 테니, 그것을 재현할 거라면 우리 도시에서 공동으로 연구를 하게 하자. 그렇게 되면 재료를 제공해도 아깝지 않을 테니까.

그 대신, 라미리스에겐 수호자를 제대로 확실하게 마련해주자.

"그건 좋지만…… 또 나를 속이려는 거 아냐……?"

의심이 깊은 마왕이다.

왜 그렇게 솔직하게 사람을 믿지 못하는 거람.

"속이려는 게 아냐. 내가 사는 도시에는 드워프 장인이 있는데, '마장병 계획'에도 관여한 적이 있어. 기왕이면 거기서 같이 연구해보는 게 좋을 것 같은데."

"선생님, 우리도 연구하고 싶어요!"

"나도!"

그렇게 말하면서 아이들까지 떠들썩거리기 시작했다.
그렇구나, 탑승형 마장병 같은 건 상당히 로망이 느껴지긴 하네.
"그거, 이런 모양으로 만들 거야?"
라미리스가 내가 조금 전에 만들어준 인형을 들이댔다.
"그러네, 이런 느낌으로 만들면 멋있겠지?"
"선생님, 맨 처음엔 날 태워주세요!"
"나도 타고 싶어."
내향적인 료타까지 타고 싶어 하다니, 이건 반드시 실현해보고 싶은걸.
그런 생각을 하면서 라미리스로부터 인형을 다시 받으려 한다.
휙 하고 뒤로 인형을 숨기는 라미리스. 라미리스를 따르는 정령들이 다가오더니 그것을 여러 명이서 끌어안고 도망쳤다.
"……이봐."
"저건 내가 받은 거잖아! 안 돌려줄 거야."
정말 제멋대로 구는 녀석이다.
내게 수호자를 준비하라고 말하면서 아까 준 인형을 돌려줄 생각은 없는 것 같다.
문득 든 생각이지만, 마왕 중에는 제멋대로 구는 녀석이 참 많단 말이지. 누구라곤 말 안 하겠지만 상당히 고집쟁이였으니…….
뭐, 어쩔 수 없나. 속이려고 한 나도 잘못은 있으니까.
"그러면 협력을 부탁해도 될까?"
"그건 맡겨둬! 그런데 내 수호자는 어떤 걸 만들어줄 거야?"
"응? 아아, 내가 물리친 녀석보다는 강한 걸 생각해볼까 하는데……."

"정말?! 너, 사실은 정말 좋은 녀석이구나!"

분위기가 그렇게 흐르면서 나는 라미리스의 수호자를 마련해 주기로 되었다.

준비를 시작했다.

나는 '위장'에서 '마강'을 꺼내 늘어놓는다.

내 마력요소를 대량으로 품어서 마법을 걸기 쉬운 최상 품질의 상태였다.

아이들도 흥미진진한 표정으로 보고 있다.

"너, 그거…… 그걸 대체 어디서 꺼낸 거야?! 아니, 이제 됐어……."

라미리스가 뭔가를 말하려다가 도중에 멈췄다.

뭔가 포기한 표정을 짓고 있다.

납득한 것으로 치고 빨리 작업을 시작하자.

꺼낸 '마강'을 부위별로 가공한다.

인형으로 말하자면 구체관절. 이 부분은 절대 양보할 수 없다. 스스로도 놀랄 만큼 내 이미지(상상)대로 완성되었다.

군데군데 오리지널 요소를 섞어서 가동 범위를 신중하게 조립해낸다.

생전에 피규어를 만들 줄 아는 친구가 부러웠다. 안타깝게도 손재주가 없었던 나는 기껏해야 프라모델 정도밖에 만들지 못했던 것이다.

그러나 지금은 다르다!

'대현자'의 보정에 의해 내 뜻대로 가공할 수 있다.

뭘 하고 있는 거야, 이 인간——이라는 달갑지 않은 시선으로 내 작업을 보고 있던 라미리스였지만, 도중부터는 신이 나서 떠들어대기 시작했다.

"자, 잠까안! 이거 굉장해! 이게 다 뭐야! 너, 이거 정말 굉장하잖아! 이렇게 자유자재로 움직일 수 있게 만들다니?!"

크게 흥분했다.

만들고 있는 나도 이렇게까지 정밀하게 완성될 줄은 생각 못 했지만 말이지. 순수한 '마강'은 어느 정도는 이미지대로 모양을 바꾼다고 들었으니, 그런 덕분도 있었을 것이다.

이래저래 하다 보니 작업이 끝났다.

완성한 인형으로 말하자면——.

내 가면과 똑같이 생긴 얼굴을 씌웠으며, 체격은 인간형. 가느다란 몸집에 키는 180㎝ 정도 된다.

상당히 괜찮은 작품으로 완성되었다.

"좋아, 완성이야! 나는 악마를 소환시켜서 여기다 깃들게 할 생각인데, 절대 나쁜 짓에 쓰면 안 돼. 네 이상한 명령은 거절하도록 마스터 락(제작자 명령)을 걸어둘 거야!"

"오케이, 오케이! 문제없어! 이 안에서라면 그걸로 놀아도 괜찮겠지?"

"응? 아아, 미궁 안에서라면 괜찮아. 다른 사람에게 폐를 끼치면 안 돼. 그리고 내 예상으론 상당히 강할 것 같으니까 어설프게 다루다간 다칠지도 몰라."

라미리스의 동의를 얻어서 완성 단계에 들어간다.

악마를 소환해서 골렘에 빙의시킬 것이다.

이만큼 공을 들였으니 크리에이트(창조마법) : 골렘(마인형)으로 단번에 제작하는 것보다 몇 배는 강한 골렘이 탄생할 것으로 보인다.

양손을 벌려 그럴듯하게 주문을 읊는 흉내를 냈다.

장소는 아까 그 제단이다. 위험할지도 모르니까 아이들은 피난시켰다.

내 뒤에 따라온 것은 라미리스뿐이다.

성공하면 좋겠지만, 내 실력 부족으로 악마가 폭주할 우려가 있다. 그럴 경우엔 싸워서 억지로 복종시키거나 포기하고 소환을 해제할 수밖에 없다. 그렇게 되지 않기를 빌 뿐이다.

연속되는 작업으로 체력과 마력을 상당히 소비한 상태라, 이 이상 귀찮은 일은 사양하고 싶은 마음이다.

내가 적당히 읊는 주문에 맞춰서 바닥에 마법진이 그려졌다. 실제로 주문은 읊을 필요는 없지만, 분위기가 살아나서 느낌이 좋다.

내가 부르려 하는 것은 레서 데몬(하위 악마)보다도 강한 개체——그레이터 데몬(상위 악마)이다. A-랭크의 존재, 마물치고는 상당한 거물이다.

단, 자아가 없는 갓 태어난 존재는 의미가 없기 때문에, 예지(叡智)를 지닌 오래된 개체가 오도록 빌면서 소환을 했다.

출현한 것은 틀림없이 그레이터 데몬이었다.

예전에 본 적이 있는, 소환자의 제어가 없으면 날뛰기만 할 뿐인 레서 데몬과는 다르게 이성적인 눈빛을 갖고 있었다.

그 차이는 행동으로 명확하게 드러난다.
내 앞에 무릎을 꿇고 공손하게 머리를 숙인 것이다.
"부르셨습니까, 마스터(소환주, 召喚主)."
소환은 성공한 것 같다. 눈앞에 있는 그레이터 데몬은 내게 순순히 따를 뜻을 보였다.
레서 데몬에 비해 덩치도 크고 근골이 튼튼하다. 마력요소로 만들어진 마체(魔體)는 시간이 지나면서 차츰 사라지게 되겠지만…….
칠흑의 피부에, 낡았지만 고급스런 천으로 만든 옷을 입고 있었다. 옷의 상태를 봐서도 오래 살아온 것은 틀림없다.
성별은 모르겠다. 머리 양쪽에 솟은 뿔이 대단해 보였다.
그건 그렇고 악마에게도 근육이 있는 걸까?
그런 별 상관없는 의문은 제쳐둔다.
눈앞에 무릎 꿇은 그레이터 데몬은 내가 바라던 조건을 모두 채우는 것 같아서 만족스러웠다.
"음. 널 부른 건 다름이 아니라, 골렘을 만들기 위해서다. 여기 준비된 네 인형을 네 육체로 주려고 하니 빙의해주면 좋겠다. 대가는 내 에너지(마력요소)다. 계약 기간은 그러니까……."
그때 라미리스를 본다.
그러자, 엄청 당황하면서 손가락을 꼽아가며 연수를 세더니――.
"백 년은 필요해! 앞으로 백 년만 있으면 나도 성장할 거야!"
라고 대답했다.
"계약 기간은 백 년이다. 그 시간이 지나면, 그 인형은 너의 몸으로 써도 상관없다. 어떤가?"

이런 변칙적인 계약은 사실 귀찮다.

눈앞의 적을 쓰러뜨려라! 라면 즉시 계약이 종료되지만, 기간 한정이 붙으면 번거로워진다.

옆에 두는 거라면 정기적으로 마력요소를 공급해주기만 해도 충분하지만, 육체를 부여해주지 않으면 마력요소의 소모가 너무 심해서 바람직하지 않다.

하나를 소환한 상태라면, 대개는 다른 마물의 소환은 불가능하고 말이다. 일단 그것을 피할 편법은 있긴 하지만.

이번 경우는 여기서 라미리스의 수호자가 되도록 시켜야만 한다.

그런 사정도 포함해서 계약할 필요가 있었다.

"바라던 바입니다, 나의 주인이여! 그리고 대가는 이미 받았습니다."

흔쾌하게 승낙해주는 것 같아서 무엇보다 다행이다. 무사히 계약은 성립되었다.

그러나 그렇다고 해도, 설마 소환에 쓰인 마력요소만으로 대가를 채울 수 있을 거라고는 생각하지 못했다.

확실히 많은 양을 빼기긴 했지만, 나는 상당히 에너지(마력요소) 양이 많으므로 문제는 없다.

호기 있게 미리 많이 넘겨주길 잘했다. 어쩐지 태도가 공손하다 했다.

제대로 된 계약이라면 문제는 없지만, 얼마 안 되는 마력요소로 소환해놓고 실행하기 어려운 요구를 말하면 즉시 살해되는 경우도 있다고 한다.

안전하게 안심할 수 있는 것은 어디까지나 소환과 계약이 적절한 경우일 뿐이다. 조심하도록 하자.

자, 악마소환은 성공했다.

성격이 급하고 날뛰기 쉬운 성격이 아니라, 침착하고 지혜로움을 느끼게 하는 녀석이다. 주문대로 바람직한 악마가 출현해줘서 다행이다. 이거라면 마스터 락(제작자 명령)에도 따라줄 것이다.

뒤이어서 완성한 인형에 그레이터 데몬을 빙의시킨다.

쉽게 말하자면 육체를 부여하는 것이다.

인형은 그레이터 데몬의 사이즈로 보면 몸집이 작았지만, 쉽사리 익숙해진 것 같다. 스스로 마체를 벗어던지고 새로운 육체와 완전히 융합되어 있다. 그대로 상태를 확인해보지만 문제는 없는 것 같다.

내 가면과 같은 디자인인데도 악마가 깃들자마자 사악한 표정으로 보이는 것이 재미있다.

그 얼굴에 놀라움과 기쁨의 감정이 떠올랐다.

"훌륭합니다, 역시 마스터. 이 신체를 움직이려면 마력을 사용해서 관절을 변화시켜야 할 것으로 생각하고 있었습니다. 이거라면 제 뜻대로 움직일 수 있습니다. 제가 깃들기에 어울리는 육체입니다!"

기뻐해줘서 다행이다.

그런 뒤에 라미리스랑 그레이터 데몬의 요청을 받아들여 미세조정을 했다.

그렇게 라미리스의 새로운 수호자가 탄생한 것이다.

"느낌은 어떤가?"

"네. 대단하다는 말밖에 나오지 않습니다. 물리적인 간섭력이 높은 수치를 나타내고 있습니다. 마수나 인간에 빙의하여 육체를 얻는 것에 비해 공격력은 말할 것도 없으며, 물리적인 방어력이 차원이 다릅니다. 실로 훌륭합니다!! 이건 정말 대단한 몸입니다!!"

몸을 움직여보고 상태를 확인해보면서 보고했다.

악마가 이 세계에 간섭하려면 육체를 얻을 필요가 있다. 그럴 경우 동물이나 마물이 그 육체를 대신하는 것이다. 이번엔 '마강'으로 만든 인형이 되는 셈이지만, 아무런 문제도 없는 것 같다.

금속, 그것도 최강 경도의 '마강'으로 만든 것. 방어력이 높은 건 당연하다.

덧붙이자면 희소금속의 끓는점조차도 5천도 전후다. 그에 비해 '마강'은 1만도에 가까운 고온에도 내성이 있다. 자기 재생력이 있는 우수한 금속인 것이다.

사실상, 이 수호자를 물리적으로 파괴하는 건 아주 어려운 일이 될 것이다.

확인을 마치자, 그레이터 데몬은 나를 향해 무릎을 꿇었다.

"이 몸을 걸고 맹세컨대, 도움이 되도록 노력하겠습니다. 거기 있는 요정을 백 년 동안 수호하는 계약이 종료된다면 마스터 밑에서 일하게 해주십시오."

갑자기 그런 말을 내뱉었다.

백 년 뒤라…… 살아 있을지 조차도 모르겠군. 게다가 백 년을 모시는 동안에 라미리스에게 충성을 맹세하는 일도 있을지 모르고. 라미리스는 이래 보여도 일단은 마왕이라니까.

"내가 살아 있다면 딱히 상관없다만……."

"하하하, 농담도. 백여 년 정도로 마스터가 돌아가실 리가 없습니다. 그런 약속을 해주신다면 추가보수도 필요 없습니다."

내 수명은 그러고 보니 어느 정도일까?

그다지 생각해본 적이 없었네. 뭐, 상관없나. 죽을 때가 되면 어차피 죽을 테고. 묻지 마 살인범의 칼에 찔려서 죽는 일도 있으니까.

그건 그렇고 또 나를 따르려는 것 같다.

나는 아무래도 마물이 좋아하는 체질인지도 모르겠다.

그렇게 되면 이름이 없으면 불편하겠군.

내 에너지양은 반 정도 남았다. 지금까지의 '이름 짓기'의 경험을 통해 말하자면 상위 마물은 꽤 많이 가져가는 경향이 있다.

그레이터 데몬급이나 된다면 대개는 상위 마물이다.

기본적으로 A-랭크지만, 육체가 되어주는 대상이 강하다면 A랭크에 필적하기도 한다. 그러므로 이번 같은 경우라면 틀림없이 A랭크 오버일 것이다.

뭐, 괜찮지 않을까.

"좋아! 그렇다면 너는 오늘부터 '베레타'라는 이름을 쓰도록 해라. 앞으로도 나와 라미리스에게 충성을 맹세하라! 열심히 노력하도록."

머릿속에서 번뜩이는 이름을 지어주었다.

이 아름다운 폼(형상)이 그 유명한 총의 아름다움을 연상시켰기 때문이다.

그리고 당연한 듯이 찾아오는 허탈감. 이번에는 아슬아슬하게 버텨낼 수 있었다. 에너지가 떨어지기 직전이다.

이 녀석, 천연덕스러운 얼굴로 3할 이상의 마력요소를 가져갔겠다…….

보통이 아니다. 상당히 강해질 것 같다.

내 '이름 짓기'와 동시에 베레타의 진화가 시작된다.

각부 관절에 있는 구를 핵으로 하여 가슴, 머리, 허리, 팔, 다리가 연결되어 있는데, 그 표면을 피막이 덮었다.

마치 인간이라도 되는 것처럼.

그 투명한 피막은 속이 비치면서 내부 구조의 아름다움을 더 매력적으로 보여준다.

내 가면과 같은 얼굴.

칠흑의 색은 조금 밝아졌고 긴 머리는 은색의 광택을 발산하고 있었다.

기묘한 아름다움을 느끼게 하는 인형 악마.

변화가 끝나자, 그 몸을 옷으로 덮었다.

가면의 눈 부분이 붉은 빛을 발한다. 진화가 끝난 모양이다. 자, 내게서 어떤 능력을 받았을까.

베레타는 일어서서 내게 깊이 머리를 숙였다.

"저는 '아크 돌(마장인형, 魔將人形)' 베레타. 내리신 명령을 수행하는 자입니다."

그건 섬뜩하게 생긴 하나의 인형.

그 얼굴은 가면. 맨얼굴을 본 자가 없는 파멸의 인형.

그리고 이번에는 라미리스를 향해 인사를 한다.

"라미리스 님. 당신의 명령은 곧 저의 주인의 말씀. 당신을 지키는 임무는 제게 맡겨주십시오."

라미리스는 압도된 듯한 표정으로 끄덕끄덕 고개를 끄덕인다.

"으, 응! 맡기도록 할게! 잘 부탁한다?"

있는 힘껏 위엄을 유지하면서 그렇게 응했다.

자, 이 정도면 되겠지.

이거라면 엘레멘탈 콜로서스를 대신하기는 충분할 것이다.

전투력도 배 이상으로 강하니까.

이걸로 라미리스와의 약속도 지켰다.

약간 신이 나서 생각한 것 이상으로 강한 수호자가 되긴 했지만.

인형을 만들기 시작했더니 이것도 아니다 저것도 아니다, 그런 잔소리를 들었다. 그래서 오기가 나다 보니 나도 모르게 열중해버린 것이다. 각종 무장도 베레타의 마력을 통해 강화된 것 같으니, 강하다는 점에선 만족할 수 있을 것이다.

모처럼 열심히 만들었으니, 어느 정도는 도움이 되었으면 좋겠다는 마음은 있다. 그러나 베레타가 진심으로 싸우게 될 사태는 상상하고 싶지 않은 것도 진심이긴 했다.

아이들은 내가 인형을 제작하고 있는 동안에 잠이 들어버렸다.

긴장과 공포의 연속, 그리고 해방된 안도감.

지금까지 참아왔던 고민거리가 해결되면서 안심했을 것이다.

란가를 베개 삼아 평화롭게 잠이 들어 있다. 생각해보니 내게 수면은 필요가 없지만, 아이들은 자는 것도 일이다.

잘 자면서 성장하는 것이다.

아이들이 일어날 때까지 기다리자. 그렇게 생각하면서 나도 느긋하게 휴식을 취했다.

그리고 다음 날 아침.

기운을 차린 아이들을 데리고 '정령이 사는 집'을 떠났다.

아이들에겐 무사히 정령이 깃들었으며, 목숨의 위기도 사라졌다.

시즈 씨의 소원도 다 이루었으니, 문제는 모두 해결되었다.

이제 겨우 안심하고 템페스트(마국연방)에 돌아갈 수 있겠다, 그렇게 생각하고 있었는데…….

*

미궁을 나온 후, 이제 막 배운 엑스트라 스킬인 '공간이동'으로 아이들을 데리고 잉그라시아 왕국으로 귀환했다. 공간을 연결하는 데 몇 분의 시간이 걸리긴 하지만, 한 번 가본 적이 있는 곳은 곧바로 갈 수 있기 때문에 아주 편리한 스킬(능력)이다.

설치해둔 탈출용 마법진도 잊지 않고 회수했다. 내 '공간이동'에는 필요 없으니 '위장'에 넣어두었다. 이제 사용할 일은 없겠지만.

학교로 돌아가서 곧바로 유우키와 연락을 취했다.

이 여행에서 일어난 일을 보고한다. 그런 뒤에 아이들의 향후 미래에 관해 긴밀하게 상담을 했다.

내가 거두는 것도 생각해봤지만, 아이들이 배울 수 있는 환경도 소중하다고 생각하다.

다행히도 이곳은 학교이며, 교사도 우수한 인재가 많다. 기초 교육은 물론이고 마법도 배울 수 있다.

아이들도 여기서 배우겠다고 자신들끼리 논의하여 결정했다. 내 마법을 보고 그 편리성을 이해한 모양이다. 내가 교관을 계속할 것이라고 생각했는지, 돌아갈 것이라고 말했더니 울음을 터뜨렸지만.

졸업하면 반드시 만나러 가겠다고 모두가 날 끌어안으면서 말했다. 물론 대환영이다.

아이들은 이제 괜찮다. 에너지(마력요소)양도 평균보다 약간 많은 정도로까지 제어되면서 평범한 생활을 보낼 수 있게 됐다. 감정 능력을 지닌 자가 봐도 그 본질을 들키는 일은 없을 것이다.

그 부분에 대해서도 유우키와 잘 상담을 했다.

"한번 저버린 인간을 각 나라가 다시 납치해 가는 일은 없겠지요. 그건 국제법에 저촉되는 데다 우리 자유조합을 적으로 돌리는 짓이 될 테니까요."

"그렇다면 아이들에게도 모험가 신분증을 발행해서 조합원으로 삼을 건가?"

"그렇군요, 그 아이들이 그것을 원한다면 그것도 좋을지도 모르겠군요."

"뭐, 학생으로 있는 동안 천천히 생각하도록 시키면 좋겠지."

"그렇게 생각합니다."

지금은 아직 어린아이지만, 이 세계에서의 성인의 기준은 열다섯 살이다. 이제 곧 어른이 되어서 자유조합에도 가입할 수 있게 될 것이다. 자신의 의지로 활개 치며 자유롭게 사는 것도 가능한 것이다.

유우키는 몇 번이고 이 문제를 어떻게 해결했는지는 물었다.

비밀이다. 유우키도 아이들은 단순한 일반인이 되었다고 생각하고 있으니, 그거면 충분하다.

정령이 제어하여 중화하고 있지만 그것을 내가 가르쳐줄 필요는 없다. 그야말로 어떤 나라가 노리거나 하면서 새로운 문제의 불씨가 될지도 모르기 때문이다.

아이들의 향후 미래에 관한 논의와 교사들과의 인수인계도 문제없이 끝나면서, 내가 할 일도 끝나가려 하고 있었다.

아이들에게도 기본적인 전투 훈련을 시켰으며, 나름대로 '유사 정령'과의 대화에도 익숙해진 모양이다.

그 동안에 피크닉을 간다거나 카발 일행이 놀러오기도 했다.

회복약의 판매도 순조로웠고, 묘르마일에게 놀러 갔을 때는 대환영을 받았다. 큰 이익도 내고 있는 것 같으니 나도 만족했다.

템페스트도 돌아갈 때마다 모험가가 늘어나면서 활기를 보이고 있다. 슬슬 내가 돌아가지 않으면 또 뭔가 문제가 생길지도 모른다.

——돌아가야 할 때가 온 것이다.

여행을 떠날 날이다.

"선생님…… 정말 가는 거예요?"

"클로, 선생님이 못 가시게 붙잡으면 안 돼."

"맞아! 나도 사실은──."

"그렇지만……."

당장이라도 울음을 터뜨릴 것 같은 클로에를 보는 내 마음도 아프다──.

하지만 괜찮다. 나는 돌아가지만, 어차피 언제든 '공간이동'으로 놀러올 수 있다.

"하하하, 클로에는 여전히 울보구나. 이걸 줄 테니까 기운 내렴!"

그렇게 말하면서 나는 내가 쓰고 있는 가면을 벗어서 클로에에게 내밀었다. 시즈 씨의 유품이면서 한 번 망가진 것을 복원시킨 '항마의 가면'을.

무슨 이유인지 자연스럽게 클로에에게 주자는 생각이 들었는데, 클로에도 망설임 없이 그것을 받았다.

"아아아───!! 나도 받고 싶었는데───."

"에헤헤─, 내가 받았어!"

클로에가 울음을 멈췄으니 잘됐다.

분해하는 앨리스에겐 슈나가 마련해준 학교 교복을 선물했다.

"아!"

"이거 혹시 저희들 건가요?"

켄야랑 게일, 물론 료타의 몫도 있다.

다섯 명의 교복은 겉보기에는 다른 학생들과 같았지만, 특수한 천을 가공하여 품질이 뛰어난 것이다. 모두 기뻐하며 받아줬다.

"알겠니? 열심히 공부해라. 헤어지는 건 괴롭지만, 두 번 다시 못 만나는 건 아니야. 휴일이나 방학 때면 놀러 오도록 하고."

""""네!""""

울상이 된 얼굴을 웃는 얼굴로 바꾸면서 내게 작별을 고하는 아이들.

아이들이 웃음을 짓고 있는 동안에 나는 왕도를 떠났다.

*

짧은 듯 길었던 인간들의 도시에서의 생활.

큰일도 겪었지만 무엇과도 바꿀 수 없는 인연을 손에 넣을 수 있었다.

슬라임(마물)이 된 나로선, 인간의 아이들과 같이 지낸다는 건 꿈속의 꿈같은 일이었으니까.

모든 게 잘 풀렸다.

————아니, 너무 잘 풀리고 있었다.

세상 속에선 시기나 질투 같은 마이너스 감정은 본인이 모르는 사이에 관계를 맺은 사람들 중에서 자라난다.

나는 사람들이 그런 감정을 느끼지 않도록 신중하게 행동하려고 했다.

그러나 입력한 데이터가 잘못되면 답도 잘못 나오는 법이다. 모처럼 '대현자'가 해준 예측연산도 내 질문이 잘못되어 있다면 답도 잘못 나오는 것이다,

템페스트(마국연방)가 번영하면, 그 반동으로 손실을 입는 자가

존재한다. 그건 당연히 이해하고 있었지만, 내 예상을 상회하는 속도와 규모로 그런 사태가 일어날 것이라곤 생각하지 못했다.

그 결과——.

이 세계에서 슬라임으로 태어났기 때문에 동경했었던 인간의 생활.

이세계인과의 교류.

그런 사사로운 바람을 달성했으니, 이젠 새로운 고향인 템페스트의 새로운 발전의 기초를 만들 생각이었다.

그건 어떤 의미론 성공이었고, 어떤 의미론 실패였다.

일반인이었던 나는 정치랑 국가라는 걸 제대로 이해하지 못하고 있었다. 그 냉혹하기까지 한 이기주의——마키아벨리즘을.

운명은 가속도적으로 사태를 변화시키면서 내 이후의 동향을 결정하게 만든다.

평화로웠던 시간은 끝을 고하고 전란의 시간이 시작된다.

Regarding Reincarnated to Slime

유우키와 아이들과 헤어진 뒤에 도시의 교외까지 나왔다.
이제 다른 사람의 눈을 신경 쓰지 않고 '공간전이'로 귀환할 수 있었——을 텐데, 무슨 이유인지 스킬(능력)이 발동되지 않는다.
어떻게 된 일이지?

《알림. 광범위 결계에 갇혔습니다. 결계 밖으로 나갈 수 있는 공간 간섭계 스킬은 봉인되었습니다.》

'대현자'가 그렇게 대답한다.
뭐라고?
좋지 않은 예감이 든다.
지금까지 느낀 적이 없었던, 궁지에 빠진 감각.
밀림이 습격해 왔을 때에는 살의가 없었다. 그래서 그 정도로 위기감을 느끼지 않았지만, 지금은 내 위기 감지가 최대한으로 경보를 울리고 있었다.
그때——.
"리, 리무루 님, 피하십시오——."
상처투성이인 소우에이가 출현하여 그렇게 말했다.
보아하니 있는 힘을 다해 도망쳐 온 것으로 보이며, 이미 그 몸은 사라지려 하고 있다.

"무슨 일이 있었나?"

"적입니다. 그것도 상상을 초월할 정도로 강한──────."

그 말을 남기고 소우에이는 사라졌다.

이건 '소우에이'의 분신체 중 하나이므로 본체는 무사할 것이다. 그러나 '분신체'라고 해도 소우에이에 준하는 신체 능력을 가지고 있었을 텐데…….

이건 어떤 함정에라도 빠진 건가?

그림자 속에 숨어 있는 란가를 불러보지만 대답이 없다.

바깥세계와의 격리──방금 '대현자'가 했던 말대로 그림자에 숨은 란가조차도 간섭이 불가능하게 되어버린 모양이다.

아무래도 이 결계 내부를 완전히 바깥세계와 격리시키는 공간 단절계의 결계인 것 같다. 도와줄 사람을 부를 수도, 도망치는 것도 불가능하게 되어버린 듯하다.

묘한 감각에 초조함을 느끼면서 만일을 위해 보험을 걸었다. 다행히도 결계 내부에서의 능력 사용에는 문제가 없는 것 같지만──그때 새로운 경고가 울린다.

《알림. 광범위 결계에 갇혔습니다. 결계 내부에서의 스킬 사용을 봉인…… 레지스트(저항)에 성공했습니다. 단, 마법 계통의 스킬은 전부 제한을 받습니다.》

뭐라고? 대체 무슨 일이 일어나고 있는 거지?!

마법 계통이라고 한다면, 거의 모든 마법과 마력요소를 다루는 스킬 전반을 말한다. '흑염'이나 '흑뢰' 같은 스킬도 제한을 받는다는 뜻이다. 게다가 '끈끈하고 강한 거미줄' 같은 조작계도 사용이 봉인되었다는 건데…….

스카이 드래곤(천공룡)이 날뛰었을 때조차도 이 정도의 결계는 발동하지 않았다.

애초에 이런 결계를 펼치려는 자가 있다면 소우에이가 알아차리지 못했을 리가 없다. 내게 '사념전달'로 위기를 알리기보다 먼저 결계에 갇혔다고 한다면, 이 결계의 범위는 상당히 넓은 범위에 걸쳐 있다는 이야기가 된다.

이건…… 누군가를 노린 결계에 휩쓸렸다고 생각하기보다 나를 노리고 온 것이라 생각해야겠지.

그렇다면 그 목적은 무엇일까?

저릿저릿 느껴지는 살기에 자세를 잡으면서 상대가 어떻게 나올지를 기다린다. 결계의 해제를 시도해보려고 해도 '대현자'의 해석을 기다릴 필요가 있다. 집어삼킨다면 당장이라도 해석할 수 있겠지만 광범위 결계는 설정 범위가 너무 넓어서 해석에 시간이 걸릴 것이다.

지금 내가 할 수 있는 건 상대가 어떻게 나올지를 기다리는 것뿐이다.

상황이 아주 안 좋다.

처음으로 불안으로 인한 마음의 동요를 느끼고 있었다.

이 세계에 와서 그다지 느낀 적이 없었던 불안이라는 감정.

내가 슬라임이 된 것에 따른 마음의 변화도 이유 중의 하나겠지만, 가장 큰 이유는 '대현자'가 내리는 결과 예측 때문이라고 생각한다. 내가 하려고 생각하는 것을, 실행하기 전에 성공 여부를 예측하여 가르쳐주기 때문이다.

그렇기에 더더욱 강해 보이는 상대라 해도 겁내지 않고 맞설 수 있었다.

강해 보이기만 할 뿐, 결과는 예상을 할 수 있었기 때문이다.

반대로 절대로 이길 수 없다는 예측도 불안을 느끼게 하는 요소에는 속하지 않는다.

이길 수 없다면 도망치면 된다. 도망칠 수 없는 이유가 있다면 적어도 상대에게 한 방 먹이고 쓰러지면 그만이니까.

하지만 이번 사태는 다르다. 이건 상대의 전력이 미지수라서 예측을 할 수 없는 상태다. 그러나 나에 대한 살의는 느껴진다.

이길 수 있을지 모르는 데다, 도망치는 것도 불가능하다.

상대의 숫자도 불명.

이 광범위 결계를 펼치고 있는 건 여러 명의 인간인 것 같지만, '열원감지'의 반응으론 다가오는 인간은 한 명이다.

이 결계 안에서 마력요소가 소실되었는지, '마력감지'는 기능하지 않는다. 인간 모습을 해제하면 눈도 보이지 않는 상황이 된다는 뜻이다.

만능의 시각도 사라지면서, 순식간에 주위의 상황을 파악하기 어렵게 되어버렸다. 이 결계에 갇힌 시점에서 내 승률이 대폭 저하되었다는 이야기다.

그러나 싸우기 전부터 일부러 상대의 능력을 봉인하려고 하다니…… 이런 전법도 있단 말인가.

알아차리지 못하도록 거리를 두고, 광범위한 결계를 상대의 인식 범위 밖에서 확실하게 설치한다.
마물과의 싸움에 익숙한 프로의 짓이겠지.
아마도 이 결계의 범위는 반경 2㎞ 이상에 달할지도 모르겠다. 완전한 기습이다.
무서울 정도의 집념으로 보였다.
초조한 시간이 지나자──.
"만나서 반가워, 라고 해야 할까? 이제 곧 작별하겠지만."
그렇게 인사를 하면서 한 명의 여성이 나타났다.
정면에서 혼자. 굉장한 자신감이다.
나이는 스무 살이 될까 말까…….
오싹해질 정도로 냉혹하고 차가운 눈동자 안에 이성의 빛이 반짝이고 있다. 차가운 눈빛을 더욱 두드러지게 할 정도로 아름다운 미모였다.
그 인물을 본 기억은 없다. 하지만 어딘가 그리운 느낌이 드는 인간이다.
윤기 있는 아름다운 흑발을 어깨에 닿지 않을 정도로 잘라서 정리했으며, 오른쪽을 뒤로 쓸어 넘겼으며, 왼쪽은 눈을 가리지 않을 정도로 흘러내려와 있다.
앞머리가 가리지 않는 왼쪽 눈에는 모노클(외눈 안경)이 보인다.
단순한 패션이겠지만 바로 벗어서 품에 넣는다.
움직이기 쉬워 보이는 흰색 계통의 복장. 생김새는 슈트(예복)를 연상시킨다. 짧은 스커트에서 드러난 다리는 늘씬하고 길며, 검은 스타킹을 신고 있었다.
그 몸을 감싸듯이 성직자가 입는 순백의 로브를 두르고 있다.

그 옷깃에는 십자 문양. 그건 서방성교회에 소속된 자들 중에서도 최상위임을 나타내는 증표.

홀리 나이트(성기사)——법과 질서의 수호자이자 마물의 천적.

"만나서 반갑다고 생각하지만 무슨 볼일이죠? 나는 리무루라고 합니다만, 누군가와 착각을 한 게 아닌가요?"

쓸모없는 짓이겠지만 확인해본다.

명백하게 나를 목표로 하고 있다. 사람을 잘못 본 건 아닌 것 같지만, 잘못하여 서로 죽여야 하는 사태는 절대 사양하고 싶다.

"예의가 바르네, 마물의 나라의 맹주님. 착각이 아니야. 당신 도시가 말이지, 방해가 돼. 그래서 박살 내기로 했어. 그렇기 때문에 지금 당신이 돌아가면 우리가 불리해져. 내 말을 이해했으려나?"

주눅 들지도 않고 담담하게. 그녀는 자신이 이러는 이유를 설명했다.

아, 그런가요, 라고 납득할 수 있는 이유는 아니었지만.

아니, 내가 템페스트(마국연방)의 맹주라는 것도 알고 있다. 이게 어떻게 된 거지?

"어떻게 내가 마물이고, 게다가 마물의 나라의 맹주란 말이지? 보다시피 평범한 모험가인데?"

"어머나, 시치미를 떼려는 거야? 뭐, 소용없는 짓이지만. 밀고가 들어왔었어. 누가 한 건지는 가르쳐줄 수 없지만 그런 이야기가 흘러들어왔지. 이곳, 잉그라시아 왕도에는 수많은 '눈'이 있거든. 감시는 늘 경계하는 게 좋을 거야."

밀고, 라고?! 전혀 짐작 가는 바가 없다.

미행은 조심하고 있었으며, 스킬로 이동할 때에도 최대한 주의했다.

모르겠다. 그러나 이자가 확신을 갖고 있으며, 나를 죽일 생각을 하고 있다는 건 이해할 수 있다.

상황이 아주 위험하다.

그녀의 무장은 허리에 차고 있는 레이피어뿐.

갑옷조차 입지 않았으며, 아주 편한 분위기로 서 있다.

주위에 사람 그림자는 보이지 않았으며, 결계를 펼치고 있는 자가 도우러 올 낌새도 없다.

나를 확실히 죽이기 위해 함정을 설치했는데, 동원된 인원은 한 사람이란 말인가?

그렇지 않으면, 이 인물이 그 정도의 실력을 가지고 있단 건가?

그러나 생각하고 있을 시간은 없다.

이 여자의 이야기를 들어보면 템페스트를 짓밟으려는 세력이 있는 것 같다. 이미 공격이 시작되고 있을지도 모른다면, 여기서 느긋이 굴 수 있는 시간이 없다.

어느 나라지? 그게 아니면 마왕인가?

아니, 마왕은 아니겠지. 서방성교회가 마물과 손을 잡을 리가 없다.

그렇다면 어느 나라라는 말인가.

인접한 나라는 무장 국가 드워르곤, 파르무스 왕국, 블루문드 왕국. 그리고 마도 왕조 살리온인가.

이 중에서 무장 국가 드워르곤과 블루문드 왕국을 제외하면 남은 건 두 나라. 게다가 마도 왕조 살리온은 제외해야 한다. 숲을 개척해서 만든 길이 없기 때문에 군대가 진군하기에는 다른 나라를 통과할 필요가 있다. 그런 움직임을 소우에이가 놓칠 리가 없다.

그렇다면 의심스러운 건 파르무스 왕국이다.

파르무스가 병사를 동원했다고 해도 템페스트에 도착할 때까지 빨라도 2주일은 걸릴 것이다. 군이 통과할 수 있는 넓은 길을 고를 필요가 있으니, 길게 돌아가야 하기 때문이다.

휴식 없이 강행 돌파를 한다고 해도 열흘은 필요할 것이다.

단, 방심은 할 수 없다. 이 세계에는 레기온 매직(군단마법)이 있으며, 그것을 효율적으로 운영한다면 시간을 단축하는 것도 가능할 테니까.

어쨌든 망설이고 있을 때가 아니다.

"아무래도 사람을 잘못 본 거라고 말해도 믿어주지 않을 것 같군."

"맞아. 왜냐하면 그 마물의 이름은 '리무루'라고 들었으니까."

"아, 그렇군."

큰일인데. 이름까지 알려져 있었을 줄이야.

"이제 슬슬 괜찮을까?"

"괜찮지는 않지만 적어도 이름 정도는 알려주면 좋겠는데?"

레이피어를 뽑으려는 상대에게 그렇게 물었다.

미모의 여성은 고개를 갸웃거리면서 신기하다는 표정으로 나를 본다.

"마물이면서 이름에 흥미가 있단 말이야? 나한테는 딱히 상관없는 일이라 잊어버리고 있었네——."

그렇게 말하면서 살짝 웃었다. 그리고 뒤이어 말한다.

"그럼 다시 내 소개를 하지. 나는 신성교황국 루벨리오스에 소속된 신의 오른손――'교황 직속 근위사단 필두기사'이자 성기사단장. 이름은 사카구치 히나타라고 해. 짧은 만남이 될 것 같지만 잘 부탁해."

그 여성은 그렇게 이름을 밝혔다.

그렇군, 이 녀석이――사카구치 히나타.

"히나타라고? 성기사단장이라고 들었는데, 교황 직속 근위사단 필두기사?"

"잘 알고 있네? 마물에게 이름이 알려져 봤자 기쁘지는 않지만. 내가 두 가지 직함을 갖고 있는 건 사실이야. 의미는 없지만 말이지. 내가 따라야 할 건 교황이 아니라 루미너스 신이니까."

히나타는 그렇게 말하자마자 레이피어를 뽑는다. 이야기는 여기까지라고, 그 태도가 명확하게 말하고 있다.

일곱 개의 작은 보석을 아로새긴 자루에 은색의 흰 칼날. 희미하게 무지갯빛으로 칼날을 감싸고 있는 마력이 보인다. 매직 소드(마법검)인 것 같았다.

극도의 합리주의자라고 들었는데, 마무리가 어설프군. 나를 쓰러뜨리려는 자리에 혼자서 오다니. 기왕이면 확실히 쓰러뜨릴 수 있는 전력을 준비했어야 했을 텐데. 그러나 그 정보 수집 능력은 얕볼 수 없다. 내 정체와 쥬라의 숲 대동맹에 관해선 다 조사한 모양이다.

그건 그렇고 난감하다. 히나타는 싸울 마음인 것 같지만, 시즈 씨의 제자를 상대로는 싸우기 어렵다. 대화로 어떻게든 해결할 수 없을까……. 나도 칼을 뽑아 자세를 취하면서도 대화를 통한 교섭을 시도한다.

"잠깐만, 너한테는 말하고 싶은 것과 이야기해주고 싶은 게 있어!"

"마물의 말에는 흥미 없어."

차갑게 내뱉는 것과 동시에 섬광 같은 찌르기가 날아들었다.

겨우 눈으로 쫓을 수 있었다. 신경 전달이 뇌와 직결되지 않았다면, 방금 그 일격은 맞았을 것이다. '마력감지'를 봉인당한 것이 뼈저리게 아프다.

"잠깐만. 넌 일본인이지? 나도 마찬가지야. 시즈 씨한테 널 부탁받고——."

"방금 공격을 피했네, 조금 놀랐어. 역시 시즈 선생님을 죽인 마물…… 원수는 갚고 말겠어. 그건 그렇고 마물이 일본인이라고? 시즈 선생님이 날 부탁했다고? 이상한 소리를 하네. 웃기지 마."

믿어줄 마음이 없어 보인다. 그러기는커녕 대화를 할 마음도 전혀 없는 것 같다.

그렇지, 좋은 생각이 떠오른다.

"그러니까 정말로 일본인이라고! 저쪽 세계에서 죽는 바람에 여기서 슬라임(마물)로 환생했을 뿐이라고——."

그렇게 일본어로 말을 걸었다.

이렇게 하면 분명 히나타도 믿어줄 것이다.

"예상한 대로 일본어를 말하네. 그 이상의 연기는 무의미해."

히나타의 목소리에 차가움이 더욱 강하게 묻어났다.

믿어주기는커녕 분노에 불을 붙인 것 같다.

예상한 대로, 라고?

히나타에게 정보를 준 누군가는 내가 일본인이라는 걸 아는 인물인 건가?

내가 전생에 일본인이라는 걸 아는 사람은 극히 일부밖에 존재하지 않는다――그게 아니면 내가 일본인이라고 말했으니까 일본어를 할 줄 알 거라고 예상했나――?

내가 시즈 씨를 죽였다는 정보를 통해 내가 이세계를 알고 있으며, 나아가선 일본어를 습득하고 있을 가능성까지……그 부분까지 예상했다는 말인가?!

그건 이미 예상이 아니라 '예측연산'――.

"――어떻게 나와 싸울 생각이지? 내 상대를 너 혼자서 한다고?"

그렇게 물어본다.

아무리 히나타가 '이세계인'이며 홀리 나이트라고 해도, 지금의 내게는 마왕급의 전투력이 있다.

스킬에 제한을 받는다고 해도 인간인 히나타에게 질 리가 없다.

그렇게 생각했는데.

"어머나, 우스워라. 날 이길 수 있다고 생각하는 거야? 이 결계 안에서?"

살짝 넋을 잃고 바라볼 것 같은 미소를 지으면서 속삭이듯이 되물었다.

그리고 다음 순간, 레이피어의 끝에서 일곱 색깔의 무지개가 발사된다.
그건 초음속의 찌르기 공격.
보석의 잔상이 무지개로 보였던 것이다.
회피행동을 취했지만 몸이 무겁다. 신체 능력까지 약화되어 있는 것 같다. 반응이 느려서 세 발 정도는 맞고 말았다.
이럴 수가?! 초조해하는 나.
불에 닿은 것처럼 고통이 느껴졌다.
고통? 내게는 '통각무효'가 있을 텐데 어떻게――?
"흐―응, 겨우 세 발? 내가 조금 얕보고 있었나 보네."
그런 말을 하는 것치곤 모든 게 계획대로라는 표정을 짓고 있다. 그것도 또한 계산된 것인지, 나를 쉬게 놔둘 마음은 없는 것처럼 단번에 공격해 왔다.
칼을 정면으로 겨누고 칼로 받아서 흘리기를 시도한다. 그러나 마치 칼을 통과하듯이 내 몸으로 찌르기가 들어왔다.
뭐가 뭔지 모르겠지만, 위험하다는 직감에 따라 뒤로 피했다.
이것으로 네 발째. 이 이상은 위험한 느낌이 든다.
"혹시 이 기술의 위험성을 눈치챈 거야? 마지막까지 여유를 부리며 기술을 받다가 저항도 못 하고 죽은 바보도 있었는데. 당신은 지혜가 조금은 있는 것 같네."
살짝 머리를 갸웃거리면서 내게 칭찬의 말을 건넨다.
"칭찬을 해주는 건 기쁘지만, 이야기를 들어주면 더 기쁘겠는데……."
대화로 시간을 버는 걸 노린다.

《해답. 이 아츠(기술)는 머티리얼 바디(물질체)가 아니라 스피리추얼 바디(정신체)에 대한 직접 공격으로 추측됩니다.》

육체가 아니라 정신에 직접 작용한다니…….

어쩐지 칼을 통과한다 했다. 막을 방법이 없다. 그 증거로서 내 몸에 상처 자국은 남아 있지 않았다.

그리고 '대현자'의 예측으로는 이후 세 번의 공격으로 절명하게 될 것이라고 한다.

그건 육체가 아니라 정신의 죽음.

믿을 수 없는 기술이다. 기술인지 매직 소드(마법검)의 효과인지는 확실하지 않지만…….

솔직히 말해서 상대를 얕보고 있었던 건 내 쪽이었던 모양이다.

히나타는 분명 유니크 스킬을 지니고 있을 것이다. 그걸 보여주지도 않고 나를 이렇게까지 압도할 줄이야.

히나타의 스킬은 불명인 채로 내 스킬이 봉인되게 되니, 상상했던 것 이상으로 불리한 입장에 놓인 것 같다.

이건 철저하게 도망치는 게 정답이다. 뭐, 도망칠 수 있을지 없을지는 시도해봐야 알겠지만.

완전히 선수를 빼앗겼다.

아까부터 시도해봤지만, '흑염'이나 '흑뢰'는 쓸 수가 없었다.

게다가 '만능변화'도 마력요소가 없기 때문에 사용이 불가능하다. **현재의 신체**를 유지하는 것만으로도 벅찼다.

필살의 '헬 플레어'도 쓸 수 없기 때문에 비장의 수까지 봉인된 꼴이다.

하지만 방법이 없는 건 아니다.

"흐—응, 시간을 벌려는 거야? 하지만 소용없어. 너는 완전히 몰린 상태니까. 이 '홀리 필드(성정화결계, 聖淨化結界)' 안에선 A랭크 미만의 마물은 활동할 수조차 없게 돼. 서방성교회가 자랑하는 궁극의 대마결계(對魔結界)이니까."

내 생각을 꿰뚫어 본 것도 모자라서 히나타는 무시무시한 사실을 입에 올렸다. 아까부터 몸이 둔탁하게 느껴지는 건——내가 약해진 것은 '홀리 필드'라는 것의 영향이었던 것 같다.

내가 이렇게까지 약해질 정도라는 이야기는, C랭크 미만의 마물이라면 존재조차 허용되지 않으면서 죽음에 이르게 될 것이다.

이게 내 휘하의 홉고블린이었다면——뜻대로 움직이지도 못하고 쉽게 살해당하고 말았을 것이다.

그런 생각에 미치자, 내 마음이 더욱더 초조함에 사로잡힌다.

"이해할 수 있겠어? 이 결계 안에선 마력요소가 정화돼. 그래서 너희 같은 상위 마물이라도 존재를 유지하는 것에 힘의 대부분을 빼앗겨서 본래의 힘을 발휘하지 못하는 거야."

히나타의 설명을 들을 것도 없다. 실제로 체험해보니, 이게 얼마나 위험한 결계인지 단번에 알 수 있다.

이 결계는 아마도 해저드(재해)급으로 지정된 A랭크 이상의 마물을 사냥하기 위한 것이리라, 마물의 천적인 홀리 나이츠(성기사단)의 비장의 수인지도 모른다.

결계에 붙잡힌 시점에서 승리 조건은 이미 달성되는 것이다. 히나타는 그렇게 생각하고 있는 것 같다.

그리고 히나타의 말은 내 동요를 이끌어내는 것이 목적이다. 이 이상은 어설프게 나누는 대화조차도 목숨이 위험해질 수 있다.

대화로 인한 시간 벌기도 히나타에게 봉인된 꼴이 되었다.

“너는 내가 혼자였다는 게 불만인 것 같지만, 원래는 내가 나설 것까지도 없었던 일이야. 홀리 나이트를 통솔하는 내가 직접 나선 이유는 딱 한 가지——.”

히나타로부터 거리를 둔다. 저 레이피어의 범위 안에 들어가는 건 위험하다. 그렇게 생각한 순간, 왼쪽 다리에 고통을 느꼈다. 또 한 발을 맞아버린 것이다.

이제 남은 건 두 발…….

“네가 시즈 선생님을 죽였다고 들었기 때문이지. 말했을 텐데, 이건 복수라고. 내 손으로 널 죽이고 싶었어.”

“시즈 씨의 복수라니, 확실히 내가 죽인 것과 비슷하긴 하지만, 그건——.”

“——그건? 결과가 모든 것을 말해주는 것이니, 아무 상관없어. 이 세계에서 내게 따뜻하게 대해줬던 단 한 사람. 하지만 이젠 존재하지 않는단 말이네…….”

이건 나 자신도 잘 이해가 안 되는 감정인걸. ——그렇게 중얼거리면서 히나타는 날 바라본다.

그 눈에 떠오르는 건 나를 사냥감으로 인식조차 하지 않는 무감정.

자연스런 여유를 보이면서 그녀는 그저 거기 있었다.

히나타가 혼자 온 것은 확실하게 나를 죽일 자신이 있었기 때문이다.

그런 그녀의 자신감은 이 결계가 있기 때문이 아니다. 아직도 끝이 보이지 않는 그 전투 능력에서 비롯된 것일까. 히나타의 입장에서 보면 그녀 혼자만 있어도 차고 넘칠 만한 전력일지도 모른다.

나도 얕보이고 있었던 것 같지만, 현재 상태에선 반론할 수가 없다. 이 결계 안에서 내 승률은 한없이 낮기 때문에, 이대로 손을 놓고 있다간 내 패배는 확실하다.

그건 그렇고 누가 이 여자에게 시즈 씨의 죽음을 전한 거지? 각색을 어떻게 했는지 모르지만 내가 완전히 나쁜 놈이 되어 있다.

하지만 지금은 그것을 신경 쓸 때가 아니다.

무엇보다 걱정이 되는 건 템페스트에 있는 자들이다.

"네 동료가 걱정돼? 그러네, 느긋이 굴고 있다간 네가 돌아갈 장소가 사라지게 될걸? 돌려보내 줄 생각도 없지만 말이야."

이 결계를 사용한 뒤에 공격을 해 오면 전멸당할 것이다.

느긋하게 이 녀석의 상대를 하고 있을 때가 아니다. 그러나 이 녀석은 상대하기 버겁다.

내게 남겨진 공격 수단은 마력요소에 의존하지 않는 기술밖에 없다.

그건 검 기술이 아니면 나만의 유니크 스킬.

검 기술은 히나타가 위다. 신체 능력의 저하를 고려하지 않더라도 검을 나눠본 감촉을 통해 보건대, 히나타는 아직 진짜 실력을 드러내지 않았다.

믿어지지 않지만 하쿠로우급의 위압을 느낀다.

그렇다면 남은 건 유니크 스킬인가.

방금 생각하고 있는 비장의 수——사용하는 게 망설여지지만,

어쩔 수가 없다.

나는 〈기투법(氣闘法)〉으로 신체 능력을 향상시킨다. 그리고 '강력(剛力)'과 '신체강화'도 발동시켰다.

생각했던 대로 체내의 마력요소를 활성화시키는 스킬이나 마법은 사용할 수 있었다.

"다 이긴 것처럼 구는 건 아직 이른 것 같은데!"

칼을 정면으로 겨누면서 강화된 힘으로 휘둘렀다. 하쿠로우와의 실전 훈련을 통해 내 검 실력도 상당히 단련되어 있다. 이겼다고 생각하고 방심하고 있다면 이 일격으로――.

히나타는 놀랐는지 즉시 방어 자세를 취했다.

아니, 신중했을 뿐인가.

그 눈. 냉철하며, 논리적 증명에 자신의 몸을 바친 수학자 같은 눈.

그곳에 놀라움은 존재하지 않으며, 방심과는 거리가 멀다..

그곳에 자만심은 존재하지 않으며, 담담히 작업을 처리할 뿐이다.

내 움직임을 관찰하고, 냉정하게 약점을 찾고 있다.

히나타의 말은 그녀가 전부 계산한 예측에서 나온 것이다.

원래 히나타가 나설 것도 없었다는 건 그녀의 입장에선 당연한 사실일 것이다.

나를 얕보고 있었던 것은 아닌 것이다.

지금도 내 움직임을 관찰하고 다음 행동을 예측하고 있다. 내 향상된 속도를 산출하여 적절한 속도로 대응한다.

마치 내가 지니고 있는 유니크 스킬인 '대현자'를 상대하고 있

는 것 같다…….

스킬로 강화된 칼 공격을 레이피어로 받아 넘겼을 때 이해할 수 있었다.

히나타와 나의 압도적인 역량 차를.

칼끝의 속도가 음속에 근접할 정도로 빠른 내 칼 공격을 부드럽게, 자신의 검에 대미지가 남지 않도록 흘려 넘긴 것이다.

내 쪽의 검의 궤도, 속도, 역량을 완벽하게 읽어내고 있었다.

이런 곡예급의 반격을 가능하게 하려면 하쿠로우급의 레벨(기량)이 필요할 것이다.

그리고——.

내가 밸런스를 잃음과 동시에 빈틈없는 반격으로 일격이 가해졌다.

"끝났군. 이 결계에서 그 정도로 움직일 수 있는 건 대단한 거야. 솔직히 말해서 얕보고 있었어. 하지만 넌 날 이기지 못해."

"이제 공격 한 번만 더 하면 날 죽일 수 있기 때문인가?"

"헤에, 알고 있네? 이 검의 특수 능력을 사용한 '데드 엔드 레인보우(칠색종언자돌격, 七色終焉刺突擊)'는 일곱 번째의 공격으로 확실하게 상대를 죽음에 이르게 하지. 그게 비록 정신 생명체라고 해도 말이야. 넌 꽤 잘 버텼지만 이제 충분하지 않겠어?"

그렇게 말했다.

스킬을 봉인 당했어도 어떻게든 버틸 수 있을 거라 생각했지만, 상대가 너무 안 좋다.

방심도 자만도 하지 않는 상대. 이기기 위해서 최선의 방법을 쓴다. 그리고 날 관찰하고 분석하는 능력의 뛰어남. 확실히 이길 수 있다고 확신하면서도 더더욱 분석을 게을리 하지 않는 신중함.

도저히 방법이 없는 상대였다. 파고들 틈이 없는데다, 이렇게까지 승산이 없는 상황이 벌어질 것이라고는 생각하지 못했다.

"있는 힘껏 발버둥칠거야. 순순히 죽어줄 정도로 나도 성격이 좋지는 않거든!"

그렇게 대답하면서 할 수 있는 수단을 시험한다. 상대가 나보다 위라는 걸 인정하고 지금의 내가 할 수 있는 모든 것을.

마력요소가 소용이 없다면, 정령이라면 어떨까? 정령은 마력요소와는 다른 에너지 체계이므로 '홀리 필드'에도 영향을 받는 일은 없지 않을까 하고 생각한 것이다.

바깥세계와 격리되어 있는 이상, 정령소환은 불가능하다. 하지만, 내 안에는 변질된 정령이 하나 있는 것이다.

《알림. 유니크 스킬 '변질자'로 상위 정령 '이플리트(불꽃의 거인)'를 순수한 정령으로서 '분리'했습니다.》

반쯤 마물로 변해 있던 이플리트를 순수한 정령으로 되돌렸다.

이플리트를 통하여 정령마법을 쓰는 것도 가능했지만 통하지 않을 것이다.

그런 잔기술이 아니라, 상대의 의표를 찌르면서 큰 기술로 단번에 승부를 건다.

"적을 물리쳐라, 불꽃의 상위 정령 이플리트!!"

나는 이플리트를 해방했다.

A랭크 오버인 상위 정령의 힘은 엄청났으며, 방대한 열량을 품고 있다. 정령에겐 소환자의 마력을 제공할 필요가 있지만, 나와 이플리트 사이에는 마력회로가 이어져 있으므로 문제가 없다. 내 에너지가 정령력으로 변환되어 이플리트로 흘러들어갔다.

이플리트가 히나타에게 공격을 시작했다. 히나타는 이게 내 비장의 수라고 생각할 것이다. 하지만——.

이플리트는 미끼다. 내 노림수는——진짜 노리는 것은 달리 있다.

히나타는 이플리트를 상대하는 것만도 벅차서, 나에 대한 주의가 산만해진다. 이제 한 번만 더 공격하면 쓰러뜨릴 수 있는 나보다도 더 위협적인 이플리트를 우선할 것이다.

이 상황이야말로 내가 노리는 것이다.

그런 히나타의 뒤로 돌아가 최대한 강화시킨 공격을 날리려고 했던 바로 그때——.

"바깥세계와 격리시켰는데도 상위 정령까지 부릴 줄은 예상 못 했어. 하지만 그래도 내 상대로는 부족해."

뒤돌아본 히나타의 검이 이플리트를 무시하고 내게 향한다.

이플리트는 움직임이 멎어 있었다.

상위 정령은 마물이 아니므로 '홀리 필드'의 영향을 받지 않을 텐데…….

그랬을 텐데 현실은 잔혹했다.

보아하니 이플리트는 머리를 감싸 안은 채 웅크리고 있다. 마치 상반되는 명령을 받고 당혹스러워하는 것처럼.

"너, 무슨 짓을 한 거야?"

"네가 지금 뭘 하려고 한 건지 가르쳐주겠다면 답해줄 수 있는데?"

가르쳐줄 수 있을 리가 없다. 얼마 남지 않은 비장의 수다.

"돌아와라, 이플리트!"

그 말에 이플리트가 소실되면서 내 안으로 돌아왔다. 즉시 '해석감정'을 하여 무슨 일이 일어난 것인지 판명한다.

《해답. 이플리트는 '강제찬탈(强制簒奪)'의 영향을 받은 모양입니다. 마력회로가 이어져 있었기 때문에 빼앗기지 않은 것으로 추측됩니다.》

'강제찬탈'이라고?! 설마 상대의 스킬을 빼앗는다는 건가……!!

그게 히나타의 유니크 스킬?

이 녀석은――사카구치 히나타라는 '이세계인'은 내 예상을 월등히 넘어서는 괴물이다…….

아무래도 나는 잘못 생각하고 있었던 것 같다.

결계에 눈을 빼앗겨서 그게 상대의 비장의 수라고 믿고 있었다. 그 탓에 고전을 하고 있는 거라고 생각하고 있었지만, 그건 착각이었다.

결계는 내 주의를 흐트러뜨리기 위한 잔재주였던 것이다.

히나타를 보니, 그 아름다운 얼굴에 자애로운 미소를 짓고 있다.

무시무시한 녀석이다, 정말로. 결계 같은 게 없어도 날 이길 수 있다는 자신이 있을 것이다.

"……너, 이플리트를 빼앗으려고 한 거냐?"

"놀랐어. 어떻게 알았지? 뭐, 좋아. 들켰다니 가르쳐주지. 정답이야. 내가 지닌 유니크 스킬 '빼앗는 자(찬탈자)'로 말이지."

유니크 스킬 '찬탈자'라고?

사역하는 마물이나 정령을 빼앗을 수 있는 건가? 그렇지 않으면 설마 스킬을?!

그렇다면 내 유니크 스킬 '글러트니(폭식자)'와 닮았다.

정말 대단한 실전형 스킬이다.

유우키가 직접적으로 한 말은 아니지만, 각국이 '이세계인'을 특별시하는 것도 당연하다.

'이세계인'을 상대로 하려면, 상대가 유니크 스킬을 지니고 있다는 것을 전제로 생각할 필요가 있을 것 같다. 그리고 그 사용법이 승패를 좌우할 열쇠가 된다.

상대의 힘을 정확히 모르는 채로 자신의 힘을 과신해버린 것은 틀림없이 내 실수였다.

과연, 그래서 히나타는 자만하지 않고 늘 관찰을 게을리하지 않는 것인가.

마치 견본과 같은 전법.

이 세계에서 겪은 실전 경험의 차이를 엿볼 수 있다.

유니크 스킬 자체의 능력 차는 확실하게 정해진 게 아니지만, 그것을 다루는 자의 역량 차는 명백했다.

각오를 굳힐 필요가 있다.

죽을 생각을 먹지 않는다면 이기지 못할 상대이다.

그러나, 이제 공격 하나면 내 패배가 확정된다.

방심, 이라. 약간의 대미지라면 '초속재생'으로 치료할 수 있다는…….

비장의 수였던 이플리트도 쉽사리 박살 났다. 이렇게 되면 남은 건 최후의 수단 하나뿐이다. 기습으로 히나타를 죽이지 않도록 하고 싶었지만, 그런 소리를 할 수 있는 상황이 아니다.

전력을 다해 해방하면 어떻게 될지 불명인 데다, 결과를 마지막까지 볼 수 있을지도 모르겠지만…….

해볼 수밖에 없을 것 같다.

"히나타……. 시즈 씨로부터 널 부탁받았지만 내겐 시간이 없어. 미안하지만 봐줄 수 있을 것 같지도 않군. 다음 공격으로 끝을 내겠어."

"후훗, 아직 본 실력을 드러내지 않았단 말이야? 뭐, 좋아. 그러면 나도 마지막으로 아주 잠깐 진심을 다해주지. 각오해. 이 일격은 지금까지의 것과는 비교도 되지 않는 격렬한 고통을 너에게 선사해줄 테니까."

우리의 시선이 교차했다.

그대로 마지막 공격에 들어간다.

"그대로 죽어! '데드 엔드 레인보우'!!"

"눈을 떠라, '글러트니(폭식자)'!!"

《접수 완료. 명령을 수락했습니다. 즉시 실행으로 옮깁니다.》

이 명령을 내림과 동시에 내 의식은 어둠 속으로 잠기듯이 사라지기 시작한다.

잠이 드는 것처럼 내 의식은 거기서 끊어진다.

PRESENT STATUS

라미리스
Ramiris

종족 Race	픽시(요정족)
가호 Protection	Unknown
칭호 Title	라비린스(미궁 요정) 요정 여왕 정령 여왕(과거)
마법 Magic	정령마법……모든 종류
고유스킬 Peculiar Skill	미궁창조
필살기 Special	48개의 필살기……본인이 한 말이라 미확인
내성 Tolerance	Unknown

10대 마왕 중에서 최약체임을 자랑하지만, 상당한 거물. 진심으로 고유스킬 '미궁창조'를 구사한다면 대부분의 적에게 싸우지 않고 승리하는 것도 가능할 것이다.

PRESENT STATUS

베레타
Beretta

종족 Race — 아크 돌(마장인형)

가호 Protection — 미궁의 가호

칭호 Title — 라미리스의 수호자

마법 Magic — 원소마법, 정령마법

스킬 Skill — Unknown

내성 Tolerance — 상태이상무효, 자연영향내성, 정신공격내성, 성마(聖魔)공격내성, 물리 공격내성

처음에는 라미리스의 망가진 골렘을 대신하기 위해 만든 것이지만, 리무루가 만드는 과정 중에 신이 난 나머지 이런 모습이 되었다. 그레이터 데몬(상위 악마)에게 육체를 부여한 것이라 악마계 마법에도 정통하다. 리무루의 '이름 짓기'에 의해 그레이터 데몬으로서도 진화했기 때문에 높은 지성과 전투력을 보유하고 있다.

후기

오랜만에 인사를 드립니다.

드디어 '전생했더니 슬라임이었던 건에 대하여'도 4권이 발매되게 되었습니다.

매번 말씀드립니다만, 이것도 모두 여러분이 응원해주신 덕분입니다.

정말 감사합니다!

자, 이번에도 후기를 쓰게 되었습니다만…….

후기를 쓰는 건 매번 절 고민하게 만드는군요. 솔직하게 말하자면 무슨 내용을 써야 할지를 모르겠습니다.

그러므로 이 자리에선 일단 한 가지, 연속 간행——실은 이미 아시는 분도 많겠지만, 5월에는 5권이 발매됩니다——을 결정했을 때 담당 편집자인 I씨와 나눈 대화를 폭로해볼까 합니다.

※ 가벼운 스포일러가 포함될 가능성도 있으므로 주의해주십시오.

*

때는 작년 10월 보름쯤.

3권의 초고와 수정을 마치고 한숨을 놓았을 무렵.

"후세 씨, 4권은 언제쯤 발매 예정을 잡을 수 있을까요?"

"반대로 묻자면 언제쯤이 좋을까요?"

"그러네요, 1월과 2월은 이미 다른 예정이 있으니까 3월쯤이 좋으려나요?"

"3월이라면 초고를 언제까지 완성하는 걸로 알고 있으면 될까요?"

"으음, 12월 말이면 되겠습니다."

"12월?!"

여기서 내 두뇌가 재빨리 계산을 해서 11월과 12월이라면 한 권은 가능하겠다고 판단했습니다만…….

"아니, 지금은 번외편을 쓰는 중이니까 그쪽을 우선시하고 싶으니, 조금 빡빡하겠는데요——."

라고 말하며 조금 기다리도록 했습니다.

그리고 동시에 만화 연재가 시작되는 것이 봄으로 예정되어 있으니 같은 달에 발매가 되면 선전 효과가 있지 않을까! 하고 머릿속에서 번뜩인 것입니다.

"——그래, 만화 연재 시작과 맞춰서 4월과 5월에 연속으로 간행하는 것은 어떨까요? 봄에 시작된다고 했으니까 마침 적당하지 않을까요?"

"네, 연속으로 말인가요? 으—음……."

"아, 무리일 것 같으면 괜찮습니다. 그러면 4월 이후로 부탁드리겠습니다!"

그때는 그렇게 대화가 끝났습니다.

그런데 잠시 시간이 지난 후에…….

"그러면 4권은 4월로 발매 예정을 잡겠습니다만 문제는 없겠습니까?"

"아, 네. 4월이라면 괜찮습니다. 엔딩을 조금 긴장된 느낌으로 만들고 싶으니까 가능하다면 5권은 빨리 예정을 잡아주십시오!"

"그러면 연속으로 내는 걸로 가볼까요?"

"어, 괜찮겠습니까?"

"오히려 후세 씨 쪽이 괜찮은가요? 연속 간행으로 나오면 작업이 상당히 힘들어질 텐데요?"

이 시점에서 아직 10월 후반.

4월에 4권이라면 마감은 1월말. 2권은 2월말.

11, 12, 1월, 이렇게 3개월이 있으면 여유! 라고 생각해버린 것입니다.

당시의 구상으로는 4권에는 새로 쓴 부분이 제법 많아질 예정이었지만, 5권은 웹 연재판의 내용을 약간 고치는 정도로도 충분하겠다는 생각도 있었습니다. 지금 생각하면 너무나도 안이한 예상이었습니다만…….

"4월과 5월이라면 여유 있습니다!"

"알겠습니다! 그러면 연속으로 내보기로 하죠!"

이렇게 당초의 제안이 통과하면서 4월과 5월의 연속 간행이 결정된 것입니다.

그, 런, 데!

웹 갱신용의 번외편이 생각했던 것 이상으로 작업이 늘어났고, 감기에 걸렸으며, 연말은 본업도 바빠진 데다, 더구나 도쿄까지 미팅이나 여러 가지 볼일로 나가기도 하면서…….

시간이 없어!!

라는 상당히 위험한 사태가 되고 만 것입니다.

"……저, 저기, 연속 간행 건 말입니다만, 5권의 발매일을──."

"아아, 괜찮습니다! 확실하게 5월로 잡아놓았으니까요!"

"아, 아니, 그게 아니라 말이죠……."

"밋츠바 씨도 예정 스케줄을 맞춰주셨고, 회사도 그렇게 움직이고 있으니까요!"

아, 안 돼! 마감을 늘려주면 좋겠다고 말할 수 있는 분위기가 아니야!!

"그런가요, 아, 알겠습니다! 열심히 쓰도록 하겠습니다……."

마감을 연기하고 싶다는 말을 꺼내지도 못한 채, 매일 필사적으로 집필을 해야 하는 사태가 벌어지고 만 것입니다.

그야말로 자업자득.

안이한 계획은 세우지 말자! 그게 이번의 교훈입니다.

앞으로는 잘못되는 일이 있더라도 스스로 자신의 목을 조르는 듯한 계획은 세우지 말자고 맹세했습니다.

뭐, 일이 그렇게 돌아가는 바람에 다음달에는 5권이 발매됩니다.

현재 이 후기를 쓰고 있는 시점에서 5권의 초고는 종료되어 있기 때문에 아마 괜찮을 것으로 생각합니다.

그런고로 뒤이은 5권에서 뵐 수 있게 된다면 정말 기쁘겠습니다.

*

화제를 바꿔서 알려드릴 게 있습니다.

3월 26일에 발매되는 코단샤(講談社)의 '월간 시리우스' 5월호부터 만화판 연재가 시작될 예정입니다.

이 책이 나왔을 때는 이미 전월호가 되겠지만, 제1화는 언제든지 인터넷의 홈페이지에서 읽을 수 있다고 합니다.

그런고로 인터넷에서 제1화를 확인한 후에, 현재 발매 중인 6월호부터 연재를 쫓아 읽을 수도 있게 되어 있습니다.

흥미가 있는 분은 꼭 읽어봐주십시오!

그러면 앞으로도 '전생했더니 슬라임이었던 건에 대하여'를 잘 부탁드리겠습니다.

고부타 주제에

작화 : 카와카미 타이키
우오오오….
만화판 전생슬라임 제1화가 실린 소년 시리우스를 결국 못 샀어….
어라? 리무루 님, 모르셨나요?
불쑥
응?
제1화는 니코니코 정화*에 계속 공개 중 입니다요.
'수요일의 시리우스'라는 페이지에 가면,
타탁타탁
※동영상 사이트인 '니코니코 동화'의 부가 서비스로 일러스트, 만화, 전자 서적을 다룬다)
언제든지 볼 수 있습니다요!
윙크
어이, 란가.
너무 하십니다요….
왠지 짜증이 나서 말이지.
'수요일의 시리우스'
http://seiga.nicovideo.jp/manga/official/w_sirius

전생했더니 슬라임이었던 건에 대하여 4

2015년 11월 1일 1판 1쇄 발행
2024년 4월 15일 1판 18쇄 발행

저 자 후세
일 러 스 트 미츠바
옮 긴 이 도영명
발 행 인 유재옥
이 사 조병권
출판본부장 박광운
담 당 편 집 정영길
편 집 1 팀 박광운 최서영
편 집 2 팀 정영길 조찬희 박치우 정지원
편 집 3 팀 오준영 이소의 권진영
디자인랩팀 김보라 박민솔
디지털사업팀 박상섭 김지연 윤희진
라이츠사업팀 김정미 맹미영 이윤서
영업마케팅팀 최원석 박수진 이다은
물 류 팀 허석용 백철기
경영지원팀 최정연
인쇄제작처 ㈜코리아피엔피
발 행 처 ㈜소미미디어
등 록 제2015-000008호
주 소 서울시 마포구 토정로222, 403호 (신수동, 한국출판콘텐츠센터)
판매 및 마케팅 (070) 8822-2301

ISBN **979-11-5710-202-0 04830**
ISBN **979-11-5710-126-9** (세트)